필사본 고전소설의 연구

필사본 고전소설의 연구

김진영 박병동 사재동 사진실 손찬식
송주희 심동복 윤보윤 전용문 조도현

역락

머 리 말

　우리의 고전소설은 아주 독특한 방법으로 향유되어 왔다. 중국이나 일본이 작자나 출판사 위주의 소설이었다면, 우리는 작자와 출판사보다는 수용자 중심으로 유통되어 독자소설의 특성이 강하기 때문이다. 이는 주자학적인 문예관을 중시한 사대부들이 고전소설을 폄하하는 한편, 탈주자학의 노선을 걸었던 민중이 소설을 향유하면서 빚어낸 결과이기도 하겠다. 조선조 내내 상층부에서 고전소설을 폄시하자, 일부 양반층은 물론이거니와 민중층에서조차 고전소설로 생계를 잇는 것에 대해 떳떳하지 못한 일로 치부하였다. 그래서 작자는 뒤로 숨고 수용자인 독자가 전면에 나서 무주공산과도 같은 소설작품을 자신의 입맛에 맞게 윤색하는 일이 빈발하였다. 그것은 강담·강독·강창 등의 연행에서 뿐만 아니라, 다양한 기록문학에서도 보편적인 현상이었다. 특히 소설의 주요 기록수단이었던 필사를 통해 개인적인 역량과 문예관을 한껏 발휘하곤 하였다. 그래서 필사본에 와서 고전소설은 수용자문학으로서의 특성이 더 강화될 수 있었다.

　고전소설의 필사본은 한국적인 문학행위의 결과물이라고 해도 좋다. 실제로 고전소설의 필사본은 당시의 대중문화가 다양하게 수렴된 것으로 이해해야 한다. 이는 필사본 각개가 나름의 문예역량이 총집된 결정체라는 점에서 필연적인 현상이기도 하다. 그간 고전소설 연구에서 정본(正本)과 선본(先本)을 중시한 나머지 필사본 각개 작품에 대해서는 큰 관심을 기울이지 않았다. 하지만 수용미학이나 유통론의 측면에서 보면 필사본의 가치를 새롭게 인식해야 마땅하다. 그것이 고전소설의 생동하는 향유방식과 수용층의 다양한 문예관을 총체적으로 이해하는 방편이기 때문이다.

이에 이 책에서는 크게 두 분야로 나누어 필사본에 대한 논의 방향을 모색하였다. 먼저 제1부에서는 총론격으로 고전소설의 원전과 필사본의 가치를 살피고, 이에 호응하여 제2부에서는 작품론격으로 충남대학교 도서관 경산문고에서 희귀본으로 판단되는 필사본 소설을 선정하여 분석·고찰하였다.

제1부 '고전소설의 연구와 필사본'에서는 모두 두 꼭지의 글을 실었다. 먼저 「고전소설 연구의 방향과 방법론」에서는 고전소설의 개념과 범위를 종합적인 시각에서 파악한 다음, 고전소설 원전의 유통 및 개방적 실상을 살펴보고, 이를 바탕으로 고전소설의 연구방법론을 다변화해야 할 필요성을 강조하였다. 다음으로 「필사본 고전소설의 현황과 가치」에서는 필사본의 지역성과 유전 범위를 검토한 다음, 이본의 현황과 자료적 가치를 경산문고본을 중심으로 파악하고, 이어서 필사본의 문화사적 위상을 종합문화적인 관점에서 조망함으로써 고전소설 연구의 방법론을 다각화하였다.

제2부 '필사본 고전소설의 문학적 실태'에서는 모두 여덟 꼭지의 글을 실었다. 「<심청가>의 문학적 특성과 장르문제」에서는 이 작품이 갖는 구성과 내용, 화소와 배경사상 등을 고찰하면서 궁극적으로는 장르에 대한 문제로 귀결되도록 했으며, 「<위봉월전>의 문학적 성격과 가치」에

서는 서지사항과 문학적 성격을 검토함으로써, 이 작품의 형성 내력과 문학사적 의의를 짚고자 하였다. 「<왕조열전>의 문학적 성격」에서는 서지사항과 창작배경, 구조와 표현의 특징을 파악하면서 이 작품이 갖는 문학사적 위상을 검토하였으며, 「<창선감의록>의 이본적 성격과 형상화 양상」에서는 <창선감의록>의 작품군에서 경산문고본의 이본적 가치를 규명한 다음, 갈등구조와 인물의 형상화 양상을 검토하고, 이를 바탕으로 서사적 의미를 통공시적인 측면에서 살펴보았다. 「<김용주전>의 형상화 방식과 그 의미」에서는 작품의 서지와 필사배경을 검토하고, 형상화 양상을 분석·고찰함으로써 문학사적 의의와 한계 등이 드러나도록 하였으며, 「<소강절실긔>의 설화적 특성과 유통」에서는 원형설화를 검토하면서 작품의 제작 배경을 추적하고, 이를 바탕으로 소설유통의 실태가 효율적으로 드러나도록 하였다. 「<쇼듕화역디셜>과 역사와 문학의 접점」에서는 필사본의 서지를 검토하고, 역사담론과 문학담론을 각기 면밀하게 살핌으로써, 이 작품만이 갖는 특성 중의 하나인 역사와 문학의 접점이 부각되도록 하였고, 「<청암녹>의 형상화 양상과 그 의미」에서는 서지사항을 검토하고 작품의 형상화 양상을 살핌으로써, 이 작품의 소설사적 의미가 드러나도록 하였다.

전체적으로 총론격인 1부에서 고전소설의 원전과 필사본의 중요성을 경산문고본을 중심으로 고찰했다면, 각론격인 2부에서는 경산문고본, 그 중에서도 희귀본이나 선본(善本)으로 판단되는 작품을 선정·분석함으로써 필사본 고전소설의 가치를 구명하고자 하였다. 다만 이와 같은 의도를 가지고 기획·편집하였음에도 불구하고 논자마다 방법론을 달리하여 논의내용이나 논의방향이 각양각색일 수는 있다. 그럴지라도 도출된 결과의 대부분이 필사본의 가치와 의의를 구명하는 것이기에 의도했던 목표를 나름대로 달성한 것으로 자평할 수 있다.

원래 이 저서는 고전소설 필사본에 관심을 가진 학자들이 경산문고본 필사본을 각기 연구하고, 그 성과물을 묶어 세상에 내놓기로 하면서 잉태되었다. 그러한 생각을 하던 중 마침 경산 선생님께서 팔순을 맞으시기에 그 기념으로 이 책을 간행하자는 데 뜻을 함께 하였다. 그러던 것이 이러저러한 사정으로 차일피일 미루어지다가 이제야 빛을 보게 되었다. 그럴지라도 애초에 의도했던 간행 목적이 퇴색된 것은 결코 아니다. 오히려 늦어진 만큼 선생님의 팔순을 가슴에 더욱 깊이 새기면서 변함없는 열정으로 강녕하시기를 빌고 또 빈다.

　　조촐하게나마 기념의 뜻을 담아 학문적인 성과를 세상에 내놓을 수 있었던 것은 알게 모르게 많은 분들의 도움이 있었기 때문이다. 무엇보다도 경산 사재동 선생님의 도움이 클 수밖에 없다. 선생님께서 어렵게 수집하신 고전소설 필사본이 연구텍스트가 되었음은 물론, 선생님께서 손수 집필하신 제1부의 글은 후학들이 각론을 작성하는 데 큰 지침이 되었기 때문이다. 또한 어려운 개인 사정에도 불구하고 한결같은 마음으로 흔쾌히 원고를 내어주신 집필자 여러분께 깊은 감사의 말씀을 드린다. 소중한 자료를 연구의 필요에 따라 활용할 수 있도록 배려해 주신 충남대학교 도서관의 관계자 여러분들과 어려운 여건에도 불구하고 흔쾌히 출판을 맡아준 이대현 사장님, 책이 예쁜 모습으로 세상에 나올 수 있도록 힘써준 박선주 님께도 심심한 사의를 표하는 바이다.

2014년 12월 1일

매곡재(梅谷齋)에서 집필자들의 마음을 담아 **김진영**이 삼가 쓰다

■ 머리말

제1부 고전소설의 연구와 필사본

제2부 필사본 고전소설의 문학적 실태

제1부

고전소설의 연구와 필사본

- 고전소설 연구의 방향과 방법론
- 필사본 고전소설의 현황과 가치

고전소설 연구의 방향과 방법론

1. 서론

고전소설을 한국고전문학의 대표적 장르라고 한정시키기에는 너무도 크고 값지다. 그것은 소설문학이라는 양식 속에 민족문학·민족예술·민족문화 등을 다 포괄·융합하고 있기 때문이다. 그러기에 고전소설은 국보급 민족문화재로 지정되어야 한다는 말이 나오고 있다. 하기야 21세기 문화시대에 돈황문서 1조각이 국제학계의 과다한 평가를 받고 한국의 판소리나 왕실제례음악 등이 세계문화유산으로 등재되는 현실에서, 고전소설도 그만한 평가를 받아야 마땅하다고 본다. 이러한 고전소설이 국문학 소설분야 연구의 전유물처럼 되어 온 것은 학계로서는 참으로 다행한 일이지만, 고전소설 원전 그 자체로서는 매우 국한·억제된 평가 아래서 불운한 역사를 이끌어 왔던 터라 하겠다.

고전소설에 대한 올바른 이해와 총체적 평가도 없이, 연구에 착수한 것이 김태준 등 제1세대였다.[1] 그 후로 광복을 맞이하고 제2세대에 의하여 고전소설 연구가 본격화되면서 제3세대와 제4세대로 이어지며, 바야흐로 제5세대의 연구활동이 성세를 보이기 시작하니, 적어도 80여 년의 연구 역정인 셈이다. 이제 '고소설학회'를 중심으로 다양한 방향에서 첨단적 방법론을 통하여 온갖 논문·저서 등 업적을 쏟아내니, 그동안의 연구사가 마치 장강처럼 흐르고 있는 게 현실이다. 이럴 때일수록 학계, 모든 학자들은 다양하게 세분된 연구활동의 막장에서 자만하거나 안이해질 수 있다. 만에 하나 우리가 이 분야에서 무엇을 어떻게 더 연구할 수 있는가, 또한 더 연구할 필요가 있는가라는 풍조가 일고 있다면, 이것이야말로 사계의 계속적인 진전에 대한 적신호가 아닐 수 없다.

이런 시점에서 '고전소설 연구의 방향과 방법론'에 대한 거론은 자성적인 의미와 긴요성을 지닐 수밖에 없다. 언제·어디서든지 그 분야의 계속적인 발전은 항상 연구 방향을 새롭게 설정하고 그 방법론을 올바로 예각화하여 도전하는 데에서만 가능하기 때문이다. 그렇다고 기상천외한 외래적 방향과 방법론을 기계적으로 적용한다면, 그 연구성과는 혼란과 손실만 가져올 따름이다. 실제로 연구는 대상 원전을 중심적 기반으로 하여 그에 가장 적합한 방향을 설정하고 제일 효율적인 방법론을 귀납·정립하여 과학적으로 접근해야만, 기대 이상의 성과를 올릴 수가 있다.

기실 연구의 방향과 방법론에는 연역적인 왕도가 따로 없다. 다만 원전에 입각하여 귀납적으로 정립될 수 있을 뿐이다. 그러기에 여기서는 아주 새로운 연구방향과 연구방법을 모색·주장하려는 것이 결코 아니다. 그동안 고전소설 연구에서 시도하고 경험했던 방향과 방법을 반성·재고하면서, 그 적합한 방향을 설정하고, 효율적 방법론을 조정·강화하

---

1) 김태준, 『조선소설사』, 동아일보사, 1930. 10. 31~12. 30.

여 초심·원점으로 돌아가자고 강조할 따름이다. 이에 본고에서는 그 방향 설정의 관점에서 첫째 고전소설의 개념과 범위를 확충하고, 둘째 고전소설 원전의 개방적 실상을 입체적으로 조명하며, 셋째 귀납적인 연구 방법론을 분야별로 적용시켜 볼 것이다. 그리하여 고전소설의 문학·예술·문화적 진가와 위상을 재인식하고, 연구에서 필수적인 방향 설정과 방법론의 재정비에 긍정적인 계기가 되기를 바랄 따름이다.

2. 고전소설의 개념과 범위

1) 고전소설의 개념

여기에서 그동안에 논의·정립된 고전소설의 개념을 비판·부정하고 새롭게 규정하려는 것이 아니다. 고금을 통하여 그 시대에 상응하는 작자층과 수용층이 자연스럽게 설정한 고전소설의 개념이 무난하게 통용되어 왔다는 사실을 전제하고, 근·현대의 학자들이 고전소설에 대하여 서구식 소설의 전문적 개념을 인위적으로 적용시켜 그 개념을 정수화하고 고급화하여 놓은 그 틀에서 한번 벗어나 보자는 것이다. 이른바 그 권위 있는 개념 규정이 그대로 묵수·준용되는 한 '그 작품다운 작품' 일부만 행세하고 나머지 대부분의 고전소설 작품들은 권외에 놓일 수밖에 없기 때문이다.

기실 명칭이야 어쨌든, 전문적 논의와 관계없이, 당대의 작자층과 수용층이 고전소설이라고 합의하여 공인·통용되었다면, 그것은 모두 고전소설이라고 간주해야 옳다. 그런데도 위와 같은 학설을 고전소설에 엄격히 적용하면 그 작품다운 작품의 위치를 중심으로 그 이전의 작품이나 그 주변의 작품들은 모두 부정·제외되어, 위로 고전소설의 유구한 역사가 상당부분 잘려 나가고 옆으로 다양한 작품들의 유형이 제대로 성립될 수가 없는 터다.

이런 점에서 장강의 지류도 장강인 것처럼, 고산의 저봉(底峰)도 고산인 것처럼, 고전소설도 그 시대와 주변을 망라·집성하고, 전체 작품 위에서 개념이 귀납적으로 규정되어야 타당하다. 원래 모든 학문분야의 개념은 대상 원전으로 돌아가 그 바탕 위에서 검토·고증하고 실험·증명한 뒤에, 연구에서 적합한 방향과 효율적인 방법론에 의하여 규정되는 것이 원칙이요 관례라 하겠다. 그러기에 고전소설의 개념도 방대·풍성한 원전 자료를 총집·망라하고, 그 바탕 위에서 광범위하고 적절한 방향과 개방적이고 효율적인 방법론으로써 정립·규정되어야 마땅할 것이다.

첫째, 고전소설은 고전문학의 한 장르에 속한다는 점이다. 그러니까 그동안의 개념 규정에서 다시 그 원전의 현장으로 돌아가 작품 자체를 통하여 광범위하고 합리적으로 확충·귀납시킨다면, 그 개념 규정은 별다른 문제가 되지 않을 터다. 그래서 원전으로 돌아가 작품들을 실제로 살피면, 그 전체가 너무도 방대하고 풍성한 것이 사실이다. 그 작품들의 질량이 그런데다 그 안에 포용된 주제·내용이 너무도 방대·광범위하고, 실로 종합·다양하여 하나의 문학 장르로 규정하기에는 참으로 벅찬 실정이다. 그러기에 혹자는 고전소설이 국문학의 대표적 장르로 종합적인 면모를 갖추었다고 대변하는 것도 사실이다. 그런데 이러한 여유 있는 대변으로도 고전소설을 다 포용할 수가 없는 형편이다.

둘째, 고전소설은 종합적 구조내용과 포괄적 표현·형태로 본다면 종합문학이라고 하겠다. 고전소설이 소설의 한 장르라는 것을 시인하고 나아가 그 종합문학성을 직접 확인해 보면, 장르성향이 확대될 수밖에 없다. 고전소설은 기본적인 서사구조와 구성 속에 단편적인 소설형태와 더불어 다양한 시가를 삽입하고 또한 독립적인 서간이나 일기·상소문·논설 등을 수용하며, 대화체의 발달로 삽화 중심의 희곡적 성향까지 갖추고 있다. 그리하여 고전소설은 실제적 유통과정에서 장르별로 전개되어 왔던 것이다. 따라서 고전소설은 종합문학 형태로서 문학적 개념으로 확대·파악할 수가 있겠다.

셋째, 고전소설은 그 자체에 미술·음악·무용·연기 등 예술적 요소를 내함하고 있어 예술적 성향이 주목되는 터다. 게다가 고전소설은 유통과정에서 강독·강설·강창 등을 통하여 공연예술의 대본적 성격을 겸유하고 있는 터다. 실제로 고전소설의 입체적 예술성은 그 개념을 확대·정립시키는 데에 아무런 손색이 없다. 따라서 고전소설은 유통·연행의 대본형태로서 예술적 개념으로 확대·간주할 수가 있는 터다.

넷째, 고전소설은 방대한 구조형태 속에 언어와 문자, 문헌·서체, 종교·사상, 윤리·의례, 사회·민속 등 여러 문화를 포괄·융합하고 있다. 이런 점에서 고전소설은 종합문화의 보고라고 보아진다. 어디까지나 소설·문학의 양식 안에 다양한 문화를 결합시킨 입체적 문화형태라서 고전소설은 문화적 개념으로 확대·취급할 수가 있겠다. 하기야 고전소설이 문학 중의 한 장르로서 예술의 한 부분이요, 나아가 문화의 한 분야라고 단계적으로 승격·규정될 수 있는 것이 사실이다. 그런데 고전소설이 워낙 방대하고 종합적인 실체를 가지고 군림하고 있기에, 연구에서의 개념 규정을 소설·문학으로부터 예술을 거쳐 문화의 개념으로 확대·규정하는 것이 그 원전에 충실한 올바른 방향이라고 본다. 그렇게 할 때 문화세기에 들어와서 문학을 문화의 중심 개념으로 파악·공인하여 연구하고 있는 추세에도 상응하는 결과가 될 것이다.

2) 고전소설의 범위

고전소설의 개념이 확대·규정되면, 원전의 범위가 확대·조정될 수 밖에 없다. 기실 신소설시대 이전의 역대 서사문학·소설형태가 모두 고전소설의 범위 안으로 들어설 수 있기 때문이다. 이제 그동안 소설다운 소설, 전형적인 작품만을 중시하고 주로 그런 작품들만 연구하던 불합리한 틀을 과감히 떨쳐버리고, 개방의 문을 활짝 열어 그간에 소설 이전이라거나 미비된 작품이라고 배제되던 모든 작품들을 다 모아서 태산처럼, 장강같이 집대성해야 된다. 그 원전자료의 결집범위가 바로 고전소설의 범위이기 때문이다. 이미 잘 알려진 전형적 작품들을 중심축에 세우고 종적으로는 삼국시대로부터 신라통일기·고려시대·조선왕조·개화기까지의 모든 서사문학·소설형태를 다 포괄하고, 횡적으로는 그 수준의 차이에 따라 유형별로 포함시킴으로써, 마침내 작품들의 태산, 자료들의 장강을 이룰 수가 있는 터다. 이처럼 시간과 공간을 통틀어 서사적 소품류와 서사성 설화, 서사적 실화, 역사적 사건담, 서사적 전기, 경전의 법담·일화 등을 합집해야만[2] 작품 자료의 보고·전당을 이룩할 수가 있기 때문이다. 이와 같이 고전소설의 범위를 확대하고 영역을 확충함으로써, 모든 작품 자료의 전체적 면모와 총체적 역량이 보이고, 그 바탕 위에 올바른 방향과 합리적인 방법론을 설정·수립해야만 비로소 본격적인 연구가 새롭게 출발되리라 보아진다.

---

2) 譚令仰, 『古代經典微型小說－神話·志鬼篇』, 中國人民大學出版社, 1995, 1-2쪽.

3. 고전소설 원전의 개방적 실상

1) 원전에의 회귀

고전소설의 원전이란 전통적인 필사본을 중심으로 최소한 목판본까지를 말할 수 있다. 물론 전제조건과 연구 방향·목적이 명시된다면 신활자인 딱지본까지는 원전의 범위 안에 들 수가 있다. 잘 알려진 대로 원전 중의 원전은 아무래도 필사본 고전소설이라고 보아야 하겠다. 필사본은 고전소설이 형성·전개되는 과정에서 가장 먼저 제작된 원형적 원전이라고 공인되어 왔기 때문이다. 따라서 필사본은 고전소설의 형성적 원형을 추구하고 문학적 전형을 탐구하는 데에 최고·최상의 필수적인 원전일 수밖에 없다. 그러기에 이런 원전에 바탕을 두고 연구의 방향과 방법론을 정립할 수가 있다.

이런 관점에서 보면 상당부분은 그런 원전에서 너무 멀리 와 있다. 대체로 편의에 따라 근대적 활판본이나 현대적 교주본을 사용하고 때로는 이미 발표된 그 원전들의 해제나 이야기 줄거리를 간접적으로 이용하는 경우가 적지 않았기 때문이다.[3] 그렇다면 이제 원전으로 돌아가야 한다. 원전에는 고전소설의 모든 것이 황금처럼 자리하고 있기 때문이다. 누언한 대로 그 안에 연구의 방향과 방법론까지도 비장되어 있는 터다. 바야흐로 이런 원전, 필사본의 발굴·정리작업이 전체적으로 진행되어 상당한 성과를 내고 있으니 다행한 일이라 하겠다.

일찍이 앞선 학자들이 필사본 원전의 중요성과 가치를 인식하고 이를 거국적으로 발굴하여 총체적으로 정리·결집하는 작업을 진행해 왔다. 정신문화연구원에서 조동일 교수가 전국의 유수한 도서관이나 개인이

---

3) 조희웅, 『고전소설 줄거리 집성(2권)』, 집문당, 2002는 시사하는 바가 크다.

소장한 필사본을 모두 모아 마이크로필름화하고 ≪한국고소설목록≫을 간행하여4) 연구자들에게 지대한 편의를 제공하였다. 이어 조희웅 교수가 그동안에 알려진 필사본의 이본을 집대성하고 ≪고전소설이본목록≫을 편간하여5) 연구의 유용한 길잡이가 되었다. 최근에는 택민국학연구원에서 김광순 교수가 '필사본 한국고소설의 현황과 가치'를 주제로 전국학술회의를 열어 필사본 원전의 전국적 분포와 현황을 총괄·파악하고, 연구의 방향과 방법론까지 모색하면서 원전의 가치를 국보급 민족문화재요 세계문화유산이라고까지 평가한 바 있다.6) 사실 원전의 방대한 질량을 점검해 보면, 그러한 평가는 결코 과장된 것이 아니다. 여기서 당장 이러한 원전으로 돌아가자는 당위성과 시급성이 제기되는 터다.

2) 원전의 전거

원전은 전거가 확실하다. 작품들의 작자·연대는 거의 다 미상이지만, 필사·유전에 관한 한 거의 모두 전거가 확실하다. 원전의 필사자는 실명은 아니라도 남녀와 계층·지식 고하간에 다 밝혀질 수가 있다. 물론 필사자들의 행적·경력을 자세히 알 수는 없지만, 필사자라는 것만으로도 매우 중요한 역할을 하고 있는 터다. 작자미상인 원전들에서 필사자는 제2의 작자로 역할하기 때문이다. 실제로 필사자들은 필사의 방법과 능력에 따라 정도의 차이는 있지만, 작품의 개변·부연이나 재창작의 역할을 다해 왔다. 적어도 문필력에 자신이 있는 필사자라면 결코 모본을

---

4) 조동일, 『한국고소설목록』, 한국정신문화연구원, 1983.
5) 김동욱, 『나손본필사본 고소설자료총서』, 보경문화사, 1991.
   박순효, 『한글필사본 고소설자료총서』, 월촌문헌연구소, 1986.
   김광순, 『필사본한국고소설전집』, 경인문화사, 1993.
6) 김광순, 『필사본 한국고소설의 현황과 자료적 가치(논문집, 필사본 총목록)』, 택민국학연구원, 2013.

한 자 한 자 복사하듯이 옮겨 베끼지는 않았을 것이다. 그들은 의식적이든 무의식적이든 필사하면서 다소간의 개변을 가져 왔고, 나아가 고전소설에 능숙한 필사자라면, 자신의 의도와 취향대로 부연하면서 정도껏 창작의 방향으로까지 나아갔던 것이다. 그들의 필사에는 자유천지와 무법천하가 보장되었고, 자신의 기호와 창작의욕을 마음껏 누릴 수 있는 재량과 특권이 있었다. 그래서 임자 없는 모본에 대한 자신 또는 독자층의 인기 등을 고려하여 개변·부연·축약, 개작·창작, 심지어 장르 전환까지도 자유자재로 해낼 수가 있었다. 게다가 필사본의 수요가 증가함에 따라 세책본 같은 전문적 필사자들은 상업성에 맞추어서 독자·수용층의 인기에 영합하여 모본을 마음대로 바꾸고 고쳐서 마치 독자적인 다른 작품처럼 새로운 이본을 생산하였던 것이다. 따라서 그런 이본에 대한 책임과 영광을 함께 누리는 작자의 대행을 자처해 왔던 터라 하겠다. 이런 점에서 작자미상인 모본의 모든 필사자들은 그 작품의 작자를 대행하는 것이 당연시될 수 있다.

또한 원전의 작품에는 강독자와 강담사·강창사가 있어, 연행과정에서 모본의 모든 것을 필사자 이상으로 청중의 인기·환영에 영합하여 재주·재량껏 새로운 이화를 자유로이 생산해 내고, 작자를 대신하여 소유권·연행권을 함께 누렸던 것이다. 그러다가 구비적 연행물이 문자로 정착되어 소설 내지 극본·희곡으로 정립되면, 작자의 대역까지 맡았던 터다. 즉 필사본의 거의 모든 작품들은 원작자를 잃었지만, 필사자 또는 구연자가 작자를 대행하여 성장·발전을 보장했다고 본다. 이런 점에서 원전의 성장·발전과정에서 그 작품의 인기·평판을 통하여 동참했던 수용층·민중의 작자적 협력을 주목할 필요가 있다. 따라서 원전들이 민중적으로 토착화되어 성장한 이른바 민중문학·성장문학으로서의 면모를 인정할 수밖에 없다. 이렇게 볼 때 필사자 내지 연행자 등의 계층과 유형을 추정할 수가 있는 터다.

원전의 작품은 거의 다 제작연대가 미상하지만, 필사연대는 거의 다 밝혀지고 있는 터다. 필사연대는 어쩌다 한·중 연호로 정확히 기록되었지만, 대부분 간기로 표기되어 어려운 점이 있는 것은 사실이다. 그러기에 필사본 장정·형태나 지질·묵색·어휘·어법 등을 고려하고 60년을 기준으로 신중히 살피면, 적어도 상대연대까지는 추정할 수가 있다. 여기서는 간지의 절대연대를 섣불리 올려 잡지 말고 최근의 해당 연대로 잠정하여, 이를 하한연대로 지정할 필요가 있다. 실제로 상당수의 필사본은 갑오경장을 기준으로 19세기 말부터 20세기 초에 걸쳐 그 하한선을 이루고 있는 실정이다. 비록 원전의 필사연대가 후대성을 보인다 하더라도, 그것은 매우 중요한 의미를 가지는 터라 하겠다. 우선 원전의 전통과 유통이 근대까지 이어졌다는 사실을 실증해 준 다음, 하한연대를 바탕으로 필사본의 모본을 계속 추적하면, 마침내 상한연대를 상당히 소급해 볼 수가 있다는 것이다. 실제적으로 원전의 상한연대는 예상 밖으로 상당히 올라가는 것이 분명하다. 역대 문헌이 대부분 필사에 의존했던 사실과 이른바 '패관소설'이 판본 이전에 필사될 수밖에 없었다는 사정을 고려한다면, 적어도 불교계 국문소설의 경우 필사연대는 15세기 말까지는 소급될 것이요, 전기 계통의 한문소설은 9세기 말기를 상회하리라 추정된다. 그렇다면 원전의 필사연대는 하한선 20세기 초로부터 상한선 9세기 말까지 소급되어, 국문소설의 경우 400여 년, 한문소설의 경우 1000여 년의 형성·전개사가 추정·복원될 수 있는 터다. 그래서 중시되는 것이 필사연대가 연대미상인 작품의 형성·전개사를 포괄적으로 대신하여 왔다는 점이다. 그러기에 필사연대의 대신과 그 필사자의 대역이 조응되어 원전의 전거와 위상을 보증하여 왔던 것이다.

그리고 수집·조사과정에 유념한다면, 원전의 원소장자와 전소장자,

그리고 현소장처까지 확인할 수가 있다. 이것은 작품의 유통과정에서 계층과 교류·전승, 소유권과 지역적 거점, 입수경위 등까지 추적하는 데에 중요한 단서가 된다. 만약 이러한 사항이 묵살·망실되면, 그 필사본은 근거와 소종래가 없는 고아적 문서로 취급될 수밖에 없는 것이다.

한편 원전은 거의 다 지역적 근거를 가지고 있다. 이것은 그 작품의 주소로서 유통·수용의 거점을 확인하는 데에 근거가 된다. 이 근거는 작자의 주소로부터 역대 필사자·소유자 등의 거주지를 통하여 찾아볼 수 있는 터다. 하기야 그들의 구체적 주소가 중심이지만, '충청'이나 '김제'·'화미정사'·'고약국댁' 등으로 막연하게 표기되어 있어도, 그것은 유통·전승의 지역적 근거로 매우 중시되어야 한다. 만약 그 필사본에 기재된 바가 없으면 수집과정에 제공자를 통하여 조사·기록해 두어야 하고, 그렇지 못하면 본문에 쓰인 각 지역 방언까지 검토할 필요가 있다. 그리하여 원전의 전국적 거점에 따라 분포도까지 작성할 수가 있다.

작품의 분포도는 바로 유통지역과 토착화·민중화 등을 유추하는 중요한 전거가 되는 것이다. 이와 같이 원전의 지역적 분포도를 바탕으로, 전술한 형성·전개의 시대상, 수용계층까지 결부시키면 거기서 시공적 유통망이 재구될 수가 있다. 유통망이야말로 원전의 작품들이 생동하면서 진가를 발휘했던 진정한 유통사를 보여주고 있는 터다.

3) 유통·성장의 이본

원전은 작품들이 유통의 현장에서 자유롭게 성장하고 문자화된 이본으로 분화·존재하여 왔다. 여기서 이본이란 하나의 원본에서 변모되어 색다르게 성장한 개별적 원전을 말한다. 기실 원전은 이본으로서 더욱 소중하고 값진 것이다. 물론 작품의 원본이야 제일 중요하지만, 이본들이 성장·분화되면서 그 자취를 감추었기 때문이다. 따라서 현전하는 필사본은 거의 다 이본형태를 취하고 있는 것이 당연한 현상이다. 여기에 원본을 찾는 데에 투자하기보다는 이본을 중시·연구하는 데에 주력하자는 이유가 있는 터다.

이본은 단 1종 유일본도 있지만, 한 작품에 2종 이상을 갖추고 있는 것이 보통이다. 원래 인기 있는 작품에 많은 이본이 따르는 경향을 보이거니와, <춘향전>이나 <심청전>·<유충렬전> 등 저명한 작품들에는 수십 종이 매달려 하나의 이본군을 이루고 있는 실정이다. 이에 유일한 이본은 일단 원본일 가능성을 배제하지 말고 신중히 검토하되, 원본을 유일하게 계승한 것이라 판단하는 것이 무난할 터다. 따라서 이러한 유일본은 원본에 준하는 새로운 가치를 갖추었다고 우선적으로 취급하는 것이 당연하다. 그러나 이본의 소재를 완벽하게 밝혀내지 못한 이상, 그것이 '미발표 신자료'라고 속단, 과대평가하는 일은 삼가야만 되겠다. 언제·어디서 그 작품의 이본이 발굴·출현할지 모르기 때문이다.

나아가 한 작품에서 돋아난 여러 종류의 이본을 유일본처럼 중시하고 연구에 주력해야 된다는 것이다. 전술한 대로 필사자군이 대리 작자로 원본이나 모본을 자유자재로 부연·개작하여 새로운 개별 작품으로 이본화하였기 때문이다. 기실 이본들은 원작·모본의 명칭·별칭을 내세우고 서사구조의 기본만을 계승하며, 나머지는 환골탈태하여 창작품으로까지 승화되고 있어, 그 모두는 독립된 신 자료로 간주·인정하고 본격적으로 연구하는 것이 마땅한 일이다. 그런데도 그동안 학계에서는 이러한 다종의 이본들을 이른바 '이본고'를 통하여 작품의 원본적 이본이나 연구에서 최선본을 가려내는 데에 활용하고, 개별 이본 자체에 대한 독자적이고 심화된 연구를 게을리 한 것이 아닌가 한다.

실제로 이런 다종 이본을 연구하는 의미는 몇 가지로 나타난다. 우선 이본군을 개별적으로 고구한 다음, 상호 비교해서 가치의 실상과 시대적 편차를 추적하여 이본군에서의 위상을 결정해 주는 일이다. 그리고 원본·모본을 전제하고 그 위에 돋아난 제1세대·제2세대·제3세대식의 이본들을 유기적으로 연결시켜 이른바 작품의 계통수를 발굴·체계화하는 일이다. 그리하여 개별이본 각각의 독자적 창작성을 확인해 주는 것은 물론, 계통수적 체계를 통관하여 해당 작품의 발전사를 부각시키고. 광범위한 가치와 강력한 유통·영향력을 입증해야 한다.[7]

4) 원전의 개방적 종합성

위에서 고전소설의 개념과 범위를 논의한 대로, 원전은 전체적으로 질량이 방대·광범위할 뿐만 아니라, 개별 작품만으로도 장편대하소설에 이르러서는 광대한 구조·내용에 감탄치 않을 수 없고, 비록 단행본이라도 한 작품에 수많은 이본이 돋아나 거대한 계통수를 이루고 있는 점에 놀라지 않을 수 없다. 원래 고전소설은 주제·내용과 형상화방식 등에서 개방적이고 종합적이었다. 따라서 그런 구조·구성 속에 주제·사상면의 모든 분야를 다 수용하고, 소재·내용 면의 모든 문화현상을 다 망라·포용하였다. 그러기에 문학·예술·문화의 전체 영역이 조직적으로 배치되어 있는 터라 하겠다. 그리고 형상화 방식에 있어서도 자체의 거대한 서사화 방식을 넉넉히 준비하고 각종 문학양식·예술양식, 문화양식을 그대로 살려 균형 있게 융합하였다. 표현·문체는 자유로운 산문체에 운문체를 삽입·교직시키고, 대화체를 강화하여 크게 서사·소설양식으로 미화·포장하고 있는 것이다. 따라서 원전은 전체적으로 개방과

---

7) 사재동, 「사재동 소장 필사본 한국고전소설의 현황과 자료적 가치」, 위 논문집, 20~22쪽.

포용을 아울러 대형의 종합문학·종합예술·종합문화의 전형을 갖추고 있다.

원전은 문학의 보고요, 예술의 보장이요, 문화의 전당이라고 하여 무방할 것이다. 그러기에 원전에서 문학과 예술, 문화의 모든 것을 체계적으로 연역해 낼 수가 있고, 거기서 문학·예술·문화의 각 장르를 귀납해낼 수도 있는 터다. 이에 원전은 소설·문학의 연구에서 뿐만 아니라, 그 예술학적 연구나 문화학적 연구 등에서도 완벽한 자료로서 자리잡았다고 보아진다. 따라서 이러한 원전은 국보급 민족문화재나 세계문화유산으로 지정해도 무방할 것이다.[8]

4. 고전소설의 연구방법론

이 연구방법에는 왕도가 없다. 항상 새로운 방법론을 모색한다고 대외적으로만 집착하는 것도 따지고 보면 문제가 적지 않다. 그래서 작품의 원전을 성실하게 연구·검토한 체험과 능력으로만 정립될 수 있는 효율적이고 합리적인 방법론을 재정립·재강조하자는 것이다. 그동안에 제기·활용된 수많은 방법론이 방법론사를 이룰 지경이거니와, 이를 비판적으로 수용하여 보편적인 방법론을 재확인하는 일이 절실히 요망되기 때문이다.

1) 원전론적 연구

원전론은 원래 인문학의 고전적 방법론이었다. 이 방법이 국문학 고전

---

8) 김광순, 「김광순 소장 필사본 한국고소설의 현황과 자료적 가치」, 위 논문집, 101쪽.

에 적용된 이래, 고전소설의 연구에서도 제일의 방법론으로 각광을 받았다. 그것이 고전소설의 기초·기본적 연구에 필수적 역할을 해왔기 때문이다. 따라서 원전론은 오랜 세월이 흘러도 퇴화되지 않고 여전히 유효한 고전적 방법으로 작용할 수밖에 없다. 그렇다면 그것을 새삼스럽게 재론할 필요가 있느냐고 반문할 수도 있다.

그동안 서구의 문학방법론이 수용되어 원전론을 마치 '예비적 연구'나 '비본질적 연구'로서 2·3류 학자들의 우직한 연구 분야라고 치부하여 연구 성과가 저조한 경향을 보여 왔던 터다. 그리하여 상당수의 정예학자들은 다른 학자들의 원전론적 연구 성과를 마음대로 활용하면서, 스스로 그러한 작업을 회피하는 이기적 성향까지 보였던 터다. 비록 원전론에 의한 연구 작업이 지난하고, 노력에 비하여 성과가 적다고는 하지만, 누군가는 해내야 하는 필수적인 기본·기초 작업으로써 학계에는 크게 기여하는 바가 있다. 따라서 원전의 서지적 연구와[9] 이본고[10] 계통수의 재구[11] 등에 대해 새로이 주력해야 할 것이다. 이러한 원전 연구가 결코 위와 같은 예비적 연구나 비본질적 연구가 아니라, 자체로서 본격적이고 본질적 연구이기 때문이다.

2) 문예론적 연구

고전소설이 문학작품이기에 문예론적 연구는 당연한 일이다. 그래서 학계는 일찍부터 고전소설의 문학적 탐구에 주력하여 왔다. 그리하여 성

---

9) 유탁일, 『완판 방각본소설의 문헌학적 연구』, 학문사, 1981 참조.
10) 정규복, 『구운몽원전의 연구』, 일지사, 1977.
　　임철호, 『<임진록> 이본 연구』, 전주대학교 출판부, 1996.
　　김영수, 『필사본 심청전 연구』, 민속원, 2001 등 참조.
11) 김동욱, 「<춘향전>의 비교적 연구」, 『동방학지』 20집, 연세대 국학연구원, 1978.
　　설성경, 『<춘향전>의 형성과 계통』, 정음사, 1986 등 참조.

과는 산적하여 더 이상 개척해 나갈 여지가 없을 지경에 이르렀다. 그런데 왜 새삼스럽게 상식적인 방법론을 재론하자는 것인가.

그동안 고전소설은 서구식 문학론이나 현대적 소설론에 의거하여 문학성이 재단·분석되어 왔다. 따라서 진솔하고 원형적인 문학성을 올바로 발견하거나 제대로 건져낼 수가 없었던 것이다. 그 결과 고전소설은 문학성이 부족하다거나 천편일률적이라는 평판과 함께 문학 이전이라거나 문학 이하라고 속단하는 경우가 많았다. 그래서 권선징악을 주제로 하는 윤리적·대중적 서사물로 취급되어 애초부터 문학성을 기대할 수 없이 뻔한 것으로 보았다. 간혹 고전소설의 주제론이나 구조론·구성론·문체론 운운하며 문학성을 탐색하는 진지한 논의가 나오면, 마치 과장되거나 조작된 것처럼 여기고 자가발전적 견해라는 조소까지 받아 왔던 것이 사실이다. 알고 보면 고전소설의 문학성에 대한 탐구는 그만큼 무력한 자만 속에 표류하고 있었던 것이다.

그러나 고전소설 작품 자체로 돌아가 보면, 문학성은 고전소설답게 완벽한 것이다. 기실 동양예술이 자체의 예술성을 완비하고, 동양문학이 자체의 문학성을 구족하고 있듯이, 고전소설이 문학성을 제대로 갖춘 것은 너무도 당연한 일이다. 그렇다면 이 작품의 원전에 입각하여 연구의 효과적 방향을 모색하고 효율적 방법론을 귀납·적용하여 비장·미묘한 문학성, 문학적 가치를 탐색·고증해 내야만 한다. 그러기 위해 동서·한중을 관류하는 예술미학·문예미학·소설미학의 원리와 관점에서, 고전소설의 주제론·구조론·구성론·문체론 등을 문학적으로 전문화하여야 한다. 그것이 바로 고전소설에 대한 본질적인 연구이기 때문이다.

한편 고전소설은 상술한 바 방대한 종합문학이기에 장르론을 적용하여 연구할 필요가 있다. 우선 종합문학적 복합상태를 유기적 관계로 파악한 다음, 그것이 유통과정에서 발전적으로 분화된다는 필연적 현상을 전제해야 된다. 그렇게 할 때 그 안의 단편적 서사단위를 단편소설론으로 검토하고, 삽입시가들을 취합·연결시켜 시가론으로 검증하며, 서간·제문·상소 등 삽입산문들을 유형화하여 수필론으로 고찰할 수 있기 때문이다.[12] 그리고 고전소설의 연행을 전제로 극적 구조·구성과 대화 중심의 문체를 조직화하여 희곡론으로 논의해 볼 수도 있다.

3) 예술론적 연구

전술한 대로 고전소설이 예술작품이라는 차원에서, 예술론적 연구는 당연하고 필수적인 작업이다. 원래 고전소설이 문학작품으로 예술범주에 드는 것은 사실이지만, 그 자체 안에 미술·음악·무용·연기 등 예술적 요소를 유기적으로 조화시키고 있는 터다. 게다가 고전소설은 유통과정에서 강독·강담·강창 등을 통하여 구비적으로 연행되었을 뿐 아니라, 시각적 미술로 입체화되는 경우까지 생기게 되었다. 따라서 고전소설에는 반드시 예술론적 논의가 중요한 방법으로 부상할 수밖에 없는 터다.

그동안 일부 학자가 고전소설 속의 예술적 요소를 중심으로 예술론적 연구를 시도하여 주목되고 있다.[13] 그 밖에는 이런 예술론적 연구 업적이 뚜렷하게 보이지 않는 실정이다. 가까운 중국의 학계만 하더라도 이미 소설예술론이 상당한 성과를 올리며 호응을 받고 있다.[14] 심지어 고전소설 개별 작품의 예술론까지 시도되고 있는 실정이다.[15]

---

12) 경일남, 『고전소설과 삽입문예양식』, 역락, 2002, 11-13쪽.
13) 김진영, 「고전소설에 나타난 예술적 요소의 연구」, 『고전소설과 예술』, 박이정, 1999, 24-28쪽.
14) 馬振方, 『小說藝術論』, 北京大學出版社, 1999, 109-110쪽.
15) 顧 俊, 『聊齋誌異的藝術』, 木鐸出版社, 1983, 1-5쪽.

이제 고전소설의 예술론적 연구가 본격적으로 진행되어야 한다. 즉 고전소설의 예술세계를 밝혀내는 데에 주력해야 된다. 따라서 고전소설 속의 미술이 건축·회화·서예·조각·공예·장식·의상·장신구·소지품 등으로 다양하게 조직·연결되어 작품의 형상화에 어떻게 기능하지까지 파고들어야 한다. 이와 같은 차원에서 음악이 성악과 기악, 타악·현악·관악 등으로 나누어 독창이나 합창, 독주·합주, 그리고 성악·기악의 합연을 통해서 무용과 함께 공연예술로 결합·조화되어 작품의 형상화에 기여하고 있는 점까지 탐색해야 된다. 나아가 고전소설에 자리한 연기가 가창으로부터 시작하여 가무와 강창, 대화와 잡합(雜合) 등의 연극형태로 조직되어, 작품의 형상화에 입체적이고 역동적인 역할을 다하고 있는 현장까지 확인해야 된다.[16) 이러한 작업은 고전소설 전체나 유형별로 진행할 수가 있고, 개별 작품으로 수행할 수도 있는 터다.

한편 전술한 대로 고전소설이 유통과정에서 강독되고 강담되면서 때로는 강창되는 것도 공연예술 차원에서 논의될 수 있다. 나아가 이본이 시가형태로 전환되어 가창되거나 판소리 창본으로 개작·연창되는 것도 주목하여 예술적으로 검토해야 한다. 이어서 이본들이 그 시대에 상응하여 극화·상영되는 경우에는, 연극형태에 기준하여 예술적 논의를 심화한 후에 극본·희곡적 실상까지 논급할 필요가 있다.

4) 문화론적 연구

전술한 대로 고전소설이 문화적으로 확대·정립되었으면, 문화론적 연구는 필수적인 작업이다. 고전소설이 종합적으로 포용하고 있는 제반

---

16) 김진영, 「고전소설의 연행양상」, 『한국서사문학의 연행양상』, 이회문화사, 1999, 167-169쪽.

문화는 물리적인 집적이 아니라, 각기 계통·유형을 지키며 유기적으로 조화되어 있기 때문이다. 특히 각개의 문화현상을 계통적으로 유형화하여 그것이 이 작품의 형상화에 기능하고 있는 정황을 파악해 내는 일이 중요한 터다. 즉 고전소설의 필사본을 중심으로 거기에 수용된 언어·문자, 문헌·서체, 종교·사상, 윤리·의례, 사회·민속 등을 각개 분야의 이론으로 연구하는 것이 상책이라는 이야기다.

언어·문자론적 검토다. 고전소설의 원전에는 시대에 상응하는 국어가 생동하는 대중언어로 가득 차 있다. 고전소설의 유통과 조류를 같이 하는 국어는 국어학의 자료요 국어사의 전거라 하겠다. 그래서 고전소설의 국어와 국어사는 음운론·형태론·문장론·문체론과 함께 국어사론까지 정립할 수가 있다. 게다가 고전소설은 필사본의 경우 거의 다 국문 전용으로 되어 있다. 국문표기는 그 시대에 상응하는 표기체계와 철자법, 활용양상과 대중적 문장의 실상을 증언하고 있다. 국문전용의 문체는 당시 대중문학의 문장체계를 보여줄 뿐만 아니라, 국어문자의 국민적 보급사, 국문전용의 전통, 대중적 발전사를 극명하게 보여주기에, 족히 문자론적 접근이 얼마든지 가능한 터다.

문헌·서체론적 접근이다. 고전소설은 필사본을 중심으로 대중적 문헌의 커다란 산맥을 이루고 있다. 이것이 고전소설의 문헌사를 그대로 보여주는 터다.17) 따라서 문헌의 집대성을 통하여 문헌학을 정립할 수가 있다. 필사본의 문헌사, 국문문헌사의 생동하는 전거가 여기서 밝혀지기 때문이다.18) 이것은 고전소설의 유통과정과 직결되어 대중·성장소설과 문헌적 방편의 불가분한 상관성을 입증해 준다. 그리고 문헌 속에 서체가 찬연히 빛나고 있으니, 필사본의 서체론을 정립할 수가 있다. 문헌의

---

17) 이수건 외, 『16세기 고문서』, 아카넷, 2004, 73-74쪽.
18) 유탁일, 「사본의 가치」, 『한국문헌학 연구』, 아세아문화사, 1960, 11-12쪽.

국문서체는 당시 고전소설 유통층의 다양한 필체를 반영하면서, 남·여 필체, 궁체·정서체·흘림체 등의 유형을 이루고 있어 대중필체사·국문서체사를 족히 파악하게 된다.[19]

종교·사상론적 논의다. 고전소설은 주제의 배경으로 동양 종교와 사상의 모든 것을 포용하고 있다.[20] 기실 고전소설 속에 불교와 유교는 물론 도교와 무교·민간신앙 등[21] 모든 종교가 합류되어 있다. 각개 작품의 성향에 따라 종교 간의 비중·세력이 차이는 있지만, 이러한 종교들이 자연스럽게 습합되어 있는 점이 중시된다. 대개는 유불습합을 비롯하여 도불습합이나 무불습합이 잘 이루어진 것을 보면, 역시 불교의 포용력과 개방성을 중심으로 융합되어 있는 실상이 돋보인다.[22] 여기서 고전소설의 종교세계를 체계적으로 논의할 수가 있다. 고전소설의 종교적 배경과 고차원의 중량감은 작품 자체의 정신적 수준을 승화시키고 영원한 가치를 고양시키는 터라 하겠다. 이어 고전소설은 각 종교의 사상체계를 은연중에 제시하고 실천적으로 용해시키고 있다. 따라서 고전소설은 대체로 유교사상이나 불교사상, 도교사상 등으로 유별되거니와, 그것이 종교와 함께 이론적으로 체계화될 수가 있는 터다. 이러한 사상 체계는 고전소설의 정신적 교화권능을 고양하고 있는 점이 실증된다.

윤리·의례론적 탐구다. 고전소설은 종교·사상을 배경으로 하여 윤리덕목의 실천적 교본이 되어 왔다.[23] 이른바 권선징악이 바로 고전소설의 주제적 주류를 이루어 왔다. 이러한 윤리적 전통과 계맥을 찾아 체계

---

19) 한국한글서예연구회, 『조선시대문인들과 한글서예』, 다운샘, 2006 참조.
20) 박성의, 『한국문학배경연구』, 선명문화사, 10-11쪽.
21) 박대복, 『고전소설과 민간신앙』, 계명문화사, 1995 참조.
22) 조현설 외, 『한국서사문학과 불교적 시각』, 역락, 2005, 39-40쪽.
   김진영, 『불교담론과 고전서사』, 보고사, 2012, 139-140쪽.
23) 김현룡 외, 「한국문학과 윤리의식」, 『소설문학』, 박이정, 2000, 387-388쪽.

적으로 파악함으로써, 고전소설이 지향하는 윤리·도덕의 이상세계를 입증할 수 있다. 기실 문학의 지향점이 교훈성과 쾌락성이라 하지만, 고전소설은 분명히 쾌락성을 버리지 않은 채 교훈성을 추구하고 있는 터다. 따라서 쾌락 위주로 흐르는 현대적 문예사조로써 고전소설의 윤리적 가치체계를 재단하거나 묵살해서는 결코 안 될 것이다. 이에 맞물려 고전소설에는 각종 의례가 설정·시행되어 주제적 입체성을 강화하고 있다. 윤리적 주제의 실천과정에서 줄줄이 이어지는 의례는 개인의례를 비롯하여 가정의례, 집단의례, 공공의례, 국가의례 등으로 전개된다. 기실 모든 의례는 신화적인 대본에 의하여 연극적으로 연행됨으로써 입체적인 서사문맥을 창출해 왔다. 그리하여 이것이 고전소설의 사건진행에 근엄성과 역동성을 증진하는 데에 큰 역할을 하고 있는 터다. 따라서 제의적 측면과 계맥을 탐색·논의하는 것은 필수적인 작업이라 하겠다.

사회·민속론적 고찰이다. 고전소설은 주인공을 중심으로 등장인물의 사회생활상을 시간·공간에 맞추어 사실적으로 재현한 것이라고 보아진다. 주인공의 영웅적 일생이 개인생활로부터 가정생활, 외지생활, 공공생활을 거쳐 국가생활 등 사회생활로 일관되어 있기 때문이다.[24] 따라서 이런 고전소설의 사회상을 유형적으로 파악하여 계통적 실상을 귀납·정리하면, 작품의 구조·구성에 직접 기여한 사실이 올바로 밝혀질 것이다.[25] 나아가 사회생활에 직결되어 제반 민속이 형성·전개되고 있다. 등장인물들이 의·식·주에 관한 생활민속을 비롯하여[26] 신앙민속, 윤리민속, 의례민속 그리고 연중 월령민속, 일생의 통과의례 등이 체계적으로 조직되어, 고전소설의 구성·전개에서 하나의 축을 이루고 있다.[27]

---

24) 권순긍 외, 『한국문학과 사회상』, 소명출판사, 2009, 96-99쪽.
25) 조동일, 『소설의 사회사 비교론』, 지식산업사, 2001, 4-6쪽.
26) 홍일식, 「일상생활·의식주」, 『한국민속대관』, 고려대학교 민족문화연구소, 1982, 29-35쪽.

따라서 이러한 민속을 집성·파악하여 존재양상과 기능실태를 구명해 낼 필요가 있는 터다. 이러한 민속계열이 실로 고전소설을 민중문학·민중예술·민중문화로 성장·유통시키는 원동력이었다는 사실을 확연히 밝혀야 하겠다.

이와 같이 문화론적 연구는 이른바 보조과학적 연구나 인접과학적 연구와 같아서, 오래된 종합과학적 연구방법을 적용시킨 면이 없지 않다. 이러한 연구방법은 고전소설 자체의 종합문학성·종합예술성 내지 종합문화적 실상을 다양한 방향에서 접근하여 가장 효율적인 방법으로 탐구하고, 마침내 성과를 유기적이고 복합적으로 융합해 내는 것이라 하겠다. 이것은 첨단적이라거나 선도적이라는 시사성보다는 보편적인 합리성을 갖춘 인문학 연구법이라는 데에 큰 의미가 있다고 본다.

5) 유통론적 연구

이미 논의된 대로 고전소설의 모든 원전, 실제적 이본들은 다 유통의 산물이다. 이본들은 유통으로써 형성·변화·성장·발전하며 역량·기능을 발휘하다가 어느 단계에서 문자로 정착되었다. 그러기에 이본들은 상하 민중, 수용층에서 역동적으로 유통망을 조성하여 만다라와 같이 생동하는 문학세계·예술세계·문화세계를 이룩하여, 오랜 세월 다양한 세계를 그대로 이끌어 왔다. 그것이 고전소설의 유통양상과 유통사로 남아 있는 터다.[28] 그러기에 이 원전 이본들을 제대로 연구하는 데에 유통론적 방법이 포괄적으로 대두되는 것은 너무도 당연한 일이다.

---

27) 오출세, 『한국서사문학과 통과의례』, 집문당, 1995, 182-189쪽.
28) 김진영, 「고소설의 낭송과 유통에 대하여」, 『고소설연구』 1집, 한국고소설학회, 1995, 90-92쪽.

흔히들 유통이라면 경제·금융이나 물류의 그것을 떠올리지만, 원래 그것은 문학·예술·문화 역량의 생동하는 교류현상을 전형화한 것이다.[29] 따라서 모든 원전은 유통의 관점에서 접근하고 유통의 원리와 실제를 방법론으로 연구될 수밖에 없다.[30]

원전의 이본이 문자적 유통에 의하여 필사본이나 판본으로 다양하게 형성되었다는 사실이 입증되어야 한다. 그리고 이본의 작품들이 유통에 의하여 변화·성장·발전하여 왔다는 점을 확인해야 된다. 나아가 작품들의 문학적 역량과 가치도 유통에 의하여 평가·정립된다는 사실도 탐색되어야 한다. 기실 어떤 작품이든지 유통과정에서 이본의 종류가 많을수록 문학적 역량과 가치가 높다는 사실이 입증된다. 문학적 역량과 가치가 독자·수용층의 감동과 인기로 작용하여 많은 이본의 생산을 촉진시켰기 때문이다. 이어 고전소설의 종합문학 형태가 유통에 의하여 문학 장르의 성향을 띠고 분화·전개되는 현상도 필수적으로 검증되어야 할 것이다.

원전의 이본이 구비적 유통에 의하여 수많은 이화로 형성되었다는 사실이 입증되어야 한다. 그리고 이 이화들이 자유로이 변화·성장·발전하여 오면서 문자로 정착되어 이본으로 행세하고, 또는 강독·강담·강창 형태로 연행되기도 했다는 사실이 확증해야 한다. 이처럼 생동하는 유통에 의하여 작품의 이본·이화들이 문학 장르를 확충·변화시켜 예술형태를 지향했던 사실이 드러날 수 있다. 마침내 이 작품들이 유통의 발전적 역량으로 인하여 공연예술로 전개되고 대본으로 승화될 수도 있었던 것이다.

---

29) 모든 불경은 '流通分'을 가장 중시하여 홍보·보급을 강조하였고, 세종의 훈민정음서에서도 '流通'을 가장 주목하여 문자를 창제한다고 밝혀 놓았다.
30) 사재동, 「고소설의 유통배경」, 『한국소설론』, 아세아문화사, 1991, 158-159쪽.

한편 이 원전의 이본이 유통에 의하여 확대·연변되어 문화형태로 전개되어 왔다. 방대한 열린 구조 속에 제반 문화현상을 포용하여 행세해 온 사실이 바로 유통에 의한 결과이기 때문이다. 이러한 이본들이 소설·문학으로부터 예술형태를 거쳐 문화체재로 전개되는 중심축에, 유통의 원동력이 자리하였다는 사실을 확증할 수가 있는 터다.

따라서 위와 같은 유통의 실체와 위상을 귀납하여 유통론적 방법으로 정립하고, 원전에 대한 제반 연구에 적용시킬 수가 있다. 그러기에 이 이본들에 대한 서지·문헌적 연구나 문학적 연구, 예술적 연구 내지 문화적 연구, 내용과 가치·기능에 대한 탐구에도 유통론이 적용될 수밖에 없는 터다. 실제로 작품의 이본·이화를 전거로 하여 시간·공간·계층적 유통범위로써 입체적인 유통망을 재구·설정하여, 문학·예술·문화로서의 생동하는 실상을 파악하는 일이 중요하다. 그리고 문학·예술·문화가 상호간에 작용·변화하거나 중앙과 지방간에 수용되고, 국제간에 교류하는 것까지도 유통론에 의하여 거론되는 것이 당연하다.[31] 따라서 소설사나 문학사, 예술사·문화사상의 위상도 유통사로 파악되는 것이 필연적이라 본다.[32] 그리고 고전소설을 중심으로 하는 지방문학사·지방예술사·지방문화사가 정립될 수 있다면,[33] 유통론에 따라 체계화되어야 마땅할 터다. 나아가 고전소설의 국내외적 비교 연구에서도 유통론에 근거를 두는 것이 합리적이라 하겠다.

---

31) 유통론에 의하면 유명한 돈황문서도 1,000년 가까이 막고굴 장경동에 비장되어 기능적 역할을 전혀 못했다.(사재동, 「실크로드 상의 불교미술과 불교문학」, 『실크로드를 통한 신라와 세계의 만남』, 한국문명교류연구소, 2012, 131쪽)
32) 사재동, 「한국문학유통사의 기술방향과 방법」, 『한국문학유통사의 연구』 Ⅰ, 중앙인문사, 2006, 70-72쪽.
33) 조동일, 『지방문학사』, 서울대학교 출판부, 2004, 201-209쪽.

5. 결론

이상 고전소설을 연구하는 데 있어, 원전을 중심으로 개념과 범위를 확충하고 원전의 개방적 실상을 기반으로 다양한 방향을 모색하며, 그에 적합한 방법론을 재고·강조하였다. 지금까지 논의해 온 것을 요약하면 다음과 같다.

첫째, 고전소설의 개념을 재검토하였다. 고전소설은 그동안에 논의·성립된 개념을 기본으로 하면서도 시대에 상응하여 공인·통용된 사실과 작품 자체의 종합문학성을 근거로 삼아 소설·문학으로 규정하고, 나아가 예술적 개념을 거쳐 문화적 개념으로 확대·정립되어야 합리적이다. 따라서 고전소설은 국문학의 한 장르이면서 그 전체요, 예술양식이며 문화형태라고 공인하는 것이 당연한 일이다.

둘째, 고전소설의 범위를 추적하였다. 고전소설의 개념이 확대·규정됨에 따라서 범위도 확대·적용될 수밖에 없다. 그동안에 서구식 '소설다운 소설'만을 중시하는 고정관념을 벗어나 적어도 삼국시대 이래의 모든 서사형태와 그 시대 소설 권외에 내몰린 서사형태까지도 다 고전소설의 범주 속에 포함시켜야 옳다. 그리해야 고전소설은 시공에 구애되지 않고 장강의 흐름처럼 태산의 연봉같이 풍성하고 다양하게 집대성될 수가 있기 때문이다.

셋째, 고전소설 원전의 개방적 실상에 대하여 파악하였다. 먼저 원전으로 방향을 돌려 직접 파고들어야 한다. 원전만이 고전소설의 모든 것을 보장하고 있기 때문이다. 기실 이 원전 중에서 중심·주축을 이루는 전형적인 것이 바로 방대하고 다양한 질량을 갖춘 필사본이다. 필사본은 고전소설이 형성·전개된 이래, 면면하게 유통·성장하면서 작자를 대신하는 각계각층의 필사자들과 수용층에 의하여 창작성을 구비하고 독자적인 작품, 이본으로 행세하며 원소장자·전소장사·현소장처까지 담고 있다. 이런 필사본은 제작연대를 대신하는 필사연대가 상대적으로 많이 알려져 19세기 말에서 20세기 초를 하한선으로 하고 고전소설의 형성기까지 소급하여 면면한 전통을 이어 왔다. 나아가 필사본은 필사·소장지역이 밝혀져 공간적 분포가 명시되어, 시간적 전통과 어울려 확실한 전거를 실증하고 있다. 이러한 필사본 원전은 개별적으로는 독자적 창작품으로 행세하고 나아가 계통수적 이본군으로 그 작품들의 성장범위와 역사까지 보증하며 시공을 망라한 유통망을 이룩하였다. 이러한 원전들은 그 자체의 개방적인 구조에다 종합적인 내용을 갖추어 소설·문학형태를 기본으로 예술형태를 거쳐 문화형태로까지 승화될 수 있었다. 따라서 필사본은 소설·문예학의 원전일 뿐만 아니라 예술학 내지 문화학의 원전으로도 족히 통용되어야 한다. 따라서 원전은 국보적 민족문화유산이라 할 수 있다.

넷째, 연구방법론을 거론하였다. 방법론에는 왕도가 없고 외래적 방법론의 기계적 적용을 거부하며, 원전에 입각하여 가장 효율적 방법을 체험적으로 귀납하는 것이 가장 합리적이다. 그리하여 여기 방법론에서는 먼저 원전론적 연구로서 서지·문헌적 검토와 이본고의 다양한 강화가 필요하고, 다음 문예론적 연구로서 구조론·구성론·문체론·장르론 내지 문학사론까지 본질적으로 심화시켜야 한다. 이어 예술론적 연구에서는 작품 속의 미술·음악·무용·연기 등 예술적 요소와 작품상의 기능을 예의 분석할 뿐만 아니라, 작품 자체가 유통·연행되면서 보여주는 예술적 실상과 역할까지 확대 고찰해야 된다.

한편 문화론적 연구에서는 먼저 언어·문자론적 검토와 문헌·서체론적 접근, 종교·사상적 논의, 윤리 의례론적 탐구, 사회·민속론적 고찰 등을 새롭게 심화하여 그것이 작품상에 기능·기여하는 실상까지 규명해 내야 한다. 이것은 이미 알려져 적용되어 온 보조과학적 방법으로 이른바 종합과학적 방법론과 상통하는 터다. 또한 유통론적 연구에서는 모든 원전, 필사본 이본들이 모두 유통·성장의 결과물임을 전제하고, 위원전론·문예론·예술론·문화론 등이 모두 적용되어야 함은 물론, 원전들의 소설·문학·예술·문화로서의 시대적 실상과 기능을 유추·복원하는 데에 유통망을 활용하고, 나아가 각개의 역사적 전개과정을 유통사로 파악해야 될 것이다.

이와 같이 고전소설 연구의 방향과 방법론을 개관하고 나니, 이미 알려지고 활용되던 그것을 원전 중심으로 재론·강조한 것에 불과하다. 기상천외의 만능적 방법론이 원전을 떠나 별세계처럼 성립될 수 없는 것은 자명하다. 앞으로의 원전 연구를 통하여 체험적으로 가장 효율적인 방향 설정과 함께 방법론이 발전적으로 정립되기를 기대할 따름이다.

필사본 고전소설의 현황과 가치

1. 서론

고전소설이 한국 고전문학의 중심·주류를 이루어 왔다는 점은 문학적 자질과 자료적 방대함에서 이미 확증된 사실이다. 이러한 고전소설 자체로서나 연구에서 가장 중대한 것은 바로 원전 작품들이다. 원전만이 고전소설의 문학적 실상과 문학사적 위상을 보장하고 있기 때문이다. 이러한 원전은 고금을 통하여 다양한 형태로 유통·전승되어 왔거니와, 그 중에서도 필사본이 가장 중요하고 값지다고 평가되는 것은 너무도 당연한 일이다. 필사본만이 작품의 형성·유통 과정에서 기본적 원형과 보편적 전형을 보존하여 왔기 때문이다. 따라서 필사본은 고전소설의 형성적 원형을 추구하고 문학적 전형을 탐구하는 데에 최고·최상의 필수적 원전이 될 수밖에 없다.

지금 고전소설은 한국고소설학회를 중심으로 다각도로 연구되고 방법론을 첨단적으로 예각화하여 새로운 업적을 많이 내고 있는 형편이다.[1]

이처럼 연구영역이 확대·심화되는 과정에서 작품 원전의 수요가 급격히 늘자 주변의 손쉬운 자료를 마구잡이로 물색하는 경향이 뚜렷이 나타나게 되었다. 원전의 목판본이야 무난하다지만, 활판본이나 교주본, 나아가 현대적 증연본(增演本)까지도 안이하게 취택하여 편리하게 연구하고 있는 실정이다. 이처럼 동일 작품의 후대적 원전, 현대적 이본을 가지고 작품의 본질적이고 핵심적인 실상과 중추적 위상을 고찰한다면, 그 성과야말로 분명 사상누각이요, 허구가설이 될 수밖에 없다. 기실 필사본 원전이 구득하기도 어렵고 독파·고찰하기조차 힘든 것은 사실이다. 그렇다고 지금처럼 편의를 따라 편리한 대로, 그 나름의 방법론을 내세워 후대적이거나 현대적인 원전에 의존하여 연구의 원칙·정도에서 벗어나 방황할 수는 없다. 지금이야말로 길 잃은 자가 출발점으로 돌아가야 하듯이, 무릇 모든 본격적인 연구는 반드시 필사본 원전으로 다시 돌아가야 마땅하다. 이런 점에서 여기 필사본 원전을 새삼스럽게 거론할 필요가 절실한 터다. 실제로 필자가 수집·소장했던 고전소설 필사본 일체를 총체적으로 고찰할 필요가 있다.

그동안 고전소설 연구는 초장기로부터 필사본 원전을 중시하고 저명한 작품들의 이른바 이본고를 해내거나 개별 작품의 원본적 원전을 추적하는 이본 대교의 작업을 거쳐 상당한 성과를 내어 온 것이 사실이다.[2] 이런 데에 촉발되어 앞선 학자들이 필사본 원전의 중요한 가치를 새롭게 인식하고 이를 거국적으로 발굴하여 총체적으로 정리·검토하는 작업을 추진하였다. 한국정신문화연구원 도서관을 맡고 있던 조동일 교

---

1) 한국고소설학회가 발족되어 ≪고소설연구≫ 제1집(1995)을 창간한 이래 지금까지 지속되고 있다.
2) 김동욱, 「<춘향전>의 비교적 연구」, 『동방학지』 20집, 연세대학교 국학연구원, 1978. 임철호, 『<임진록>이본 연구』, 전주대학교출판부, 1996 등 참조.

수가 전국의 유수한 도서관이나 개인이 소장한 필사본을 모두 마이크로
필름화하고 총목록을 출간하여 사계에 크게 기여한 바 있다.[3] 그 여세를
몰아 출판계에서는 저명한 소장자의 필사본을 전체적으로 영인해 내니,
김동욱 소장본이나 박순호 소장본, 김광순 소장본 등이 영인본으로 출
간·보급됨으로써[4] 연구자들에게 지대한 편의를 제공하였다. 최근에 조
희웅 교수가 그간에 거명·거론된 모든 이본을 필사본 중심으로 집대성
하여 ≪고전소설이본목록≫[5]을 ≪고소설줄거리집성≫[6]과 함께 출간하
여 아주 유용한 원전 연구의 길잡이가 되었다.

이제 필자가 소장했던 필사본은 충남대학교 도서관 경산문고로 이양
되었거니와, 전체가 135종 400책에 불과하지만, 그 나름의 특성과 가치
를 가지고 있는 것만은 분명하다. 그동안에 이 필사본은 한국정신문화연
구원의 마이크로필름에 들어 있지만[7], 후반의 작업에 속하여 총목록집
에는 아직 수록되지 않았다. 다만 조희웅 교수의 이본 목록에 제목이 가
나다순으로 배열되어 있을 따름이고, 영인·출판된 바가 없는 게 사실이
다. 이런 점에서 필사본의 거론·소개가 늦어진 것은 불가피한 일지만,
오히려 현시점에서 해제·공개할 당위성과 함께 희귀성이 돋보여 주목
되기도 한다. 필사본들은 대전 중심의 기호권에서 주로 수집된 것이라,
대구 중심의 영남권 김광순 소장본이나 전주 중심의 호남권 박순호 소
장본과 더불어 얼마만큼의 독자성을 갖추었으리라 추정되는 터다. 그나
마 김광순 교수의 주선에 의하여, 지금 경산문고에 소장된 필사본을 총

3) ≪한국고소설목록≫, 한국정신문화연구원, 1983.
4) 김동욱, ≪나손본필사본고소설자료총서≫, 보경문화사, 1991.
　　박순호, ≪한글필사본고소설자료총서≫, 월촌문헌연구소, 1986.
　　김광순, ≪필사본한국고소설전집≫, 경인문화사, 1993.
5) 조희웅, ≪고전소설이본목록≫, 집문당, 1999.
6) 조희웅, 『고전소설줄거리집성(2권)』, 집문당, 2002.
7) 한국학중앙연구원, 고서도서관 고소설 마이크로필름 목록 참조.

체적이고 개괄적으로 고찰하게 된 것은 다행한 일이라 하겠다.

이에 본 글에서는 먼저 총목록을 제시한 다음, 첫째 필사본의 전통적 지역성과 유통범위를 추적하겠고, 둘째 필사본의 이본 현황과 자료적 가치를 검토하되, 이본의 전체적 상황을 서지적으로 개관하고, 이를 미발표 단독이본과 이미 공개된 복합이본으로 나누어 거론하고 유통양상을 추적해 보겠다. 셋째 필사본의 문화사적 위상을 유관문화와 연관시켜 파악하여 보겠다. 여기서는 고전소설의 유통과정과 양상을 중시하는 유통론적 관점과[8] 문화학적 방법론으로써, 필사본이 전통적 지역화와 계층적 수용력에 의한 문화적 산물임을 전제하고, 별첨 <경산문고 고전소설 필사본 목록>에 근거하여 접근할 것이다. 이를 통해 고전문학 중심의 국문학계나 유관 문화학계에서 필사본의 원전·자료적 중요성을 재인식하고, 그것을 새롭게 활용·연구하는 계기를 마련코자 한다.

2. 필사본의 전통적 지역성과 유전 범위

전술한 대로 필사본은 작품이 전국적으로 유통되면서 그 나름의 전통을 유지하고 지역적으로 토착화되게 마련이었다. 기실 필사본은 목판본이나 활판본처럼 어떤 출판사의 대량생산이 아니고, 어디에 사는 누구의 개인적인 필서이기 때문이다. 그리하여 필사본은 그 지역에 따라 필사자·필사연대, 그리고 계층에 의하여 저마다 독자적 실상과 전통적 위상을 갖추고 있는 터다.

필사본은 원칙적으로 필사 모본과 함께 주소와 필사자·필사연대 등

---

8) 사재동, 「고전문학의 유통양상」, 『학문생활의 도정』, 중앙인문사, 2006, 443쪽.

이 분명했던 것이다. 따라서 필사본의 모본을 통하여 작품의 전통과 유통계보를 확인할 수가 있고, 주소를 전거로 하여 지역별 분포도를 그려낼 수도 있다. 그리고 필사본의 필사자와 함께 원소장자와 전소장자·현소장자까지 추적해낼 수가 있고, 그들의 문화적 계층까지 유추할 수가 있다. 나아가 필사연대를 통하여 모본과 필사본들의 유통사를 추정·파악할 수도 있다. 기실 작자·연대 미상의 고전소설이라면, 필사본의 필사자와 필사연대는 유일 원본의 경우에 그대로 작품의 작자·연대가 되고, 어떤 이본의 경우에도 작자·연대를 대신하기 마련이다. 이런 점에서 필사본은 작품의 유통양상과 대중적 수용실태, 문학사적 영향관계를 파악하는 데에 가장 직접적인 전거가 되는 게 확실하다.

문제는 현전 필사본 거의 전부가 위와 같은 조건과 관련사항을 제대로 갖추지 못하고, 나아가 수집과정에서조차 이런 사실을 배려·조사하지 않았다는 점이다. 원래 필사본 자체가 그런 여건이 미비된 경우가 대부분인데 이는 필사본이 유통되는 현장이나 수집되는 과정에서 망실·묵살되었기 때문이다. 이런 현상은 어느 모로 보나 안타까운 자료적 흠결이라고 하지 않을 수 없다.

경산문고 필사본도 위와 같은 사례에서 결코 벗어날 수가 없다. 그래서 일찍이 수집을 시작할 때부터 개인 소장이나 고서상을 통하여 모본의 출처·원소장자·전소장자, 구매일시·장소 등이라도 일일이 가능한 한 추적·기록하지 못한 것이 못내 아쉬운 터다. 그런데도 경산문고 필사본 400책, 그 자체를 통하여 위와 같은 미비·허점을 어느 정도 보완·극복할 방법이 없는 것도 아니다. 실제로 필사본의 모든 것이 위와 같은 조건·관련사항을 직·간접으로 증언하고 있기 때문이다.

첫째로, 필사본의 모본을 유추할 수 있다. 어떤 필사본이든지 유일한 단독필사본 말고는 모두 이미 유통·전승되던 모본을 보고 필사한 것이 분명하기 때문이다. 여기서 주목할 것은 필사의 정도와 수준의 문제라 하겠다. 우선 필사자가 모본을 모사하듯이 한 자 한 구씩 베끼는 경우요, 다음은 필사자가 모본의 한 문장이나 한 장면을 읽고 기억나는 대로 써 가는 경우요, 그리고 필사자가 모본을 다 읽거나 이야기로 듣고 줄거리를 기억나는 대로 보태고 빼서 써 내려가는 경우요, 끝으로 필사자가 모본의 이야기 내용을 의도적으로 축약하거나 부연하여 써 내는 경우이다. 따라서 전반 두 경우도 필사본이 모본에서 얼마만큼 달라질 수도 있지만, 후반 두 경우는 필사본이 모본과 상당히 달라져서 거의 다른 작품처럼 기본적 서사구조만 상통하는 새로운 작품으로 변모되기 마련이다. 여기서 필사본과 모본의 상관성을 통하여 이본이 형성·전개되는 전통성과 함께 각개 이본의 창작적 독자성을 확인하게 된다.

둘째로, 필사본의 지역성을 나름대로 추정할 수가 있다. 전술한 대로 경산문고의 필사본은 대전을 중심으로 하는 기호권에 자리한다고 일단 어림할 수가 있다. 기실 오랜 기간에 걸친 수집과정에서 그 지역적 근거를 방치한 결과로 구체적인 거점을 거의 망실하고. 개인 소장에 속했던 바 '대전 중구 선화'·'충남 연기 금남'·'연기 동면'·'논산 노성'·'당진 초락도' 등 10건 가량만 확인할 수 있을 정도다. 그리고는 이들 필사본의 표지나 속표지 또는 본문의 말미 등에 주소를 기록한 사례는 '경성부 봉래정(京城府 蓬萊町)'·'충북 청주군 가덕면 수곡리(忠北 淸州郡 加德面 首谷里)'·'보은군 회남면(報恩郡 懷南面) 새별'·'문의군 읍내면 하동'·'충청도 예산군 덕산면 복당(忠淸道 禮山郡 德山面 卜唐)'·'충청남도 아산군 이동면 신학리(忠淸南道 牙山郡 二東面 新鶴里)'·'공주읍내 반죽(公州邑內 班竹)'·'연기군 방축리(燕岐郡 芳築里)'·'전라북도 진산면 묵산리' 등 30건에 불과한 터다. 한편 필사본에 나타난 방언을 통하여 그 지역을 추적해 볼 수 있는 경우가 상당하여 주목된다. 그래서 필사본을 구득한 대전과 서울의 고서점, 그리고 대전 중심의 충청권과 전북 등지를 넘나드는 고서상을 거점으로 기억을 더듬어 볼 수가 있다. 이러한 바탕 위에서 필사본의 지역적 윤곽을 유추할 수 있을 따름이다. 필사본의 거의 전부가 대전 중심의 기호지방 어느 지소에서 제작·유통되었다는 점만은 분명하다. 따라서 필사본의 주소적 분포도는 완성하기 어렵지만, 그 지역적 범위만은 거시적으로 설정할 수가 있겠다.

셋째로, 필사본의 필사자와 필사연대를 추정할 수가 있다. 필사자는 그 작품의 작자처럼 거의 다 미상이다. 미상이란 작자나 필사자가 없다는 말이 아니라, 상세히 기록되거나 전하지 않는다는 뜻이다. 어떤 작품에도 작자가 있었듯이, 본래 필사본에도 반드시 필사자가 있었다. 다만 그 이름을 명기할 수 없거나 밝히기 싫은 여러 가지 이유·사연 등으로 하여 필사자가 미상으로 떨어졌을 뿐이다. 가끔 '윤쇼져등셔'·'권쇼제필셔'·'이쇼져필셔'나 '니승관등셔'·'김동은서(金東隱書)'·'이상익필서(李相益筆書)'·'송학성필'·'남곡산인필서'·'이생서(李生書)'·'십이세소애필셔' 등이 필사자로 기록되거나 구전되는 경우가 있지만 대세가 미상으로 흐를 수밖에 없었다. 물론 필사자 미상이 단점이기보다는 하나의 특징이라고 해야 하겠다. 그래서 필사본 자체를 통하여 필사자를 계층·유형별로 유추할 필요가 있는 것이다. 필사자군이 작자를 대신하기도 하고 또한 유통·향유의 주체가 되기도 하기 때문에 더욱 그렇다. 이러한 실질적 필사자는 이 지역의 부녀자들이 주축을 이루고 있었던 터다. 궁중·대가 부녀들의 관례를 따라 기호지방 향반·중인·부농들의 부녀들이 국문을 해독하고 고전소설을 읽고 누리는 가운데에, 고전소설을 필사해 냈던 것이라 하겠다. 필사본의 장정·지질이나 필체 등을 검토할 때 그런 사실을 추정할 수 있다. 거기에 이 지역 선비나 국문 해독 남성의 일부가 스스로의 감상이나 부녀들을 위하여 이를 필서한 사례가 있고,

간혹 삯을 받고 써 주는 전문가의 필체가 보이는 터다.

필사본의 필사연대는 비교적 많이 기록·유전되어 참고가 된다. 필사본의 표지·속표지의 우편 상단이나 본문의 말미에 부언·잡기와 함께 필사연대를 기록한 사례가 50%를 상회하기 때문이다. 필사연대야말로 작품의 제작·유통시기를 추정하면서, 필사본의 생성·활용시대를 추적하는 근거가 되기에 그만큼 중시될 수밖에 없다. 기실 필사연대는 절대연대로 표기된 것은 아주 드물고,[9] 대개 간지로 기록되어, 60년 단위의 상하 이동으로 종잡아야 하기에 그 시기를 확증하기가 힘들다. 다만 장정이나 외형, 지질·묵색, 서체와 문체·어법 등을 비교·상고하여 상대연대를 추정할 수 있을 따름이다. 이렇게 볼 때, 필사연대는 <청월당영화록>(정축 : 하한 1877)을 비롯하여 <유한당사씨언힝녹>(정유 : 하한 1897), <영평공쥬본전>(정미 : 하한 1907), <김용주전>(경슐 : 하한 1910), <청암녹>(갑인 : 하한 1914), <소듕화역디셜>(을묘 : 하한 1915), <심참판전>(병진 : 하한 1916), <셔부인전>(긔ᄉ : 하한 1929), <니영츈효힝녹>(갑슐 : 하한 1934), <소강절실긔>(임오 : 하한 1942) 등으로 미루어 대강 19세기 말기로부터 20세기 초반까지 오르내리고 있는 터다. 여기서 필사본이 적어도 20세기 초반을 하한선으로 하여 19세기 후반 이전까지 성행·유통되었음을 어림할 수가 있겠다.

넷째로, 필사본의 소장자에 대하여 탐색할 필요가 있다. 필사본의 경우 수집과정에서 이 사실을 소홀히 했다고 이미 밝혔거니와, 그런대로 필사본의 유전 경로와 자료적 근거를 분명히 하기 위하여 가능한 한 추적해 보아야 한다. 소장자는 필사자를 비롯하여 원소장자·전소장자 또는 전소유자, 현소유자 등으로 나누어 검토할 수 있다. 필사자는 일차적

---

9) 가끔 '융희'·'광무'가 나오고 간혹 '명치'·'대정'으로 표기되는 경우가 있을 뿐이다.

소유·소장자라 간주되거니와, 원소장자는 필사본의 표지나 본문 말미에 '책주정정숙(冊主鄭正淑)'·'책주윤창구(冊主尹昌求)'·'책주여수영(冊主呂壽英)'·'책주이성천(冊主李聖天)'이라거나 '성복춘칙'·'한창수책(韓昌壽冊)'·'홍대천책' 또는 '책주최씨'·'염쇼져책'·'박셔방네책' 등으로 기재되어, 사례가 그리 흔하지 않다. 그리고 필사가 직접 당시의 소장자를 찾아가 구득한 바, <격벽디젼>(충남 연기, 안운선), <츈향젼>(충남 연기, 김영남), <유츙렬젼>(충남 논산, 윤석용), <임경업젼>(충남 연기, 사기동), <왕조열젼>(대전 자양, 김석교), <임진녹>(대전 선화, 강관현) 등에서 원소장자를 확인할 수가 있을 뿐이다. 그리고 원소장자 또는 전소장자로부터 이를 매입하여 소유했던 대전의 고려당 등 고서점 및 고서상, 서울 인사동의 통문관 등 고서점을 전소유자로 하여 필자가 구입한 것이 대부분이다. 따라서 필자는 얼마 전까지만 해도 필사본의 현소장자였다가 지금은 충남대학교 중앙도서관 경산문고로 소유·소장 처를 옮긴 것이다.

이러한 전제 아래서, 필사본의 유통범위를 점검할 필요가 있다. 이것이 필사본의 유통을 실증하는 시간과 공간을 규정하는 핵심이기 때문이다. 우선 필사본은 시간적으로 유통범위를 확장·유지하여 왔다. 상술한 바, 19세기 말기 20세기 초반을 하한적 기반으로 하여, 유통범위가 시간적으로 상당히 소급될 수가 있는 터다. 현존하는 필사본을 전거로 하여 모본을 추적하고 다시 그 모본을 재구해 올라가면, 원본적 고전소설이 성행하던 19세기 전반 18세기로까지 상회하여 유통의 영역이 그만큼 확대되는 게 당연하다. 그리고 필사본은 공간적으로 유통범위를 다양하게 확보하여 왔다. 말하자면 필사본은 가정에서 읽히고 친연에 따라 동내의 이웃에 돌려가며 읽히는데, 사랑방이나 안방에 모여 집단적으로 감상·수용하기도 하였다. 그리고 필사본은 특별한 경우에 인근 지역으로 이동·전승되는 사례도 없지 않았다. 나아가 필사본은 소장자·수용층의 수준에 따라 계층별로 유통되는 경우도 없지 않다.

3. 필사본의 이본적 현황과 자료적 가치

1) 이본적 현황

필사본의 이본이란 작품의 원본을 전제하고 그로부터 벌어져 나온 필사본을 가리킨다. 따라서 필사본은 원본이 아닌 이상, 모두가 이본의 성격과 자질을 갖추고 있다.

필사본은 대체적으로 1권 1책 단권이 주류를 이루니, 대강 전체의 66%를 차지하고, 2권 2책 이상으로 된 것이 34%에 이른다. 그리고 필사본의 장정은 거의 다 5정침 한장본(韓裝本)의 한국적 전형을 따르고 있다. 다만 전체에서 10책 이내만이 4정침 한장 또는 6정침 한장을 보이는 것은 민간에 유통되면서 편의에 따른 것이라 하겠다. 게다가 필사본은 크기가 다양하여 편의상 대형·중형·소형으로 나누어 보는데, 대형보다는 중형이 주축을 이루고 소형 역시 상당수를 이룬다. 여기서 대형은 장정이나 지질·묵색·필체 등으로 보아 상류층에서 제작·유통되고, 중형은 중류층에서, 소형은 하류층에서 형성·유전된 것으로 짐작될 뿐이다. 언제·어디서든지 책의 크기는 필사·제본의 편의에 따라 상당한 자유가 있어 왔기 때문이다.

필사본은 제목과 본문 모두가 거의 다 국문전용이다. 극소수의 한문소설이나 일부 제목에서 한자·한문을 사용하고 있는 것은 예외라 하겠다. 이러한 국문전용의 전통적 관례는 거의 당연시되고 있지만, 따지고 보면 매우 중시해야 될 것이다. 고금을 통하여 국문문학이 한국문학의 본형·

주류를 이루어 왔다면, 필사본의 국문전용이야말로 상통·하달의 소중한 매개역을 해왔을 뿐만 아니라, 민중·서민문학의 대중적 문자와 문장의 실태를 그대로 보여주기 때문이다.

필사본의 필체는 매우 다양하여 주목되는 터다. 국문서체는 여필 중심으로 남필이 섞여 있는데다, 정자체·흘림체나 궁체·내간체 등이 분명히 대비되고, 게다가 달필·졸필의 구별이 뚜렷이 보인다. 여기서 필사본이 생성·유통되는 과정에 동참·연관된 인원·계층의 다양·다기한 면모를 유추할 수가 있다. 더구나 필체는 그 시대적 국문문체와 더불어 대중적 필체의 보편성과 특이성까지 짐작케 하는 전거가 되는 터다.

필사본의 지질·묵색이 서지적 시기와 수준을 추측하는 상대적 근거가 된다. 그러나 그것이 연대기적 근거나 외형적 보존상태 등과 연결될 때만 상당한 참고가 되는 점을 유념할 필요가 있다. 여기서 필사본의 외부적 형태에만 집착하여 고태 운운하고 연대의 선행성을 속단하는 것은 위험한 일이 아닐 수 없다. 이른바 그러한 고태는 필사본이 유통·전전하는 과정에서 불의로 입은 부정적 피해의 결과라고도 볼 수 있기 때문이다. 그런데도 필사본의 고태와 함께 내부적 마모나 낙장, 외부적 손상·변모 등은 결함으로만 간주하여 묵살할 것이 아니다. 이 점이야말로 필사본이 유통의 현장에서 해낸 파란만장한 역할을 실증하고 있기 때문이다. 그러기에 유통론의 관점에서는 서당의 선비와 같이 단정하고 청결한 필사본보다 전선의 용사처럼 만신창이가 된 필사본을 더욱 높이 평가하는 것이 당연한 일이다.

일반적으로 어떠한 작품이든지 여러 종류의 이본을 거느리는 것은 유통양상이 그만큼 활발했다는 점을 실증해 주는 터라 하겠다. 이런 점에서 필사본의 이본 현황이 주목된다. 이 현황은 자료일람을 기준하여 크게 두 부류로 나누어진다. 필사본의 단독이본과 복합이본이 바로 그것이다. 이에 대체적인 경향을 보면, 단독이본이 전체의 22% 정도이고, 복합이본이 78% 가량으로 우세하다. 여기서도 이미 이 필사본의 유통 상황이 어림되는 터다. 기실 유통에서는 이 두 경향의 이본 모두가 창작적 독자성을 갖추었다고 전제할 수밖에 없다.[10)

2) 미발표 단독이본의 자료적 가치

고전문학·고전소설의 연구에서 미발표 이본은 일단 새롭고 귀중한 자료라고 간주할 수가 있다. 그러나 이런 미발표 자료라고 하여 반드시 문학적 수준이나 가치가 높다고 평가될 수는 없다. 그러기에 새로운 자료·원전이 새로운 이론을 가능케 한다는 보편적 관점에서, 창작적 독자성을 갖춘 이본 하나하나를 주목할 필요가 있는 터다. 위 단독이본 가운데서 미발표 원전은 12개 작품에 불과하다. 그런데 여기 미발표 작품이라는 것은 절대적으로 확증되었다고 장담할 수가 없다. 경산문고 소장의 필사본을 중심으로 필자가 전개한 여러 목록들을 통하여 조사한 상대적 결과이기 때문이다. 따라서 이 미발표 이본은 유일본이라는 의미보다는 학계나 문화계에 아직 공개·발표되지 않았다는 뜻이 더 적절할 수 있다. 이런 관점에서 필사본 중의 미발표 단독이본을 서지적으로 간략히 열거해 보겠다.

(1) 김용주전(金龍珠傳) 고서경산 集. 小說類 제2958호

이 이본은 1권 1책으로 5정침 한장본이다. 크기는 가로 21cm·세로 34cm이고 국문전용, 남필로 비교적 달필이며, 지질(문종이)·묵색·외형

---

10) 이상 고전소설의 문헌학적 검토는 유탁일, 『완판 방각소설의 문헌학적 연구』, 학문사, 1981을 참고하였다.

으로 보아 고태가 난다. 작품의 길이는 모두 39장 78면, 1면에 11행, 1행 평균 30자 정도다. 작자·연대는 물론 필사자도 미상이지만, 필사연대는 '庚戌年十一月十三日 始作'이라 하여 1910년을 하한으로 한다. 이 작품의 내용은 김용주의 문무 겸전한 영웅적 면모와 그의 가연에 겹친 역경을 고승의 계시로 극복하고 출장·입상하여 부귀영화를 누리는 것이다.[11]

(2) 갑진녹, 고서경산 集. 小說類 제3230호

이 이본은 1권 1책으로 5정침 한장본으로 <황월선전>과 합본되어 있다. 크기는 가로 24cm·세로 28cm이고, 국문전용, 남필로 달필이며, 지질·묵색·외형으로 보아 고태가 난다. 작품의 길이는 전체 10장 20면, 1면에 13행, 1행 평균 20자로 짧은 편이다. 표지가 없고 본문 초두에 '갑진녹'이라 기재되었다. 작자·연대, 필사자는 미상이지만, 필사연대는 '정미정월염육일'이라 하여 1907년을 하한으로 한다. 그 내용은 사명당이 갑진왜변을 예상하고 왜국 사신으로 건너가 왜왕의 시험을 받고 신통력을 발휘하여 그들을 항복시킨 것이다.

(3) 념불왕생전(가칭) 고서경산 集. 小說類 제3240호

이 이본은 1권 1책 6정침 한장본(韓藏本)이다. 크기는 가로 21cm·세로 31cm이고, 국문전용 여필(2인 필체)로 일부가 궁체이다. 지질·묵색·외형으로 보아 고태가 난다. 작품의 길이는 모두 22면 43면, 1면 11행, 1행 평균 22자 정도다. 표지도 없고, 초두 1부가 낙장인데 그 내용을 통하여 가칭한 것이다. 작자와 번역자 연대는 물론 필사자와 필사연대까지

---

11) 이 작품은 김진영 교수가 「<김용주전>의 형상화 방식과 그 의미」로 택민국학연구원의 고소설학술회의(2013. 4. 20. 경북대학교 대학원동)에서 발표한 바 있다.

미상이다. 그 내용은 역대 승려·신도들이 일심염불하여 극락세계에 왕생한다는 영험담이다.

(4) 남강긔우, 고서경산 集. 小說類 제2962호

이 이본은 1권 1책 낙질로 7정침 한장 변형본이다. 크기는 가로 21cm·세로 32.5cm이고, 국문전용, 여필(2인 필체)로 일부가 궁체이다. 지질·묵색·외형으로 보아 고태가 난다. 작품의 길이는 모두 39장 78면, 1면 10행, 1행 평균 20자 가량이다. 표지에는 제목이 없고, 본문 초두에 '남강긔우'라 기재되어 있다. 작자와 연대, 필사자·연대가 다 미상이다. 그 내용은 명문대가의 긔남자가 가연을 맺고 분산되어 역경을 겪다가 기이하게 만나서 부귀영화를 누리는 것이다.

(5) 왕조열전, 고서경산 集. 小說類 제3048호

이 이본은 1권 1책(초두 결실), 5정침 한장본이다. 크기는 가로 23cm·세로 27cm로, 국문전용, 남필 정서체이며, 지질·묵색·외형으로 보아 고태가 난다. 이미 필사연대가 검증된 이본과 대비해 보면 연대가 상당히 올라가리라 추정된다. 이 작품의 길이는 전권 48장 95면, 1면 13행, 1행 평균 22자 정도다. 표지와 본문 초두가 결실되고, 내용을 통하여 <왕조열전>이라 가칭하였다. 작자·연대와 필사자·연대가 모두 미상이다. 그 내용은 조선조 역대 왕(태조~숙종)과 왕비·왕자·공주들의 행적을 서사적으로 기술한 것이다.

(6) 쇼듕화역딕셜(小中華歷代說) 고서경산 集. 小說類 제3047호

이 이본은 6권 4책(완질), 5정침 한장본이다. 크기는 모두 가로 21cm·세로 31cm로, 국문전용, 남필(3인 필체) 정자체이고 지질·묵색·외형으로 보아 고태가 난다. 본문의 중요한 어휘 요목에 붉은 점이나 선을 그어 놓았다. 이 작품의 길이는 각권이 다르니 제1책은 76장 152면, 1면 13행, 1행 평균 22자, 제2책은 71장 141면, 1면 11행, 1행 평균 18자, 제3책은 66장 132면, 1면 12행, 1행 평균 21자, 제4책은 100장 200면, 1면 12행, 1행 평균 19자 정도로 모두 313장 625면의 장편이다. 제1책 표지에 '東國略史', 본문 초두에 '쇼듕화역뎌셜 권지일'이라 하고, 제2책 표지에 '역뎌셜', 본문 초두에 '쇼듕화역뎌셜 권지삼', 제3책 표지에 '東國略史', 본문 초두에 '역뎌셜', 제4책 표지에 '歷代記', 내표지에 '小中華歷代記'라 기재되어 있다. 작자·연대와 필사자는 미상이지만, 필사연대는 제1책 말미에 '을묘오월초일필셔'라 하고 제4책 말미에 '병진오월순일종'이라 하니, 1915~1916년을 하한으로 한다. 그 내용은 조선왕조 중심의 동국약사를 왕과 저명인물의 행적·사건을 주축으로 서사적으로 설화한 것이다.

(7) 소강절실긔, 고서경산 集. 小說類 제3010호

이 이본은 1권 1책 5정침 한장본이다. 크기는 가로 21cm·세로 31cm로, 국문전용, 여필 정서체이며, 지질·묵색·외형으로 보아 고태가 난다. 이 작품의 길이는 모두 31장 62면, 1면 14행, 1행 평균 25자 정도다. 표지에는 무제, 본문 초두에 '소강절실긔'라고 기재되어 있다. 작자·연대와 필사자는 미상이나, 필사연대는 본문 말미에 '임오납월망일 총총이 필셔ᄒ로라'라고 기재된 것으로 보아 대강 1942년을 하한으로 한다. 그 내용은 송대 명인 소강절의 학문·도덕과 도술을 서사적으로 이야기한 것이다.

(8) 니영츈효힝녹(李英春孝行錄) 고서경산 集. 小說類 제3104호

이 이본은 1권 1책, 5정침 한장본이다. 크기는 가로 16cm·세로 27cm로, 국문전용, 남필 달필이며 지질·묵색·외형으로 보아 고태가 난다. 이 작품의 길이는 모두 14장 27면, 1면 8행, 1행 평균 18자 정도로 비교적 단편이다. 표지에 '李英春孝行錄', 본문 초두에 '니영츈효힝녹'이라 기재되어 있다. 작자·연대와 필사자는 미상이나 필사연대는 표지 우편 상단에 '甲戌正月望日'이라 기재되어 대강 1934년을 하한으로 한다. 그 내용은 선비 이영준의 탁이한 효행 사적을 찬탄한 것이다.

(9) 심참판전(沈參判傳), 고서경산 集. 小說類 제3040호

이 이본은 1권 1책, 6정침 한장본으로 <곡도쳐자전>과 합본되어 있다. 크기는 가로 18.5cm·세로 28.5cm로, 국문전용, 여필 정자체이며, 지질·묵색·외형으로 보아 고태가 난다. 이 작품의 길이는 모두 7장 14면, 1면 10행, 1행 평균 29자 가량이니 아주 짧다. 표지에 '심참판전'·'沈參判傳'을 병기하고, 속표지에도 동일한 제목을 써 놓았다. 작자·연대와 필사자는 미상이나, 필사연대는 속표지에 '병진십이월 일필서'라 하여 대강 1916년을 하한으로 한다. 그 내용은 경성의 심참판이 강원도 홍천의 노처녀와 재혼하여 역경을 거쳐 여법하고 영화롭게 가통을 이었다는 것이다.

(10) 셔부인젼, 고서경산 集. 小說類 제3007호

이 이본은 1권 1책, 5정침 한장본이다. 크기는 가로 19.5cm·세로 30cm로, 국문전용, 여필 흘림체이며, 지질·묵색·외형으로 보아 고태가 난다. 이 작품의 길이는 모두 35장 70면, 1면 11행, 1행 평균 22자

정도다. 표지에 '셔부인젼'이라 기재되어 있다. 작자·연대와 필사자는 미상이다. 필사연대는 표지 우편 상단에 '긔사밍츈의등셔ㅎ오라'하고 본문 말미에 '긔스이월초삼일긔초'라 하니 대강 1929년을 하한으로 한다. 그 내용은 광주의 서부인이 경성의 조진사와 가연을 맺어 다복하게 살다가 난리 통에 유리되어 갖은 고액을 겪고 기이하게 상봉하여 부귀영화를 누리는 이야기다.

(11) 청암녹(淸岩錄), 고서경산 集. 小說類 제3191호

이 이본은 1권 1책, 5정침 한장본이다. 크기는 가로 19cm·세로 29cm로 국문전용, 여필 정자체이며, 지질·묵색·외형으로 보아 고태가 난다. 이 작품의 길이는 전체 79매 158면, 1면 8행, 1행 평균 20자 정도다. 붉은 표지에 '淸岩錄', 속표지에 '청암록 권지일'이라 기재되었다. 작자·연대와 필사자는 미상이나 필사연대는 속표지 우편 상단에 '갑인연 십일월쵸사일시쵸라' 기재되니, 대강 1914년을 하한으로 한다. 그 내용은 청암의 아들 유공자의 혼사장애, 첫날밤에 적장에게 부인을 빼앗겨, 천신만고 끝에 부처의 은덕으로 기이하게 만나서 부귀영화를 누리는 이야기다.

(12) 청월당영화록(聽月堂榮華錄), 고서경산 集. 小說類 제3192호

이 이본은 9권 5책(완질), 5정침 한장본이다. 크기는 모두 가로 20cm·세로 32.5cm로 국문전용, 남녀필(3인 필체) 궁체이며, 지질·묵색·외형으로 보아 고태가 난다. 이 작품의 길이는 제1책은 79장 158면, 제2책은 73장 145면, 제3책은 66장 132면, 제4책은 82장 164면, 제5책은 90장 180면으로 모두 390장 779면인데, 전체적으로 1면 10행, 1행 평균 19자이니 장편에 속한다. 표지에는 7책 공히 '聽月堂', 속표지 또는 본문 초두에 예외 없이 '청월당 권지일~구'라 기재되어 있으나, 그 내용을 통하여 <청월당영화록>으로 가칭한 것이다. 작자·연대와 필사자는 미상이지만, 필사연대는 제1책 말미에 '정축원월십구일등하필서', 제3책 말미에 '정축정월십사일필', 제5책 말미에 '정축원월이십삼일○○'이라고 기재하여 대강 1877년을 하한으로 보아야 할 것이다. 그 내용은 명나라 명환 이홍위가 3남 1녀의 영준·수재를 두어, 당대 명문과 가연을 맺고 입신양명하여 부귀영화를 누리는 파란만장한 이야기다.

이상과 같이 미발표 이본들은 일단 원본에 가까운 유일본이라 볼 수밖에 없다. 이런 점에서 이 이본들은 모두 희귀본으로 인정되며, 따라서 그 자료적 가치가 비교적 높다고 하겠다. 이들 이본의 문학적 진가는 구체적인 연구를 통하여 밝혀지겠지만, 새로운 자료의 출현을 고대하는 학계에 이를 소개하는 것으로 의미를 두고자 한다.

단독이본의 나머지 원전도 이미 알려진 각종 목록에 그 같은 제목이 실려 있을 뿐이지, 학계에 공식적으로 연구·보고되지 않았다는 점에서는 상술한 미발표 단독이본과 다를 바가 없는 터다. 따라서 나머지 단독이본도 미발표 자료로서 가치를 인정해야 할 것이다. 그렇다면 경산문고본 필사본의 22%를 차지하는 단독이본의 자료적 가치는 결코 가볍게 취급될 수 없겠다.

3) 복합이본의 자료적 가치

필사본의 복합이본은 적어도 전체의 78%를 점유하여 대세를 이루고 있다. 그동안 이런 이본들은 한 작품의 원본적 선본을 추적·재구하는 작업에만 활용되어 왔지만, 본래 그것은 복합적인 자료적 가치를 확보하고 있음이 분명한 터다. 이본은 생성·유통과정을 통하여 작품의 문학적 가치와 영향력을 실증하고, 그것이 민중적 호응과 인기를 얻어 창작적으로 분화·생성되면서 그 자체로서 작품군을 조성하고 계통적 작품사를 조직함으로써 국문소설사·고전문학사에 기여하여 왔기 때문이다.

원래 고전문학이 다 그렇듯이 고전소설의 문학적 가치와 영향력은 오랜 세월, 널리 민중들의 평가·수용에 의하여 실증되는 게 정칙이다. 그러기에 고금을 통한 민중사회에서 인구에 회자되어 유명한 작품으로 정립·행세하고 그것이 자유롭게 필사·유전되어 다양한 이본으로서 그 입체적 전거를 남겼던 것이다. 이런 점에서는 다양한 이본을 거느린 작품일수록 문학적 가치가 높고 영향력이 크다고 보는 게 당연한 일이다. 이러한 현상은 현전하는 전국적 이본 현황이 확증하고 있거니와, 경산문고본의 복합이본에서도 분명히 나타나 있는 터다. 여기서는 37종의 이본을 갖춘 <창선감의록>이 의외이지만, <유충렬전>이 25종, <조웅전>이 19종, <심청전>이 18종, <사씨남정기>가 17종, <춘향전>·<구운몽>이 10종, <박씨전>이 7종의 이본을 거느린 점은 얼마든지 수긍이 간다. 기실 이러한 통계는 상대적인 것이어서 보편적 경향을 증언하는 데는 한계가 있는 터다.

이 복합이본의 생성경위를 통하여 그들의 유기적 관계와 각개의 창작적 독자성을 추적할 수가 있다. 전술한 대로 한 작품의 이본 형성은 그 성격과 기능을 좌우하는 실제적 역할을 다한 결과이다. 첫째, 그 모본을 한 자씩이나 한 단어씩 보고 베끼는 식이라면, 가장 근사하고 충실한 이본이 나타난다. 이때에는 자칫 실수로 오자낙서 이외에는 그 이본이 내용상 다른 점은 없겠지만, 그 필체나 지질·묵색·외형·크기 등에서 각기 다른 이본으로 성립되는 게 사실이다. 그런데도 실제로는 이런 모사적 이본은 그 실례가 거의 없으리라고 본다. 국문을 익히는 초보자가 아니고는 어떠한 필사자도 이런 비능률적 필사를 할 수가 없을 것이기 때문이다.

둘째, 모본의 한 문장이나 한 장면을 읽어 기억한 다음 자의로 기술하는 식이라면, 상당히 다르고 새로운 이본이 생겨난다. 필사자 누구라도 기억에는 한계가 있는 데다 망각된 부분을 나름대로 보충하는 재주와 능력이 있기 때문이다. 여기에는 필사자의 문장력과 철자법까지 임의로 작용하여 필사 문장의 특색을 이루기도 한다. 더구나 필사자가 모본에 능통하고 서사문맥에 대하여 식상한 면을 느끼고 있었다면, 의도적으로 색다른 문맥이나 새로운 장면을 삽입·필사할 수도 있다. 그것은 필사자의 자유에 속하는 일이기 때문에 얼마든지 가능하다. 이러한 필사의 경향은 이본이 모본으로부터 상당한 특색을 갖추고 창의적으로 변화·발전하는 계기를 마련한 것이다. 실제로 경산문고본의 이본 중에서 절반 이상이 이러한 현상을 보이고 있는 실정이다. 나아가 현전하는 모든 이본들이 주로 이런 면모를 띠고 있는 게 사실이다.

셋째, 모본을 통독하여 내용을 숙지·통달한 다음, 대부분이나 전체를 기억에 의존하고 간혹 모본을 대조하며 임의로 필사해 내는 경우가 있다. 이때 필사자는 고전소설을 많이 읽고 기억하여 이야기로나 문장으로 표현할 수 있는 전문가에 가까운 인물로서, 필사과정에 기억나지 않는 부분을 재치 있게 보충하거나 상당한 문장이나 장면·삽화까지도 환치·증보할 수 있었던 터다. 여기서 필사자는 자가류의 문장·문맥을 개발하고 문법·문체·철자법, 내지 방언까지도 반영하여 상당수준의 창작적 작업을 자연스럽게 진행하게 된다. 따라서 이렇게 형성된 이본은 원본·모본과는 상당히 다른 창작적 독자성을 갖추고 있는 터다. 이러한 이본에서 필사자가 실제적으로 작자를 대신하는 것은 당연한 일이다. 나아가 모본의 내용이 기억에만 의존하여 능소·능대하게 이야기로 유통될 때, 국문문장에 능통한 필사자가 그 이야기에 준거하여 임의로 기술·필사하는 경우도 얼마든지 있었다.[12] 여기서 이본은 필사자의 필사력·문장력이나 창의력에 의하여 사건전개나 삽화의 증감·변화, 문체의 변이·개선 등을 거쳐 거의 새로운 면모로 필사·정착되었던 터다. 이런 이본은 위의 경우보다 창작적 독자성이 강화되는 것은 물론 필사자의 작가적 역할도 상승되는 터라 하겠다. 이러한 사례는 상술한 바 <김용주전>이나 <소강절실긔>·<셔부인전>·<쳥암녹> 등에서 그대로 나타나 있다.

넷째, 모본의 내용, 서사구조에 준거하여 필사자가 작품을 필요와 취향에 따라 서사내용을 자의로 축약·부연하거나 아예 다른 장르로 개작하는 경우이다. 이러한 이본은 원본·모본과는 매우 다른 별개의 창작적 작품이라고 할 수 있다. 따라서 이러한 필사자는 작자의 역할을 다하고 있는 터라 하겠다. 먼저 모본의 서사내용을 축약·부연하는 사례는 상게한 바 이본의 종류가 많은 필사본에서 으레 나타나니 매거할 필요가 없다. 그리고 다른 장르로 개작한 사례는 <춘향가>나 <심청가>·<적벽가>·<흥부가>·<토별가> 등 판소리 창본에서 보이고, 나아가 아예 가사로 전환된 사례로 <심청가>나 <츈힝가> 그리고 <괴쌍전>이나 <금힝녹> 등이 남아 있는 터다.

이런 점에서 모든 이본들은 정도의 차이는 있지만, 원작·모본과 많이 달라진 창작적 독자성을 갖추고 있는 것이 분명하다. 따라서 모든 이본들은 원본·모본을 기반으로 하여 유기적인 관계를 지닌 독립적 작품으로 간주해도 무방할 것이다. 나아가 이본들은 각기 독립된 작품으로 그 가치를 규명·평가받아야 마땅하다. 이본들이야말로 각양각색의 민중적

---

12) 고금을 통하여, 1950년대까지도 고담책 대신에 목침을 책처럼 들고 <심청전>·<옥단춘전> 등을 기억으로 낭독하는 사례가 있었다. 1970년대, 대전시 선화동 125번지 장암 지현영 선생 증언.

필사자·수용층에 의하여 이상적으로 창작되고 발전한 대중적 성장문학이기 때문이다. 이렇게 볼 때, 경산문고 필사본뿐만 아니라, 모든 필사본들은 각기 개별 작품으로 연구되어야 한다. 따라서 아직 학계에서 본격적으로 거론·공개되지 않았다면 이본들은 모두 미발표 자료로서 희귀성과 함께 가치 있는 원전으로 중시해야 될 것이다.

한편 이러한 복합이본은 원본·모본을 근간으로 유기적 관계를 가지고, 뿌리·줄기에 가지를 뻗어 잎과 꽃을 피우듯이, 계통적으로 하나의 작품군을 조성한다. 이러한 작품군을 이른바 '계통수'라 하여 일찍부터 중시하여 왔다.[13] 상술한 바 여러 이본을 확보하고 있는 저명한 작품들은 거의 모두 계통수의 형태로 형성·유통되고 성장·발전하면서 문학적 역량·영향을 발휘해 왔다. 어떠한 이본군이든지 실상·내면을 검토해 보면, 원본·모본을 제1세대로 하여 제2세대가 갈라져 나가고, 제2세대에서 각기 제3세대가 벌어져 나가는 식으로 생장·성행함으로써, 마침내 다세대적인 여러 이본을 잎과 꽃으로 피워내는 형국을 보이는 게 사실이다. 그리하여 적어도 <춘향전>을 비롯하여 <심청전>·<흥부전>·<구운몽>·<사씨남정기> 등은 이본의 계통수가 이미 밝혀진 적이 있고[14] 전게한 <창선감의록>이나 <유충렬전>·<조웅전> 등도 족히 그렇게 고구할 가능성이 얼마든지 있는 터다.

복합이본의 계통수적 전개는 각개 이본의 문학적 실상과 위치를 확정해 줄 뿐만 아니라, 작품의 총체적 문학성과 역량·영향의 유통영역을

---

13) 김동욱, 『<춘향전>의 비교적 연구』, 위 책 및 설성경, 『<춘향전>의 형성과 계통』, 정음사, 1986, 178-181쪽.
14) 김동욱, 『<춘향전>의 비교연구』, 삼영사, 1979.
　　 김영수, 『필사본 <심청전> 연구』, 민속원, 2001.
　　 인권환, 『흥부전 연구』, 집문당, 1991.
　　 정규복, 『<구운몽> 원전의 연구』, 일지사, 1977.
　　 이금희, 「<사씨남정기>의 이본」, 『<사씨남정기> 연구』, 반도출판사, 1991 등 참조.

물증으로 확인시키는 터다. 나아가 그것은 작품이 원본·모본으로부터 출발하여 성장·발전하면서 최후·첨단의 이본에까지 이르는 유통의 장구한 역사를 실물로 증명하고 있다. 따라서 이러한 필사본의 복합이본, 계통수의 유통적 실상과 전승적 위상을 모든 작품의 그것에 적용하여 통합시킨다면, 고전소설 전체의 문학적 유통양상과 역사적 전개과정을 총체적으로 추적할 수 있을 것이다. 여기서 고전소설이 다른 장르와 더불어 형성·유전되면서 시간과 공간을 망라하여 성장·발전해 온 입체적 유통망을 근거 있게 재구할 수가 있다. 이런 유통망이야말로 고전소설·고전문학의 유통적 실상과 역사 자체라 하겠다. 유통양상이 곧 생동하는 고전소설의 역량이요, 유통사가 바로 생동하는 소설사이기 때문이다. 따라서 이 필사본의 복합이본이야말로 그런 유통망을 근거 있게 재구하여, 잃어버린 고전소설의 문학적 역량·영향과 계통적 역사를 재생시키는 보전이라 본다.

4) 필사본의 유통양상

이미 거론된 바와 같이, 필사본의 유통은 작품의 생동하는 문학적 실상·역량이요, 유통사는 소설사·문학사상의 현장적 영향력이다. 따라서 전술한 시공적 유통망은 고금을 통하여 필사본의 작품들이 생동하는 현장을 입체적으로 실증하여 왔다. 기실 유통양상은 문학작품의 예술적 본성과 민중적 갈망에 의하여 연행·공연의 형태로 전개되는 것이 자연스러운 추세였다. 대강 유통의 유형을 따라 개관해 보겠다.

첫째, 필사본은 낭독에 의하여 유통되어 왔다.15) 이 이본들은 책주(冊

---

15) 김진영, 「고소설의 낭송과 유통에 대하여」, 『고소설연구』 제1집, 한국고소설학회, 1995, 90-92쪽.

土)로부터 인연 따라 이웃과 동내, 인근 동리의 각개 각층의 가정을 돌면서 개인적으로 낭독되는 것이 기본이었다. 따라서 비록 혼자서라도 소리 내어 음악적으로 낭독하는 것이 원칙이요 정도였다. 그래야만 소설적 내용과 더불어 음악적 흥취가 입체적 즐거움을 자아냈기 때문이다. 낭독의 음성·곡조는 독특하게 발전·정립되어, 내용 말고 음곡만으로도 낭독의 효과를 족히 올릴 수가 있었다.[16] 나아가 낭독은 집단적으로 연행되어 주목을 받았다. 실제로 동내나 근동에서 낭독에 능통한 사람이 내방에서 부녀들을 모으거나 사랑방에서 남정네를 모아 놓고 능숙하게 낭독하여 청중의 감동을 일으키는 경우가 얼마든지 있었다.[17] 나아가 고금을 통하여 이러한 낭독이 발전·성행하면서 자연 전문가가 생기어 이른바 강독사로서 청중이 요청하는 대로 지정된 소설책을 가지고 능숙한 낭독을 해 주고는 사례를 받는 일까지 있었다. 잘 알려진 대로 고전시대에는 경향을 막론하고 시장이나 적절한 장소에서 강독사가 전기수라 하여 대중을 상대로 고전소설을 낭독해 주고 값을 받는 풍습까지 일어났다. 여기서는 강독사가 특기를 자랑하여 소설책 대신에 목판조각이나 목침 등을 들고 보면서, 내용을 기억하여 능숙히 낭독함으로써 청중의 감동과 인기를 모으는 연행방식까지 등장·전승되었던 터다.[18]

둘째, 필사본은 강담에 의하여 유통되었다. 기실 이본은 일차적으로 읽힌 다음부터는 주로 이야기로 전파·유통되었다. 그러기에 이 이본들은 이야기의 대본이라 하겠다. 실제로 한 작품이 대중적으로 유통되는

---

16) 이러한 고전소설의 낭독법은 지금까지 유지되어, 충청남도문화당국에서 무형문화재로 지정한 바가 있다.(무형문화재고담소설강독사 충청남도 제39호 정규헌, 충남 계룡시 엄사면 엄사리 성원아파트 4동 701호)

17) 필자가 견문한 바로는 1950년대 충남 연기군 장재리 안운선(경객, 당 65세), 1960년대 같은 주소 김동수(야학선생, 당 50세), 1970년대 같은 동네 손수현(농업, 당 30세) 등이 낭독의 전통을 이어 왔다.

18) 사재동, 「고소설의 유통배경」, 『한국고소설론』, 아세아문화사, 1991, 158-159쪽.

데에는 이야기로 연행되는 것보다 더 효율적인 방법이 없다. 누구든지 국문을 해독해서 이본을 읽고 서사내용을 파악하여 서민·대중에게 이야기할 수 있다는 보편적 지평 위에, 그에 능통한 전문가, 이야기꾼이 나와서 강담사로 예우 받으며 유통의 주역을 맡아왔던 터다.[19] 어느 동내건 내방이나 사랑방 그리고 광장에서 많은 사람을 모아 소설의 이야기를 구연하여 청중의 감동을 일으키는 경우가 얼마든지 있었다. 이러한 소설의 구연이 성행하고 강담사가 전문화되어 가창이나 연기까지 곁들여 연행의 효과가 높아질 때에는, 구연에 사례까지도 받았던 터다. 이럴 때에 동일 작품의 수많은 구연에는 반드시 그 나름의 대본이 형성되니, 그 종류가 다양할 수밖에 없다. 이렇게 다양한 종류의 이야기가 작품의 구전적 이화로서, 자유롭게 필사되면 바로 새로운 필사본으로 제작·전개되었던 것이다.

셋째, 필사본은 강창에 의하여 유통되었다. 실제로 삽입가요를 갖춘 고전소설을 낭독하거나 강담할 때에는 서사적 산문을 강설하고 삽입가요를 가창하게 마련이므로, 자연 강창적 구연형태가 생성되는 것이 사실이다. 이러한 기반 위에서 필사본의 강창적 유통이 생성·발전하여 상술한 바 강창적 이본으로 정립·전개되었던 터다. 그리하여 필사본의 강창적 이본이 강창적 구연 내지 연행 양식대로 유통되는 것은 너무도 당연한 일이었다. 그런데 이 강창적 연행·유통은 가장 입체적이고 역동적인 형태이기에, 거기에는 전문적인 소리꾼, 강창사가 등장하여 가창과 연기로 연행을 주도할 수밖에 없었다. 이러한 구연·유통이 성행하고 수준이 높아지면서, 자연 판소리적 성향으로 전개되고 마침내 이를 공연하는 광대와 연결되었던 터다.[20] 이런 현장에서 형성된 여러 이화가 국문으로

19) 임형택, 「18·19세기 이야기꾼과 소설의 발달」, 『독서생활』, 1976, 139–142쪽.
20) 김동욱, 「판소리사의 제 문제」, 『인문과학』 20집, 연세대학교 인문과학연구소, 1978

필사되어 판소리계 소설이나 판소리창본으로 변성·정립되었던 것이다.

넷째, 필사본은 가창에 의하여 유통되었다. 실제로 능소·능대한 구연자가 이본의 이야기를 노래조, 가사체로 엮어 나가 효과를 증대시키는 작업은 족히 가능한 일이었다. 상술한 바 이 사본의 가사적 이본이 이를 실증하고 있기 때문이다. 이미 작품의 서사내용이 민중적으로 보편화된 위에, 지루하고 평면적인 이야기를 극복하되 이를 집약하고 역동적으로 가창하여 무용적 연기까지 곁들인다면, 그것이야말로 가무극적 효능을 발휘하는 첩경이라 하겠다. 여기서는 전문적인 가창인 내지 가무인을 요하게 되므로 결국 남·녀 연기자와 결부되었던 터다. 이러한 소설의 가창적 대본이 정착·필사되면 전술한 바 가사계의 색다른 이본으로 정착·행세하게 마련이었다.

4. 필사본의 문화사적 위상

1) 국문학사상의 위치

상술한 대로 고전소설이 국문문학의 중심·주류를 이루었다는 사실과 유통이 문학적 역량과 영향력을 발휘하는 사실을 감안하면, 이 필사본의 유통양상과 역사적 전개는 문학사상에서 중요한 위치를 차지하는 것이 당연한 일이다. 이러한 유통사가 바로 생동하는 현장적 소설사요[21] 문학사이기 때문이다. 기실 필사본들이야말로 국문소설·국문학의 유통사를 그대로 실증하고 있는 현장적 전거로서, 그 이상의 원전은 다시없을 것

참조.

21) 김광순, 「근대전환기 중기소설」, 『고소설사』, 새문사, 2006, 466-468쪽.

이다. 이런 점에서 필사본들의 역사가 바로 소설사요 문학사라고 보아 무방할 터이다.

기실 국문소설이 형성·발전한 이래, 필사본의 수많은 이본들이 계통 수적으로 성장·전개되면서 민간·대중 사이에 유통망을 이룩하고 이끌어 왔다는 사실 자체가 생동하는 현장적 소설사·문학사이다. 결국 이러한 유통사는 상하민중의 수용사로 토착화되고, 나아가 영향사를 통하여 고전소설·국문학의 생장·발전사로 귀결되었던 터다. 이처럼 필사본들은 유통사의 현장적 실연과정에서 고전소설로부터 다른 장르를 파생시켜 왔던 것이다.

전술한 바와 같이 고전소설의 이본이 획기적으로 변성되어 설화문학이나 강창대본, 극본 희곡이나 가사계의 시가 등의 형태로 전개되었다. 실제로 필사본들의 구비적 유통이 새로운 면모의 구비문학, 설화로 변형·유전되다가 다른 이본적 소설로 기술·필사되는 것은 흔한 일이었다. 그리고 전계한 이본 중의 강창대본이 강창극본으로서 희곡의 형태로 변성·행세한 것도 분명한 사실이다. 나아가 이본 가운데에는 시가 형태로 전개된 것이 있어 색다른 모습을 보이기도 했다. 한편 필사본들의 본문 말미에 흔히 독후감 성향의 필사 후기가 발문이나 부기·부설 형태로 기록되어, 작품에 대한 나름의 평가·소감을 대신하고 있어 주목된다. 대개 오자낙서가 많고 졸필이니 눌러 보시라는 정도이지만, 그 중에는 작품이 신기하고 흥미롭다거나 등장인물의 언행을 윤리적으로 비판하면서 권선징악적으로 당부하는 사례가 상당하니, 이를 총합하여 소설 평론의 형태로 볼 수가 있겠다.[22] 여기서 이런 설화나 극본·희곡·시가 내지 평론 등이 재차 유통·연행되면서, 크게 소설사를 감싸고, 각기

---

22) 유탁일, 『한국소설비평자료집성』, 아세아문화사, 1994, 213-275쪽.

설화사나 희곡사·시가사, 평론사의 생성·발전에 이바지했다는 것은 매우 중요한 사실로 파악된다. 이것이 바로 필사본의 이본들이 소설유통사를 중심으로 국문학유통사상에 기여한 실상이요 위상이기 때문이다.[23)]

2) 국어·국문사상의 위치

필사본은 원래 유식한 작자에 의하여 창작될 때에 문어체를 갖추었다. 그런데 이런 작품이 필사·유통되는 장구한 세월에 걸쳐 민중적으로 성장·발전하면서, 문체상에 상당한 변화를 겪게 되었다. 따라서 필사본은 후대적으로 지역과 계층 간에 토착화되고 음운이나 어휘·어법 등에서 민간적 구어체를 구사하기에 이르렀다. 그리하여 국어사적 측면에서 음운과 어휘·어법의 현장적 변화상을 감지할 수가 있는 터다. 문장 가운데서 민간적 구어체 내지 대화체의 생동하는 면모와 방언의 활용 현황까지 탐색할 전거가 얼마든지 있기 때문이다. 따라서 필사본은 국어사적 관점에서 음운사나 어휘사·문법사 내지 방언사까지[24)] 고찰할 수 있는 필수적 원전 자료가 되기에 충분하다.

필사본은 훈민정음, 국자의 활용·보급에도 지대한 역할을 끼쳐 왔다. 그것은 필사본이 실제로 재미있는 이야기를 말하고 듣고 읽고 쓰는 국어교육과 실습의 현장적 교재가 되어 왔기 때문이다. 그 중에서도 소설 작품을 소리 내어 읽고 그대로 필사해 보는 것은 국자·국문을 익히고 실용화하는 최선의 방편이었던 셈이다. 따라서 필사본의 유통망과 유통사에 의하여 국자·국문의 실용사 내지 보급사의 실상을 추적해 볼 수

---

23) 사재동, 「한국문학유통사의 기술방향과 방법」, 『한국문학유통사의 연구』 I, 중앙인문사, 2006, 70-72쪽.
24) 최전승, 「19세기 후기 전라 방언의 경어법에 대하여」, 『국어학의 새로운 인식과 전개』, 민음사, 1991, 559-560쪽.

가 있다. 그러기에 필사본은 국자와 국문의 역사적 보급과 전개양상을 탐색하는 데에 필수적인 원전·자료라고 아니할 수 없다.

특히 필사본 각개 이본마다 다양한 대중적 문체·어법을 구사하고 있어 주목된다. 이러한 현상은 고전소설의 문체변천사를 고찰하는 데에 우선적으로 중요한 전거가 된다. 그리고 실용적 문장의 어법 내지 철자법이 대중적으로 다양·다기하여 그 시대의 문장사, 어법사나 철자법사 등을 현장적으로 파악·정리하는 데에, 필사본이 중요한 원전자료가 되는 터다.

3) 문헌·서체사상의 위치

필사본은 고금을 통하여 문학적 문헌으로 다양하게 성행·유전되어 매우 중시된다. 이본들이 권차와 장정·크기·국문체, 지질·묵색·외형의 고태, 내용의 길이, 표지와 제목, 작자와 연대, 그리고 필사자와 연대, 소장자와 소장처 등 온갖 형태와 여건을 갖추고 유통·전승되어 왔기 때문이다. 필사본의 문헌적 실태와 용도·역할은 문학·문화적 유통에서 큰 역할을 해냈던 것이 사실이다. 이런 점에서 필사본은 같은 문학류인 시가계 문헌이나 수필계 문헌과 비교하여 질·양 면에서 단연코 우세한 터라 하겠다. 나아가 필사본은 유교계나 불교계·도교계의 문헌, 그리고 공사 간의 실용문헌과 대비되면서, 대중적 실용과 역할에서 높이 평가되지 않을 수 없다. 그러기에 필사본은 대중적 민간문헌사를 정리·체계화하는 데에도 결정적 전거가 되는 터라 하겠다.[25]

필사본은 전술한 대로 다양·다기하여 민간 대중에 유통되면서 하나의 종합적인 필체사를 이루어 왔다. 이러한 필체가 남·여필체로 나뉘

---

25) 유탁일, 「사본의 가치」, 『한국문헌학연구』, 아세아문화사, 1960, 11-13쪽.

고, 정자체·흘림체나 궁체·내간체 등으로 다채롭게 전개되면서 당시 서체의 교본 역할까지 담당하면서 그 전통을 세우게 되었다. 여기서 필사본의 서체가 각기 개성적이고 독자적 전형을 이루면서 하나의 종합적인 서체사를 정립하고 있는 터다. 그러기에 필체는 상류층 전문가, 서예가·명필들의 예술적 한문서체와는 달리 민간 대중, 부녀 중심의 생동하는 생활서체, 국문서체로서 회화 중의 민화처럼 의의가 크다고 하겠다. 따라서 필사본은 민간 대중의 실용적 국문서체사를 체계화하는 데에 도[26] 중요한 원전 자료가 되는 것이다.

4) 윤리·사상사상의 위치

필사본은 널리 오래 유통되면서 민간 대중에게 윤리의식을 심어 주었다. 이본들의 내용 면에서 적어도 유교·불교계 중심의 제반 윤리를 알게 모르게 가르쳐 왔기 때문이다. 그러기에 고전소설이 '권선징악'을 주제로 하는 윤리교과서라는 대중적 인식이 보편화되었던 것이다. 실제로 상하 민중 수용층에서는 작품들의 사건과 등장인물들의 언행을 사실로 인식하고, 윤리적 전범을 자연스럽게 익히며 순응·실천하게 되었다. 그러기에 어느 시대 누구든지 고전소설을 읽고 공부하는 명분·목적은 흥미나 쾌락보다는 윤리·도덕에 더 큰 비중을 두었던 터다. 따라서 대중적 수용층에서는 유경이나 서당 또는 불경이나 사찰에서보다는 동내·인근의 고전소설을 통하여 삼강오륜이나 삼귀의 오계 정도를 체달·실천하고 있었던 것이다. 그러한 전통은 지금까지도 윤리적 인간형으로 전형화되어 '심청의 효행'이나 '춘향의 절개', '흥부의 우애' 등으로 인구에 회자되고 있는 터다. 이런 점에서 필사본은 조선시대의 민중적 윤리

---

26) 한국한글서예연구회, 『조선시대문인들과 한글서예』, 다운샘, 2006 참조.

사를 정립·체계화하는 데에도[27] 실증적 자료가 될 것이 자명해진다.

필사본은 여러 이본의 유전을 통하여 대중적 수용층에 인생철학과 함께 종교·사상까지 습득·체달시켜 왔다. 실제로 시대에 상응하여 상하 민중에 천명순응이나 인생무상·무위자연 등의 생활철학 내지 행복관을 심어 주고,[28] 적어도 윤리적 기반으로서 유교사상이나 불교사상, 도교사상을 자연스럽게 습득시는 데 고전소설의 역할이 가장 컸기 때문이다. 잘 알려진 대로 고전소설의 배경사상을 유교·불교·도교 등으로 보는 보편적 견해가[29] 이 점을 실증하는 터다. 기실 이러한 철학과 사상이 고전소설의 주제와 윤리를 뒷받침하며 감싸고 있기에, 그 가치와 효능을 영원히 발휘하게 되었던 것이다. 그러기에 필사본의 이본들은 조선조의 민중적 생활철학사와 사상사를 계통적으로 체계화하는 데에도 현장적 자료가 되리라고 보아진다.

5) 민속·생활사상의 위치

필사본의 작품들 속에는 제반 민속이 생동감 있게 기록되어 있다. 그 전형적인 민속만 치더라도 1년 12월에 걸친 세시 월령, 인간 일대의 통과의례, 그리고 다양한 민간신앙에 이르기까지[30] 사건 진행의 소재·방편으로 작용하면서 종합적으로 펼쳐져 있기 때문이다. 소설작품은 서사구조상 '영웅의 일생'이거니와, 사건 중심의 민속적 측면에서는 주인공의 통과의례적 일생이 매년의 월령·신앙을 통하여 전개되는 과정이라

27) 김태길, 「이조시대 소설에 나타난 한국인의 가치관」, 「가족의 윤리 및 가족 밖의 윤리」, 『소설문학에 나타난 한국인의 가치관』, 일지사, 67쪽, 99쪽.
28) 서대석, 「고전소설에 나타난 한국인의 행복관」, 『고소설연구논총』, 경인문화사, 1994, 157-158쪽.
29) 박성의, 『한국문학배경연구』, 선명문화사, 1973, 10-11쪽.
30) 박대복, 『고소설과 민간신앙』, 계명문화사, 1995 참조.

고 보아진다. 그 중에서 모든 작품의 통과의례만 보아도 매우 다양하고 아주 큰 역할을 해 내고 있는 터다. 실제로 한 가문의 조상신 신앙과 가통 계승의 신념 아래 기자의례를 정성껏 치른다. 신이한 태몽을 얻고, 잉태하여 주인공이 영웅상을 갖추고 태어난다. 출생에 따른 금기 신앙과 청정의례를 근행하고 삼칠일 삼신기도, 생후 백일의례, 돌잔치와 돌잡이 의례, 매년 생일의례, 입학의식, 졸업의식, 성인의식과 약혼·결혼의식, 과거준비와 급제에 따른 각종의례·연회, 등관의례와 승진의례, 출장입상의례와 환갑·진갑·칠순·희수·팔순·미수·졸수의례, 치사·퇴임의례, 치병의례, 초종·장례와 각종 제례 등에 이르기까지 민속 아님이 없는 실정이다. 그러기에 고전소설은 주인공의 통과의례를 주축으로 엮어나간 서사문학 작품이라고 볼 수도 있다.[31] 이런 점에서 필사본은 제반 민속을 포괄하여 유통·전승시킴으로써, 민속사를 체계적으로 정리하는 데에 필수적인 원전 자료가 될 수밖에 없다.

필사본이 그 시대의 생활상을 사실적으로 기술하고 있어 주목된다. 이 작품 속에는 의·식·주의 실상이 시대에 상응하여 생동하는 모습으로 펼쳐지고 있기 때문이다. 의복생활만 해도 남·여 간의 의복, 왕으로부터 서민에 걸치는 각개 각층의 의류·복식과 장신구, 그것이 계절에 따라 다르고, 의례나 역할에 의하여 달라지는 다양한 양식과 색깔, 착용하는 방법과 옷매무새 등이 파노라마처럼 펼쳐진다. 그리고 식사생활도 식품재배와 조달로부터 상하 각종 음식의 조리와 제공, 계층·처지에 따른 식사방법과 예절, 식사 후의 처리와 다과 접대까지 각양각색의 실태를 보이고 있다. 나아가 주거생활에서는 궁궐로부터 경향의 관아나 서원, 영산 대소 사찰과 도관, 양반 대가와 서민·대중의 민가·초옥에 이르기

---

31) 오출세, 「한국서사문학과 통과의례」, 『한국서사문학과 통과의례』, 집문당, 1995, 182-189쪽.

까지 다양 다기하게 대두되고, 위치와 처지에 따라 생활방식을 달리하는 터다. 이러한 의·식·주의 생활상이 그물처럼 조화되어 이 작품 전체에 편만해 있으니, 필사본의 유통에 의하여 전파·전승됨으로써 하나의 전통과 역사를 이루게 되었다. 따라서 필사본은 그 시대 상하 민중의 생활사 내지 생활문화사를 계통적으로 파악하는 최선의 원전·자료가 될 것이다.[32]

5. 결론

이상과 같이 경산문고 고전소설 필사본의 전모를 유통론적 관점과 문화학적 방법론으로 고찰하였다. 이제까지 논의해 온 것을 요약하면 다음과 같다.

첫째, 필사본의 전통적 지역성과 유통범위를 추적하였다. 필사본은 국문소설이 필사·유전된 이래, 면면한 전통을 이어 대전·충남 중심의 기호지방에서 생성·정착됨으로써, 그 시대를 통관하고 이 지역을 망라하여 각계각층에 유통되었다. 그리하여 필사본의 모본을 유추하거나 그 지역성을 분포도의 차원까지 구체화하고, 필사자를 부녀 중심으로 유추하며, 필사연대를 19세기 말 20세기 초를 하한선으로 파악하여 올리고, 소장자까지 탐색함으로써 그 윤곽이 비교적 선명하게 잡히었다. 따라서 필사본의 유통범위가 그 분포도에 근거하고 입체적인 분포망을 따라서 확실하게 부각되었다.

둘째, 필사본의 이본적 현황과 자료적 가치를 검토하였다. 필사본은

---

32) 홍일식, 「일상생활·의식주」, 『한국민속대관』, 고려대학교 민족문화연구소, 1982, 29~35쪽.

모두 1권 1책을 기초로 2권 2책 이상의 권차에 5정침 한장의 전형을 보이고 크기는 다 다른데, 국문전용으로 필체가 남·여필, 정자체·흘림체, 궁체·내간체 등으로 다양하며, 지질·묵색·외형은 약간씩 다르지만 고태는 대체로 동일하게 보이고, 훼손도가 높아서 유통의 정도와 관련하여 주목된다. 필사본의 단독 이본은 400책의 22% 정도인데 그 중에서 <김용주전>이나 <갑진녹>·<왕조열전>·<쇼듕화역더셜>·<소강절실긔>·<셔부인전>·<청암녹>·<청월당영화록> 등 10여 개 작품들은 미발표 자료로 가치가 높다.

한편 여러 종류의 복합이본은 전체의 78%에 이르는데, 그것은 여러 갈래의 생성과정을 통하여 상호 간의 유기적 관계를 가지면서 각자 창작적 독자성을 갖추었기에, 독립적 작품으로 연구할 가치가 있다. 나아가 복합이본은 원본·모본을 기반으로 하나의 작품군, 이른바 계통수를 이룩하여 작품의 유통영역과 유통사를 실증하면서, 다른 이본군과 융통·상합하여 고전소설의 문학적 역량과 영향력을 충분히 발휘한 데에서 그 가치가 보증되는 터다. 따라서 필사본의 이본들은 유통과정에서 강독과 강담, 강창과 가창의 방편을 타고 민간 대중에 연행되면서, 시간과 공간을 아우르는 유통망을 형성하고 이끌어 옴으로써, 생산적인 소설유통사와 함께 다른 장르와 관련하여 국문학유통사상에서 큰 역할을 수행하여 왔던 것이다.

셋째, 필사본의 문화사적 위상을 파악하였다. 먼저 필사본은 생성·유통의 역사적 도정에서 국문소설사 그 자체의 역할을 감당하여 왔다. 더구나 필사본의 여러 이본들이 위와 같은 유통의 방편으로 연행·교접하는 가운데, 희곡장르나 시가장르 내지 평론장르를 생산함으로써, 당시의 국문희곡사나 국문시가사·국문평론사와 합류되었으니, 국문학사상의 위상이 높이 평가될 수밖에 없다. 나아가 필사본은 다양한 기술·표현

가운데 그 시대에 상응하는 문어체와 구어체의 음운·어휘·어법, 그리고 방언 등을 통하여 그 시대의 국어사를 정립·체계화할 수가 있고, 국자·국문문장을 통하여 훈민정음 교습·보급의 교과서적 원전으로서 국자·국문보급사 내지 국문문장사를 계통적으로 파악하는 데에 필수적 원전 자료가 되었다.

또한 필사본은 그 시대의 민간·대중에 유전·보급된 국문문헌으로서 보편적인 전형성과 지역·계층적인 특이성을 다양하게 갖추었기에, 문헌사를 고찰·정리하는 데에 중요한 원전·자료가 되고, 겸하여 필사본은 위와 같이 다양·다기한 국문필체를 구비하였기에, 그 시대 국문필체사를 체계화하는 데에 직접적인 원전·자료가 되었던 터다. 한편 필사본은 작품의 내용 중에 유교와 불교 중심의 윤리를 권선징악적으로 강조함으로써, 상하 민중의 윤리교과서와 같은 역할을 다하였으니, 그 시대의 민중적 윤리사를 파악하는 데에 소중한 원전·자료가 되었다. 이어 필사본은 유교·불교·도교 중심의 생활철학 내지 행복관이 자리하고 각개 사상이 주제의 기반·배경을 이루어 왔으니, 민중적 생활철학사나 사상사를 유추·탐색하는 데에 필수적인 원전·자료라고 하겠다. 결국 필사본의 내용에 그 당시의 세시 월령이나 통과의례, 민간신앙 등의 민속이 풍부하게 포괄되었기로, 그 시대의 민중적 민속사를 검토·고찰하는 데에 크게 도움을 주는 원전·자료가 되었고, 나아가 의·식·주 중심의 상하 생활상이 충만·생동하니, 이는 그 시대 생활사를 체계적으로 정립하는 데에 중시할 원전·자료가 되었던 것이다.

이와 같이 필사본은 고전소설·국문학의 연구 원전으로서 자료적 가치가 높을 뿐만 아니라, 국문소설유통사 내지 국문학유통사의 체계화에 필수되는 원전이라고 본다. 더구나 필사본은 국문학과 연관된 국어·국문사나 문헌·서체사, 윤리·사상사와 민속·생활사 등 그 시대 문화사의 연구에 매우 소중한 전거가 되니, 실로 자료적 가치를 높이 평가해야 마땅할 것이다. 본 글에서는 경산문고 필사본을 개괄적으로 소개한 것에 불과하다. 이에 전국에 유전되는 모든 필사본의 이본을 총체적으로 집성해 본다면 그것이야말로 값진 민족문화유산으로 높이 평가될 보전이라고 하겠다. 이제 필사본을 새롭게 인식하고 연구에 박차를 가할 때라 하겠다. 이런 점에서 고전소설 필사본 전용의 도서관이나 박물관을 설립하여 이를 결집·소장하고 보존·연구를 전문화하는 것이 학계의 당면과제라 하겠다.

제2부
필사본 고전소설의 문학적 실태

〈심청가〉의 문학적 특성과 장르문제

1. 서론

고전소설에 있어서 하나의 이본은 원본을 대표한다고 볼 수 없다. 특히 조선시대의 소설은 인쇄술이 발달되지 못한 관계로 필사본이 숙명적으로 많을 수밖에 없었다. 따라서 이 시대의 소설은 필사본을 통하여 보급된 까닭에 기록자의 실수에 의하여 누락·오기 등도 많았고, 고의적으로 개변·부연되는 경우가 많았던 것이다.[1] 그리고 영정시대에 이르러서는 평민문화의 형성과 더불어 필사본을 대본으로 하여 목판본의 인쇄가 시작되었거니와, 그 이전에 이미 고전소설이 대중의 흥미를 돋우기 위해 통속적으로 개변되어 갔고, 마침내는 원본과는 너무도 색다른 이본들이 나타나게 되었다. 따라서 고전소설이 성장문학으로 발달되었음을 시사해 준다고 하겠다. 또한 원본에서 파생되는 여러 이본들은 필사자의

---

1) 조선시대의 인쇄술이 크게 발달되지 못하여 필사에 의존할 수밖에 없었다.

구미에 따라 창조적으로 전개되어 이본마다 개성을 지닌 작품으로서 가치가 있다고 하겠다. 주지하는 바와 같이 이본고의 주요 과제가 원본에 가까운 대표적 선본(善本)을 복원하는 데에 있거니와 나아가 각개 이본들을 비교·고찰하여 그 특성과 개성을 밝혀내는 작업 또한 소설 연구에 있어서 소중한 일이 아닐 수 없다. 이러한 관점에서 <심청전>의 이본인 <심청가>를 고찰해 보려고 한다.

<심청가>는 크기가 가로 20cm, 세로 28cm로 한 면이 10행, 한 행은 26-28자로 모두 28장(56쪽)으로 구성되어 있다. 문체는 순수한 우리말로 된 서사문으로서 율조로 보아 가사체 문장이라 하겠다. <심청가>는 현재 충남대학교 도서관 경산문고(고서경산 集 小說類 3238)에 소장되어 있다. 필사 말미에 '경상도 경주군 성북이 이통 사호 이홍우 근서'라고 하여 필사자와 필사지역을 어림해 볼 수 있다. 그리고 표지에 '壬子陰四月日'이라 하고, 본문 말미에 '임자 사월 이십육일 종필'이라 하여 '大正'에 관련된 낙서와 결부시켜 볼 때 1912년에 해당하는 '임자'에 필사한 것으로 추정된다. 어쨌든 이 이본은 조선조 말미를 배경으로 경상도 지방에서 유통된 특이한 작품이라 하겠다. 아울러 이 작품을 통하여 그 계통을 고찰해 보면 이는 경판본에서 완판본으로 변천하는 과정 중에 출현한 과도기적 산물임을 추정할 수 있겠다.

그러므로 본고에서는 <심청가>가 가지는 구성상의 특질을 분석하여 이본 간의 계통을 바로 세우고, 동시에 <심청전>의 목판 이본들과 <심청가>의 내용을 비교·고찰하여 공통범과 상이점을 파악함으로써 <심청가>의 변천 양상을 유추하고, <심청가>에 있어서 주인공의 출생담을 태몽과 관련지어 고찰해 보도록 하겠다. 끝으로 <심청가>의 주제와 배경사상을 종래의 견해와 비교하여 고찰하고 장르상의 문제를 고구해 보고자 한다.

2. 구성상의 특성

전술한 바와 같이 이 <심청가>는 1910년대의 필사본으로 경판본에서 완판본으로 넘어가는 과도기적 유형이다. 따라서 경판본 내지 완판본과 비교하여 살펴봄으로써 <심청가>의 진면목을 발견할 수 있으리라 믿는다. 먼저 무대배치를 고찰해 보기로 한다.

> 화설 디명 성화 년간의 남군짜희 일위 명시 이스되 성은 심이요 명은
> 현이니(경판 1장 앞)

라고 한 것을 보면 중국의 '남군땅'임이 분명하다. 이 '남군'이 중국의 어느 곳인지는 알 수 없다. '남군'의 지명에 대하여 사재동 교수는 원래부터 추상성을 띠고 있으면서 작품 전체로 볼 때에는 무엇인가를 상징하는 듯한 암시를 받을 수 있다는 견해를 밝힌 바 있다.[2] 불교사전을 참고하여 살펴보면 이 '남군'이 혹 '남군(南郡)'으로서 남주(南洲)와 통하는 듯하며, 그것이 남염부제(南閻浮提) 또는 남섬부주(南贍部洲)를 집약하여 사바세계를 나타내고 있는 듯한 인상을 짙게 한다.[3] 그리고 심청이 용궁을 떠나 마침내 도달하여 그 아버지와 더불어 무상의 복락을 누리던 그 나라의 무대는,

> (심청) 효의 츌텬ᄒ오니 인가의 가모되미 불가ᄒ오미 가히 뉴리국 왕
> 휘되어 평싱 왕낙을 누리게 졈지ᄒ나이다.(12장 뒤)

---

2) 사재동, 「<심청전> 연구 서설」, 『어문연구』 7집, 어문연구학회, 1971, 152쪽.
3) 이운허, 『불교사전』, 홍법원, 1931, 118쪽.

라고 한 것을 보면 '뉴리국'으로 보아지며 '뉴리국'도 '남군땅'과 같이 어떤 위치의 지명인지 알 수 없다는 것이다. 다만 '뉴리국'이란 지명은 다른 이본에서는 심청의 출생 및 성장의 무대로 '유리국 도화동'과 '유리국 오류촌'이 나온다.[4]

김동욱 교수의 견해를 보면 '황해도를 무대로 한 <심청전>을 지을 수 있는 조건'은 수긍하면서도 전남 옥과현 관음사연기설화의 지리적 주변에 관심을 쏟고 있으며[5] 신기형 교수 역시 '<심청전>의 배경이 황해도 황주가 아니고 충청도에 두어야 좋았을 것을 그렇지 않은 것으로 보아 황해도 황주 부근에 또 하나의 효녀 전설이 있었는지도 모르는 것이다'라고 하였다.[6] 또한 신동일 교수는 '거타지 설화에 나오는 곡도가 지금의 백령도요'라고 했다.[7] 이상 완판본을 대본으로 고찰한 제 학자들의 주장은 한결같이 황해도 황주설의 벽을 뚫지 못하고 있어 한국을 벗어나지 못한 것이 정설처럼 굳어진 실정이다.

그러나 <심청가>에는 '유리국 도화동'으로 되어 있어 구체적으로 어디를 나타내는지는 알 수 없으나 불국토의 낙토(樂土)를 상징한다고 보아진다. 즉 사람들이 화목하고 행복하게 살 수 있는 곳을 비유한 별천지나 천국을 상징하는 것 같기도 하고 극락정토, 안락국토, 연화세계를 상징하는 것으로도 보아진다.

다음으로 여기에 등장하는 인물을 살펴보기로 한다.

완판본에서는 심청, 심현, 정씨부인, 남군땅 사람들, 화주승, 상가(商賈)들, 용왕과 그 시녀들, 뉴리국왕과 신하들, 맹인들이 등장한다. 이처럼

---

4) 충남대학교 경산문고 소장 <심청전> 및 <심천가라>, 31-32쪽.
5) 김동욱, 「판소리 연구-열두 마당의 근원설화 및 성립과정」, 『한국가요의 연구』, 을유문화사, 1961, 381쪽.
6) 신기형, 『한국소설 발달사』, 창문사, 1960, 333쪽.
7) 신동일, 「<심청전>의 설화적 고찰」, 『논문집』 제7집, 육군사관학교, 1969, 24쪽.

단족(單族)한 인물이 필연성에 의하여 등장하고 있다. 여기서 각 인물의 성격에 대하여 그 대강을 살펴보겠다.

주인공 심청은 남군땅에서 심현과 정씨부인의 외동딸로 태어나 어려서부터 용모가 단정하고 효성이 지극한 것으로 묘사되어 있다. 특히 심청의 신앙심에 대한 묘사는 두드러지게 나타나는데, 그녀가 천지신명에게 앙소(仰訴)하는 시원적 신앙도 있지만 불교를 독신(篤信)하고 궁행하는 점이 강조되어 있다. 그러기에 공양미 삼백 석을 시주하면 아버지 눈을 뜨게 되리라는 화주승의 말을 믿고 실천하였던 것이다. 따라서 작자는 심청을 문자 그대로 심청(沈淸)한 존재 관세음보살이나 지장보살의 화신으로 구상하려고 한 것으로 추정이 된다는 것이다.[8] 이와 같은 견해는 불교적 관점에서 고찰한 것으로 심청이 왕후가 된 후에 왕을 도와 도탄에 빠진 만백성을 구제하는 대목을 보아도 보살의 행각임에는 틀림없다.

다음으로, 심청의 아버지 심현은 명문거족의 은거 명유(名儒)로서 전형적인 가장이라 하겠다. 그리고 그 역시 불도를 독신하여 현세의 안맹이 전세의 죄업이라 믿으며 부처를 한 번만이라도 속이는 날에는 지옥에 떨어진다고 생각하고 있다.

정씨부인은 현모양처로서 청의 어머니이자 심현의 아내이다. 그는 하나의 평범한 인물로 간단히 설명되어 있을 뿐이다.

화주승은 심현의 마음을 움직여 공양미 삼백 석을 시주하게 하고 심청의 몽중에 나타나 불공에 대한 신념을 가지도록 하였다. 그는 마치 <목련전>이나 <안락국태자전> 그리고 <구운몽>에 나타난 대덕 스님형이라 하겠다.[9]

---

8) 사재동 앞의 논문, 155쪽.
9) <목련전>에서는 부처님이 직접, <안락국태자전>에서는 승렬바라문비구가 주인공들을 각각 지선의 방향으로 교시・인도하였고, <구운몽>에서는 육관대사가 꿈으로

그리고 남군땅 사람들은 심청에게 물심양면으로 도움을 주고 부처의 영험을 믿으며 후세에 심청과 함께 한 집안에 태어나기를 소망한다. 또한 남경 상가(商賈)들도 어쩔 수 없는 상황에서 악역을 맡은 사람들이나 심청의 효심에 감동하고 심현의 사정에 동조한다. 한편 용왕은 전세 심청의 부친으로서 자애를 베푸는 선인으로 등장한다. 그리고 유리국왕 역시 심왕후의 내조로 선정을 베푸는 성왕(聖王)이며 심왕후를 끔찍이 사랑하는 자애로운 남편으로 등장한다. 끝으로 유리국왕의 신하들이나 잔치에 참례하는 맹인들 역시 한결같이 선역을 맡고 있다.

완판본에 출현하는 등장인물을 보면, 심청, 심학규, 곽씨부인, 화주승, 상가들, 귀덕어미, 장승상부인, 황봉사, 뺑덕어미, 안씨맹인, 심청의 아들(왕세자), 심봉사 아들(태동), 많은 신선, 방아 찧는 아낙들, 장난꾸러기 아이들, 목동 등이다. 이들 인물 가운데 중심이 되는 인물만을 언급해 보도록 한다. 경판본에서는 심청의 지식에 대해서는 구체적인 묘사가 없었는데, 완판본에서는 무학의 심청을 고사숙어나 한시에 능한 지식인으로 설명하고 있다. 최운식 교수는 완판본은 송동본을 바탕으로 하여 보다 흥미롭고 감동적일 수 있는 단락들을 첨가·윤색하여 문장을 보다 풍부하고 화려하게 꾸며, 많은 삽입가요를 넣어 구성했다고 하였다.[10] 또한 심청의 '효(孝)'를 화려하게 과장되게 설명하고 있다. 심청의 아버지 심학규는 후대인(광대 중심)에 의해 유흥 본위로 마구 변조된 평범한 서민형으로 등장한다. 또한 그는 무능하기 이루 말할 수 없는 존재로 묘사되기도 한다. 더구나 심청보다 심봉사를 더 여실히 표현하기까지 한다. 이것은 <심청전>에 있어 주인공인 춘향보다도 향단과 월매를 더 자세히 묘사한 것과도 같다. 이와 같이 주인공이 아닌 부속인물에 대한 묘사에 치중

성진을 깨닫게 한다.
10) 최운식, 「<심청전> 연구」, 집문당, 1982, 122쪽.

하는 것은 독자의 흥미를 유발하는 한편, 주인공은 존엄하고 도덕적인 인물임을 강조하기 위한 방편으로 풀이된다. 즉 우리 고전소설에 나타나는 현상으로 <춘향전>에 있어 춘향과 향단, 이도령과 방자 같은 귀족적 인물과 평민적 인물의 배치와 같은 것이라 하겠다.

상게한 등장인물에서 완판본의 인물들은 단순하게 구성되었음을 볼 수 있으나, 완판본에서는 경판본의 후대적 징후로 생각되어지는 인물들이 많이 출현하고 있음을 볼 수 있다. 그러면 이 <심청가>에서 등장인물은 과연 어떻게 나타나고 있는지 살펴보기로 한다.

이 <심청가>에 등장하는 인물은 심평구, 곽씨부인, 심청, 뺑득어미, 화주승, 황봉사, 남경장사 선인들, 여인봉사 유리국왕 등이다. 여기에 등장인물은 경판에서보다 뺑덕어미, 황봉사, 여인봉사 등이 더 첨가되었고, 완판본의 경우는 <심청가>보다 귀덕어미 안씨맹인, 방아 찧는 아낙들, 목동들, 장난꾸러기 아이들, 심청의 아들, 그리고 심봉사의 아들이 복잡한 관계를 가지고 덧붙여져 작품이 구성됨을 볼 수 있다. 따라서 이 <심청가>는 경판본과 완판본의 과도기적인 작품으로 생각되어진다.[11]

사건에 있어서도 등장인물과 비례하는 양상을 보인다. 경판본의 경우는 단순사건 구성이며 완판본의 경우는 좀 더 복잡한 사건 구성으로, 복선을 통한 갈등이 있음을 규지할 수 있다. 그것은 <심청가>에 있어서 '뺑덕어미'의 등장으로 야기되는 대립적 가치관·윤리관의 갈등이라고 보아진다. 따라서 <심청가>에 있어서 '뺑덕어미'의 등장은 그 사건의 과도기적 성격을 드러내는 것이라 하겠다. 이로써 보아도 역시 경판본은 선행본이며 <심청가>는 과도기적 이본으로 규정지을 수밖에 없다.

경판본 선행설은 일찍이 사재동 교수가 밝힌 바 있다. 그는 「심청전

---

11) 등장인물들이 복잡해지는 것을 보아 경판본에서 <심청가>로, 그리고 완판본으로 전개되었다고 보아진다.

연구 서설」에서,

> 민간전승적 작품들의 시대적 선위(先位)를 가리는 데에 있어, 그 작품의 구성양식을 비교해 보는 양식사적 방법을 사용하는 경우가 많다. 여기 하나의 보편적 기준이 있다면, 그것은 시대가 앞서는 작품일수록 후대적 작품에 비하여 그 구성 양식이 보다 단순 소박하고 차분하게 짜여 있다는 사실이다. 이러한 기준은 적어도 한 작품의 여러 이본을 놓고, 그 선후관계를 가름하는 데에는 효과적으로 적용될 수 있으리라 믿어진다.[12]

라고 하였다. 이와 같은 견해는 이문규에 의해서도 강조되었다.

> 완판본은 경판본에 비해 구조 자체가 복잡하고 짜임새도 통일성이 없으며 문체도 미사여구를 많이 쓴 화려체며 이에 반해 경판본은 구조가 간단명료하며, 내적 질서가 있으며 표현도 간결한 간결체의 문장이라 하였다. 따라서 완판본보다 경판본이 선행모체(先行母體)일 가능성이 농후하다.[13]

라고 주장한 바 있는데 매우 타당하다고 본다. 이야기는 오랫동안 전해 내려올수록 더 불어난다는 사실은 평범한 원리이며, 간소한 내용을 지닌 이본이 민중의 구미에 맞도록 풍성한 내용을 가진 작품으로 변모 발전된다는 것은 틀림없는 사실이다. 따라서 간소한 내용의 것은 풍성한 내용을 가진 이본보다 원본에 가까울 것이라는 점은 원칙적으로 공인될 수밖에 없다.

---

12) 사재동, 앞의 논문, 134쪽.
13) 이문규, 『한국고전산문연구』, 동화문화사, 1981, 287쪽.

그렇다면 <심청가>의 사건은 어떠한가? <심청가>는 경판본에 비하면 풍성하고, 완판본에 비하면 간결하다. 그러므로 <심청가>는 그 사건 전개에 있어서도 양자의 중간적 위상을 지니는 것이라 하겠다.

경판본과 완판본의 선후관계는 문체에서 더욱 두드러지게 나타난다. 완판본의 경우는 그 표현이 간결·소박하며 수식어나 감탄사의 나열이 자제되어 있고 고투의 산문체를 지니고 있다. 완판본의 문체는 율문체를 보이며, 풍성한 형용사의 수식이며 감탄사, 잔사설, 고사성어나 한시 등이 무리하게 삽입되어 있다. 이는 완판본 같은 판소리계 소설에 공통되는 가극체 문장을 닮아간 조선 말기의 성장문학성을 여실히 보여주는 것이다.

이와 같이 후대적 양상은 작품 구성상 전반적인 면에서 보다 통속적이고 서민적 정취를 지녀 고아풍(古雅風)을 어휘와 어법, 그리고 남도방언이 뒤섞여, 원본에 보다 접근하는 경판본에 비해 후대적 양상을 띠고 있다고 보아진다.

그런데 <심청가>는 등장인물이나 사건에서처럼 문체 면에서 특성을 드러낸다. 전체가 가사체로 되어 있는 것이 우선 주목된다. 이것은 판소리로 연창되었다는 확실한 근거가 되기 때문이다. 실제로 한 대목을 들어 보면,

공양미 삼백 석을 달리는 할 수 없어 남경 장사 선인들께 몸을 이미 팔았으니 불효한 이 여식을 금옥같이 사랑타가 오늘날 가슴 위에 불을 담아 부친 줄을 낸들 어찌 모르 것가. 불효한 이 여식을 후세에나 다시 만나 위로 공양하오리다. 심봉사 깜짝 놀라 참말이냐 헛말이냐 그런 말이 어이 있으리. 가슴을 꽝꽝 두드리며 머리를 탕탕 부딪치며 그 말이 웬 말이냐 너 죽고 내 눈 뜬들 선연 상대 내 못하고 세상 용납 어이하리.

적실이 그를진댄 너와 내가 함께 죽자. 남경 장사 선인 놈들아 내 딸 심청 아니면 세상 몸 사갈 사람이 없단 말이냐. 아이고 아이고 우는 눈물 살떼같이 피가 된다. 석목도 함수하고 가는 새가 머무는 듯 선인들도 낙루하며 심봉사 가긍정상 참혹히 볼 수 없어……14)

이처럼 가사체로 진행되면서도 소설문체로서 구실을 제대로 하고 있는 것도 사실이다. 전체의 서술에서 장면묘사를 사실적으로 해내고 있기 때문이다. 이제 이 문체는 경판본과 완판본의 중간적 위치라는 것이 드러난다. 이 문체가 경판본에 비해 후대적인 것은 분명하다. 그러나 묘사의 간결성이나 기교의 단순·소박성에 비추어 보면, 완판본에 비하여 앞서리라는 추정이 가능하다. 어쨌든 판소리 대본이라는 점에서 상호관계가 깊은 것만은 확실하다. 그러면서도 <심청가>가 판소리성을 강하게 지님으로써 판소리를 통하여 부연·조정된 완판본에는 선행한다는 논리가 성립된다.

이로써 볼 때 이 <심청가>는 경판본과 완판본의 중간적 문체를 유지하면서, 이 작품이 몇 가지 장르로 규정될 만한 독특한 면모를 보여주고 있는 것이다.

3. 내용상의 특질

<심청전>의 내용은 통속적이라는 평을 받고 있다. 그것은 완판본을 대본으로 삼아 연구한 제 학자들의 견해로서 마치 정설처럼 굳어진 실정이다. 그리하여 채훈 교수는 <심청전>이 <춘향전>과 함께 '서민문

---

14) 채훈, <심청전>, ≪한국의 명저≫, 현암사, 1969, 748쪽.

학의 쌍벽'이라고[15] 결론을 내리기에 이르렀다. 한 걸음 더 나아가 조동일 교수는 「<심청전>에 나타난 비장과 골계에서」에서 이 작품의 풍부한 통속성을 밝혔다.[16] 그러나 이러한 견해는 완판본계의 이본을 통해서 얻어진 결과이기로 보편적인 것은 아니다.

이제 <심청가>의 내용상의 특질을 살펴보기로 하겠다. <심청가>가 완판본계에 가까운 내용구조를 가지고 있으므로 완판본의 경개와 비교하여 보는 것으로 하겠다.

○ 곽씨부인이 심봉사를 공경한다.
○ 자식 낳기를 기원한다.
○ 부인이 위독하게 되자 심봉사 내외가 애절하게 사설을 주고받는다.
○ 부인의 장사 때 심봉사는 통곡한다.
○ 부인을 여읜 후에 심봉사 애통해 한다.
○ 심봉사는 심청을 젖동냥으로 양육한다.
△ 무릉촌 장승상부인과 인연을 맺는다.
△ 귀덕어미가 등장한다.
○ 심청이 공양미 삼백 석에 팔려간다.
○ 심청이 배에 올라 인당수에 이른다.
○ 심청이 물에 뛰어든 후에 구제를 받아 수정궁에 이른다.
△ 심청이 수정궁에서 전세의 어머니인 옥진부인을 상봉한다.
○ 뺑덕어미가 등장한다.
△ 심청이 왕후가 되어 아버지에게 기러기 편으로 편지를 보내려 한다.
○ 심봉사 맹인잔치에 간다.

---

15) 채훈, 「심청전」, 『한국의 명저』, 현암사, 1969, 748쪽.
16) 조동일, 「<심청전>에 나타난 비장과 골계」, 『계명논총』 제7집, 계명대학교, 1971, 748쪽.

- ◦ 황성길에 황봉사에게 뺑덕어미를 가로채인다.
- ◦ 심봉사 개울에서 목욕하다가 옷을 잃고 한탄한다.
- ◦ 심봉사 무릉태수의 행차를 만나 재주로써 노자를 얻는다.
- △ 심종사 황성길에 목동을 만나 희롱을 당한다.
- △ 심봉사 황성길에 방아 찧는 아낙들과 음담을 나눈다.
- △ 심봉사 안씨 맹인과 다시 결혼한다.
- △ 심봉사와 안씨 맹인이 아들을 낳고 심황후도 태자를 낳는다.
- △ 심황후의 아들 태자가 등장한다.
- △ 심봉사가 남평왕이 되고 아들 태동이 입신양명한다.

이상의 경개를 경판본에는 들어있지 않으면서도 완판본에 있는 장면들이다. 이와 같이 완판본은 얼마나 풍성히 작품이 표현되고 있는가 알수 있다. 그런데 <심청가>의 경우는 완판본의 장면들보다 '△'한 부분이 생략되어 있다. 이것은 등장인물을 소개할 때나 사건의 구성과도 비례하는 현상이다. 덧붙는 인물들이 많으면 많을수록 사건을 복잡하게 구성되며 빈도수도 많을 것이기 때문이다. 여기서도 역시 <심청가>는 경판본과 완판본의 중간적 작품임을 알 수 있다.

아울러 <심청가>의 통속성을 살펴서 중간적 작품임을 추정해 볼 수도 있다. 이에 경판본은 점잖은 문체로 통속성을 찾아볼 수 없으니 이것도 완판본의 특성과 비교해 보기로 한다.

- ◦ 심봉사가 심청의 출생 시에 성을 구별하는 장면에서 심봉사의 점잖지 못한 말투
- ◦ 심봉사가 뺑덕어미와 동침하는 장면의 음사와 풍부한 통속성
- • 황성길에서 심봉사가 뺑덕어미를 황봉사에게 빼앗기는 장면
- • 심봉사가 황성길에 목욕을 하다가 옷을 잃어 벌거숭이로 관행차(官

行次) 앞에 나서서 주책없이 행동하는 장면의 비속성

  ◦ 심봉사가 안씨 맹인을 만나 인연을 맺어 동침하는 장면

이와 같이 통속성에 관하여 살펴보아도 후대적 이본에 접근될수록 풍성한 가진다고 보아[17] 경판본의 경우 통속성을 전혀 묘사되지 않고, <심청가>에서는 위의 장면 중 '◦'표한 곳만이 나타나고 있으며 그것도 완판본의 경우에 비하여 대단히 약하게 표현되고 있다.

이같이 완판본계의 통속성은 대중적 성정에 영합하기 위해 후대적으로 수의(隨意) 삽입된 것이라고 보아진다. 이로써 통속성이 전혀 물들지 않은 경판본은 원본의 작품 체계에 훨씬 가깝고 완판본은 후대적 이본이라 하겠다. 따라서 <심청가>같은 유형을 과도기적 형태로 보아야 하겠다.

4. 태몽과 주인공의 출생담

태몽설화는 고전소설에 있어서 신비스러우면서도 초논리적이다. 즉 태몽설화는 주인공의 출생을 신성시하는 데서 유래한 상징적 해석이며 이상적 전망이기 때문이다. 주인공의 일대기를 서술하는 고전소설에 있어서 일반적으로 주인공의 추령담은 작품의 머리에 서술되고 있다. 이러한 출생과정은 여러 가지 면에서 작품의 특이한 구조와 성격을 갖게 한다.

---

17) 김동욱 교수가 「한글본 방각본의 성립에 대하여」, 『춘향전 연구』, 382쪽에서 "근대 자아의 형성과정에서 이러한 언패(諺稗)가 호농(豪農, 낙향양반)들에게까지 미치게 된 것은 도시의 성립과 서책이나 지물보부상의 진출도 고려에 넣을 수 있다"고 언급한 바 있다.

고전소설은 으레 주인공의 잉태를 위한 발원·태몽·잉태·출산 그리고 성장과정으로 형성되고 있어, 주인공을 잉태하기 위한 발원과 꿈은 큰 비중을 갖기 마련이다. 특히 발원은 태몽을 만들어 내는데 직접적으로 관여되며 일단 태몽이 있음 그때 몽사 중의 이야기가 상징하는 것을 민속학적인 측면에서 검토할 수가 있겠다. 생성상징이 어떻게 태몽으로 결실되며 소설 구성에 어떠한 관련성을 가지는가 살펴볼 일이다.[18]

고전소설의 주인공은 일반적으로 영웅이기에 이들은 특이한 상황에서 출생한다. 주인공들은 신격화되어야 하며 여러 가지 면에서 범부와 달라야 한다. 이것을 합리화하는 가장 현명한 방법으로 우리의 조상들은 꿈을 이용하였다. 이렇게 출생한 주인공의 이야기가 작품의 주제를 살리는 사건이 되고 있다. 전기적(傳奇的)이고 서사적인 소설에서 주인공을 특이한 초인적 인물로 형상화하는 데에서 생각되어진 것이 곧 주인공의 출생담이다. 이와 같이 작품에서 출생담이 특이하게 구조화되고 있는 것은 고래의 산속(産俗)과 결부되며 전통 민속적 몽사의 해석과도 조화롭게 어우러진다고 본다.

실제에 있어서도 예나 지금이나 우리 민족은 명현을 출생시키기 위해 일월성신이나 명산대천에 빌고, 그것들의 초인적인 신력(神力)이 꿈으로 계시하여 잉태한 후 출생을 보아왔던 것이다. 바로 이것이 고전소설의 태몽적 요소를 가능하게 한 것이라고 보아진다. 이러한 것이 작품에 나타나기는 태몽을 가능케 하는 발원의 경우이다. 고인들은 슬하에 지식이 없는 것을 가장 큰 죄악으로 여기는 고로 태몽을 얻으면 이것을 생성상

---

18) 유종국, 「몽유록소설 연구」, 아세아문화사, 1987, 33쪽에서 "우리나라 고대설화·소설류에는 대개 신적 인물이 주인공의 꿈에 현몽하여 무엇인가를 지시하여 알려주거나 상징적으로 장래를 암시하는 형태를 나타낸다. 이러한 꿈을 고지몽(告知夢)이라고 말하기도 한다. …(중략)… 하나는 개인의 원망(願望) 표출이라고 보는 관념이고 다른 하나는 영혼의 유람이라고 보는 관념이다"라고 하였다.

징(生成象徵)과 관련시켜 왔다. 그러면 생성상징성에 관한 몇 가지 예를 들어보기로 한다.

- 일월성진(日月星辰) 등 천기
- 수석(水石) 등 산천
- 용(龍)·구(龜)·조(鳥)·호(虎) 등 동물
- 꽃·구슬·선인(仙人)·오이 등 잡물

이처럼 태몽과 생성상징성의 유형을 살펴볼 수 있다.[19]

그러면 <심청전>의 그것과 관련지어 고찰해보기로 한다. <심청가>에서는 잉태를 위한 발원의 대상을 산천에 두고 있다. 이것은 일종의 자연신의 위치에서 출생에 따르는 생성문제에 상당한 힘으로 관여하고 있음을 보여주고 있다.

심청의 출생담을 <심청가>에서 살펴보면 다음과 같다.

하루는 심봉사 자탄하고 이른 말이 불효막대한 죄가 무후 위대하고 여류세월이 백발을 재촉하니 우리들이 세상 나서 일점혈육 없어지면 선영향화 어찌하며 ……

이 부분은 발원의 동기로 보아지며 역시 명산대천에 빌어보기로 곽씨부인에게 심봉사가 권하는 대목이다.

곽씨부인 어진마음 이 말을 반기 듣고 목욕재개 정성들여 신공을 하려 할 때 칠성 불공 산재하기 주야로 신공하니 힘든 절이 무너지며 공든

---

19) 동국문학연구소, 『한국고소설연구』, 태학사, 1983, 194-220쪽.

탑이 무너지랴.

이 부분은 곽씨부인이 정성을 드려 발원하는 과정이다.

갑자 시월 초십일 야몽에 천지진동하고 향기 만정하여 하늘로서 선인 옥녀 백학을 타고 도화 일지 손에 들고 심봉사 양주 앞에 앉으며 앵순도 협 반개하여 …(중략)… 봉사님 양주부처 정성이 지극하여 이에 내려왔사 오니 어엿비 여기소서 품을 열고 앉거늘 소리쳐 깨달으니 남가일몽이라.

이상이 발원으로 인한 태몽이다. 이 몽사 중의 생성상징으로 학이 대 두되고 있다. 학은 주로 못이나 강변에 사는 날짐승으로 조류 가운데 비 교적 수중과 밀접한 관련을 맺고 있다. 프로이드에 의하면,

꿈에 물속에 떨어진다든가 물속에서 나온다거나 물에 구원을 받는 것 은 잉태 출생을 상징하는 것이다.

라고 하였다. 즉 학(鶴)−수(水)−잉태(孕胎)의 관계와 학(鶴)−고결함−신성 의 관계를 심청과 함께 관련지어 생각할 수 있는 것이다.

그 달부터 태기 있어 열 달을 지나갈 제 하루는 집안에 향내 자욱하 여 순산으로 탄생하니 선인 옥녀 딸이로다.

이렇게 하여 주인공 심청이 출생한 것이다. 설화적 모티프인 태몽은 고전소설의 주인공인 경우 신성시되고 존엄성도 부여받았음을 알 수 있 다.20)

5. 주제 및 배경사상

<심청전>은 효를 형상화한 대표적인 작품으로 고전소설로서는 형식과 내용, 구상과 서술기법이 발달되었으며, 불교와 유교 등을 바탕으로 당시의 민간사상을 잘 반영시킨 작품이라 할 수 있다.[21]

유교에서 말하는 효의 개념은 매우 현실적이며 상대적이다. 그런데 <심청가>에서 표현되는 효의 개념은 그와 성질을 달리한다. 먼저 <심청전>의 주제에 대해 연구한 것을 고찰해 보기로 한다.

> <심청전>의 주제는 유교의 근본 사상인 '효'에 두었으나 그 효과 불교의 인과사상에 의해서 달성되도록 꾸며 놓은 윤리소설이라 하겠다.[22]

여기에서 보면 '효'와 불교적 사상과는 별도의 것으로 언급하였다고 보아진다. 그러나 '효'가 불교적 사상으로 뒷받침되고 있는 것이 <심청전>이라는 주장이 있다. 김동욱 교수는

> <심청전>의 주된 테마는 '효'에 있겠지만 그 제재는 개안설화(開眼說話), 처녀생지설화(處女生贄說話)의 두 가지가 주가 되어 이것이 인과적 불교사상에 뒷받침되어 '효'를 중추로 하여 결합되어 있다고 하겠다.[23]

라고 하여 유교적 '효'에 주제를 주었다고 할 수 있다. 따라서 사상적 배경은 불교로 보면서 '효'에 대해서만은 조선인들의 관용어구 같은 유교

---

20) 김상일, 「<심청전>의 기원」, 『월간문학』 3권 56호, 1971, 272-280쪽.
21) 신기형, 앞의 책, 330쪽.
22) 김기동, 『한국고전소설연구』, 교학연구사, 1983, 867쪽.
23) 김동욱, 『한국가요의 연구』, 을유문화사, 1961, 381쪽.

적인 것으로 돌리고 있는 실정이다.

조동일 교수는 완판본을 대상으로 <심청전>은 유교윤리라는 확고한 생각에 따라 삶의 현실을 개조하자는 투쟁을 비장하게 전개했다. 그러므로 뺑덕 어미로서는 유교윤리는 참으로 허망한 것이고 이를 간단히 파괴함으로써 삶의 현실을 긍정한 까닭에 골계스러운 인물이라고 하였다. 따라서 심봉사는 뺑덕어미의 등장과 더불어 골계스럽게 비속화되고 유교윤리는 부정되어 갔다는 주장이다. 이와 같이 <심청전>의 주제에 있어 양면성을 언급하면서 작품에서 심청의 행실은 윤리를 파괴하며 되도록 쉽고 재미있게 전개해 나가는 골계로써 양면적 주제를 형성한다는 주장이다. '효'를 위해서 생명을 버리는 심청의 희생은 표면적 주제의 징표이며 이는 보수적 관념론으로 구상되어 있고, 또한 골계를 통해 제시되는 양면적 주제는 뺑덕어미와 심봉사로 하여 효과적으로 구현이 된 진보적 현실주의를 말한다 하였다. 주제의 이중구조를 파악하면서 이러한 현실적인 것의 대립은 충돌하지 않으면서 작품에 조화롭게 통일된 총체로 표현되었다고 하였다.[24]

이상 몇 가지 계통의 주제론을 살펴보았는데, 여기서 주제성을 나름대로 고구해 보려는 것이다. 이에 유교적 관념으로서의 '효'를, 더욱이 조선의 시대성을 아울러 지닌 '효'에 대하여 부정하는 것이 아니다. 다만 이것은 불교적 견지에서만이 파악될 때 <심청전>의 주제가 제대로 부각된다는 견해이다. 주지하는 바와 같이 <심청전>은 전생의 죄업으로 지옥고를 겪고 있는 심청 부녀가 불제자의 인도로 자신의 모든 것을 바쳐 희생적 불공을 드림으로써 현세고를 면하고 구제를 받게 되는 과정을 서사하고 있다.[25] 따라서 불교적 시각에서 주제를 파악하는 것이 유

24) 조동일, 「<심청전>에 나타난 비장과 골계」, 『계명논총』 7집, 계명대학교, 1971.
25) 사재동 교수는 <심청전>이야말로 불교사상을 나타낸 조선시대의 불전과 같은 존재

용할 수 있다.

첫째, 불교적 관점으로 <심청전>의 주제를 고찰할 때, 심청의 죽음은 종교적으로 승화된 희생적 참회가 아니고는 작품에서 그 가치성을 인정받을 수 없다. 단지 유교적 관점에서 '효'를 매개로 작품을 형상화하였다면 심청의 죽음은 구조상 있을 수 없는 일이다. 왜냐하면 심청이 유교 윤리상 눈먼 부친을 위해서 죽음 이외의 다른 방법을 택해야만 했기 때문이다. 여기서 <심청전>의 유교적 개념으로서 '효'는 모순에 봉착하고 만다.

둘째, 불교적 개념으로서 '효'는 몽은사 화주승의 등장과 공양미 삼백석으로 훌륭한 주인공을 탄생시킨 후에 다시 유교적 현실주의와는 거리가 있는 연화(蓮花) 환생과 이어져 결국 부친의 개안을 가져오는 인과적 구조를 취하고 있다. 이것은 '효' 역시 인과임을 시사하는 것이며 불교에서 말하는 인연설과 업보의 진리가 <심청전>에서 그대로 주제화된 것이 아닌가 한다.

그리고 <심청전>의 이본 가운데 활판본보다는 완판본이 완판본보다는 경판본이 신불의 농도가 점차적으로 짙어짐을 볼 수 있으니, 경판본은 시대적으로 선행하며 완판본계에서는 불교신앙의 타락상을 후대적 특징과 함께 가진다. 따라서 이 일련의 과정에서 우리는 고전소설이 후대에는 소위 대중적 영합이라는 시대적 요청과 흥미본위·대량매출이라는 상혼이 작용했으리라는 사실을 염두에 두어야 할 것이다.

<심청가>에 있어서 어린 나이에 맹부를 봉양하는 것, 또한 맹부를 위하여 인당수에 몸을 던지는 것, 연꽃으로 환생하는 것, 유리국의 황후가 되어 맹부의 눈을 뜨게 한 일련의 과정을 보면 불교적 신앙의 경지가

―――――――

로 보고 있다.

아니고서는 이러한 사건이 전개되기가 힘들다. 그러나 후대에 속화된 완판본을 제재로 하여 연구해온 제 학자들이 이를 불신적인 방향으로 몰아 부처에게 빌어도 아무 것도 이루어지지 않았고 심봉사가 눈을 뜨게된 것은 아주 우연한 고전소설적 특징이라 규정한 것을 보게 된다. 그러나 그 사건은 결코 우연성이 아니고 종교적 필연성으로 파악된다. 말하자면 몽은사 화주승의 말대로 심각한 보시·희생으로 결국 무상의 영화를 누리게 되는 까닭에 <심청전>은 불교적으로 조직된 것이 확연하다. 그런데 가장 후대적 이본인 활판본에서는 불교가 아주 격하되어 부처를 세속인과 동일시하고 있다. 이는 조선시대 불교사상이 숭유억불 정책에 밀려 마침내는 쇠퇴 일로에 있었음을 실증하고 있는 터라 하겠다.

이제 <심청가>를 보면 불교적 신앙의 면모를 웬만큼 나타내고 있다. 심청이 부친께 신조 있는 보시·공덕심과 후원에서의 발원을 보면 불교적 신념이 큼을 알 수 있다. 그런데 부처나 보살을 천지신(天地神) 및 일월성신(日月星辰)과 함께 놓고 비는 것은 불교를 신봉하는 신앙이 경판본에서보다 약하게 나타남을 보여준다. 이와 같이 <심청가>는 종교사상적 면에서도 경판본과 완판본의 중간적 작품이라는 것이 분명하게 드러난다.

6. 장르의 문제

<심청전>은 성장문학으로서[26] 설화가 소설화된 작품인 한편[27] 판소리계 소설로도[28] 중시된다. 때문에 어떤 한 개인의 의도에 따라 창작된

---

26) 김동욱, 『춘향전 연구』, 연세대학교 출판부, 1965, 69쪽.
27) 장덕순, 『국문학통론』, 신구문화사, 1960, 235쪽.

것이 아니라 상당한 기간을 통하여 문예에 뜻을 둔 많은 사람들에 의해서 계승·발전된 것이라고 볼 수밖에 없다. 따라서 <심청전>의 근원설화도 불전이 전래·보급되던 때에 사찰을 중심으로 읽혀지고 강설되면서 그 시대의 실정에 맞도록 변형·윤색된 결과라고 보아진다.29) 말하자면 승려를 비롯한 불교계의 인사들이 시주의 공적과 포교의 목적에서 하나의 이야깃거리(소설)을 구상해냈다고도 볼 수 있다. 그러나 원본 <심청전>의 이야기가 민중에 그전 유포되었다 하더라도 민중을 크게 감동시키지 못하였고, 이런 상황에서 대중적 통속성과 야합하여 마침내는 불교적인 성격이 퇴색된 '효'를 주제로 하는 유교적 도덕소설이라 할 만큼 변용되었다고 보아진다. 따라서 민중의 구미에 맞는 판소리의 출현도 함께 보게 되었다고 하겠다.30)

한편 이 무렵에 대두된 판소리는 보수적인 경판본을 이어받으면서 대본을 개척해 나갔다고 하겠다. 광대들은 민중의 인기를 얻으려는 야심에서 음담패설과 고사성어, 한시 등을 마구 끌어들여 화려하고 풍성한 가락에 맞는 판소리를 생산해 냈다고 하겠다.31)

그러면 불전(佛典)에서 비롯된 <심청전>은 어떤 형성과정을 거쳐 발전되었는가를 살펴보기로 하겠다. 고전소설은 대중화와 함께 상업적으로 대량 출판되기에 이르렀다.32) 이에 서울 방면에서는 보수적인 독자층에

---

28) 김기동, 『한국고전소설연구』, 교학연구사, 1983, 886쪽.
29) 차상원, 『중국문학사』, 동국문화사, 1957, 334쪽에서 "변문이란 고대의 불전을 평민들이 알고 납득할 수 있게 풀어쓴 것인데, 포교와 아울러 권선을 목적으로 일반 평민을 상대로 하여 알기 쉽게, 흥미있게, 대중을 감동시키고자 하여 당대에 유행한 가체나 승려 간에 유행했던 창문(唱文)도 채택하여 썼다"라고 하였다.
30) 소재영, 『고전소설통론』, 이우출판사, 1983, 27쪽에서 "소설의 정착과정은 구송문학과 연창문학으로 나누는데 강담사와 전기수에 의한 문학은 전자요, 로 엮어가는 광대의 판소리는 후자라 할 수 있다"고 하였다.
31) 소멸일로에 있던 가사 및 사설시조와 야합하여 판소리 가극체의 완성을 보았다고 본다.

영합하여 원본에 가까운 모체를 찾아 방각에 부쳤는데, 이것이 바로 경판본이요, 전라지방에서는 경판본의 출현에 자극되어 대중적 인기에 호응하기 위하여 흥행성 높은 판소리를 정착시켜 판각하였던 바 이것이 바로 완판본 <심청전>이라는 것이다. 그래서 계열을 달리하여 말하면 경판본과 완판본으로 구별되나 종국에는 경판본계와 완판본계를 형성시켰다는 것이다. 아울러 사재동 교수는 어디까지나 하나의 가설적 시안에 불과한 것임을 전제하면서 다음과 같이 <심청전>의 형성과정을 도시하였다.33)

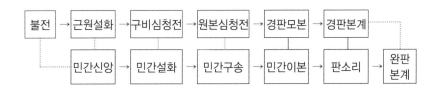

그러면 이와 같은 형성과정을 거쳐 발전된 경판본과 완판본을 대비시켜 <심청가>의 위상을 고찰해 보기로 하겠다.

전술한 바와 같이 <심청전>은 많은 이본을 가지고 있는 작품으로서 아직도 발굴의 여지가 없지 않다. 이러한 작품을 가지고 경판본과 완판본에 중심을 두는 연유는 현존 원전이 대체로 경판본계와 완판본계의 두 계열로 분류되기 때문이다. 경판본은 서울지방을 중심으로 하여 보수적인 특성을 지닌 이본이고, 완판본은 호남 전주 지역을 중심으로 하여 대중적인 면모와 통속적인 흥행성을 보이고 있다는 점에서 특성이 있다.

그렇다면 <심청가>는 구성이나 내용상에 있어 경판본과 완판본의 중

32) 김기동, 앞의 책, 861쪽에서 이 작품의 완판본은 경판본과 양판본의 양종이 있고, 활자본으로는 1915년에 발행한 방문서각판(84쪽)을 비롯한 5-6종이 있다.
33) 사재동, 앞의 논문, 166쪽.

간적 위상을 지닌 과도기적 작품으로서 제반 특성을 갖추고 있는 것이 틀림없다고 하겠다. 이제 <심청가>의 장르적 성격을 따져볼 단계에 이르렀다. 먼저 이 작품은 서사문학·소설 형태를 유지하고 있으므로 일단 소설 장르로 규정하는 것이 자연스럽다. 그러나 표현문체를 중심으로 볼 때 이 작품은 단순한 소설형태가 아니라 전체가 가사적 율조를 갖추고 있으므로, 이야기로서의 기본 구조를 노래형식으로 풀어낸 것이 확실하다. 여기서 이 작품은 이른바 판소리계 소설이라고 잠정적으로 취급할 수가 있겠다. 그렇다면 이런 유형의 작품이 판소리에 의하여 설창되었을 것은 분명한 일이라 하겠다. 이를 감안하여 <심청전>·<심청가>와 판소리의 관계를 따져볼 필요가 있다. <심청가>가 판소리 다섯 마당 중의 대표적 작품임은 주지의 사실이거니와 그것이 소설적으로 정착·조정되어 판소리계 소설로 발전한 나머지 완판본 <심청전>으로 행세하게 된 것이라 하겠다.

따라서 <심청가>가 판소리계 소설에 선행하는 판소리의 대본이라는 것을 족히 알 수 있다. 이 <심청가>와 판소리의 관계를 새삼스럽게 논의할 여지는 없지만 판소리와 불교, 그리고 <심청가>의 관계를 주목할 필요는 있다. 일찍이 정병욱 교수는 「한국의 판소리」에서 판소리와 불교의 관계를 논의하는 가운데 <심청가>를 예로 들어 다음과 같이 주장하였다.

판소리와 불교하면 누구나 먼저 쉬 생각나는 작품이 <심청가(沈淸歌)>일 것이다. 심청이가 남경장사 선인에게 몸을 팔아 300석의 공양미로 아버지의 눈을 뜨게 하겠다는 데에서부터 <심청가>의 줄거리는 시작되기 때문에 <심청가>의 바닥을 이루고 있는 것은 심청의 신심(信心) 즉, 부처님을 믿는 지성이라 할 수 있을 것이다. 바꾸어 말하면 심청이

<심청가>의 문학적 특성과 장르문제 103

아무리 효심이 두터웠다 할지라도 부처님을 믿는 마음이 없었다면 <심청가>는 성립될 수 없었을 것이다. 이러한 심청의 신심은 비단 심청만의 신심이 아니라 <심청가>를 듣고 함께 울고 함께 즐기는 판소리의 청중, 즉 일반대중의 신심이기도 하다고 생각한다면 유교 일변도의 이조사회에서 서민들의 생활 속에 불교가 얼마만큼 깊이 뿌리박고 있었는가를 짐작할 수 있을 것 같다.[34]

라고 하여 조선조의 외유내불적인 신앙에 대하여 언급하였을 뿐만 아니라 <심청가>는 그 당시 민중의 심심인 불교적 성격을 지닌 판소리라는 주장이다.

　그러면 판소리란 무엇인가를 알기 위해 판소리의 어의부터 알아둘 필요가 있다. 판소리라는 말은 '판＋소리'로 된 복합명사로 "자초지종 일관된 줄거리를 갖추고 있는 이야기를 성악으로 불러내되, 많은 사람이 모인 자리에서 공연되는 예술 활동"이라고 하였다.[35] 즉 청중 앞에서 배우가 서사시를 성악으로 공연하는 한국의 독특한 예술형태라고 보아진다. 따라서 판소리는 한 사람의 광대가 고수의 장단에 맞추어 설창해내는 독연형태라고 보아 마땅할 것이다. 이에 <심청가>는 불교 계통의 판소리 대본이라 하겠다. 그렇다면 심청가는 판소리 연극의 대본으로서 바로 희곡형태라고 규정될 수가 있겠다. 실제로 판소리계 소설 완판본 <심청가>에서도 그 희곡적 성격을 찾아볼 수 있거니와 그보다 적극적인 <심청가>가 희곡성을 지니고 있다는 것은 당연한 일이라 하겠다. 일찍이 김태준도 판소리계 <심청가>의 문체를 두고

---

34) 정병욱, 『한국의 판소리』, 집문당, 1984, 108-109쪽.
35) 정병욱, 앞의 책, 24-26쪽 참조.

이 문체는 가극체이며 창희(唱戱)에 붙여서 실연하야.[36]

라고 설파함으로써 그것의 희곡성을 시사한 바가 있다. 실제로 이 <심청가>의 한 부분을 들어보면 희곡성을 짐작할 수 있다. 부녀가 상봉하는 장면이다.

> 심황후 분부하되
> "말석에 앉은 맹인 대상을 불러오라."
> 어전 노자 봉명하여 심봉사를 인도하여 대상에 불러 앉히고 심황후 분부하되,
> "어데 살며 성명은 무엇이며 나이는 얼마나 되며 자제간은 몇이냐?"
> 심봉사 여짜오되,
> "소맹이 있삽기는 유리국 도화동에 있삽고 성명은 심평구라 하옵고 나이는 칠십 육세로대 삼십전 안맹하고 무남독녀 심청이를 강보에 길러 내어 인당수 제수에 팔아먹은지 삼년이요 그만 밖에 죄가 없사이다."
> 심화후 기가 막혀 뚜렷이 살펴보니 백수 풍진 늙은 형용 슬픈 근심 가득하고 후유한숨 쉬는 것과 말소리 걸음걸이 부친 일신 분명하다. 은사주렴 거들치고 와다닥 뛰어 달려들어 심봉사 가는 허리 후리쳐 끌어안고 하는 말이,
> "아버지 눈을 열어 나를 급히 보옵소서. 인당수에 죽은 심청이 다시 살아왔소."(현대문화 및 부호 삽입, 필자)

이상에 보이는 대로 이 <심청가>는 극적인 사건에 대사·대화가 발달되어 있고, 전체 또는 부분이 노래할 수 있는 창사의 구실을 함으로써 실로 희곡으로서의 자질을 갖추고 있다 하겠다. 이 <심청가>는 판소리

---

36) 김태준, 『조선소설사』, 학예사, 1939, 114쪽.

형태로 설창되던 강창극 대본의 성격을 지니고 있는 것이 확실하다. 따라서 그것은 강창문학·희곡형태와 깊이 관련되어 있다고 보아진다.

우선 강창문학에 대하여 살펴보면 '강창양식에 의해 구성된 서사작품'[37) 즉 산문과 운문이 유기적으로 완결성을 지니면서 총체적 서사구조를 이루고 있는 작품을 일컫는다고 하겠다. 따라서 강창실연 때에는 산문은 강설하고 운문은 가창되었던 것이다.[38] 따라서 판소리의 '아니리'와 '창'의 결구양식은 형식적 측면에서 강창문학과 유사성을 지닌다 하겠다. 뿐만 아니라 이 <심청가>의 유형은 시대와 공간을 초월해서 판소리의 대본으로서, 소설로서, 또는 연극영화로서 만인의 갈채를 받아왔다고 하겠다. 심청이 그의 아버지와 생이별하는 대목은 눈물을 금치 못하는 가장 절실한 표현이었고, 인당수에 몸을 던지는 장면에서는 애련한 정을 이기지 못하도록 표현해 놓았으며 황후가 되어 아버지의 눈이 열리는 장면은 만인의 환희를 자아내게 표현해 놓았다. 특히 부친에게 희생적인 효행으로 부처님의 영험에 의해 천인이 귀인이 되고 맹인이 개안했다는 것이다. 따라서 그 시대상의 신앙적인 반영이며 부모께 효도하는 응보가 있음을 나타낸 것이다. 이를 감안할 때 불교계의 중흥을 꾀하는 대덕 스님들이 중심이 되어 우선 민중에 불심을 심고 포교시키려는 포교상 목적에서 그 작품이 희곡으로서 강설되고 가창되었다고 보아진다.

그러면 <심청가>의 가사적 성격을 고찰해 보기로 한다. 주지하는 바

---

37) 경일남, 「고려조강창문학연구」, 충남대학교대학원 박사논문, 1989, 1쪽.
38) 소재영, 앞의 책 13쪽에서 "직업적 강담사나 전기수에 의해 소설이 낭독되었다. 조수삼의 ≪추재집≫에는 <심청전>, <숙향전>, <소대성전>, <설인귀전> 등의 작품을 구송하는 기록이 보인다. 뭇사람(독자)에게 둘러싸여 유창한 음성으로 독자의 소설을 읽는 심리는 교묘히 이용하여 인기를 얻고 돈까지 벌어들이는 일종의 상행위(요전법)와 관련되어 직업성까지 엿볼 수 있다"고 하였다.

와 같이 가사는 국문학에만 있는 특이한 장르로 외형은 율문이면서 내용은 서정적인 면과 서사적인 면의 산문성을 지니고 있다. 또한 '가사는 불교계에서는 포교를 위한 시가'로 많이 창작되어 왔다.[39] 그리고 가사는 3·4조 또는 4·4조를 무제한으로 늘어놓을 수 있는 자유스러운 형식이라 하겠다.

이상에서 제시된 바와 같이 경판본은 소박하고 간결한 산문체로, 완판본은 율문체로 규정되어 왔다. 그렇다면 이 <심청가>는 제목부터 시가를 지향하고 있으며, 실제로는 그 작품 전체가 가사체로 되어 있다. 따라서 이 작품은 심청전을 노래로 읊은 장편가사라고 해도 과언이 아니다. 원칙적으로 가사는 '이야기체의 노래'로 보아지기 때문이다. 이 <심청가>는 판소리로 연창하기에 적합하도록 가곡화됨으로써 가사의 면모를 지니게 되었던 것이다.

요컨대 <심청가>는 <심청전>을 가곡화한 판소리계 소설로 보아진다. 그런대로 그것이 보다 적극적으로 판소리화되고 그 대본으로 활용되었기 때문에 그것이 희곡적 성격을 갖게 된 것이다. 판소리를 강창극으로 간주할 때 그것은 연극대본, 즉 희곡으로 볼 수 있는 것이다. 그러면서도 이 <심청가>는 전체의 율조로 보거나 응축된 시가성으로 보아 이야기체의 노래로서 가서의 형태를 보여주고 있는 것이 사실이다. 이처럼 <심청가>는 하나의 작품이면서 그 서사문학적 바탕 위에 몇 개의 장르적 성격을 입체적으로 점유하고 있는 실정이다. 이것이 바로 <심청가>의 이본적 특성이며 그 나름의 가치라고 보아진다.

---

39) 최강현, 『가사문학연구』, 정음사, 1979, 13쪽.

7. 결론

본고는 <심청가>를 경판본 내지 완판본과 비교하여 중간에 위치하는 이본으로 간주하고 분석·고찰함으로써 이 작품의 위상을 검토해 보았다. 지금까지 논의한 바를 요약·정리하여 보면 다음과 같다.

첫째, <심청가>는 구성상으로 볼 때 경판본의 대표적 징후로 무대상의 변화가 있고, 몇 명의 인물이 더 첨가된 반면, 완판본에서와는 달리 몇 명의 인물이 생략되었다. 뿐만 아니라 사건전개에 있어서도 경판본보다 약간 복잡하게 처리되었고, 완판본보다는 비교적 단순하다. 문체는 전체가 율문체로서 역시 경판본과 완판본의 중간에 해당된다. 따라서 이 작품은 경판본과 완판본의 중간에 위치하는 과도기적 이본이라 할 수 있다.

둘째, 내용상으로 볼 때 <심청가>는 완판본의 장면보다 부분적으로 생략된 점이 있는데, 등장인물을 소개할 때나 사건을 구성할 때에도 이와 비례하는 현상이 나타난다. 또한 통속성에 있어서도 경판본은 간결하고 소박하나 완판본은 풍성한 통속성을 가지는데, <심청가>는 완판본에 비해 상당히 약화되어 과도기적 양상을 보이고 있다.

셋째, 태몽과 주인공의 출생담을 볼 때 <심청가>는 잉태를 위한 발원의 대상을 산천에 두고 있으며, 곽씨부인의 신공으로 하늘에서 선인옥녀가 백학을 타고 내려오는 설화적 모티프인 태몽을 꾼다. 그리하여 학(鶴)－수(水)－잉태와 학(鶴)－고결함－신성으로 결부되어 존엄성과 함께 고귀한 주인공의 일생이 상징적으로 예시되고 있다.

넷째, 주제 및 배경사상을 볼 때 완판본은 비합리적이고 주제성이 약화되어 있음에 반해 경판본은 대체로 합리적으로 짜여 있으며 주제 또한 명쾌하게 드러난다. 결국 <심청전>의 주제는 살신성효(殺身成孝)를 통한 구제, 왕생극락의 성취라 하겠다. 여기서 <심청가>의 주제는 불교적 효에 바탕을 두고 유교적 개념의 효로 표면화되었다. 불교의 인연설과 업보의 진리가 이 작품에서 그대로 주제화되었다. 경판본에서 완판본으로 내려오면서 신불의 농도가 점차적으로 낮아지는데 불교신앙의 타락성을 후대적 특징과 함께 가진다. 이 <심청가>에서는 불교적 신앙이 상당한 수준을 보이고 있는데, 경판본보다는 약하지만 완판본보다는 강하게 나타남으로써 양자의 중간적 잡품임을 드러내고 있다.

다섯째, 장르상의 계통으로 볼 때 <심청가>는 <심청전>을 가곡화한 판소리계 소설에 속한다. 한편 이 <심청가>가 직접 판소리로 설창된 대본이라 할 때 그것이 바로 연극을 뒷받침하는 희곡적 특성을 지니고 있다 하겠다. 그리고 이 <심청가> 전체가 율문체·가사체를 갖추고 있으므로, 그것이 장편 가사로서의 면모를 나타내고 있는 것도 사실이다. 이처럼 <심청가>는 하나의 작품이면서 서사문학적 구조 위에 몇 가지 장르의 성격을 입체적으로 겸유함으로써 이본적 특성과 독자적 가치를 드러내고 있는 것이다.

이상에서 보았듯이 <심청가>는 그동안 발굴·소개된 이본 중에서 상당히 새로운 자료로서 주목되어야 마땅할 것이다. 지금까지 완판본이나 그 계열의 활자본을 원전으로 하여 논의한 결과가 상당한 문제점을 드러냈었거니와, 완판본계의 원전이 제대로 활용됨으로써 <심청전>에 대한 문제점이 나름대로 해결되는 과정에 있는 것 같다. 차제에 새로운 이본으로서 <심청가>가 발굴·소개된 것은 <심청전>의 종합적 연구에 이바지하는 바가 있을 것이다. 앞으로 <심청전>의 판소리화 내지는 연극화에 따르는 희곡적 개변·전개, 그리고 그 표현문체의 가사화에 따르는 운·산문의 교섭사 등에서도 적지 않은 시사점을 던져 주리라 믿는다.

이번 논의는 이 <심청가>의 자료소개를 겸하여 문제제기에 머물고 말았다. 앞으로 이 이본에 대한 본격적인 연구는 후일을 기약할 수밖에 없다.

〈위봉월전〉의 문학적 성격과 가치

1. 서론

고전소설을 유형적으로 분류하는 데 있어서 영웅소설(군담소설)을[1] 빼놓을 수가 없는 것은 질량의 면에서 다른 유형의 작품보다 결코 뒤떨어지지 않기 때문이다. 그리고 오늘날 이 유형에 대한 연구가 활발히 진행되어 그런 대로 이론이 정립되어 온 것도 주지의 사실이다.[2] 그런데 일반적으로 영웅소설하면 으레 남성이 주인공으로 설정되어 군담적 위용

1) 군담소설의 개념 및 그 종류에 대하여 언급한 업적들을 소개하면,

　　김태준, 『조선소설사(증보판)』, 1990, 68-69쪽.

　　김기동, 『조선시대소설론』, 정연사, 1974.

　　정주동, 『고대소설론』, 형설출판사, 1970.

　　박성의, 『한국고대소설론과 사』, 일신사, 1973.

　　정규복, 『한국고소설사의 연구』, 보고사, 2010.

2) 조동일, 『한국소설의 이론』, 삼성인쇄주식회사, 1977, 271-454쪽.

　　서대석, 「군담소설 출현동인과 반성」, 『고전문학연구』 1, 고전문학연구회, 1971.

　　서대석, 「구운몽과 군담소설·옥루몽의 상관관계」, 『어문학』 25, 한국어문학회, 1971.

　　성현경, 「〈유충렬전〉 검토」, 『고전문학연구』 2, 고전문학연구회, 1974.

을 발휘하는 작품만을 간주하고 있는 것이 학계의 실정이다. 그러기에 필자는 졸고 『여성계 영웅소설의 연구』에서 <박씨전(朴氏傳)>・<운향전(雲香傳)>・<여자충효록(女子忠孝錄)>・<위봉월전>・<이상서전(李尚書傳)>・<홍계월전(洪桂月傳)>・<여장군전(女將軍傳)>・<설소저전(薛小姐傳)>・<음양옥지환(陰陽玉指環)>・<이봉빈전(李鳳彬傳)>・<정현무전(鄭賢武傳)> 등 여성계 영웅소설류를 주목하고 논의하여 보았던 것이다.3)

이들 작품은 남성 아닌 여성이 주인공이 되어 있으면서도 영웅소설의 사건진행과 유사한 형태를 갖추고 있다. 말하자면 여성이 출생 당시부터 영웅적인 기상을 띠고 있다든지, 그리고 어떤 계기에 의하여 남복을 입고, 병법과 무예를 익히며, 과거에 장원급제한 다음에 출장입상(出將入相)하여 국난을 타개하는 등의 위용을 발휘하고 있는 것이다. 이처럼 그 주인공이 여성이면서도 남성과 동일한 행위와 동등한 위치를 확보하거나 때로는 남성을 능가하고 지배하는 활약상까지도 보이는 특수한 작품군을 일반영웅소설의 하위개념으로서 '여성계 영웅소설'이라고 규정하였던 것이다.

위와 같은 관점에 설 때에 여성계 영웅소설은 일반여성소설 중에서 <심청전>이나 <숙향전> 등과 같이 영웅적 행위를 전개하면서도 여성의 위치와 규범을 고수하고 남성적 무용(군담)을 감행하지 않는 여성소설류와 구별되며, 아울러 사건 주역이 여성이라는 점에서 <유충렬전>이나 <조웅전> 같은 일반영웅소설과도 구별되는 독자성을 지니고 있다. 또한 여성계 영웅소설은 독자 및 사회사조의 상관성에서도 독창적인 특색을 갖추고 있다. 고전소설의 독자층이 서민이나 부녀사회에 기반을 두고 있을 때4) 여성계 영웅소설의 출현은 다른 소설보다도 독자들 특히

---

3) 졸고, 「여성계 영웅소설의 연구」, 『어문연구』 제10집, 어문연구회, 1979, 73-132쪽.
4) 고전소설의 독자가 일반 서민과 부녀들이 중심이었음은 주지의 사실이다. 이 점에

여성 독자들로부터 참신한 감명과 함께 선풍적(旋風的) 인기를 모았을 것으로 보인다. 그리고 이들 작품은 과거의 여성이 지녔던 여성이 한계와 위치를 탈피하여 여성의 해방, 여권신장, 여성 능력의 계발 등을 표상한 점에서 볼 때에, 사회사조(社會思潮) 면에서도 획기적인 특성을 지녔다고 아니할 수 없다.

이상에서 살펴보는 바와 같이, 여성계 영웅소설은 작품의 구성 면에서나 독자와의 상관성, 그리고 사회사조와의 관계에서 일반영웅소설 및 여성소설과 구별되는 독자적 특색을 갖추고 있음이 분명하다. 따라서 여성계 영웅소설은 하나의 독립된 유형으로서 중요한 위치를 점유하기에 이에 대한 제반 연구가 요청되는 터라 하겠다.

그럼에도 불구하고 종래 학계에서는 그 독자성을 인정하거나 독립된 한 유형으로 인정하기는커녕 그에 대한 구체적인 언급조차 없는 실정이었다.5) 물론 일반영웅소설에 관한 연구와 마찬가지로 일반여성소설도 상당히 연구되어 왔음은 주지의 사실이다. 그 중에서도 이능우 교수의 「이조소설에서 여성의 발견」이 나와서 여러 모로 주목을 받고 있음을 보게 된다. 그러나 이들의 연구 가운데도 여성계 영웅소설이 그 한 분야로써 독립하여 검토되지 못하고 있음은 이해하기 어려운 일이라 하겠다.

이에 필자는 일찍이 여성계 영웅소설을 일반영웅소설 및 여성소설에 대한 독자적인 유형으로 설정하고 그에 대한 체계적인 고찰을 시도해 보았지만, 그것은 개괄적인 논고였기 때문에 개별 작품에 대한 구체적인 언급을 할 수가 없었다. 그리하여 본고에서는 전고에서 충분히 검토

대하여는 사재동 박사의 『불교계 국문소설의 형성과정 연구』, 아세아문화사, 1977 을 주목할 만하다.

5) 조동일, 앞의 책, 271~454쪽에서는 여성계 영웅소설은 도외시하고 다만 남성을 중심 으로 한 일반영웅소설만을 연구 자료로 삼아 언급하였다.

하지 못하였던 신자료 <위봉월전>을 구체적으로 분석·검토함으로써 여성계 영웅소설에 대한 이해를 올바르게 하는 데에 도움이 되도록 하고자 한다.

본고에서는 먼저 <위봉월전>을 서지적으로 고찰한 다음, 이어서 작품 내용을 분석하여 그 가치를 구명할 것이며, 아울러 독자 및 사회사조와의 상관성을 중심으로 그 형성과정을 추정해 보기로 하겠다.

2. 서지사항

<위봉월전>은 필자의 전고 「여성계 영웅소설의 연구」에서 기본 자료로 삼았던 사재동 교수 소장의 필사본(정암본) 1종을 제외하고는 목판본이나 활자본 등의 이본이 발견되지 않고 있다. 이 사본은 내외의 표면에 '위봉월전 권지단'이라 제첨(題簽)되어 있어 여주인공 <위봉월>의 이름을 표제로 삼았음을 알 수 있다. 가로 15㎝에 세로 30㎝ 크기로, 총 72장에 매면 10행, 매행 평균 23자 정도로 필사된 순국문본이다. 표지에 '大正 參年 甲寅 貳月'이라고 기록되어 있으므로 1914년에 필사된 것이 분명하여, 이 시대 즉 개화기에 크게 필사·유행된 점이 주목된다. 필사자가 구체적으로는 나타나 있지 않으나 후면 표지의 이면에 '冊主 論山郡 伐谷面 新陽里 道平宅'이라 적혀 있어서 이 부근을 중심으로 탐색할 수 있는 단서는 잡힌다고 하겠다.

이 작품의 내용을 어름하기 위하여 그 줄거리를 요약해 보면 다음과 같다.

호제국 제양 땅에 위선이라는 재상이 무남독녀 봉월이를 두고 세상을 떠나자 삼촌 위득의 손에 자란다. 십육 세 때에 소지문과 결혼하던 첫날 밤에 방씨의 간계로 억울한 누명을 쓰고 추방된다. 자살하려 하자 소지문이 후일을 기약하자는 말에 죽지 못한다. 후일에 설원하기 위해 남장하고 청화도사한테 수학하여 과거에 급제, 남방어사가 된다. 어사가 된 위봉월은 남방으로 내려가 옛 일을 설원하고 돌아와 황상께 상소하여 여화위남한 사실을 밝히고 소지문과 결혼한다. 이때에 적과 내통한 방사통의 간계로 위봉월 소지문 두 한림이 귀양 가고 적이 침범하여 황상이 위기에 있을 때 위한림이 정배된 곳에 선관이 나타나 이 사실을 교시하니 급히 달려와 황상을 구한다. 그리고 대원수가 된 위봉월과 중장군 소지문이 적을 파하니 황상이 그 공을 치하하고 숙열부인에 봉한다. 다시 삼국이 쳐들어오자 위원수와 소장군이 무예와 도술로서 적을 물리쳐 공을 세운다. 그리고 전쟁고혼을 해원하고는 안락한 생활을 하면서 아들딸을 기르고 행복하게 여생을 보낸다.

이상과 같이 <위봉월전>은 여성계 영웅소설로서 손색이 없는 작품으로 이에 대한 독자의 인기는 가히 짐작이 간다. 따라서 이 작품의 필사본이 더 있을 가능성도 있고, 나아가 목판본, 그리고 활자본의 이본까지도 있었을 것으로 추측된다. 다른 이본의 탐색에 관심을 기울여야 할 것은 물론이거니와 그래도 이본이 출현되지 않을 때에는 이 작품의 원본적 위치가 굳어질 것을 기대해 볼 수밖에 없겠다.

<위봉월전>은 같은 여성계 영웅소설인 <박씨전>이나 <운향전>과 다른 점이 주목된다. <박씨전>이나 <운향전>도 그 사건전개에 있어서는 여성주인공의 영웅적 행위(군담)가 주축을 이루고 있음은 두말한 나위도 없다. 그런데 <박씨전>의 박씨는 처음부터 끝까지 변복(變服)하지 않은 여성의 본체로 군담적 위용을 발휘케 하는 인물로 등장한다. 아울러 그는 일선에 직접 나서서 도술적 행동을 하는 것이 아니라, 계화라는 시

비를 내세워 그녀에게 도술을 부여하여 적장과 싸우게 하는 간접적인 행동을 전개하고 있다. 한편 <운향전>에 있어서, 운향은 한때 일시적으로 남복(男服)을 하나 적군을 격파하는 무용을 보일 때에는 여성의 본분으로서 행세하여 그 위치를 벗어나지 못하고 있으며, 대원수라는 지위도 그녀에게는 없다.

여성의 본분으로서 음조하는 것으로 끝나는 <박씨전>의 주인공 박씨와 일시적으로 남복하지만 남장영웅(男裝英雄)의 활약상을 보여주지 못하는 <운향전>의 주인공 운향에 비하여 <위봉월전>의 주인공 위봉월은 시종 남장함은 물론, 후에 여성의 본색이 드러났음에도 불구하고 계속 남성과 동등한 지위와 동일한 행위를 나타낼 뿐만 아니라, 어떤 경우에는 남성(남편)보다 우위적인 행세를 감행하고 있다. 이런 점에서 볼 때에 <위봉월전>은 <박씨전>이나 <운향전>과 구별됨은 물론 저들보다 진일보한 작품으로 여성계 영웅소설의 전형적 작품에 속한다고 하겠다.

<위봉월전>과 유사한 작품으로 <이상서전>, <설소저전>, <음양옥지환>, <이봉빈전>, <정현무전> 등이 있으며 이런 유형은 여성계 영웅소설에서 제일 큰 비중을 차지하고 있다고 하겠다.

3. 문학적 성격

1) 구조 분석

위에서 소개한 줄거리에 의해 <위봉월전>의 중요 사건을 순차적으로 나누어 보면,

① 위봉월은 예부상서를 지낸 위선의 딸로 태어난다.

② 강보에 있을 때에 양친이 세상을 떠났으므로 삼촌 위득의 손에 자란다.

③ 어려서부터 여공재덕이 뛰어나다.

④ 소지문과 결혼하는 첫날밤에 방씨의 간계로 추방되고 원한을 품는다.

⑤ 후일을 설원하기 위해 남복으로 변장하고 도사에게 수학한다.

⑥ 과거에 응시하여 위봉월은 장원으로 소지문은 그 다음으로 급제한다.

⑦ 남방어사가 되어 남방에 내려가 지난날의 누명을 씻고 돌아와 여신남장한 사실을 황제께 상소하고 소지문을 만나 숙렬부인에 봉해진다.

⑧ 위봉월과 소지문은 간신 방사통의 흉계로 유배된다.

⑨ 삼국이 쳐들어오고 황상이 위급할 때에 위봉월의 정배된 곳에 노인이 현몽하여 교시한다.

⑩ 위봉월은 대원수가 되고, 소지문은 중군이 되어 적을 섬멸한다.

⑪ 전쟁고혼을 해원하고 70세로 세상을 떠난다.

이상과 같은 구조는 처음부터 끝까지 여신남장한 주인공이 남성과 동등하거나 그를 능가하는 행세로 영웅적 군담으로 전개되었다. 그러면 구조 면에서 <박씨전>이나 <운향전>의 그것과 어떠한 상관성을 지니고 있는가를 살펴보겠다.

우선 이 작품은 <박씨전>과 구별되는 점을 보이고 있다. 전술한 바와 같이 <박씨전>은 여성의 지위를 고수하면서 영웅적 행위를 전개하는 형국이다. 이런 형태를 갖춤으로써 일반여성소설과 구별되면서 영웅소설의 범주에 속하고 있다. 그런데 <박씨전>의 영웅성은 <위봉월전>의 경우에 비해 미흡하다. 국난이 닥쳐왔을 때에 직접 대전하지 않고 도술로 음조할 뿐이기 때문이다. 이런 현상은 아직 <박씨전>이 일반여성소설의 면모를 완전히 탈피하지 못한 때문이라 보아진다. 그러나 후반부의 영웅담(군담)을 인정하면 <박씨전>은 일반여성소설의 유형에 일반영웅소설이 그것이 접합된 것으로, 일반여성소설의 영웅화 즉 '여성영웅형'이라 볼 수가 있겠다. 따라서 <박씨전>의 구조는 여신남장(女身男裝)으로서 영웅적 군담을 나타내는 <위봉월전>의 수준에 이르지 못한다고 간주할 수밖에 없다.

한편 <운향전>과 비교할 때에도 이 작품은 구조상의 차이점을 나타낸다. <운향전>은 주인공이 여성의 입장을 벗어나 직접 대전하는 위용을 보임으로써 <위봉월전>의 영웅성과 접근하지만 주인공이 일시 남복할 뿐 남장영웅의 활약상을 보여주지 못해서 여성의 위치와 한계를 완전히 벗어나지 못했다. 이러한 유형은 '일시남복형(一時男服型)'이라 볼 수있으며, 시종일관하여 여신남장한 가운데 남성과 동등하거나 그를 능가하는 행세로 영웅적 군담을 전개하는 <위봉월전>의 수준에 미치지 못한다. 그렇다면 <위봉월전>의 구조형태는 자연히 밝혀진 셈이다. 위봉월이 시종남복하고 있다는 점과 남성과 동등한 지위를 확보하고 동일한 행위(군담)를 전개한다는 점에서 볼 때에, <위봉월전>의 사건 구조는 '남장영웅형(男裝英雄型)'에 속한다고 보겠다. 이는 일반영웅소설의 여성화와[6] 여성소설의 남성화라는 시대적 상황과 독자의 요청에 의하여 그 구조가 새롭게 변모된 결과라고 할 수가 있겠다.

2) 주제

고전소설은 대개 권선징악의 의도가 강하기 때문에 문학성이 적은 것이 사실이다. 당시의 사조가 봉건적 윤리정신에 의한 '충(忠)', '효(孝)',

---

6) 졸고, 앞의 논문의 「<여자충효록> 구조」, 93쪽 참조.

'열(烈)'로 일관하는 것이므로 고전소설의 주제 역시 이런 방향으로 나아간 것은 너무도 당연하다. 이러한 '충', '효'는 특히 영웅소설에 가장 많이 반영되어 등장인물의 영웅적 행위(군담)로 표상된다. 상술한 바와 같이 <위봉월전>과 같은 여성계 영웅소설은 사건진행 과정에 있어서 영웅소설과 동류(同類)라서 주제에 있어서도 그 범주를 크게 벗어나지 못한다. 다만 이것이 여성이라는 점에서 볼 때에 여성의 규범이요, 미덕인 열을 더욱 강조했을 따름이다.

주제에는 표면적 주제와 이면적 주제가 함께 공존한다. 말하자면 작품이 표면에 명확하게 설명되어 나타나는 것을 표면적(表面的) 주제라고 한다면 이면에 숨겨져 설명 아닌 갈등으로 구현되어 있는 것을 이면적(裏面的) 주제라고 할 수 있다.[7] 그러나 이러한 주제의 양면은 서로 무관하게 공존하는 것이 아니라 적절히 대응되고 있다. 흔히 고전소설에는 표면적 주제가 유교적 교훈사상과 직결되는 반면에 이면적 주제는 인간의 근원정신을 내포하고 있다고 하겠다.

여성계 영웅소설은 '충', '효', '열' 등이 표면적 주제로 설정되어 있는 반면에 이면적 주제로 '권력의지(權力意志)', '혈연의식(血緣意識)', '애정갈등(愛情葛藤)' 등이 존재한다고 할 수 있다. 이런 전제 아래에서 <위봉월전>의 주제에 대하여 고찰해 보기로 하겠다.

(1) 충성과 권력의지

예로부터 '충'과 '효'는 인륜의 대본이라고 하여 실천덕목으로 가장 소중하게 여겨왔는데, 충성은 다른 어떠한 덕목보다도 선행되었다. 그런데 이러한 충성을 보이기 위해서는 뭐니 뭐니 해도 권력을 필요로 한다.

---

7) 조동일, 「갈등으로 본 춘향전의 주제」, 『한국고전문학 연구논문선』 1, 계명문학, 1974, 227-242쪽.

권력이 있어야만 나라를 위한 충성을 다할 수가 있고, 백의종군조차도 앞으로 올 출세·집권·공인 등에 대한 권력의지와 깊은 관계를 가지고 있음을 부인할 수가 없기 때문이다. 말하자면 국가를 위한 충성이 표면적으로 강조되는 이면에는 항상 권력을 얻고자 하는 본원적(本源的) 욕구가 강력히 작용하게 된다. 여기서 충성을 강조하는 표면적 주제와 권력에 대한 욕구를 실현하려는 이면적 주제가 양면적으로 조화되어 있어서 주제의 양면성, 즉 충성과 권력의지가 엄연히 대응된다고 할 수 있다. 이러한 주제는 대개의 영웅소설에서 찾아낼 수가 있다.

영웅소설이 다 그러하듯이 주인공들은 국가와 군왕을 위하여 생명을 홍모(鴻毛)에 부치고 용감히 전장에 나가서 외적을 격퇴하여 국가를 보존케 하고 군왕을 평안케 함으로써 대공을 세워 국가와 군왕에 대한 충성을 실천한다. 그리고는 부귀와 공명을 일세에 누린다. 이렇게 주인공의 영웅적인 활동에 의한 충성과 부귀공명은 요컨대 유교적 인생관의 최고 목적이요, 이상이라 하여도 과언이 아니다. 그러나 이것은 단지 남성에게만 주어진 특권이요, 행운임은 두말할 나위도 없다. 때문에 충성과 권력의지라는 주제는 영웅소설류 중에서도 남성중심인 일반영웅소설에만 이 존재한다고 보는 견해가 지배적이었다.

그런데 여성계 영웅소설에서도 '충성과 권력의지'라는 주제의 양면성이 엄연히 존재하고 있다. 다만 주인공이 여성일 뿐이지 국가와 군왕을 위하여 전장에 나아가 영웅적으로 활동하여 국난을 타개하는 충성은 일반영웅소설과 다름이 없다. 특히 여성이 남성과 동일하거나 이를 능가하는 행세로 충성을 나타낸다는 점에서 오히려 일반영웅소설의 그것보다 한층 돋보인다고 보아야 할 것이다. 이제 <위봉월전>에서의 '충성과 권력의지'라는 양면성을 알아보기로 하겠다.

주인공 위봉월은 남장하고 수학하여 과거에 응시, 장원급제로 한림학사의 벼슬에 오른다. 후에 여성의 본색이 드러났음에도 불구하고 전란이 발발하자 군의 총수로 전장에 나가 적을 섬멸한다. 위원수가 적장 철달과 싸우는 장면에

위원슈 눈을 부릅쓰고 병역갓치 소리하며 북역을 급피 혀치니 뒤로서 광풍이 비 들어오듯 ᄒ니 만분 위급ᄒ지라. 원슈 문득싱각ᄒ고 일변 산지을 의지ᄒ야 풍빅을 불러 거문 구룸과 거문 안기를 일르라 ᄒ고 몸이 변ᄒ야 적중인 체ᄒ고 홈셩을 한가지로 ᄒ니 문득 진중의 거문 구룸과 거문 안기 일러나며 지적을 분별치 못ᄒ더니 광풍이 이러나며 모시를 드날리며 진중을 건난지라 원슈 변화ᄒ고 밧긔 나와 그 동정을 보더니 적진 중졸이 서로 모로 황황 부츄ᄒ니 원슈 갑쥬를 다스리고 바람을 등지고 구룸을 거두며 벽역갓치 소리를 우리갓치ᄒ며 진즁을 지쳐 좌충우돌ᄒ이 중졸리 머리 추풍낙엽갓더라. 본진의서 승전곡을 울이는지라. 원슈 크게 위여 왈 "철달은 어디가요"ᄒ니 철달이 나오며 "적중은 우담을 말나"ᄒ거날 원슈 달여 드러왈 "네라서 어룬을 비양ᄒ는다" 층으로 몸을 지르니 마ᄒ의 쩌러지거날(52장)

이렇게 위봉월은 여성이면서도 출장입상하여 적을 대파하는 영웅적 행위로 충성을 나타낸다. 물론 이러한 군담은 한두 번이 아니다. 이러한 점은 입상은 물론, 적과 직접 접전하지도 않은 채 뒤에서 음조하다 끝나는 <박씨전>이나 단 한번 적과 직접 대전하여 대승을 거두는 <운향전>에 비해 적극적이고 진일보한 '충성'을 나타내었다고 할 수 있다.

<위봉월전>의 위봉월과 같은 행위는 다음 모든 작품에서도 드러난다. <여자충효록>의 장수정, <이상서전>에서 현경, <설소저전>의 월애, <여장군전>의 정수정, <이봉빈전>에서 봉빈, 그리고 <음양옥지

환>의 화수영 등이 출장입상하여 적을 대파하는 위용을 보이며 충성심을 나타내고 있다. 이와 같이 <박씨전>이나 <운향전>을 제외한 모든 여성계 영웅소설류의 작품에서 주인공들은 남장한 다음 위와 같은 과정을 밟아 적극적인 '충성'을 실천하고 있다.

이상과 같은 여성의 행위는 종래의 여성이 지니던 위치와 한계를 탈피하고 있을 뿐만 아니라, 여성이 권력을 향유하고 있다는 점에서 주목을 끈다. 주지하는 바와 같이 우리나라의 국가제도와 사회질서는 유교적인 남존여비사상에 의하여 남자에게만 모든 지위와 권력이 주어지고 여성은 피지배계급과 같이 구속의 굴레를 벗어나지 못했다. 특히 여성이 고수해야만 하는 지위나 한계가 확고함에도 불구하고 위봉월을 비롯한 남장영웅형들의 행위는 획기적인 일이라 아니할 수 없다. 이에 대하여 김기동 교수의 의견대로 참정권이 없는 조선시대의 여성들도 봉건적인 가정생활을 벗어나 자신의 능력과 지략을 과시하는 의도가 엿보인다고 할 수 있다. 이것이 바로 충성에 따른 권력의지의 상관성이니, 곧 여권신장(女權伸張), 여성의 해방을 의미하는 것이라고 해도 과언은 아니다.

이상에서 살펴본 바와 같이 여성계 영웅소설 <위봉월전>은 표면적 주제로 국난타개의 충성이 강조되는 대신에 이면적 주제로 여권신장, 여성능력의 계발, 여성의 해방이라는 권력의지가 심화되어 있다고 하겠다. 따라서 여성의 권능이 그만큼 상승되고 또한 남성적으로 발전된 점으로 미루어 볼 때에 그 시대적 성격이 또한 근대화되어 있음을 말해주는 것이라 하겠다. 그래서 <위봉월전>을 비롯한 여성계 영웅소설은 자연 후대성(後代性)과 근대성(近代性)을 동시에 지닌다고 볼 수 있다.

(2) 열행과 애정의 갈등

동서양을 통하여 어느 소설에서도 남녀 간의 애정을 표현해 놓지 않은 작품은 없을 것이다. 우리의 고전소설에 있어서도 대부분의 작품이 남녀 간의 애정문제를 주제로 삼았음은 주지의 사실이다. 이런 점은 특히 여성소설에 현저하게 나타나거니와 당시의 여성들이 사랑을 위하여 생명을 아끼지 않았고 죽음으로써 사랑의 최고 미덕인 정렬을 지키고자 하였기 때문이다.

여성계 영웅소설의 주인공이 여성이라는 점을 감안할 때에 '열'에 정절 문제를 주제로 삼고 있음은 너무나도 당연한 일이다. 다만 전술한 바와 같이 충의 세력이 두드러지게 나타나기 때문에 '열'의 문제가 약화된 것처럼 보이나 실제적으로는 여성이 주역을 맡고 있다는 점에서 열행은 오히려 실질적으로 강조되어 있다고 하겠다.

<위봉월전>을 보면 봉월이 소지문과 결혼하던 첫날밤에 간계에 의해 실패하자 그 누명을 씻기 위해 자살을 감행하려 한다. 억울한 누명을 쓰고는 살 수가 없어 죽음으로써 이를 해결하려고 한다. 이런 점은 일반여성소설의 경우 정절을 지키는 최선의 길은 죽음뿐이라는 운명론과 비슷하다. 그러나 소지문의 만류와 후일을 기약하자는 말을 따라서 가출 남장여인으로 수학하여 장원급제하고는 암행어사로 돌아와 설원한다. 이런 점은 일반여성소설의 그것보다 능동적이고 적극적인 면모를 보여주는 바라고 하겠다.

위봉월의 열행은 여기서 끝나지 않는다. 중군인 남편이 적에게 포위당하여 위경(危境)에 처했을 때에 남편 소지문을 구출한다.

진문 각가이 가 진세을 살펴보니 진중의서 크게 웨여 왈 "소지문아 수면 팔방 둘너보라 네 어디로 갈고" 위만성이 적중 철관인 알고 전투족 을 입고(67장)

이처럼 위봉월은 영웅적 군담의 행세로 남편을 구출하는 열행을 나타낸다. 이러한 점은 일반영웅소설의 하나인 <옥낭자전(玉娘子傳)>과 비교할 필요가 있다. 남편이 위기에 처하매 이를 구출하려는 입장은 똑같은데, <옥낭자전>의 옥랑은

> 이런 변을 당하고 엄연히 잇으면 무삼 면목으로 텬디를 대하리요 차라리 내몸을 빠혀 랑군을 위하여 밧고와 죽어(옥낭자전 일부)

라고 하면서 남복을 하고 남편이 갇힌 옥을 찾아가 옥리(獄吏)를 매수하고 옥에 들어가 남편에게

> 옥졸이 만일 술을 째오면 둘이다 보전치 못하리니 량인이 모다 죽스올진더 추라리 한 사람이나 보존하옴이 엇지 낫지 아니 하릿고(상동)

라고 권한다. 이와 같이 옥낭자와 같은 일반여성소설에서 주인공은 비록 진취적이고 개척적인 운명의 여성으로 행동하고 있으나, 그들의 열행은 남성적 무용을 발휘하지 못하고 있다. 그들의 행동은 어디까지나 여성으로서의 위치나 규범을 고수한다는 점에서 <위봉월전>과 같은 여성계 영웅소설의 수준에 이르지 못함을 부인할 수 없다.

<위봉월전>은 같은 여성계 영웅소설이면서도 <박씨전>이나 <운향전>의 주인공이 행하는 열행과 비교가 된다. 남편의 구박을 그다지 받아가면서도 남편의 출세를 돕는 박씨나, 남편이 적과 대전하지 않고 망설일 때에 나타나 적을 대파하고 그 공을 남편한테 돌리는 운향에 비해 위봉월은 보다 적극적이고 능동적인 열행을 표시하고 있어서 저들보다 상승된 일면을 보이기 때문이다. 그런데 열행의 바탕이요, 근원은 애정

이라 할 수 있다. 애정이 없이는 열행이 존재할 수 없기 때문이다. 열행이 표면적으로 강렬하게 나타나면 날수록 이면에는 그만큼의 애정이 도사리고 있다. 때문에 작품에 '열행'과 '애정의 갈등'은 양면적으로 조응되고 있음을 보게 된다.

이상에서 살펴본 바와 같이 <위봉월전>에서 감행되고 있는 열행은 일반여성소설이 그것보다 적극적이며, 애정상의 문제에 있어서도 종래의 무조건 복종과 운명적인 자세에서 승화된 열정으로 변모했다고 하겠다. 따라서 표면적으로는 윤리적 덕목인 열행이 거세되지 않은 상태로 나타나고 있거니와 이면적으로는 변모·발전된 근대적 애정으로서의 주제가 내재하고 있다고 하겠다.

3) 등장인물의 성격

대체로 일반영웅소설의 주인공들은 남자로 태어나면서부터 영웅적 기상을 지녔고, 수학하는 과정이 경서를 도외시하고 손오병서(孫吳兵書)와 육도삼략(六韜三略)을 공부하고 무예를 닦으며 출장입상하여 간신을 몰아내고 나라의 위기를 구출하는 영웅적 군담을 전개하는 인물형으로 설정되어 있다. 그런데 여성계 영웅소설이 그 구조나 성격이 일반영웅소설과 동류임은 전술한 바와 같거니와 여기 주인공에 있어서도 저 유형을 크게 벗어날 수는 없다고 하겠다. 그러나 중요한 구별점은 누언한 바와 같이 사건전개의 주역이 여성이라는 점이다. 그리고 그 주인공들은 대개가 남복으로 변장함으로써 일반영웅소설과 같은 사건을 전개시키고 있다. 이들은 여성이 위치나 한계를 벗어나 남성과 동일한 활동을 하거나 이를 능가하는 행세를 한다는 점에서 일반여성소설의 주인공과도 구별된다.

(1) 주인공의 성격

전술한 바와 같이 주인공 위봉월이 어떤 획기적인 계기에 의하여 남
성으로 변장함으로써 남성과 동일하거나 이를 능가하는 행세를 한다는
점에서 구조유형이 '남장영웅형'이라 하였거니와 그의 성격 유형도 '남
장영웅형'이라고 할 수가 있겠다. 이 유형은 여성계 영웅소설의 중심을
이루는 전형적 성격형인데, 여기에 해당하는 인물로는 위봉월 이외에도
<여자충효록>의 장수정, <이상서전>의 이현경, <설소저전>의 설월애,
<이봉빈전>의 이봉빈, <음양옥지환>의 화수영, <정현무전>의 정현무
등을 들 수 있다. 그들은 자신이 엮어가는 사건의 개별화로 인하여 특수
한 반응을 일으키지만 그 성격의 유형이라는 점에서는 모두 동질성을
지니고 있다. <위봉월전>의 주인공을 살펴보면 다음과 같다. 위봉월의
용모묘사는

　　　용모와 여공 지덕이 밋칠이 업고 총명과 지혜 신통ᄒ야 일남척긔ᄒ고
　　시서빅가의 무불통지ᄒ니(동 3장)

라고 표현되었는데, 위봉월은 비상한 재질을 갖추고 사리에 능한 인물로
부각되어 있음을 볼 수 있다. 그리고 가출하는 장면에는

　　　ᄎᆞ리 변복ᄒ고 남ᄌ되야 세상 강산 풍경 두루 구경ᄒ며 닉의 누명
　　난 고즐 ᄎᆞᄌ 설원ᄒ고(동 8장)

라고 했는데, 순전히 남성과 동일한 행세를 하기 위한 의도에서 변복하
는 것이므로, 일반여성소설의 주인공들이 고수하던 여성의 위치와 한계
를 벗어났다고 할 수 있다. 이렇게 그녀는 여성의 탈을 완전히 벗어버리

고 남성과 동일한 행위를 감행하기 시작한다. 남복으로 변장한 그는 청화도사로부터 병법과 무예를 수학하며 등과장원(登科壯元)하고 출장하여 대승을 거둔다. 여기에서 비로소 그는 영웅적 행동을 감행하고, 군담적 위용을 발휘하게 되는 것이다.

이상에서 살펴본 바와 같이, 위봉월은 성장, 출세까지의 일체가 남장을 통한 영웅적 행위를 일관하므로 '남장영웅형'의 성격을 지닌다고 규정할 수 있다. 이러한 성격의 유형은 표면적으로 일반여성소설의 그것과 구별되고, 일반영웅소설과는 동철(同轍)이니 여성계 영웅소설의 전형성을 갖추었다고 보겠다.

이들 '남장영웅형(男裝英雄型)'이 남복을 하지 않는 가운데 영웅적 행위를 전개하는 '여성영웅형(女性英雄型)'인 <박씨전>의 박씨나, 일시적으로 남복한 '일시남장영웅형(一時男裝英雄型)'인 <운향전>의 운향보다 일보 발전한 성격임은 중언을 요치 않는다. 그런데 이러한 영웅적 행위는 남복을 벗고, 여성이 본체가 밝혀지면서부터 여성 본연의 입장으로 돌아간다는 사실이다. 이런 현상은 여성의 본체가 드러났음에도 불구하고 계속 남성을 지배하는 '여성상위형(女性上位型)'인 <홍계월전>의 계월이나 <여장군전>의 정수정에 비해 여성의 한계성을 완전히 탈피하지 못하고 있음을 말해주는 것이라 볼 수 있다. 그러므로 <위봉월전>과 같은 '남장영웅형'은 '일시남장영웅형'과 '여성상위형'의 중간적 위치를 점유하고 있는 성격형이라 할 수 있다.

(2) 남주인공의 성격

여주인공의 성격유형이 엄연하게 부각됨에 따라 상대적으로 남성주인공의 그것도 몇 가지 유형으로 구별되고 있다. 그 유형으로, 첫째 남주인공은 주인공의 영웅화를 부각시키는 데 있어서 필요한 존재일 뿐이지 자신의 개성적 활동은 조금도 찾아볼 수 없다. 그래서 이들을 '거세형(去勢型)'으로 볼 수 있다. <박씨전>의 이시백이 그 부류에 속한다 하겠다. 그리고 남성의 위치를 확보하고 주인공과 대등한 영웅성을 나타내는 '대등형(對等型)'을 들 수 있다. <운향전>의 경운, <여자충효록>의 김희경, <이상서전>의 장정수, <음양옥지환>의 국설, <이봉빈전>의 전기 등을 들 수 있다. 다음으로 여주인공의 지위와 권위가 향상됨에 따라 상대적으로 남주인공의 지위가 하락되고 권능이 퇴색된 '복종형(服從型)'이 있다. 이 유형으로는 <홍계월전>의 보국과 <이상서전>의 장상서, 그리고 <여장군전>의 장영을 들 수가 있다.

　<위봉월전>의 남주인공 소지문은 여주인공과 동등하게 장원급제하고, 전장에 나가서도 공을 함께 세운다. 그 직분이 여주인공보다는 한 등급 낮을 뿐이지 여타 모든 행위에 있어서는 서로 다를 것이 없다. 그리고 남장영웅인 위봉월이 여성의 본체를 나타낸 뒤에도 소지문의 위치에는 변함이 없다. 이러한 점으로 볼 때 <위봉월전>의 남주인공 소지문은 상게의 '대등형'에 속한다고 할 수 있다. 남주인공의 성격은 여주인공의 성격과 밀접한 관계를 맺는다. 그래서 여주인공의 성격이 상승·발전됨에 따라 상대적으로 하락·퇴색의 일로를 걷게 된 것은 필연적인 추세라고 보아진다.

(3) 특수인물의 성격

① 도사(道師/道士)

　고전소설에서 도사는 대개 제자를 길러냄으로써 국난을 타개하는 소임을 맞는다. 여성계 영웅소설의 도사는 주인공을 수학시키는 일과 국난이 일어날 것을 예견하여 주인공으로 하여금 이를 타개토록 하는 역할을 담당한다.

<위봉월전>도 예외가 아니다. 우선 주인공을 수학시키는 장면을 보면 위봉월이 남복하고 출가하여 도사를 찾아가는데

노인이 시서을 니여 녹코 위싱을 가르치니 일남쳑긔하고 무불통지ㅎ
난지라 변신변화ㅎ난 술법과 풍운을 진퇴ㅎ는 도술을 가라치고(동 11장)

이렇게 도사는 주인공에게 도술을 가르쳐 초인적인 능력을 갖추게 하는 역할을 담당하고 있다.

다음에 국난이 일어났음을 예견하여 주인공으로 하여금 이를 타개하는 임무를 맡도록 하는 역할을 살펴보면, 위봉월이가 정배된 곳에 노인이 나타나 교시하기를,

인스ㅎ고 훈담홀 쩌 안이라 호제국 딕원수 방스통이 반ㅎ야 변역국왕
과 합세ㅎ야 황상과 소상서를 스로자바 명이 지경각ㅎ니 급히 가 구완
ㅎ라. 만일 지쳐ㅎ면 후회될 거시니 시각을 지체 말나(동 32장)

하면서 적을 한꺼번에 섬멸할 수 있는 철편을 준다. 이와 같이 도사는 가르침과 예시를 맡아서 주인공으로 하여금 국난을 타개하도록 하는 역할과 기능을 맡는다. 그런데 도사는 대개 승려로 등장한다. 이러한 불교계 도사의 권능과 역할을 역사적 국난 시에 나라를 구출하는 데 일역을 맡았던 승려와 동류형(同類型)이라고 봐도 지나친 말은 아닐 것이다. 다만 그것이 후대로 내려오면서 불교의 약화·퇴색으로 말미암아 승려로서의 개성을 많이 상실하고 있을 따름이라 하겠다.

<위봉월전>의 문학적 성격과 가치 129

② 악인형

　고전소설에서 악인형은 주인공과 대립적인 인물로 주인공에게 해를 끼치는 형이기 때문에 주인공의 유형에 따라 악인형도 상대적으로 설정된다고 하겠다. 이들은 대략 가정을 중심으로 한 사사로운 악인형과 조정을 무대로 권력을 행사하는 공적인 악인형으로 나누어 볼 수가 있다.

　우선 가정을 중심으로 등장된 악인형을 보면 서모 방씨가 있다. 방씨는 위봉월과 소지문이 결혼하는 것을 방해하기 위해 하인을 침입시킨다. 이러한 침해는 개인과 개인 간의 감정에서 오는 악행이다. 이런 점은 일반여성소설의 악인형과 동류라고 볼 수가 있겠다. 후에 그는 주인공에게 처벌을 받지 않는다.

　다음에 조정을 무대로 한 악인형인데 이들은 주로 권신 간신들로서 개인의 피해뿐만 아니라 국가의 안위와 밀접한 관련성을 갖고 있다. 권신 방사통은 위봉월과 소지문의 공을 시기하여 적과 내통, 반역을 저지르고 있다. 그리하여 그는 개인의 적이 아닌 국가의 적으로 등장하여 국난을 일으켜 국가를 위태롭게 한다. 이러한 인물은 후에 필연적으로 벌을 받게 된다.

　이상에서 살펴본 바와 같이 가정에서의 악인형은 여성주인공이 남장을 하기 전에 등장된 경우이며 일단 대립 관계가 끝나면 그 후에는 그림자조차 찾아볼 수가 없다. 또한 주인공으로부터 조금의 보복도 받지 않는 것이 그 특징이라 하겠다. 그러나 조정을 무대로 한 악인은 남복을 입은 이후에 계속 등장하며 후에 처벌의 대상이 된다.

　이렇게 볼 때에 악인형은 가정사를 중심으로 한 유형에서부터 조정에 이르기까지 다양할 수 있으나 역시 조정을 무대로 권력을 행사하는 악인이 대표적인 악인형이라 하겠다. 이러한 악인형 인물은 <위봉월전>

과 같은 여성계 영웅소설에서 주인공의 영웅성을 부각시키는 데에 상대적으로 큰 역할을 담당한다 하겠다.

4) 시대적 성격

작품의 작자 및 연대가 분명하면 그 시대적 성격이 쉽게 파악됨은 물론이다. 그런데 대부분 고전소설은 작자 및 연대가 분명히 나타나지 않기 때문에 시대성을 파악하기가 매우 어렵다. 다만 작품 자체를 통하여 그 시대적 성격만을 대강 어름해 볼 수가 있다. 아무리 소설의 세계가 허구라 하더라도 그것은 작자를 통하여 그 당시의 현실세계가 직간접으로 작용·반영되어 창조된 것으로 봐야 하기 때문이다.

기술한 바와 같이 서지적 고찰, 구조분석, 주제 그리고 주인공의 성격 등에서 <위봉월전>이 다른 소설보다 후대성을 면치 못하고 있을 뿐만 아니라, 근대적 성격을 지니고 있음도 대강 밝혀졌다고 하겠다. 따라서 여기서는 그것을 토대로 하여 <위봉월전>과 관계를 맺고 있는 여성계 영웅소설의 시대적 성격과 상호 관련시킴으로써 <위봉월전>의 성격을 살펴보기로 하겠다.

첫째, 작품의 원전을 통해 보면 여성계 영웅소설의 각 작품의 이본은 현재까지 발굴 소개된 것만도 40종이 넘는다. 이는 그만큼 여성계 영웅소설이 다른 유형의 소설에 못지않게 인기리에 유전·성행하였음을 말해주는 터라 하겠다. 그런데 그 이본의 필사 연대를 검토해 볼 때 대체로 후대성을 드러내고 있음이 분명하다. 즉 기술한 11개 작품의 필사본 20여 종을 보면 필사 연대가 1872년을 상한선으로 하여 하한 연대는 1917년으로 되어 있으며, 또 활자본 15종은 1915년부터 1923년 사이를 넘나드는 실정이다. 그러므로 그 원전으로서의 이본을 통틀어 1872년부터 1923년 사이에 필사·유전된 것임을 알 수가 있다.

이를 감안하면 여성계 영웅소설이 인기 있게 유행되던 시대는 19세기 말-20세기 초였으리라고 추정된다. 이때는 시대적으로 서양의 문물제도가 물밀 듯이 들어오던 때이며, 아울러 개화풍조가 그 세력을 지니던 때라고 하겠다. 그렇다고 해서 이 시대에 여성계 영웅소설이 형성·유전되었다고는 속단할 수 없다. 그보다는 선행하여 유전되던 작품이 이때에 이르러 더욱 관심과 인기를 얻으며 그에 대한 이본들이 성행했다고 볼 수도 있기 때문이다. 더욱이 활자본의 경우 대중의 욕구를 충족시키려는 상업적 배려에 의해서 출판이 성왕(盛旺)하였으리라고 보아진다. 이렇게 원전의 이본이 19세기 말에서 20세기 초에 필사·유전되었다면 이 여성계 영웅소설은 대체로 그 시대를 하한선으로 하여 형성·유전되었다고 추정할 수가 있다. 상술한 바와 같이 <위봉월전>의 필사연대가 1914년으로 보아지기 때문에 역시 이 작품도 이 시대를 하한선으로 하여 형성·유전되었다고 보는 것이 타당하다고 하겠다.

둘째로, 작품의 구조 면에서 살펴보면 <위봉월전>을 포함한 여성계 영웅소설의 구조가 일반여성소설이 벗어나지 못한 한계를 과감히 탈피하고 있으므로, 그것보다 진일보한 형태임을 알 수 있다. 또한 일반영웅소설의 유형과 동궤이면서 여성에게 우선권을 주었다는 점에서 그것보다도 발전된 유형이라 할 수 있다. 그렇기 때문에 이들 여성계 영웅소설의 구조 유형은 상게 양자의 그것에 비하여 복합적인 구조를 지녔다고 할 수 있다. 따라서 저것들보다 후대성을 면치 못하리라 간주된다.

일반여성소설은 17·18세기경에 성행하여 독자들의 인기를 모았으리라 추정된다.8) 이 작품들이 지루하리만큼 오랜 세월을 두고 유전되어오

---

8) 박성의, 앞의 책, 395쪽.

는 가운데 여성 독자들은 새롭고 획기적인 여성의 소설을 요구하기에 이르렀으니, 그것이 대개 19세기 초엽이 아니었던가 한다. 한편으로 일반영웅소설도 18세기 초반에 크게 유행되었다고 추정되고 있다.[9] 이것 역시 어느 면에서 독자의 인기를 잃고 차츰 퇴색되기에 이르렀고 여성 독자들은 자신들의 입장을 만족시킬 만한 새로운 영웅소설을 요구하였으니 그것이 대강 19세기 초·중엽이 아니었나 한다.

이상과 같이 본다면 일반여성소설과 일반영웅소설의 복합적 구조를 지닌 여성계 영웅소설의 출현이 가능했던 것은 아무래도 그 상한선이 19세기 중엽을 넘어설 수 없으리라고 추정된다. 더욱이 여성계 영웅소설은 그 구조 자체가 그처럼 진일보하고 발전된 양식을 보임으로써 이만한 구조를 갖추기까지는 19세기 중·말엽으로 내려올 수밖에 없다는 추정을 뒷받침하고 있는 터라 하겠다.

셋째로, 주제 면에서도 <위봉월전>을 포함한 여성계 영웅소설의 시대성을 살필 수가 있다. 기술한 바와 같이 <위봉월전>의 주제가 일반여성소설보다는 일반영웅소설에 접근된 동류형이라고 할 때, 그 주제를 부각시키기 위한 주역인물이 여성이라는 점에서 특이하다고 하겠다. 남성만이 도맡았던 국난타개는 여성도 참여하여 해결하고 있으며 또한 여성의 최고미덕인 열행에 있어서도 조선시대의 여성들이 벗어나지 못했던 한계를 과감히 탈피하여 남성과 동등한 위치에서 적극적으로 감행·처리하고 있다. 이렇게 주제와 결부된 주인공의 행위가 그만큼 발전되고 승화된 위치를 점유하고 있음으로 하여 <위봉월전>을 포함한 여성계 영웅소설이 후대성 내지 근대성을 지녔다고 하겠다.

주제를 통하여 배경사상을 검토할 때에도 그러하다. 그 주제에 반영된

---

9) 조동일, 앞의 책, 450쪽.

바와 같이 <위봉월전>에서는 유교가 형식화되고, 불교가 내면화됨은 물론 도교 또한 약화되어 있기 때문에 우리의 전통사상은 퇴색 일로를 걷고 있다고 보아진다. 이는 후대적 작품일수록 일어나는 현상이거니와 그것이 바로 여성계 영웅소설의 후대성을 말해주는 것이라 하겠다. 특히 종래에 허용되지 않았던 남녀평등·여성교육·여성출세 등의 근대사상을 들춰볼 수가 있으니 더욱 주목할 만한 일이라 하겠다. 이러한 근대사상이 작품에 반영되었음을 볼 때에 19세기 말엽에 일어난 개화사상과 일맥상통하는 점이라 하겠으므로 신소설의 시대사조와도 접근된 일면을 발견할 수도 있다. 따라서 <위봉월전>과 같은 유의 여성계 영웅소설은 19세기 중·말엽의 시대성을 그리 벗어날 수 없으리라 보아진다.

넷째로, 전술한 주인공의 성격에서도 시대적 성격을 찾아볼 수가 있다. 위에서 이미 여성의 성격은 크게 상승·발전됨에 따라 상대적으로 남성의 그것이 쇠퇴하였으므로 근대적 면모를 지니고 있음을 보았다. 조선왕조의 봉건제도하에서 고수되던 여성의 지위와 한계를 여기 여성들이 과감히 탈피할 뿐만 아니라, 남성과 동일하거나 이를 능가하는 행위를 하기도 하고, 나아가 남성을 지배하는 위용까지도 서슴없이 과시하는 점으로 볼 때, 그만큼 여성들의 성격이나 위치가 근대적 특성을 지녔다고 하겠다. 이는 여성해방을 의미하는 것으로 간주해도 좋다. 특히 19세기 중·말 이후 개화사상이 일어날 무렵의 시대성이 담긴 것으로 보아도 무방할 수 있다.

이상에서 살펴본 바와 같이 <위봉월전>을 포함한 여성계 영웅소설은 다른 소설보다 후대성을 면치 못하고 근대화의 성격을 지녀 개화기, 즉 19세기 중·말엽의 시대성을 반영하는 작품이라고 간주할 수 있다. 그렇다면 <위봉월전> 등 여성계 영웅소설의 시대적 성격은 20세기 초에 형성된 신소설의 그것과 접맥된다고 할 수 있다.

4. 형성과정과 문학사적 의의

1) 〈위봉월전〉의 형성배경

조선왕조 말의 우리 사회는 봉건주의적 입장과 신문물 수입의 갈등 속에서 헤맸던 것이 사실이다. 실학사상이 일반 대중을 통하여 암암리에 성행하면서 아울러 서양의 기독교 사상이 침투하기 시작하자 사회는 더욱 걷잡을 수 없이 혼란에 빠졌다. 그런데 봉건제도의 탄압이 강하면 강할수록 일반 대중으로부터는 민중의 자발적인 각성이 머리를 들기 시작하였다. 이러한 근대적 사조 속에서 여성의 입장도 일변 발전하려는 움직임이 일어났으니10) 여성의 교육·권능·참정 등을 주장하고 나온 것이 바로 그것이다. 유교적 제도 밑에서의 여성들에게 있어 이러한 근대적 각성은 중요한 의의를 지닌다. 또한 이러한 사조가 작품 속에 반영될 때마다 여성들은 흥미와 관심 속에서 이를 탐독하였을 것임은 두말할 것도 없다.

이때에 상업이 발달함에 따라 소설의 상품화 경향이 이루어져 소설에 대한 독자의 욕구를 충족하게 되었다. 업자들은 독자들이 요구하고 갈망하는 소설이 무엇인가를 알아내어 그들의 구미를 만족시키려고 노력하였으며, 작자들 또한 그러하였다. 이렇게 작자나 업자는 독자들을 의식하여 작품을 만들기에 이르렀으니 특히 여성들에게 인기 있는 작품을 출현시키게 되었다.

이와 같이 여성의 해방·여권신장·여성능력의 계발이라는 사회적 변화와 독자들의 요구가 서로 상관성을 맺으면서 여성계 영웅소설의 형성

---

10) 김윤식, 김현 공저, 한국문학사, 민음사, 1973, 32쪽에서 "임진란 이후에 대두되기 시작한 여자 장사의 무용담은 비인간적인 대우를 받은 여자들의 의곡된 자기표현이다"라 하면서 근대의식을 이미 영·정조대로부터 보고 있다.

을 보게 된 것이다. 이렇게 볼 때에 획기적인 특성과 독자성을 지닌 여성계 영웅소설의 형성은 시대적 요청의 당연한 귀결이었다고 할 수가 있다.

2) 여성계 영웅소설의 형성・전개

초기 여성계 영웅소설의 형성과정은 다음과 같이 두 가지로 구분된다. 우선 일반여성소설의 영웅화 과정이다. <박씨전>의 제1계열 이본은 군담이 붙지 않음으로써 일반여성소설의 하나인 전기체(傳奇體) 소설로 행세하였다. 그런데 여기의 후반부에 영웅담(군담)이 붙음으로써 비로소 <박씨전>은 제2계열과 같은 영웅소설의 유형을 갖추었다고 할 수 있다. 이러한 변모는 <박씨전>이 애초에 전기소설로 형성되어 행세하다가 자체의 성장 원리와 독자와의 상관성으로 인하여 역사화 내지 영웅화 방향으로 보완된 것이라 할 수 있다. 그리하여 <박씨전>은 일반여성소설의 유형에 일반영웅소설의 그것이 접종된 것으로 이는 여성계 영웅소설의 초기 형태라고 할 수가 있겠다.

다음으로는 일반영웅소설의 여성으로의 확대 과정이다. 여성계 영웅소설은 일반영웅소설과 모든 면에서 동류이나 주인공에 있어서 저것은 남성인 반면에 이것은 여성이라는 점이 다를 뿐이다. 이와 같이 여성이 남성 못지않은 영웅담(군담)의 위용을 보임으로써 여성계 영웅소설의 면모를 갖추게 되는데, <여자충효록>은 애초에 일반영웅소설인 <김희경전>의 여주인공 장수정의 권능과 지위를 확대함으로써 여성계 영웅소설의 면모를 갖추게 된 것이다. 이 점은 바로 일반영웅소설이 여성활동의 극대화라는 시대적 요청에 의하여 변모된 결과라고 하겠다. 때문에 <여자충효록>과 같은 여성계 영웅소설은 일반영웅소설의 성격과 여성활동의 극대화라는 이원적 합일체로서 양면성을 지닌다. 이로써 초기 여성계 영웅소설은 그 형성의 계기를 마련했다고 간주할 수 있다.

이상에서 살펴본 바와 같이 여성계 영웅소설이 일반여성소설 및 영웅소설과 상관성을 지니고 있음으로 하여 이들의 형성이 상게 양자에 비해 후대성을 지니고 있음을 미루어 짐작할 수 있다. 그러므로 여성계 영웅소설은 일반여성소설 및 영웅소설이 독자들로부터 그 인기가 차츰 퇴색해지고 따라서 그들이 여성중심의 획기적인 소설을 요구하게 되면서 그 출현이 불가피했던 것이라 보아진다. 따라서 <박씨전> 및 <여자충효록>과 같은 초기유형의 여성계 영웅소설은 상게 두 유형의 소설이 퇴색할 무렵인 19세기 초·중엽을 기점으로 형성되었을 것으로 볼 수밖에 없다.

3) 〈위봉월전〉의 형성과정

전술한 바와 같이 이원적 복합구조를 지닌 여성계 영웅소설의 초기작품이 사회적 변화 및 독자와의 상관성을 유지하면서 차츰 본격적이고 전형적인 형태를 갖춘 여성계 영웅소설로 발전하기에 이르렀다. 그리하여 <박씨전>의 영웅성을 탈피하여 적과 직접 대전하는 위용을 보인 <운향전>과 같은 작품의 출현을 보게 된 것이다. 그런데 여기 운향은 일시 남복할 뿐이고 남장영웅의 활약상을 보여주지 못하고 있다. 따라서 <운향전>은 아직까지 여성계 영웅소설의 전형적 작품의 수준에 미달하는 과도기적 작품이라고 볼 수밖에 없다.

<운향전>과 같은 과도기적 작품의 형성과정을 밟아 여성계 영웅소설은 드디어 본격적이고 전형적인 작품의 형태에 이르게 된다. 이들 작품은 시종남복(始終男服)할 뿐만 아니라 여성이 그들의 위치를 과감히 탈피

하여 남성과 동일하거나 이를 능가하는 위치까지 올라 소위 남장영웅의 활약상을 발휘하게 된다. 이는 주인공만 여성일 뿐이지 모든 면에서 일반영웅소설과 동류임은 누언을 요치 않는다.

이들 작품은 그 제반 조건에서 근대성이 내포된 사실을 상기할 필요가 있다. 이것은 바로 그 주인공인 여성의 능력계발·여성의 해방·여권신장이라는 근대성을 말해 준다고 해도 과언이 아니다. 이러한 근대적 시대성은 바로 여성계 영웅소설이 개화사상을 꽃피우던 시대, 즉 19세기 중·말엽에 성행했음을 시사하는 바라 하겠다. 이러한 과정을 겪어서 여성계 영웅소설은 그 전형을 완성하기에 이르렀다고 보아진다.

이상과 같은 관점에 설 때에 <위봉월전>의 형성문제는 쉽게 파악되리라 본다. 전술한 바와 같이 <위봉월전>은 제반 조건 면에서 여성계 영웅소설의 전형적 면모를 갖추고 있다. 다시 말하면 구조나 주제에 있어서도 영웅소설의 그것과 동류형이면서 영웅소설의 여성화, 여성소설의 남성화라는 경향 속에서 근대적으로 상승·발전된 양상을 띠고 있다. 또한 인물의 성격이나 배경사상에 있어서도 <위봉월전>은 근대성을 지니고 있다. 특히 여성이 남자와 동등한 위치를 확보하고 있다는 점에서 '남녀평등'의 사상을 엿볼 수 있다. 그리고 수학하는 면에서도 여성교육의 혁신이 돋보인다. 이것이 바로 여성의 근대성을 말해주는 것이라 하겠다.

<위봉월전>은 남장영웅형으로서 여성계 영웅소설의 전형적 작품에 해당한다고 보겠다. 이와 유사한 작품으로는 <이상서전>·<설소저전>·<음양옥지환>·<이봉빈전>·<정현무전> 등이며 이들은 여성계 영웅소설에서 가장 큰 비중을 차지한다고 하겠다.

다음으로, 여성계 영웅소설은 전형적 성격을 넘어서 남장영웅을 지배하는 위용까지 과시하여 <여장군전>·<홍계월전> 등과 같은 발전적

양상을 지닌 작품으로 변모하고 있다. 이들은 여성계 영웅소설에서 가장 후대의 작품으로 파악되며, 아울러 근대적 성격이 더욱 강조되어 있다고 하겠다.

이상에서 살펴본 바와 같이 여성계 영웅소설은 일반영웅소설 및 여성소설보다 후대의 것으로 양자의 소설을 종합·결산하면서 개화사상이 싹트는 시대 즉 19세기 초·중엽을 상한선으로 형성·발전되고 그 중·말엽에 성행을 보았던 것으로 추정된다. 그렇다면 여성계 영웅소설은 아마도 신소설의 출현과 깊은 관계를 맺고 있다고 보아진다.

4) 국문학사상의 위치

상술한 바에 의하면 <위봉월전>과 같은 여성계 영웅소설의 형성과 유행은 다음 몇 가지 점에서 국문학사상의 가치가 크다고 하겠다.

첫째로, 작품 자체 면에서 볼 때에, 일반여성소설 및 영웅소설과 구별되는 특성을 갖추고 있다. 전술한 바와 같이 이 작품이 일반여성소설의 남성화와 일반영웅소설의 여성화라는 경향 속에서 그 양 작품군의 구조를 종합하고 아울러 그를 계승·발전시킨 복합적 형태를 지녔다는 점에서 저들과 구별되는 독자적 특성을 지니고 있다. 그리하여 이 작품 형태는 우리 고전소설의 유형에 있어서 독특한 위치를 확보하고 있다고 보아진다.

둘째로, 독자와의 상관성에서도 높이 평가를 받을 만하다. 문학작품을 전달·수용하는 주체는 곧 독자인데, 당시에는 여성독자가 그 중심 세력을 이루고 있었다. 일반여성소설과 일반영웅소설들이 퇴색할 무렵에 그 양자를 새롭게 조화시킨 <위봉월전>류의 여성계 영웅소설은 독자들에게 획기적이고 여풍적인 영향을 끼쳤을 것은 말할 것도 없다 하겠다.

셋째로, 사회사조 면에서도 그 가치는 충분하다 하겠다. 특히 소설이 역사적·사회적 조건과 가치를 지니고 있어서 어느 예술보다도 사회사조와의 관계가 깊다고 하겠다. 상술한 바의 여성계 영웅소설 <위봉월전>이 여성의 해방·여권신장·여성능력의 계발 등으로, 당시 여성의 사회상을 그대로 표상·반영한 것이라면 그 가치를 가히 짐작할 수 있다.

넷째로, 이들이 근대적 성격을 지녔다는 점에서 19세기 중·말엽의 개화사상과 상응한다고 하겠다. 특히 작품에 반영된 '남녀평등', '여성교육', '여성출세' 등과 같은 근대적 성격은 개화사상의 그것과 밀접한 관련이 있어서 이들이 후대성과 아울러 근대적 성격을 지니고 있음을 더욱 뚜렷하게 보여주는 바라고 하겠다.

다섯째로, 이들이 신소설과 접맥을 이루고 있다는 점이 주목할 만하다. 신소설이 비록 서양의 문물과 함께 들어온 새로운 장르라고 치더라도 우리 고전소설의 전통을 완전히 탈피하지 못하였고 그 중에서 여성중심의 작품들은 비록 근대적 면모를 지녔다고 하나 아직 여성계 영웅소설의 맥락을 벗어날 수 없었다.

조동일 교수는 전대소설과 신소설의 관계에 있어서 '우연의 일치', '삽화의 일치', '유형의 일치'라면서 신소설이 전대소설의 긍정적 계승이라는 점을 중시한 바 있다.[11] 그렇다면 여기 <위봉월전>과 같은 여성계 영웅소설이 바로 전대의 소설을 신소설로 계승시켜주는 교량 역할을 담당한 것이라 볼 수 있다. 특히 이들 작품 자체의 근대적 성격이 신소설의 그것과 서로 조응된다는 점에서 그 상관성이 더 크다고 하겠다.

이상과 같이 <위봉월전>을 포함한 여성계 영웅소설은 한국 고전소설을 결산·정리하면서 신소설과 접맥됨으로써 국문소설사상 주목할 만한

---

11) 조동일, 『신소설의 문학사적 성격』, 한국문화연구소, 1973.

위치를 점한다고 할 수 있다.

5. 결론

이상에서 살펴본 바를 요약하면 다음과 같다.

첫째, <위봉월전>은 아직까지 필사본 1종밖에 발견되지 않은 고전소설이다. 그러나 사건의 진행을 보면 여성계 영웅소설의 전형적 면모를 갖추고 있기 때문에 이 작품은 독자들 사이에 널리 유행됨으로써 필사본을 포함한 목판본 내지 활자본의 이본이 유통되었을 것으로 보아진다. 그 시기는 대체로 개화기 전후를 면할 수가 없으리라고 추정된다.

둘째, <위봉월전>의 구조는 일반영웅소설과 여성소설의 사이에서 영웅소설의 여성화, 여성소설의 남성화라는 시대적 상황과 독자의 요청에 의하여 새롭게 단장한 '남장영웅형'에 속한다. 이 유형은 '여성영웅형'이나 '일시남복형'과 구별되면서 '여성상위형'으로 뻗어가는 양상을 띠고 있다. 이런 유형은 여성계 영웅소설에서 질량 면으로 대표적인 수준을 유지하고 있어서 이들의 전형적 구조라고 할 수 있다.

셋째, 주제 면에서 볼 때에 우선 '충'·'열'이 표면적으로 근간이 되고 있음을 볼 수 있다. 그런데 이러한 표면상의 덕목을 이면적으로 뒷받침하고 있는 내면의식이 따로 작용하고 있음을 또한 엿볼 수 있다. 실제로 '충성과 권력의지', '열행과 애정갈등'을 추출해 볼 수가 있다. 그 주제를 통해 볼 때에 이 작품에 들어 있는 전통사상은 대체로 형식화, 내면화 내지는 약화의 현상을 면치 못하고 있는 반면에 '남녀평등', '여성의 교육', '여성출세' 등을 차츰 끌어들이면서 근대화되는 현상을 엿볼 수 있다.

넷째, 주인공의 성격을 통관할 때, 그 위치와 권능이 크게 승화·발전되어 '여성영웅형'으로 형성되고, '일시남복영웅형'을 거쳐 '남장영웅형'으로 완성되었으며, 드디어 '여성상위형'으로 발전하였다. <위봉월전>은 바로 '남장영웅형'의 범주에 속한다. 이러한 성격의 형성·발전과정은 그대로 한국여성사의 변천과정을 표상하는 바라 하겠고, 또 여성계 영웅소설의 근대적 특성도 잘 나타내었다고 보아진다.

다섯째, <위봉월전>과 같은 여성계 영웅소설의 시대적 성격은 상술한 바, 원전(이본)이나 주제, 배경사상, 구조, 주인공의 성격 등을 통해서 볼 때에 19세기 중·말엽의 한계를 크게 벗어날 수 없다. 그리하여 개화기 이후에 형성된 신소설의 시대성과 의외로 밀접한 관계를 갖고 있다는 사실을 추리할 수가 있다.

여섯째, 여성계 영웅소설의 형성과정은 19세기 초·중엽 일반여성소설 및 영웅소설이 퇴색할 무렵에 '여성소설의 영웅화'나 '영웅소설의 여성화'라는 명제와 시대적 요청에 의하여 상게한 양 계열 소설류의 지양·종합이라는 사명을 띠고 형성되었다고 보아진다. 그리하여 <박씨전>과 같은 초기적 작품, <운향전>류의 과도기적 작품, 그리고 여기 <위봉월전>과 같은 전형적 작품 다음에 <홍계월전>의 발전적 작품 등으로 전개되었다고 하겠다.

<위봉월전>과 같은 여성계 영웅소설의 실상은 그 다음에 등장하는 신소설과 일맥으로 연속되는 것이라고 보아진다. 따라서 여성계 영웅소설은 일반여성소설과 영웅소설을 변증법적으로 종합하여 전통소설의 종말을 장식하면서 그 전통을 신소설에 이어주는 중대한 역할을 담당해온 것이라고 할 수 있다. 따라서 <위봉월전>과 같은 여성계 영웅소설은 그 작품 자체의 가치라든지 소설사상의 위치 등에 있어서 비중이 매우 큼을 확인할 수 있다.

〈왕조열전〉의 문학적 성격

1. 서론

한국의 역사문학은 역사와 문학의 두 접점에서 그 역사적 실상과 허구적 내용이 조화롭게 교직되어 커다란 흐름을 유지하여 왔다.[1] 이러한 역사의 문학적 형상화는 영사시를 비롯하여 역사수필, 역사소설 등이 그 대표적인 것이라 할 수 있다. 역사적 사실의 허구화 및 그 기술의 사실성 여부와는 별개로 이러한 역사문학은 종교문학과 더불어 한국문학사의 주요한 특성임은 물론이다. 그렇기에 역사문학에 대한 연구는 그 연구사적 의의 및 가치가 적지 않다고 할 수 있다.

이렇게 볼 때 본고에서 논의 대상으로 삼은 〈왕조열전〉은 관심과 주목의 대상이 아닐 수 없다. 〈왕조열전〉은 본고에서 최초로 학계에 보고하는 작품으로, 이 작품은 조선왕조의 거대한 역사를 왕가 중심으로 서

---

1) 차하순, 『역사의 문학성』, 서강대 출판부, 1981, 45-49쪽.

술하고 있는데, 비교적 역사적 사실을 충실히 기술하고 있으면서도 그의 문학적 형상화 또한 일정 정도 실현한 특징을 아울러 지니고 있다. 또한 이 작품은 한글 전용의 서사물로, 국문수필로서의 기본적 특징을 지니고 있다.

<왕조열전>은 충남대학교 중앙도서관 '경산문고'에 소장된 필사본으로, 분량 면에서 비교적 장편에 속하며 현재까지 학계에 보고되지 않은 희귀본에 속한다. 그동안 역사문학에 대한 연구가 질량 면에서 꾸준히 진행되어 개별 작품에 대한 연구 및 장르적 측면 등 다양한 분야에서 그 성과가 상당히 축적되었지만,2) 아직까지 <왕조열전>에 대한 논의는 찾을 수 없다. 다만 최근에 윤보윤의 「쇼듕화역디셜에 나타난 역사와 문학의 접점 연구」3)는 역사와 문학의 접점에 대한 논의, 즉 역사서사의 문예적 형상화라는 측면에서 참고가 된다.

이에 본고에서는 먼저 이 작품의 서지 사항을 살펴보고 그 창작 연대 및 작자, 그리고 창작 배경 등을 고찰하기로 한다. 또한 작품의 구성 및 구조, 문체 및 표현, 내용적 성격과 주제, 장르적 특성 등을 종합적으로 고찰하고 아울러 이 작품의 문학사적 위상에 대해서도 논의하여 그 문학적 성격을 규명하기로 한다.

---

2) 김장동, 『조선조 역사소설 연구』, 반도출판사, 1986.
   권혁래, 『조선후기 역사소설의 성격』, 박이정, 2000.
   손정인, 『고려시대 역사문학 연구』(역락, 2009) 등 참조.
3) 윤보윤, 「<쇼듕화역디셜>에 나타난 역사와 문학의 접점 연구」, 『어문연구』 77, 어문연구학회, 2013, 253-291쪽.

2. 서지사항과 창작배경

1) 서지사항

이 작품은 단권 1책의 국문 필사본으로, 조선 역대 군왕의 열전 형식을 지니고 있다. 그런데 초두부가 낙실(落失)되어 현재 온전히 남아 있는 부분은 태종대의 말미부터 숙종대의 말미까지이다. 이 작품의 원전은 가로 21cm, 세로 26cm의 크기로, 1면이 13행이고 1행은 평균적으로 20자 정도이며 잔권의 분량이 95면이다.

이 작품을 입수하여 소장했던 경산 사재동 교수에 의하면, 이 원전은 본래 1967년 무렵 충남 부여군 부여읍에 거주하고 당시 대전상업고등학교4)에 재학 중이던 김석교의 가장본(家藏本)을 제공받아 보관하고 있다가, 2013년 3월에 충남대학교 중앙도서관에 기증하여 지금은 이 도서관의 경산문고에 편입되어 '경산문고 고전소설 필사본 제3048호로 지정되어 있다.5) 그런데 이러한 전 소장자를 기점으로 추적해 가면, 이 작품이 제작 유통되는 과정에서 또 다른 많은 이본이 형성되고 전래되었을 것임을 추정할 수 있다. 따라서 여타의 다른 도서관이나 기타 공사 간에 소장되어 있는 이본이 출현할 개연성은 얼마든지 존재한다.

이 작품의 필사자 및 필사연대는 정확하게 파악할 수 없지만, 전체적으로 보아 그 형태가 상당한 고태를 보임은 물론, 지질이 고급 한지인데다 글자의 묵색과 조화를 이루어 선명한 모습을 지니고 있다. 또한 필체가 여필계(女筆系)의 정자로서 고체의 형태이며, 어휘 및 어법적인 면에서 상당한 고형을 지니고 있다.

---

4) 대전상업고등학교는 현재 대전시 동구 자양동에 위치해 있는 우송고등학교의 전신이며, 이 당시 사재동 선생은 이 학교 국어교사로 재직 중이었다.
5) 충남대학교 도서관, 『경산 사재동 박사 기증도서목록』, 2013, 407쪽.

그런데 이 원전은 필사자와 필사연대 등을 기재했을 가능성이 있는 초두와 말미 부분이 낙실되어 그 흔적을 찾을 길이 없다. 따라서 작품의 내용과 필체 등을 통하여 필사자의 유형을 유추할 수밖에 없는 실정이다. 우선 이 작품의 필체는 여필 정자체로, 필사자는 국문 해독과 필기에 능한 역사적 소양을 갖춘 부녀임을 추정할 수 있다. 또한 이 원전의 지질을 감안해 보면, 필사자는 고급한지와 문방 도구를 소유하고 활용할 수 있는 사대부 문한가(文翰家) 계층에 속한 부녀임을 규지할 수 있다. 이와 계통을 같이하는 <쇼듕화역디셜>의 경우에도 필체로 보아 필사자가 남성이었을 것으로 속단하기 쉽지만, 실제로 책 주인은 이 부인이고 필사자 또한 성 부인 혹은 성 소저이었음[6]을 주목할 필요가 있다. 또한 이러한 필사자의 자질과 계층을 통하여 이런 작품의 향유 및 수용 양상과 유통실태를 폭넓게 파악할 수도 있다.[7]

이러한 제반 사항을 토대로 이 작품의 원형을 재구해 보기로 한다. 이 작품이 역대 군왕의 행적을 순서에 따라 기술한 ≪조선왕조실록≫의 체재를 취하였다면, 그 서두에는 전체적인 서언과 함께 태조대부터 서술하였을 것이며, ≪선원보략≫ 계통을 따랐다면 목조대부터 기술했을 것으로 추정된다. 그런데 이 작품의 전체적인 내용을 통관해 볼 때, ≪선원보략≫의 형식보다는 ≪조선왕조실록≫의 형태에 더 가까운 것으로 추단된다. 이렇게 볼 때 이 작품은 본래 태조대로부터 기술되었을 것으로 추정되며, 따라서 낙실된 부분은 서언을 비롯하여 태조·정종대 그리고 태종대의 거의 전부가 해당된다고 할 수 있다. 또한 이 작품의 종말 부분은 재구하기가 더욱 난해하지만, 작품의 문면의 기록을 통해서 실마리를 대략 추정해 볼 수 있다.

---

6) 윤보윤, 위의 논문, 258쪽.
7) 『생활문화와 옛 문서』, 국립민속박물관, 1991, 41쪽.

함경도 구읍 뎐셰와 우황 표리공을 감흐샤 특별이 감흐시는 게 만코
텬지 흉년을 샹션을 감흐야 겨시더니 뎡미의 희 죄 복션흐기롤 쳥흔 즉
하교흐야 그른샤더 미읍 극근의…8)

위의 인용문은 이 작품 88면의 기술이다. 그런데 이 88면은 5행으로
끝나고 나머지 7행 부분이 백면(白面)으로 남아 있다. 인용문에서의 정미
(丁未)는 현종 8년(1667년)으로, 그 치적의 중간에 해당되는데, 무슨 이유로
이렇게 끝내고 백면으로 남겨 놓았는지 추정하기 어렵다. 이 작품의 원
본 자체가 여기에서 끝났는지 아니면 필사 과정에서 이렇게 끝냈는지
속단할 수 없기 때문이다. 하지만 여기서는 두 경우 모두를 개연성을 전
제로 추정해 보기로 한다.

먼저 숙종을 '금상'이라고 언급한 곳이 3군데나 되니 이를 주목할 필
요가 있다.

을히 뉴월의 셰죄 폐흐야 녕월의 내쳐 노산군을 봉흐야 노산듕궁은
녀량부원군 송현슈 네시니 금샹 무인의 튜봉 정슌왕후 흐옵다9)

녕월 덕소의셔 훙흐시니 쉬 십칠이라 녕월의 장흐얏더니 금샹 무인의
튜복흐오니 능호는 장능이오10)

계비 장녈왕후 됴시는 한원부원군 챵원 네시니 탄휵지 못흐시고 금샹
무진 팔월의 훙흐시니 양즈께 휘능의 장흐오니11)

8) <왕조열전>, 88쪽.
9) <왕조열전>, '문종공슌대왕', 17쪽.
10) <왕조열전>, '단종돈효대왕', 18쪽.
11) <왕조열전>, '인조순효대왕', 71쪽.

위의 인용문은 각각 '문종공순대왕', '단종돈효대왕', '인조순효대왕' 조의 기술이다. 그런데 이 금상은 숙종으로 판단된다. 따라서 이 작품은 숙종대에 창작되었을 것으로 추정된다.[12] 그렇기에 이 작품은 현종에서 완결되거나 혹은 미완결의 상태로 마무리된 것이라 할 수 있다. 그런데 이러한 미완의 현상은 아무래도 필사자의 필사 작업 미비가 아닌가 한 다. 숙종대의 문사가 그 이전의 군왕인 현종의 행적을 기술하다가 이처 럼 백면으로 미완의 장을 남기지는 않았을 것이기 때문이다.

한편 이 작품은 지면을 달리하여 숙종의 행적을 기술하고 있는데, 이 숙종의 기사는 제목부터 여타 군왕과는 현저하게 다르게 서술되어 있다. 즉 세종부터 현종까지는 제목이 '세종장헌더왕', '현종창효대왕' 등으로 모두 6자로 표기된 것에 비하여 숙종만은 '숙종현의광윤예성영녈유모영 운홍인쥰덕비텬합도계휴독경정듕협극신의대훈장문헌무경명원효대왕'이 라고 《선원보략》에 기재된 그대로 옮겨 놓았다.[13] 이는 곧 숙종조의 기술이 그 이전의 것과는 완전히 구별되는 특징을 일부러 드러내고 있 는 것이라 할 수 있다. 그리고 이 기술 내용은 《숙종실록》의 기사에서 발췌한 듯한 인상을 지니고 있으며 그 필사 서체가 여타 군왕의 기술과 유사하지만, 어휘, 어법, 문체 등은 그 이전의 것보다 후대적인 특징을 나타내고 있다. 이러한 후대적 특징은 본문의 주기에서 '금상'을 '연성군 금상뎐하'[14] 즉 영조임을 밝히고 있어 이에 대한 방증이라 할 수 있다. 따라서 이 숙종의 행적은 필사자가 추가로 기술해 넣은 것임을 규지할 수 있다. 즉 필사자는 영조대에 이 작품의 원전을 필사하면서 그전에 이 미 입전된 작품을 참고하여 추가로 숙종의 행적을 기술한 것으로 추정

---

12) 이에 대한 구체적인 논의는 다음 장에서 한다.
13) 『선원보략』(활자본), 1917, 42~43쪽
14) <왕조열전> 95쪽 : "숙빈쵀시은 연성군 금상뎐하를 탄강ᄒ시고"라 하였다.

된다.

전술한 바와 같이 이 작품이 숙종대에 창작되고 영조대에 추가되고 보완되었다면 그 필사 연대의 상한선은 숙종대까지 소급될 수 있다. 즉 이 작품의 최초의 원본은 현종대까지의 역대 군왕들의 행적을 기술한 필사본으로, 이 작품이 한동안 필사를 통하여 향유되고 유통되다가 영조대에 이르러 필사자가 종전까지 유통되던 원전을 필사하고 덧붙여 숙종의 행적을 추가하였다고 추정된다. 하지만 이 작품은 영조대 이후까지 상당한 시간 동안 지속적으로 필사되고 유통·향유되었을 것임은 물론이다.

요컨대 <왕조열전>은 원전의 원작가가 숙종시대 문사로, 태조대부터 현종대까지 서술한 것인데, 후에 영조시대 문사가 종전의 원전을 필사하고 덧붙여 자신이 숙종의 행적을 추가로 기술한 것이라 할 수 있다.

2) 창작배경

이 작품은 폐주 연산군이나 광해군 등에 대하여 가혹한 평판을 내리면서[15] 단종과 세조의 행적에 대해서는 그 폐위 및 즉위 등에 따른 사건은 일절 언급하지 않고 있다. 이는 숙종대에 단종과 왕비가 추봉되면서 그 비극적 폐위 사실이 분출되고 따라서 세조의 폭력적 즉위 사실이 평판되는 과정에, 어느 쪽에도 좌단하기 어려운 처지에서 출생·성장·즉위·서거·자녀 등에 관해서만 간략하게 기술한[16] 것이 아닌가 한다. 이러한 현상은 당시 단종과 세조에 대한 왕실(王室)의 여론과 세평이 정

---

15) 이와 같은 것은 <왕조열전>의 '폐주연산군'조(26-30쪽), '폐주광해군'조(54-60쪽) 참조.
16) <왕조열전>'단종돈효대왕'조가 6행(17-18쪽), '세조혜장대왕'가 12행(18-19쪽)이다.

립되는 과도기적 경향일 수도 있지만, 이러한 사실을 감히 논란할 수 없는 종친의 입장이나 심기가 반영된 것일 수도 있다.

그러면 이 작품의 창작 동기는 무엇일까. 일차적으로 이 작품은 조선조 역대 군왕의 행적을 미화하고 기술하여 조야 백성들에게 역사적 교화를 강화하기 위하여 창작된 것이라 할 수 있다. 숙종대에 단종을 복위시키는 그러한 조류 속에서 왕통을 선명하게 강조하고 이를 통하여 백성의 교화와 민심의 고양을 주도하려는 목적 및 의도가 크게 반영된 것이라 할 수 있다. 또 한편으로는 이씨 왕조의 정통성과 그 계보를 강조하여 번성한 종친들의 긍지와 단합을 선도하려는 목적도 아울러 추정해 볼 수 있다. 뿐만 아니라 이러한 왕통가의 역사적 사실에 어두운 종친의 부녀자들을 직접 교화하기 위하여 이 작품을 국문으로 제작하여 가정교육에 활용하려는 의도가 반영된 것이 아닌가 추정해 볼 수 있다.

다음으로는 역사적 전거의 활용, 역사문학적 전통 및 국문과 산문문학의 수용 등을 통한 작품의 창작배경을 고찰해 보기로 한다. 이 작품은 조선왕조 역대 군왕의 행적을 그 내용 및 주제로 삼고 있기에 이러한 사항을 기술하는 데는 당대에 참고할 수 있는 역사적 전거를 활용한 것으로 추정해 볼 수 있다. 이와 유관한 것으로 ≪전주이씨 대동보전≫ 계통과 ≪선원보략≫ 유형의 왕통사의 정립 및 유통을 들 수 있다. 이러한 것들은 그 명칭에서 규지할 수 있는 바와 같이, 역대 군왕의 출생·성장·즉위·서거·비빈·자손 등에 대한 간략한 기록으로, 이는 왕실과 종친들 간에 유통되고 있었으며 따라서 이 작품의 창작자는 이러한 자료와 함께 이와 유관한 사서에 대한 열독이 가능한 위치에 있었을 것으로 추정된다. 그리고 이 작품에는 역사적 사실의 충실한 기록과 함께 역대 군왕에 대한 왕실·종친과 조야의 구비적 세평을 수용한 일면을 발견할 수 있는데, 야승을 비롯한 역대 군왕의 행적에 대한 조야의 개인적

저술이나 야사 등에 근거하여 구전되는 설화적 사실은 역사적 전설의 면모를 띠면서 광범하게 유통되면서 민중들에 이르기까지 전파되었던 것을 감안할 때, 이는 곧 창작자가 이러한 정보에 관심을 갖고 이를 수집하고 활용한 것으로 보인다. 또한 ≪삼국사기≫ 열전, 영사시, <용비어천가>, 역대가류, 한양가류 등을 비롯한 유구한 역사문학적 전통 또한 이 작품의 창작에 일정 정도 영향을 끼쳤을 것임은 물론이다. 뿐만 아니라 국문과 산문문학의 수용과 활용도 이 작품의 창작에 기여했을 것이다. 주지하다시피 국문 운문문학 및 국문 산문문학이 유교와 불교계를 비롯하여 유식한 부녀자들 사이에까지 널리 성행하고 유통되었던 사실을 감안할 때, 이에 관심이 깊었을 작자가 이를 참고하고 활용했을 것임은 당연하다 하겠다.

앞에서 이 작품의 창작 연대를 숙종대로 추정하였다. 이에 대한 논거로 작품의 본문에 나타난 세 차례의 '금상'이 바로 숙종을 지칭하는 것이기 때문이다. '문종공순대왕'조의 '금상 무인'에 단종비를 정순왕후로 추봉했다는 사실은 ≪선원보략≫ 단종조에 "비의덕단량제경정순왕후송씨 … 숙종무인추복위(妃懿德端良齊敬定順王后宋氏 … 肅宗戊寅追復位)"[17]라 하였고, '단종돈효대왕'조의 '금상 무인'에 왕으로 추복(追復)되었다는 사실은 ≪선원보략≫ 단종조에 "숙종신유추봉대군무인추복위(肅宗辛酉追封大君戊寅追復位)"라[18] 하였으며, '인조순효대왕'조의 '금상 무인'에 계비 장녈왕후가 승하하였다는 사실은 ≪선원보략≫ 인조조에 "계비자의공신휘헌강인숙목정숙온혜장렬왕후 … 숙종십사년무인팔월이십육일승하우창경궁지내반원(繼妃慈懿恭愼徽獻康仁淑穆貞肅溫惠莊烈王后 … 肅宗十四年戊寅八月二十六日昇遐于昌慶宮之內班院)"이라[19] 하여 모든 사항이 역사적으로 실증된

---

17) 『선원보략』, 19쪽.
18) 『선원보략』, 18쪽.

다. 따라서 이 작품 내용에 나타난 '금상(今上)'은 곧 숙종임이 확실하므로, 작품의 창작 시기 또한 숙종대임을 규지할 수 있다.

또 전술한 바와 같이 이 작품의 작가는 단종이 복위되는 숙종대에 단종의 폐위와 세조의 즉위에 대한 일련의 사항을 제외하고 기본적인 사항만을 기술한 것은 곧 왕가의 여론과 세평이 정립되는 과정에서의 그 시대상을 반영한 것으로 보인다. 숙종 이전에는 단종이 여전히 노산군으로 강등되어 있었고 세조의 등극이 합리화의 체면을 유지하면서 조야의 평판은 수면 아래 잠복해 있었다. 그러한 상황이 숙종대에 단종이 복위된 이후로 비극적 폐위와 세조의 폭력적 즉위에 따른 여론 및 세평이 점차 분출되고 부연되었다. 따라서 이 작품에서 단종과 세조에 대한 간략한 기술은 숙종대의 과도기적 시대상을 반영한 결과라 할 수 있다.

한편 이 작품의 음운·어휘·어법적 측면에서 숙종대 이전의 그것에서 벗어나지 않는다는 점도 주목된다. 첫째로 "본디 고려 네 ᄯᆞ히라(세종조)", "됴뎡이 들히(인종조)", "왕의 나히 열여서시러시다(선조조)" 등 이 작품의 도처에서 ㅎ종성이 사용되고 있으며, "텬지 특별이 틱하시니 이 팔월의 셰종끠 뎐위ᄒᆞ시고(세종조)"에서 볼 수 있듯이, 중국식 한자음이 아직 구개음화되지 않고 있다. 둘째로 이 작품에 사용된 어휘가 숙종대를 전후한 근대 국어적 특성과 상응하고 있다는 점이다. 즉 "됴히 넉이샤(세종조)", "어엿비 넉이샤(세종조)", "모든 ᄋᆞ올 디졉ᄒᆞ기롤(세종조)", "어글우츠미 업ᄉᆞ샤(중종조)", "안으로 도으시는 공이 하시니(중종조)", "왕이 것거지며 뮈여지게 셜워ᄒᆞ샤(중종조)", "이긔지 못홀가 저허ᄒᆞ더니(중종조)", "됴희와 붓을(중종조)", "하늘이 밋브지 아니미 이러툿ᄒᆞ뇨(중종조)", "가졍 갑술의 샌이어 셰ᄌᆞ빙이 되샤(중종조)", "둣기롤 심이 아쳐ᄒᆞ시거늘(명종

19)『선원보략』, 39쪽.

조", "일노 외오 넉이시믈 바닷더니(명종조)", "집을 ᄀᄌ기 ᄒ시며(인조조)", "모다 잔치ᄒ야 어미롤 이밧거눌(인조조)", "위예 오ᄅ신 후 자로 보샤디(효종조)" 등이 그 대표적인 예이다.[20] 셋째로 어법상에 숙종조 무렵의 근대 국어적 특징을 거론할 수 있는데, "다샤ᄒ여라 ᄒ뎌이다(연산조)", "머르ᄅ지 무ᄅ쇼셔(중종조)", "귀히 넉이고 일콧잡더라(중종조)", "회능의 장ᄒ옵다(중종조)", "셩쉬 삼십일이러시다(인종조)", "덕긔 다 이러 겨시더니(인종조)", "님진의 니ᄅ러 업스시니(명종조)", "샹이 병 됴ᄒ시거눌(명종조)", "지극히 그ᄅ니이다(명종조)", "감동이 너기시미러라(선조조)", "목목ᄒ신 군왕이샷다(인조조)" 등 경어법의 활용 어미에서도 그 특징을 규지할 수 있다.[21]

3. 구조와 표현의 특성

1) 구조

이 작품은 조선왕조의 왕통을 빛내고 역대 군왕의 치국 행적을 평판하는 데에 주안점을 두고 있다. 조선의 역대 군왕들의 왕가에 관련되는 사항과 정치적 상황들의 핵심적 사안을 통관하고 있어 그와 관련된 작가의 사관 및 가치관이 반영되어 있다. 주지하는 바와 같이 조선조에는 숭유배불 사상이 기본적으로 편만해 있었는데, 이러한 배불 사조가 숙종대에 이르러 더욱 공고화되면서 상대적으로 숭유적 치국 이념이 강화되

---

20) 남광우, 『보정 고어사전』, 일조각, 1971, 유창돈, 『이조어사전』, 연세대출판부, 1964 등 참조.
21) 그런데 이러한 국어학적 특징은 보다 치밀한 논의가 필요한 사항으로, 국어학 전공자들의 관심이 촉구된다.

고 있었다. 그 가운데서도 충효정신과 정절관념이 으뜸가는 윤리적 실천 덕목이었다. 그렇기에 삼강행실에 투철한 충신·효자·열녀 등의 행적이 찬양·고양되고 상하 민중의 실천적 전범이 되었다. 따라서 군왕과 신민들의 언행은 철두철미 삼강행실에 입각하여 전개되고 평가될 수밖에 없었다.[22] 당시에 유통되던 모든 교훈서나 문학작품들이 다 같이 이러한 유교적 덕행을 주제적 배경으로 내세우는 조류에 편승하여 이 작품의 배경사상 또한 숭유적 사상을 중심에 두고 있다.

다음으로 이 작품에 기술되어 있는 내용적 특징을 고찰해 보기로 한다.

① 군왕의 이름과 그 계통을 밝히고 있다.
② 군왕의 출생과 성장과정을 기술하고 있는데, 특이한 일화가 수반되기도 한다.
③ 군왕의 즉위 과정을 기술하고 있다. 사실과 마찬가지로 적장자 승계로 세자가 책봉되고 부왕의 승하에 따라 왕위를 계승하지만, 특별한 사연·사건에 의하여 등극하는 경우가 특필되며, 추봉된 왕은 그 이전의 행적이 기술되어 있다.
④ 군왕의 치국의 행적을 기술하고 있다. 성군으로서의 치적은 선정과 관련된 미담을 예거하여 찬탄하고 미화하고 있으며, 치적이 별로 없는 왕의 경우에는 그 행적에 얽힌 일화를 기술하고 있다. 폐주의 행적은 냉정하게 평가하여 폐위된 사실을 합리화한다.
⑤ 군왕의 승하 과정을 기술하고 있는데, 비애를 당연하게 표현한다.
⑥ 군왕의 자녀들에 대하여 기술하고 있다.

---

22) 현상윤, 『조선유학사』, 민중서관, 1960, 484쪽.

이와 같이 군왕들의 행적을 포괄적으로 기술하여 그 내용과 편폭이 방대하고 풍성한데, 이러한 기술은 작가의 독창적인 필치에 의한 것이라기보다는, 전술한 바와 같이 ≪전주이씨대동보≫·≪선원보략≫ 등에 수록되어 있는 사실적 내용을 참고하고 각종 야사·야승 및 전설적 사담(私談)까지 아울러 수용하고 이를 활용하여 재구한 것으로 판단된다.

<왕조열전>은 그 제명에서 규지할 수 있듯이, 기본적으로는 열전의 형식을 취하고 있다. 하지만 단순하게 열전의 형식에만 머물러 있지 않았다. 이 작품은 구조가 복합성을 띠고 있다. 역사적인 계통과 배경적 측면에서는 기전체 서사의 구조를 지니고 있는 반면에 문학적인 기반과 유형적 측면에서는 장회체 소설의 구조와 상통된다. 사서로서의 전형적인 기전체는 사마천의 ≪사기≫에서 연원한 후 사서의 전범이 되었다. 본기에서는 군왕의 사적을 기록하고 열전에서는 신민·명사의 행적을 기록하는 기전체 구조는 김부식의 ≪삼국사기≫에서 정립되고 ≪고려사≫에서 발전적으로 계승된 이후로 사서의 전형이 되었다. 그런데 ≪조선왕조실록≫에서는 역대 군왕대의 사건과 사실을 연대기적으로 기술하는 편년체의 형식을 기본으로 취하면서 동시에 왕비와 왕족의 서거나 신료들의 행적을 입전하여 행장으로서의 특성을 아울러 포괄하고 있다. 따라서 이는 본기와 열전의 형식을 종합적으로 수용한 독자적인 체제와 구조를 지녔다고 할 수 있다. <왕조열전>은 이러한 기전체와 편년체의 특징을 공유하면서 군왕의 개별적 전기 형태를 창조적으로 수용하고 있다. 다시 말하면 각 군왕의 행적은 개별 작품적 자질을 지니고 있으며 동시에 전체적으로는 개별 작품의 연합체로서의 열전 형식의 구조를 유지하고 있다. 역대 군왕의 개별 전기는 보편적인 행장·전기의 구조를 갖추었기에 흔히 이를 '전기적 유형'이라고 한다.[23] 그것은 곧 주인공의 혈통·가계·잉태·출생·성장·출세·행적·종말·자손 등의 완벽한 구

조를 지니고 있기 때문에 인물 중심의 서사적 구조의 전형으로 지칭된다. 이때 그 주인공을 제왕이나 장군 등 특출한 인물로 영웅시하면 바로 영웅의 일생 구조와 일치하게 된다.[24] 이렇게 전기적 유형이 서사문학적 구조로 전환되는 과정을 거치게 된다. 이렇게 볼 때 <왕조열전>의 전체적인 구조와 각 군왕의 전기적 유형은 곧 서사 문학의 '영웅의 일생' 구조와 상통됨을 알 수 있다.

<왕조열전>은 조선왕조 역대 군왕의 사실적 행적을 서사문학적으로 변용·표현한 것이라고 할 수 있다. 이 작품의 전체적인 서사구조를 장편소설로 치환하게 되면, 그것은 곧 동방권 서사문학의 전형이라 할 수 있는 장회체 소설의 구조를 갖추게[25] 된다. 즉 각 군왕별 독립적인 작품들은 전기적 유형과 영웅의 일생 구조를 지니면서 동시에 장회소설의 각 단편처럼 독자적 자질과 구조를 갖추었다.

2) 표현의 특성

<왕조열전>은 왕과 왕비, 궁정의 생활과 정사를 중심으로 기술하고 있기에 그 활동 무대인 궁궐의 각 전각과 그 시설 등이 화려하고 찬란하며 웅장하게 묘사되어 있다. 등장인물 또한 군왕과 비빈, 왕자, 신료 등이 유형적인 특성을 보여 준다. 군왕들은 성왕, 현군, 효군, 폐주, 그리고 단명했거나 추존된 군왕 등으로 분류하여 그 특성을 드러내고 있다. 비빈은 정비로는 원경왕후(태종), 소헌왕후(세종), 정희왕후(세조), 소혜왕후(덕종), 정현왕후(성종), 장경왕후(중종), 문정왕후(중종), 인렬왕후(인조), 인선왕

---

23) 김열규, 『한국민속과 문학연구』, 일조각, 1971, 94-96쪽.
24) 조동일, 「영웅의 일생, 그 문학사적인 전개」, 『동아문화연구』 10, 서울대, 1971, 94-96쪽.
25) 陳美林 外, 『章回小說史』, 浙江古籍出版社, 1998, 9-10쪽.

후(효종), 인현왕후(숙종) 등은 현비로 묘사되어 있으며, 정순왕후(단종), 왕비 윤씨(성종), 단경왕후(중종), 인목대비(선조), 희빈장씨(숙종) 등은 부덕·불의로 폐출된 왕비로, 숙용정씨(성종), 경빈박씨(중종), 희빈홍씨(중종), 희빈김씨(문종), 순빈봉씨(문종), 소현세자비(인조) 등은 실덕으로 기술하고 있으며 이 밖에도 다수의 후궁이나 세자빈도 유형화하여 개성적이고 생동감 있게 묘사하고 있다. 왕자들의 경우 양녕대군, 월산대군, 부성군, 영창대군, 홍안군, 인성군, 소현세자 등과 같이 불우하고 비극적인 삶을 살았던 왕자들을 부각하여 형상화하고 있다. 또한 신료들은 충신과 역신으로 대별하여 그들의 삶을 형상화하고 있는데, 박원종, 성희안, 이준경, 신성진, 심명세, 구인후, 정충신 등은 충신으로, 심정, 이괄, 서변 등은 역신으로 기술하고 있다.

 <왕조열전>의 각 군왕조의 서두는 군왕의 출생으로 시작되는 경우가 대부분인데, 당초부터 원자 곧 세자로 태어나는 것은 왕실과 국가의 영광이며 국왕과 신민(臣民)의 경축을 받아 마땅한 것으로 기술하고 있다. 이 밖에도 일반 왕자나 군왕의 근친 남아로 태어나더라도 비범한 재질을 소유하고 왕실 내외의 비상한 관심과 기대 속에서 왕손으로서의 자질을 연마하는 생활을 서술하고 있다. 세자 책봉과 관련해서는 단종, 문종, 인종 등의 경우에는 비운과 난관의 과정이 기술되어 있으며, 여타의 경우에는 세자 책봉을 둘러싸고 벌어지는 음모와 암투 등이 생생하게 묘사되어 있다. 세자가 군왕으로 등극하는 경우에는 보다 더 긴장과 갈등적 상황을 서술하여 실감을 더하고 있다. 영창대군 같이 원자이면서 비극을 맞은 경우, 양녕대군처럼 폐위된 경우, 도원군이나 소현세자와 같이 병사한 경우 등은 그 비극적 사건을 부각하여 고조시키고 있다. 군왕의 즉위식은 찬연 무쌍하게 묘사하고 등극 이후에는 애민·선정의 행적을 찬양한다. 하지만, 비빈의 실덕과 비행, 자녀들의 불상사, 신료의

불충, 내우외환으로 인한 인간적 고뇌를 형상하기도 한다. 군왕의 노쇠나 병약으로 인한 세자의 대리청정과 신료들의 득세로 인한 왕권의 약화, 왕과 왕비의 서거, 군왕의 비빈들 자손 열거 등이 다양하게 서술되어 있다.

다음으로는 <왕조열전>의 표현적 특성을 구체적으로 예거하고 고찰해 보기로 한다.

> 후원의 곳나모 시므기롤 청흐온대 명흐샤디 닉 화초롤 괴치 아니 흐나니 유시 당당이 실스로운 거술 힘쓸디어다 뽕과 닥과 실과 남기 날노 쓰는디 절당흐니 너희 등이 벼슬을 삼아흐미 가흐니라 흐시고 병인의 졔도롤 친너흐샤 빅셩을 언문을 그른치셔 뻐곰 음운 변흐는거슬 극진이 흐시니 강남이며 우리나라 말이 통티 아닐거시 업서 그 졔되 극진흐니 가히 고금을 쪄여나다 니른리로다…태종이 처엄의 양녕대례롤 내티시나 셰종이 불너 보시기롤 째 업시흐시고 ᄆ춤내 셔울 오게 흐샤 친이흐시기롤 혐의업시흐시며 군신이 다 가치 아니타 흐시니 듯디 아니시고 두 형님을 섬기시며 모든 아올 디졉흐기롤 우이흐시고 종실 권당을 뫼화 즈루 보시고 술을 주어 써곰 즐겨흐시더라[26]

위에 인용한 내용은 후원에 화초 대신 뽕나무와 닥나무 그리고 실과나무를 심도록 한 일, 백성들에게 언문(한글)을 가르쳐 소통하게 한 일, 군신들의 반대를 물리치고 양녕대군과 효령대군을 섬긴 우애 등에 대한 세종의 행적을 서술하고 있는 대목이다. 작가는 대화체를 삽입하여 사실성을 강조하고 자신의 평을 직서하여 그 덕행을 찬양하고 있다. 일견 이 작품의 문체는 번역 문체가 아닐 뿐 아니라 또한 대중화된 구어체와도

---

26) <왕조열전> 세종조, 8-9쪽, 띄어쓰기는 필자, 이하 같음.

거리가 있다. 필자의 관견으로는 이는 궁중이나 사대부가의 규방에서 통용되었던 내간 및 수필, 소설 등에서 산견되는 문체와 상통한다고 판단된다.

> 공희대왕이 훙ᄒ시매 밋처ᄂ 마리ᄅ로 프러 흐트시고 발을 버서 ᄯ다히 업더여 입의 믈도 다히지 아니 ᄒ시믈 엿새ᄅ로 ᄒ시니 대신들이 공희대왕 유명을 맛드시믈 쳥ᄒ야 인을 올이오니 왕이 우ᄅ시고 밧지 아니신대 군신들이 다시곰 쳥ᄒ여 올니오ᄃ 믄득 우ᄅ시믈 날이 ᄆ뭇ᄃ록 ᄒ시니 모든 신하들이 아니 셜워ᄒ리 업더라 므릇 나라일을 젼수 대신긔 맛지시고 상ᄉ의 관겨혼 일이 아니어든 내게 니ᄅ지 말나 ᄒ시다 왕이 쳐엄브터 졸곡ᄀᄭᄌ지 다만 원미만 마시고 밤의 자시기ᄅ로 아니시며 우름 소리ᄅ로 그치지 아니시며 쳐엄 시병ᄒ시ᄆ로브터 여외시기 극터 겨시다가 ᄃ디고의 다ᄃ드라는 ᄉ쇠웨 골업ᄒ샤 막대ᄅ로 집고야 니러시니 대신들이 션왕 유교ᄅ로 드리와 권도ᄅ로 조ᄎᄎ샤 육션을 올녀지이다 쳥ᄒ온ᄃ 왕이 겄거지며 뮈여지게 셜워ᄒ샤 ᄃ더간 시죵 빅관이 졍쳥ᄒ기ᄅ로 여러날 ᄒ오ᄃ 므춤내 듯ᄃ디 아니 ᄒ시다27)

위의 인용문에서 공희대왕은 '중종공희휘문소무흠인성효대왕(中宗恭僖徽文昭武欽仁誠孝大王)'의 약칭으로 중종을 지칭한다. 인종은 그의 부왕인 중종이 승하하자 모든 국정을 대신들에게 맡긴 채, 머리를 산발하고 버선을 벗고 땅에 엎드려 6일 동안이나 입에 물 한 모금도 마시지 않고 통곡하였으며 신하들의 간청에도 불구하고 졸곡 때까지 미음만 마시고 밤에 잠도 안 자며 슬퍼했다고 한다. 특히 인종은 중종이 처음 병이 발병했을 때부터 상례를 치를 때까지 상심으로 인하여 지팡이에 의지해서

---

27) <왕조열전> 인종조, 41-42쪽.

겨우 일어날 수 있을 정도로 몸이 쇠약해져 대신들이 선왕의 유교에 따라 권도로 육선(肉饍, 고기반찬)을 권했지만 인종은 이를 끝내 거절했다고한다. 이처럼 작가는 자신의 건강이나 보위도 돌보지 않고 심지어는 목숨까지도 내놓은 채 오직 효행으로 일관하고 있는 인종에 대해 정작 효행이란 용어는 사용하지 않고도 간절하고 핍진하게 묘사하고 있다. 사실 인종은 이로 인하여 건강을 잃고 8개월 만에 승하하였다. 이러한 인종의 비극적 효행으로 인하여 작가는 이를 특기하여 부각하고자 하였을 것이다.

위롤 니어 열세 히예 빅악이 구비ㅎ야 스스로 텬뉸이 그처져 안호로 더러온 일을 힝ㅎ야 혼곳 썐르고 모진 일이 이실 뿐 아니라 니병부롤 안 쓸히 잔치롤 주어 ᄌᆞ식 잇ᄂᆞ니면 믄득 더러니니 넘티 업스니ᄂᆞᆫ 혹 궁듕의 머므러지라 원ᄒᆞ리잇고 고일지면 ᄌᆞ루 블너드려 머므러 보내고 인ᄒᆞ야 그 남편을 벼슬 도도니 시졀 사름이 벼슬 바드믈 긔롱ᄒᆞ야 웃더라 월산대군은 셩묘 형님이시니 그 부인 박시롤 셰ᄌᆞ롤 보호ᄒᆞ라 쳥탁ᄒᆞ고 블너 안히 드려 구투여 더러이고 의관을 각별이 ᄒᆞ야 놉히 고은으로 도셔롤 사겨 주어 쓰라 ᄒᆞ고 비빙질의 치와 샤은ᄒᆞ라 ᄒᆞ니 박시 참괴ᄒᆞ야 스스로 죽으니라[28]

위의 인용문에서 연산군은 신료의 아내를 궁중에서 범하고 그 남편의 관직을 올려 주어 당시 세인들에게 기롱을 받는 일이 있었고, 심지어는 성종의 형님인 월산대군의 부인 박씨에게 세자를 보호하라는 명목으로 궁중에 불러 들여 더럽히고 그로 하여금 참괴하여 자결하는 데에까지 이르게 했노라고 연산군의 악덕과 패륜을 간결하고도 실감 있게 묘사하고 있다. 즉 관념적인 설명 없이 구체적인 사례를 사실적으로 기술하여

---

28) <왕조열전> 연산조, 26~27쪽.

표현의 효과를 배가시키고 있다. 결국 연산군은 이러한 패륜으로 인하여 폐위되었는 바, 작가는 이 작품을 통하여 그 폐위의 당위성과 공감대를 환기하고 있다.

　　대비 교셔를 ᄂᆞ리와 듕외예 노호시고 ᄯᅩ 교셔를 ᄂᆞ리와 ᄀᆞ르샤ᄃᆡ 광
히 하ᄂᆞᆯ이 업시 힝ᄒᆞ야 내의 부모ᄅᆞᆯ 형뉵ᄒᆞ고 내의 형졔ᄅᆞᆯ 도살ᄒᆞ며 내
의 어린 ᄌᆞ식을 겁탈ᄒᆞ야 ᄎᆞ마 주기니 내 이제 힝ᄒᆞ야 텬일을 보아시니
이 사ᄅᆞᆷ을 더뎌 두어 형벌을 닐위디 아니면 츈츄 복슈지의 어ᄃᆡ 잇ᄂᆞ뇨
왕이 간ᄒᆞ야 ᄀᆞ르샤ᄃᆡ 졔 비록 되업스나 곳 십오년 님금 일국ᄒᆞᆫ 사ᄅᆞᆷ
이니 형벌 베프미 가티 아니타 ᄒᆞ다 대비 오히려 긍허티 아니시거ᄂᆞᆯ 왕
이 완슌ᄒᆞᆫ 얼골과 유열ᄒᆞᆫ 비ᄎᆞ로 세 번 간ᄒᆞ시ᄆᆞᆯ 견고코 ᄀᆞᆫ졀이 ᄒᆞ신대
대비 ᄯᅳᆺ이 프러지시다[29]

　　위의 인용문은 인조가 광해군을 폐위시키고 반정에 성공한 후에 인목 대비와 대화를 나누는 장면으로, 여기서 주목할 점은 대화체의 활용이라 할 수 있다. 그동안 광해군으로부터 핍박을 받던 인목대비가 그 보복으로 춘추대의를 명분 삼아 광해군을 극형에 처하고자 내외로 천명한다. 이에 인조는 광해군이 15년간 군왕이었던 점을 들어 처형의 불가함을 주청하며 목숨만은 살려 주자고 자비를 호소한다. 그 이상의 상황은 문면에 구체적으로 서술되지 않았지만, 우리는 한 맺힌 복수의 화신 인목대비가 극형을 재강조하고 이에 인조는 인자의 화신으로 구명의 진언을 서슴지 않는, 극적인 대화가 계속되었을 것임을 연상할 수 있다. 이처럼 작가는 대화체의 효과를 십분 이해하고 이를 수용하여 독자들로 하여금 감동을 주고 있다.

---

29) <왕조열전> 인조조, 61쪽.

4. 문학사적 위상

조선 왕조 역대 군왕들의 치국 행적의 전통적인 평가는 이미 왕조실록을 중심으로 공사의 사적이나 야승·야사·패림 등을 통하여 정립되어 왔다. 그것은 왕실 내부와 왕족들, 신료나 사대부들, 경향의 지식층에 의하여 문서로 혹은 구비 전승되어 유전되고 있었기 때문이다. <왕조열전> 또한 그러한 전통적 인식 및 평가를 계승하는 한편, 작가의 안목과 문학적 역량을 동원하여 그의 단순한 묵수(墨守)에 머물지 않고 이를 창의적으로 형상화하였다. 역사적 사실로서 세종과 같은 성군이나 폐주 연산·광해처럼 정형화되거나 정평이 나 있는 군왕의 경우라 할지라도 그러한 사항을 그대로 직서하는 것이 아니라, 작가는 이를 더욱 부각하고 강화시켜 독자들로 하여금 관심과 흥미를 유발하고 실감을 더하도록 형상화하였다. 뿐만 아니라 성종을 비롯하여 중종·인종·선조·인조·효종 등의 행적의 경우에는 사서와 달리 작가가 이를 새롭게 인식하고 평가하여 문학적으로 승화시키고 있다. 이러한 작가의식 및 이를 바탕으로 한 역사적 사실의 문학적 형상화는 잠재적 독서층이었을 왕실이나 왕족·종친들의 역사적 인식을 새롭게 하는 데에 일정 정도 기여했을 것임은 물론, 경향의 식자층들에게도 군왕에 대한 역사적 인식과 평가의 안목을 열어 주는 길잡이로서의 역할과 기능을 감당했을 것이다.

<왕조열전>은 조선의 역대 군왕의 행적을 단순히 사실만을 전달하기 위하여 기술한 사서가 아님은 물론이다. 비록 사실의 전달이 그 주요 목적이었다고 할지라도 전술한 바와 같이, 작가는 이를 재구성하고 함축적으로 표현하여 독자들로 하여금 흥미를 유발하고 실감을 더하도록 문학적으로 형상화했기에 그 문학사적 의의가 크다고 할 수 있다. 이 작품은 숙종 대를 중심으로 형성·전개된 국한문 역사문학과 함께 당시의 일반

적인 국문문학과 교류·유통되었을 것이다. 당시에는 궁중을 비롯하여 경향 각처에서 한글의 원활한 학습과 보급으로 인하여 국문소설을 비롯하여 내간, 수필 등이 활발하게 창작되었음은 물론, 기존의 한문 수필인 교령이나 주의·전장·애제·서간 등도 비교적 활발하게 번역되거나 재창작되어 유통되었다. 또한 역대 군왕의 교지나 윤음 등이 왕비의 언교와 함께 유행하였고, 신민의 상소나 등장(等狀) 등이 성행하였다. 이 밖에도 군왕이나 저명한 신료들의 행장과 전기가 국문화되어 유통되면서 장르 상호 간에 교섭하는 등 국문문학이 융성하였다. 이러한 문학사의 흐름 속에서 <왕조열전>도 창작되어 그 흐름을 계승하고 발전시키는 역할과 기능을 담당했다고 할 수 있다.

　<왕조열전>은 조선 왕조사를 주제와 내용으로 하는, 국문으로 표기된 역사 문학이라고 할 수 있다.[30] 조선조 역대 군왕의 행적과 궁정에서 전개되는 일련의 사건들은 그 자체로 충분히 소설적 긴장과 흥미를 지니고 있다. 특히 단종·세조·문종·예종·덕종에 관한 내용들은 사실에 비하여 소설적·극적 구성과 전개를 보여준다. 그만큼 사실의 전달에만 머물지 않고 문학적으로 형상화되어 있다. 그런데 <왕조열전>이 역사소설의 원천적 재료는 될 수 있지만 곧 역사소설이라고 단정할 수는 없다. 곧 내용적 측면에서 흥미로운 소설적 특성을 지니고 있으며 또 역대 군왕의 행적에 대한 기록이 기본적으로 전기적 유형을 갖추고 있다고 할지라도 사실의 허구적 형상과 그 구성적인 면에서는 소설과는 일정 정도 구별됨은 물론이다. 그렇다면 이 <왕조열전>을 굳이 기존의 문학장르에 귀속시키고자 한다면 어느 장르와 상관성이 가장 깊은가. 작품

---

30) <왕조열전>은 <쇼듕화역디셜>의 장르적 성격과 크게 다르지 않다는 점에서, 윤보윤의 논의는 이 작품에서도 유효하다고 할 수 있다. (윤보윤, 앞의 논문, 285~287쪽 참조.)

의 실상에 충실하게 귀속시키면 국문수필의 하위 장르에 해당하는 전기·행장 계통의 전장류에 해당한다. 역대 군왕의 교서·윤음·교지·조서·어명 등도 모두 귀중한 독립적인 문학 작품으로 취급되어 온 점을[31] 감안할 때, 이 <왕조열전>은 단순한 사실의 서사적 기록이 아니라, 기존의 <계축일기>·<한중록>·<인현왕후전> 등의 궁정수필과 동궤의, 문학적 형상화가 탁월한 국문수필에 범주에 귀속시켜야 할 것이다.

5. 결론

본고에서는 현재까지 학계에 보고되지 않은 새로운 자료인 <왕조열전>에 대해서 자료소개를 겸하여 대략적인 특징을 고찰하였다. 이상에서 논의한 내용을 요약하여 결론을 삼기로 한다.

<왕조열전>은 조선조 역대 군왕의 행적·비사를 문학적 필치로 형상화한 국문산문으로, 그 장르적 성격은 수필의 범주에 해당된다. 필사자와 필사연대는 확실하지 않으나 자료적 상황을 통하여 고찰해 본 결과, 규방의 부녀들이 역사적 교양을 목적으로 영조대에 필사한 것으로 추정된다. 그리고 이 작품의 작가는 왕실 주변이나 이와 유관한 문사로 추정되며 작품의 창작동기는 역대 군왕에 대한 역사적 인식을 고취하고 왕통을 선명하게 부각하며 백성의 교화와 민심의 고양 등을 목적으로 창작한 것으로 보이며, 그 창작시기는 숙종대로 판단된다. 즉 <왕조열전>은 원작가가 숙종시대 문사(文士)로, 태조대부터 현종대까지의 역대 군왕의 행적을 서술한 것인데, 후에 영조시대 문사가 종전의 원전을 필사하

---

31) 경일남, 『고전소설과 삽입문예양식』, 역락, 2002, 113-115쪽.

고 덧붙여 자신이 숙종의 행적을 추가로 기술한 것이라 할 수 있다.

이 작품을 구조적인 측면에서 볼 때 각 군왕의 행적은 개별 작품으로서의 독립적 성격을 지니고 있는 동시에 전체적으로는 개별 작품의 연합체로서의 열전 형식의 구조를 유지하면서 동시에 편년체적 특징을 공유하고 있다. 또 문체 및 표현적 특성으로는 궁중이나 사대부가의 규방에서 통용되었던 내간 및 수필, 소설 등에서 산견되는 문체와 상통하며 대화체를 활용하여 독자들로 하여금 극적 긴장감과 흥미를 유발하고 있다.

이 작품에 형상화된 등장인물은 유형적인 특성을 보여 준다. 군왕들은 성왕, 현군, 효군, 폐주, 그리고 단명했거나 추존된 군왕 등으로 분류하여 그 특성을 드러내고 있으며, 비빈은 정비・현비・부덕・불의로 폐출된 왕비, 실덕한 희빈 등으로 기술하고 있다. 이밖에도 다수의 후궁이나 세자빈도 유형화하여 개성적이고 생동감있게 묘사하고 있다. 왕자들의 경우 양녕대군, 월산대군, 부성군, 영창대군, 홍안군, 인성군, 소현세자 등과 같이 불우하고 비극적인 삶을 살았던 왕자들을 부각하여 형상화하고 있다. 또한 신료들은 충신과 역신으로 대별하여 그들의 삶을 형상화하고 있는데, 박원종, 성희안, 이준경, 신성진, 심명세, 구인후, 정충신 등은 충신으로, 심정, 이괄, 서변 등은 역신으로 기술하고 있다.

<왕조열전>의 각 군왕조의 서두는 군왕의 출생으로 시작되는 경우가 대부분인데, 세자 책봉을 둘러싸고 벌어지는 음모와 암투 등이 생생하게 묘사되어 있다. 영창대군 같이 元子이면서 비극을 맞은 경우, 양녕대군처럼 폐위된 경우, 도원군이나 소현세자와 같이 병사한 경우 등은 그 비극적 사건을 부각하여 고조시키고 있다. 군왕의 즉위식은 찬연 무쌍하게 묘사하고 등극 이후에는 애민・선정의 행적을 찬양한다. 하지만 비빈의 실덕과 비행, 자녀들의 불상사, 신료의 불충, 내우외환으로 인한 인간적 고뇌를 형상하기도 한다.

<왕조열전>은 또한 역대 군왕과 왕비, 신료를 중심으로 한 일련의 사실에 대한 기존의 전통적 인식 및 평가를 계승하는 한편, 작가의 안목과 문학적 역량을 동원하여 단순한 묵수(墨守)에 머물지 않고 이를 창의적으로 형상화하였다. 이러한 작가의식 및 이를 바탕으로 한 역사적 사실의 문학적 형상화는 잠재적 독서층이었을 왕실이나 왕족·종친들의 역사적 인식을 새롭게 하는 데에 일정 정도 기여했을 것임은 물론, 경향의 식자층들에게도 군왕에 대한 역사적 인식과 평가의 안목을 계승하고 발전시키는 역할과 기능을 담당했다고 할 수 있다.

　　본고는 자료를 소개하는 정도의 범박한 논의에 그친 한계를 지니고 있다. 따라서 앞으로 이 작품과 사실적 문헌의 대비를 통해 정치한 내용 분석 및 음운·어휘·어법적 측면에서의 심도있는 논의가 요구된다.

〈창선감의록〉의 이본적 성격과 형상화 양상

1. 서론

<창선감의록>은 김만중의 <사씨남정기>와 함께 조선 후기 여성 독자들 사이에서 가장 인기 있게 읽힌[1] 고전소설 중 하나이다. 또한 <창선감의록>은 조선조 소설옹호론[2]의 기준이 됨으로써 일찍부터 언급되어 왔다. 그러나 그동안 <창선감의록>에 대한 연구는 그 성과가 미미했고 최근에 들어서야 본격적인 연구가 다각적으로 진행되고 있다. 방대한 이본을 가진 고전소설 연구는 이본간의 계통과 단독 이본의 특성 등 원전 비평을 통한 접근이 최우선적으로 요구된다. 그럼에도 불구하고 그간의 견해는 이본 연구가 선행되지 못한 채 연구자의 소장본이나 몇 이본

---

1) 이원주, 「고소설 독자와 성향」, 『한국학논집』 제3집, 계명대 한국학연구소, 1975.
2) 이우준(1801~1867)은 ≪몽유야담≫에서, 이이순(1754~1832)은 ≪일락정기≫에서 "<사씨남정기>와 <창선감의록>이 사람을 感發하게 하는 뜻이 있어 비록 가공 허구의 설에서 나왔지만 福善禍淫의 이치가 있다"고 하여 소설긍정론을 펴는 기준으로 <사씨남정기>와 <창선감의록>을 들고 있다.

만을 가지고 논의하는 데에 머물러 온 실정이다. 그래서 <창선감의록>의 이본에 대한 검토는 여전히 많은 문제를 갖고 있다. 현재 <창선감의록>은 조사된 이본만 해도 120여 종의 필사본이 확인되며, 그 중에서 80여 종 정도는 국문으로 필사된 이본이다.[3] 그간의 견해들은 대개 이처럼 방대한 이본들이 서로 대동소이하고 자구가 넘나드는 정도여서 별다른 이본이 존재하지 않는다고 주장해 왔다. 이것은 본격적인 이본 검토가 진행되지 못했음을 의미한다. <창선감의록> 연구의 부진을 작품에 대한 기본적인 문제, 곧 이본의 검토가 제대로 이루어지지 못했다는 데에서 찾을 수 있다.

그런데 최근 이내종 교수는 한문본 이본 10여 종을 대비하여 별다른 이본이 존재하지 않는다는 그간의 관점에서 벗어나 한문본이 원본과 조술본의 두 이본 계열로 확연히 나누어짐을[4] 밝혀냈다. 이는 그동안 <창선감의록> 연구에서 도외시 되어온 이본 고찰의 발판을 마련했다는 데에 큰 의의가 있다. 이를 계기로 다른 어느 고전소설보다도 많은 이본이 존재하는 <창선감의록>에 대한 철저한 원전 비평이 무엇보다도 절실히 요구된다. 그러므로 이제부터라도 각 이본에 대한 단독 연구가 성실히 이루어져야 하겠다. 더욱이 <창선감의록>은 국문과 한문으로 유통되었고 국문본이 훨씬 많이 전하는 한, 작품의 원전 비평이 제대로 이루어지기 위해서는 한문본은 물론 국문이본에 대한 분석적인 고찰도 진행되어야 한다. 그래야만 국문과 한문이 향유층의 요구에 따라 양면적으로 표

---

3) 이본에 대한 소개는 80편 정도까지 언급된 바 있는데, 필자가 조사한 바에 의하면 지금까지 목록상 확인한 것만도 120여 편이나 된다.

4) 이내종은 한문본 11종을 대비하여 부연되고 다듬어진 본을 후대 조술본으로 보고, 국립도서관본(의산 문고본)을 조성기 저작원본, 고려대본(만송 문고본)을 김도수 조술본으로 파악하였다.(이내종, 「창선감의록 이본고」, 『숭실어문』 제10집, 숭실대 숭실어문연구회, 1993, 237~267쪽.)

기되었던 조선조 유통 상황에서 <창선감의록>의 이본 간 관계와 계보를 효과적으로 밝히고 원본을 올바로 확정할 수 있기 때문이다.

본고에서 필자가 다루고자 하는 충남대학교 경산문고본 <창선감의록>[5]은 다른 본과는 달리 독자적인 구조를 갖추었다는 점에서 주목되는 국문 필사본이다. 따라서 경산본은 국문 필사본도 앞으로 <창선감의록> 연구에서 비중 있게 다루어져야 할 타당성과 이본 연구를 확대해야 할 필요성을 갖게 해줄 것이다. 이러한 관점에서 본고는 <창선감의록> 이본 고찰의 일환으로 그간 문제되어온 <창선감의록>에 대한 국문본, 한문본 선행설을 재검토해 보고, 경산본의 위치를 점검하며, 경산본의 이본적 성격을 한문본과 대비시켜 찾아보고, 여성 규방을 중심으로 한 인물 갈등 구조를 살펴서 작품에 등장한 규방여성들의 성격을 유형화해 보며, 끝으로 경산본이 지닌 서사적 의미를 검토해 보겠다. 궁극적으로는 경산본이 갖는 이본적 가치와 성향을 밝혀내는 것이 주목적이라 하겠다.

2. 원전설의 문제와 경산본의 위치

원전설의 재고는 <창선감의록>의 형성 과정과 이본의 전개 양상을 가늠하는 기준이 된다. 그간 원전설의 논의는 한문본 선행설이 우세한 편이었다. <창선감의록>은 모본이 된 국문체 <원감록>을 보고 조성기가 한문소설로 창작했고, 현전 국문본은 한문본의 번역이라는[6] 주장이

---

5) 충남대학교 경산문고 '고서경산 集 小說類 3184'이다. 이하 경산본이라 칭한다.
6) 문선규, 「창선감의록고」, 『어문학』 9집, 한국어문학회, 1963.
　　차용주, 『창선감의록』, 형설출판사 어문총서 012, 1978.
　　김기동, 『이조시대 소설연구』, 교학사, 1983.

다. 특히 차용주 교수는 국문본이 한문본의 장회명까지 그대로 음역했고 국문본의 내용이 누락·음역·의역이 많으며 문자의 구성과 호흡이 한문 중심으로 되어 있기 때문에 한문본이 선행한다는 것이다.[7] 게다가 선행하는 많은 한문본들은 자구가 넘나드는 정도이지 내용이 대동소이하여 별 차이가 없다고 간주되어 이본의 검토가 도외시되어 왔다.

이내종 교수는 한문본이 선행한다는 전제하에 한문본 10여 종을 대비하고 이본 간에 상당한 내용 변화가 나타나기 때문에 한문본이 원본계와 조술본계로 확연히 나누어진다는[8] 사실을 밝혔다. 그리고 원본은 조성기가 조술본은 김도수가 지었다고 보았다. 그러나 실제 조성기의 행장에서 그가 '고설의연(古說依演)'했다는 점과 그의 어머니가 '무불박문관지(無不博聞慣識)'했다는 점을 조성기가 언서소설 <원감록>을 한문본으로 창작하였다는 관점에서만 해석하는 것은 무리가 있다.

게다가 원본이라 제시한 현전하는 한문본인 국립도서관본이 과연 조성기가 창작한 원본에 가장 가까운 최선본인지에 대한 의문도 제기된다. 실제 그 사실을 증명할 초고라든가 문헌에서 아무런 기록을 찾을 수가 없다. 사실 조성기의 문집 어디에도 그가 소설을 한문본으로 창작했다고 믿을 만한 직접적인 근거 자료를 찾기 어렵다. 그렇다면 일단 문헌의 검색은 계속하되, 원본적 실상은 현전하는 이본 중에서 작품 내용의 대비를 통해 보다 원전에 가까운 선본을 탐색하고 이본 간의 계통을 추정하여 선행본을 밝히는 방법밖에는 없겠다. 그렇다면 어떤 이본이 가장 원본에 가까운 최선본인가?

일단 이내종 교수의 주장을 받아들여 조성기가 찬술했다고 추정되는

진경환, 「창선감의록의 작품구조와 소설사적 위상」, 고려대 박사학위논문, 1992.
이내종, 앞의 논문.
7) 차용주, 「창선감의록 해제」, 『창선감의록』, 형설출판사 어문총서 012, 1978.
8) 이내종, 앞의 논문, 1993, 238-267쪽.

국립도서관본(원본)과 후대 고려대본(조술본)을 대비해 보면 알 수 있다. 후대 조술본일 수록 교훈성을 보다 강화하고 원본의 묘사가 불충분한 곳을 보충하며 결함이라고 생각되는 부분들을 상당량 바로잡아 부연하기 때문이다.[9] 그렇다면 한문본 중에 가장 선행본인 한문으로 된 국립도서관본과 한글로 된 경산본을 대비할 때 국립도서관본은 경산본보다 오히려 가계담이 추가되고 회장체로 나누어지며 군담이 장황하고 상세하게 부연·서술된 확대본이라 할 수 있다.

특히 군담화소의 문제는 경산본의 이본적 성격과 선행하는 위치를 밝히는 데 주목할 만하다. 한문본의[10] 경우 군담이 작품의 상당 분량을 차지하고 그 내용도 전투 장면, 계략 등으로 천자를 위기에서 구하고 국난을 평정하는 장면 등 방대한 스케일로 서술되고 있어 군담 자체가 작품의 흥미를 불러일으키는 데 크게 기여하고 있다. 그러나 경산본의 경우에 군담은 화진의 입공과 결연의 계기를 만들어 주기 위해 단 몇 줄로 삽입된 정도이다. 이는 거의 같은 시기인 17세기에 창작된 <구운몽>에서 양소유가 토번을 평정하는 과정이 주인공 승패의 결과만을 알려주는 정도로 간량하게 다루어진 점과 대응된다.

전쟁은 주인공 영달의 지름길이고 대중의 흥미와 관심을 불러일으킨다는 점에서 작자는 군담화소를 채용하게 된다. 소설 속에 전쟁의 삽입은 <창선감의록>이나 <구운몽>·<유충렬전>·<옥루몽> 등이 모두 같다고 보아진다. 그런데 문제는 삽입된 군담의 묘사 수법에서 이들은 각각 차이가 나타난다. 즉 군담의 흥미는 그 전란을 평정하는 과정, 곧 전투 장면의 묘사가 얼마나 상세하냐가 문제된다.[11] <창선감의록>과

---

9) <구운몽>의 경우 후대본이 더 모순되게 축약되는 경우가 있지만 대개는 원본으로부터 부연·확대되는 것이 보편적이다.

10) 이하 별도의 명시가 없는 한 '한문본'은 '국립도서관본'(의산문고본 2책)을 가리킨다.

11) 서대석, 「유충렬전의 종합적 고찰」, 이상택 편, 『한국고전소설연구』, 새문사, 1983,

같은 시기의 작품인 <구운몽>에서는 흥미의 대상이 되지 못한 군담이 후대의 <옥루몽>에 이르러서는 흥미의 초점이 되고 있다.[12] 이러한 변화는 군담화소의 발전이란 점에서 중요한 의미를 지닌다 하겠다. 이는 또한 작자의 지식이나 능력, 그리고 시대적 관심의 차이와도[13] 밀접한 관계가 있을 것이다. 김만중이나 조성기는 다 같이 사대부 계층이고 어머니, 곧 규방 여성들을 위해 각각 소설을 지었다. 때문에 이들은 대중적 흥미소인 군담화소를 중요하게 다루지 않았을 것으로 추정된다. <구운몽>이나 경산본의 경우 군담은 주인공의 입공 모티브로만 작용하고 있다. 그렇다면 적어도 군담이 강화된 한문본은 대중적인 흥미가 초점이 된 이본이고 그렇지 않은 경산본은 교훈성이 강조된 선행하는 이본이 되는 셈이다. 그래서 군담화소 측면에서 보면 경산본은 한문본보다도 선행하는 이본 형태로 일단 추정된다.[14]

일찍이 강전섭 교수는 <화진전>을 학계에 소개하면서 국문본 선행설을 제기했다. 실제 모본 <원감록>이 국문소설 <원감록>, <화진전> 등으로 유통된 점과 김만중 소설이 국문본으로 창작·유통되다가 필요에 의해 한문본으로 전사되었다는 사실을[15] 근거로 제시했다. 실제 국문으로 된 경산본이 한문본보다 선행했다고 볼 수 있는 몇 가지 문제를 더

361-362쪽.

12) 서대석, 「구운몽·군담소설·옥루몽의 상관관계」, 『어문학』 25집, 한국어문학회, 1971. 참조.

13) 위의 논문, 362면 참조.

14) <구운몽>의 이본 중에는 후대본이 축약된 경우도 있어서 경산본이 후대 축약본일 가능성도 배제할 수 없지만, 대개는 후대본일 수록 부연·확대되는 것이 일반적이란 점에서 특히 군담화소의 부연 문제를 중시하고자 했다.

15) 강전섭, 「화진전에 대하여」, 『한국언어문학』 13집, 한국언어문학회, 1975.
이원주, 「창선감의록 소고」, 『동산 신태식 박사 고희기념논총』, 1979.
임형택, 「17세기 규방소설의 성립과 창선감의록」, 『동방학지』 57집, 연세대 동방학연구소, 1988.

검토해 보면 다음과 같다.

첫째, 한문본 서문의 기록에서 '나'(기록자)는 규방소설인 국문소설 <원 감록>을 새로운 관점에서 수용하고 있음을 알 수 있다.

余近以痰火 養病潛臥 使婦人輩 讀閭巷 諺書小說 而廳之 其中有所謂 寃 感錄者 盖寃報相因 慘愴酸骨 然爲善者必昌 爲惡者必敗 有足可以動人 而 懲勸者矣(1쪽)

곧, '내'가 병으로 누워 있을 때 부인배(며느리)로 하여금 여항 언서소 설을 읽게 하고 들었으며 그 중에 <원감록>이라는 책이 있었는데 원한 과 응보가 서로 물려서 마음이 아프고 뼈가 시리다는 내용이다. '나'는 '참창준골(慘愴酸骨)'한 내용에 큰 관심을 가지고 있다. 그래서 '나'는 여 항에 유행하는 <원감록>을 통속성 그대로가 아닌 선자필승악자필패(善 者必勝惡者必敗)란 주제성을 가미시켜 사대부 부녀층에게 알리고 싶어 한 다. 그 대상은 그의 문집에 나오듯이 규방의 어머니여도 좋고 며느리여 도 좋다.

'내'가 조성기라면 이 견해는 더욱 설득력이 있다.[16] 그는 조선조의 체제 밖 거유(巨儒)였기 때문에 이러한 여항소설에 관심을 쏟을 수 있었 다. 그렇지만 '참창준골'한 여항소설 <원감록>을 소설에 부정적이었던 사대부 계층에게 그대로 수용시키기는 어려웠을 것이다. 그래서 <원감 록>의 공리적 성격, 곧 "그러나 착한 일을 하는 자는 반드시 창성하고 악한 일을 하는 자는 반드시 망한다는 이치를 보여 족히 사람을 감동시 키고 권징이 될 만하다"는 교훈성을 내세우게 된 것이다. 이는 허탄한

---

16) 김병권, 「17세기 후반 창작소설의 작가사회학적 연구」, 부산대 박사학위논문, 1990 참조.

소설에 문이재도(文以載道)하여 규방 여성들에게 교훈을 주는 기틀을 마련코자 한 작가적 의도로 파악된다.

이러한 조성기의 발언은 패관 통속소설의 관점에서 벗어나 소설을 공리적 관점으로 전환시켜 준 조선조 최초의 소설긍정론이[17] 되는 것이다. 그래서 <창선감의록>은 이후로 계속 유학자들의 소설긍정론의 근거가 되었고 상층 부녀자들에게는 ≪내훈≫과 같은 여성 교육서와 함께 규방의 교양물로 확산되는 발판을 다졌다고 보아진다.[18] 후대 한문본에서 사대부층의 가문회복 의지와 대중의 흥미성을 수용하여 가계담과 군담이 대폭 부연·확대되는데, 이것은 경산본 계통이 규방문학으로 선행·유통되었음을 뒷받침해 주는 근거라 하겠다.

둘째, 경산본의 발문에

을히 이월 팔일의 등셔 흉필노 기록ᄒ여스ᄂ 스의ᄂ 볼가ᄒ고 그려시
니 타인 보시면 웃지 마시오. 이 칙 디디젼손 ᄒ실지라. 리소졔 방연 이
십일셰 친가의 근친ᄒ여 등셔홀셔(158쪽)

라 하였으니 경산본은 이소저가 21세에 친가에서 베낀 것이다. '을해'는 책의 상태로 볼 때 1815년, 늦어도 1875년으로 추정되며, 규방을 중심으로 국문으로 계속 등서되어 왔음을 알 수 있다. 그리고 이 책의 모본

---

17) 조선조의 본격적인 소설 효용 긍정론은 지금까지 북헌 김춘택(1670~1717)이 <남정기>를 평한 데(북헌집, 북헌잡설)로부터 보아(최운식, 「조선시대 소설관」, 『한국어문교육』 3집, 한국교원대, 1993.) 왔지만, 사실 졸수재 조성기(1638~1687)의 소설관이 훨씬 앞서는 조선조 최초의 것이라 하겠다.

18) 왜 조성기가 이 작품(<원감록>)을 창작했는가? 조성기는 평생을 체제 밖에서 학문으로 보낸 이기절충파의 대표적인 선비였다. 형들이 일찍 죽고 부인도 먼저 죽었으며 노모를 모신 가운데 가정의 교양교육을 통한 가문의 창달과 사대부의 이념을 며느라 노모에게 불어넣고 싶었던 데서 그 동기를 찾을 수 있을 것이다.

이 된 국문본은 경산본보다 앞서는 규방문학으로서 조성기가 창작한 원본에 가까운 이본계열로 추정된다. 이런 사실은 다음의 <화진전> 서문과 대비할 때 더욱 확연해진다.

여넘간의 은셔쇼셜이 만흐되 그 중의 화진전이라 흐는 최이 족히 착
흔 일얼 권흐고 악흔 일을 경계홀만 흐지라 인흐야 등셔흐노라.(화진전,
낙은소장본, 1910-1913)

즉 여항소설 중에 규방에서 읽을 만한 가치가 있는 <화진전>을 직접 등서한다는 말인데 이는 국문본의 독자 계보가 존재했음을 입증해 준다. 한국학중앙연구원 교수 소장본 <화진전>은 한문본 <창선감의록>의 번역투이면서 끝에는 "원감록 종"이라 기록하여 <원감록>이 <창선감의록>임을 알게 한다. 또 강전섭 교수 소장본 <화진전>의 서에는 '세간에 유포된 언서소설에 <화진전>이란 책이 있다'고 했는데 김동욱본, 한국학중앙연구원본, 유탁일본 등 현전하는 국문본 <화진전>을 여러 편 확인할 수가 있다. 이렇게 볼 때 <원감록>·<화진전>·<창선감의록>은 결국 같은 작품이고, 단지 표기 형태와 수용 계층에[19] 있어 차이가 난 정도로 추정된다.

특히 후대 이본의 서·발에 한결같이 제시되는 '착한 일을 권하고 악한 일을 경계할 만하다'는 내용은 앞에서도 언급했듯이 창작관이라기보다는 여항소설을 사대부 사랑방과 규방으로 끌어 들이려 한 창작자의 소설인식이 그대로 등서자들에게 수용된 것이라 할 수 있다.

셋째, 조재삼(1808-1966)의 ≪송남잡지≫에 나오는

---

19) <창선감의록>의 이중화 표기에 대한 독자수용적 검토는 김병권 교수의 논의(「창선 감의록의 이중표기와 독자기대」, 『한국문학논총』 13집, 한국문학회, 1992.)가 있다.

我先祖拙修公 行狀曰(중략) 公自依演小說 構出數冊以進 世傳 創善(懲
創)感義錄 張丞相傳 等冊是也(송남잡지, 서울대 도서관본, 1855)

란 기록은 한문본 선행설의 근거였다. 그러나 이 기록을 자세히 검토할
때 조성기 한문본 창작설을 그대로 따르기 어렵다. 왜냐하면 <창선감의
록>·<장승상전>이 순조대 이전에 읽혔다는 사실밖에는 별도로 시인
할 것이 없기 때문이다.[20] 더욱이 '징창(懲創)'을 후에 '창선(創善)'으로 고
쳤고, 전 항에서는 <구운몽>과 <남정기>를 김북헌의 작이라고 하는
등 저작 당시의 현재적 유통 사실을 그대로 수용한 성격이 짙어서 문헌
으로서의 신빙성이 결여되는 점 또한 이유가 된다. 결국 이 기록은 <창
선감의록>이 국문·한문으로 표기되어 유통되는 현실에서 그 전사 경로
를 무시하고 조재삼이 한문본 <창선감의록>만을 내세운 결과라 하겠다.
  한문과 국문의 표기 형태는 독자의 요구, 수용층의 성향에 따라 수시
로 변화된다. 실제 이이순(1754~1832)의 ≪일락정기≫ 서문에서 이러한 사
실을 확인할 수 있다.[21] 그리고 또 규방 문학성이 강한 같은 시기의
<사씨남정기>나[22] <오륜전전>[23] 등의 예는 국문본이 사대부층의 요
구에 의해 한문으로 전사된 사실을 뒷받침한다.

---

20) 강전섭, 「화진전에 대하여」, 앞의 논문, 115쪽.
21) 世之所謂小說者 語皆鄭俚 事亦荒誕 盡歸於奇談詭諧 而其中所謂 南征記 感義錄 數篇
   令人說去 便有感發底意矣. 使家庭間婦孺輩 眞諺讀之 則庶幾有補 於敎誨之一 道云爾
22) <남정기>는 인간의 마음 깊이 감동을 주는 작품인데 서포가 그것을 언문으로 지은
   의도는 대개 여성 부녀자들로 하여금 모두 諷誦하여 觀感의 효과를 얻도록 한 것이
   다.(김춘택, ≪북헌집≫, 신동익, 「일락정기 작가 소고」, 『국어국문학』 99호, 1988,
   132쪽 재인용)
23) 수십 년 전 諺書 사이에 <오륜전전>을 우연히 보고 감탄하여 眞書로 번역해 세상
   에 전하려 하였으나 뜻뿐이고 성취하지 못했다.(五輪全傳, 발문. 이채연, 「오륜전전
   서발을 통해 본 소설의 典敎的 기능」, 『한국문학논총』 12집, 부산 : 한국문학회,
   1992, 68면 재인용)

그렇다면 <창선감의록>도 규방 문학성이 강한 점으로 보아 이들 작품처럼 일단 부녀자들에게 감화의 효과를 주기 위해 먼저 한글로 창작·유통되었는데 후에 향유층 성향에 맞추어 다시 한문본으로 번역되어 한글과 한문이 병존하게 되었다고[24) 보는 것이 무방하겠다. 이처럼 국문본이 선행한 것이 확실하다면 그 전개 과정에서 주목해야 할 이본이 경산본이다. 경산본이 한문본에 선행하는 국문 이본으로서의 위치가 확고하기 때문이다. 경산본은 한문본 계열에서 완전히 벗어나 가정소설적 성격이 강한 규방문학으로 주목되어야 마땅하다. 특히 경산본은 한문본에서는 거의 삼분의 일을 차지하는 군담과 서두·결말 부분에서 강화된 가계담이 보이지 않거나 빠진 형태를 띠고 있다. 때문에 경산본은 적어도 상당히 선행하는 모본(母本)을 등서한 후대본임이 분명하다. 이제 남겨진 과제는 그 모본을 찾아내거나 경산본을 통해 그 원본적 실상을 재구해 내는 일이다. 이렇게 볼 때 현전하는 이본 중에서 경산본은 구성상 <원감록>에 상당히 가까운 원형성을 지닌 이본이며, 경산본의 모본 계열에서 가계와 군담을 강화시켜 사대부의 가문회복 의지와 흥미성을 강조한 한문본 계통이 파급되고 이후 국한문본이 서로 넘나들며 전사되었다고 본다.[25)

---

24) 임형택, 앞의 논문, 127-135쪽 참조.
25) 그러나 <창선감의록>은 여항소설인 국문본 <원감록>에서 곧바로 조성기에 의해 한문소설로 演義, 재창작된 것이며, 독자 수용에 따라 국문·한문본으로 다양하게 유통되다가, 다시 37책이란 방대한 장편 가문소설 <화씨튱효록>으로 부연되고, 가정소설 경산본 <창선감의록>으로 축약되는 계열로 전개되었다고 할 때 그 후대적 축약본일 가능성도 배재할 수는 없겠다.
   또한 경산본의 군담 축약은 군담 부분이 그대로 후대 군담소설이란 독자 양식으로 발전되는 동기를 제공했음을 짐작할 수 있다. 특히 <창선감의록>과 <사씨남정기>의 관계에 대한 논의는 <창선감의록>의 축소냐, <사씨남정기>의 확대냐에 따라 선위설이 분분한데 경산본이 이들 관계를 밝히는 중요한 이본이 될 수 있다. 경산본과 <사씨남정기>와의 문제는 별고로 다루고자 한다.

3. 이본적 성격

<창선감의록>은 주로 한문과 한글 필사본 계열로 전승되어 왔으며, 1916년 경남 밀양군 단양면 무릉리의 이엽산방(二葉山房)에서 한문본이 석판본으로 간행되면서 현토·언해본의 구활자본으로 이어졌다. 이들 작품은 대개 <彰(倡, 昌, 創)善感義錄>, <感義錄>, <冤感錄>, <花珍傳>, <花荊玉傳>, <花門忠孝錄>, <和氏忠孝錄> 등 다양하게 제명되었다. 어떤 이본에는 2개 이상의 제명이 함께 나오기도 한다. 우선 이들은 모두 변별성이 없는 동일 작품명일 수 있겠지만, 필사의식, 향유층, 서사 구성, 시대순 등에서 어느 한 계열성을 갖는 작품군의 명칭일 수도 있다. 이 점은 앞으로 좀 더 깊은 검토가 요구된다.

우선 필자가 조사한 120여 편의 이본을 살펴본 결과 그 제명이 한문본의 경우는 <창선감의록>(<창효록>은 3작품)으로 한결같고 국문본의 경우는 <창선감의록>, <화진전>, <창선록>, <화씨충효록>, <화씨충의록>, <화형옥전> 등 매우 다양하게 나타났다. 어쨌든 제명도 향유층의 욕구를 반영하고 문예사회학적 요구가 직접·간접적으로 반영된 것이므로, 이처럼 다양한 제명은 국문소설의 독자성향과 작품성을 이해하는 단서가 될 수 있겠다.

경산본 <창선감의록>은 표지에는 "창선감의록", 서두에는 "화씨충효록", 말미에는 "화씨츙효록의 창선감의록"이라 되어 있다. <화씨충효록>이란 제명은 한국학중앙연구원소장본(1책, 결본), 박순호본(1책), 연세대본(2책, 3책, 1책) 등의 축약본 계열과, 낙선재문고본(37책), 국립중앙도서관소장본(37책, 결질) 등 장편으로 부연된 확대본 계열로 나누어 볼 수 있다.

경산본은 비교적 정연한 필체로 매 쪽이 12~13행이고 157장의 단권으로 필사되어 있어 분량으로는 축약본 계열이지만 구성으로는 다른 이

본에 선행하는 보기 드문 완결본이다.26)

우선 처음, 중간, 끝 부분에 고루 적힌 필사기에 '올해'(1815, 1875년 상간으로 추정됨)로 적혀 있고 장회 형식을 완전히 벗어나 있다. 그리고 약간의 한문어투와 착기(錯記)가 보이지만 아주 부드럽고 세련된 국문 문체를 유지하고 있다. 특히 중·후반부에 세련된 서간체 형식은 인물의 개성과 상하간의 어투를 잘 반영하고 있어 규방소설의 정수라 할 만하다. 특히 한문본 계열에서 상당 부분을 차지하는 군담이 경산본에서는 거의 삭제되어 몇 줄로 처리되고 있으며, 가문의식을 드러내는 한문본의 가계(家系)가 서두와 끝부분 어디에도 언급되지 않은 점은 경산본의 이본적 성향을 두드러지게 한다.

이제 이러한 점들을 한문본과 대비해 보면 다음과 같다.

단락	서 사 구 성	경 산 본	한 문 본	화소의 성격
1	화진의 가계담	×	○	가문소설
2	화진의 출생	○	○	
3	화진의 고난	○	○	
4	화진의 성혼	○	○	
5	화진의 장원급제	○	○	
6	화진의 유배	○	○	
7	화진의 출전	×	○	군담소설
8	화진의 입상	○	○	
9	화진의 가계담	×	○	가문소설

경산본은 한문본의 내용을 대체로 포함하면서도 상황 묘사나 인물의

---

26) 120여 편의 이본 중 약 80편이 국문본이고 그 중 1/3에 해당하는 이본만이 완결본으로 추정된다.

대화 등에서 차이가 두드러진 것이 많은데 본고에서는 특히 첫 부분과 군담부분, 끝부분 등 그 차이가 두드러진 단락에 대해 살펴보고자 한다.

첫째, 한문본에서는 서두에

昔花將軍雲之 死於太平府也 其妻郜氏赴節 而從死之幼子 呱呱水中七日 而不死 豈非天也 耶 雲之七世孫 汝陽侯郁事 世宗皇帝 嘉靖十四年 登科超 遷 至形部侍郎內閣辦事二十三年

以討破吉襄 功策勳 封汝陽侯 公爲人 方嚴峻正 鍊達治體 天子重之其後 又累建大功進爵 爲 兵部尙書 都察院 都御史 提督陜西軍務事(1쪽)

처럼 가계가 장황하게 제시되는데, 경산본에서는

화셜 가정 년간에 한 지숭이 잇스디 성명은 화욱이라. 위닌이 준엄정 직ㅎ고 국스에 달 연ㅎ기로 황제 이즁ㅎ스 병부상셔 여량후를 봉ㅎ시니 (11쪽)

라고 하여 고전소설의 가장 일반적이고 전형적인 배경과 인물 제시 방법을 따르는 데서 벗어나지 않고 있다.

둘째, 군담 부분은 한문본에서 "원융배황조 자객투비수(元戎拜皇詔 刺客投比首)－제10회, 의사봉호구 효녀부지원(義士逢好逑 孝女副至願)－제11회"의 2개 장회가 차지하는데 내용상으로는 그 자체로 군담소설로 독립될 만큼 병법과 도술의 장면이 자세히 그려지고 있다. 또한 분량도 소설 전체의 삼분의 일에 가깝다. 그런데 경산본의 경우는 출병 명을 전해 듣는 장면과 심씨가 옥에 갇혀 지난 과오를 뉘우치며 춘몽을 깨닫는 순간에 성공하고 돌아오는 장면이 나오는데 단 몇 줄로 간략하게 처리되고 있

다.27)

> 황졔 디열ᄒᆞᄉ 허락ᄒᆞ시거날 닌 봉명ᄒᆞ고 닌려와 보니 …(중략)… 한
> 림이 탄왈 닌 슈셩을 맛남도 쳔명이요 또 도젹을 파ᄒᆞ고 고국은을 갑흐
> 며 그러치 못ᄒᆞ야 젼즁의 듁어도 또한 쳔명이라 ᄒᆞ고 경셩으로 ᄒᆡᆼᄒᆞ다
> (출장 부분, 131-132쪽)

> 잇대 화원슈 평복ᄒᆞ고 십만 디병을 거나리고 셩공ᄒᆞ고 도라오는 픠문
> 을 젼ᄒᆞ니 황졔 디희ᄒᆞᄉ 만조 빅관을 거나리고 십리 밧게 거동ᄒᆞᄉ 화
> 원슈의 손을 줍으시고 못닌 층춘ᄒᆞ시니(승전 귀환 부분, 137쪽)

이처럼 경산본의 군담은 호풍환후(呼風喚雨)하는 도술적 흥미성과 웅장
성을 선호하는 한문본의 성향과는 달리 단지 주인공이 현실을 극복하고
새로운 질서로의 변화를 가능케 하는 단순 모티브로 삽입되어 있다. 결
국 경산본에서의 군담은 단지 소설적 반전과 선의 승리를 반영하고 악
을 징계하는 수단으로 수용된 것이라 하겠다. 그래서 그 장면조차 본격
군담이라기보다는 가정적인 비극을 행복으로 전환시키고 가족 구성원인
어미 심씨를 개과시키며 출장입상을 통한 사대부의 역할을 보여주는 소
설적 반전 장치에 지나지 않는다. 이는 말미에서 부인들의 지위 향상과
행복한 결말을 끌어오는 단서로서 작용하여, 결국 인고하며 부덕(婦德)을
지켜온 규방 여성들에게 주어지는 일종의 보상 장치와 같다.

셋째로 마지막 결말 부분도, 한문본은 후일담의 가계와 하각로 이야
기, 왕의 교체와 자손담이 전개된다. 이 점은 <창선감의록>에 이어질
후편의 여지를 남겨둠으로써, 장편 연작소설 내지 초기 가문소설의 존재

---

27) <창선감의록>에서 군담화소가 확대, 축소된 의미와 관계는 2장에서 자세히 언급한
바가 있다.

양상을 짐작케 하는 논거가 될 수 있다. 그러나 경산본의 경우 결말부에는 한문본 계열에서 나타나는 내용, 즉 화진이 삼십 년 동안 심씨를 효양했다든가, 심씨가 죽자 애모하기를 정부인 상사 때와 같이했다든가, 자녀까지 언급하는 가계담 등의 내용들이 전혀 보이지 않는다.

경옥왈 닉 ᄎ라리 머리를 깍고 즁이 되어 슌즁의 들지연졍 엇지 안면을 드러 …(중략)… 진공이 출ᄉ입승 오십년의 복녹이 무량ᄒ며 양부닉을 다리고 소홍으로 나려와 순슈간 쥬닌이 되어 흔가이 셰월을 보니니 봉닉션경이 이밧기 어듸 잇스리요 ᄉ성화복은 쳔명이라. 쳔명은 닉 아지 못홀 빅여니와 다만 부귀를 지쵹ᄒ고 제 스ᄉ로 쳔벌을 지쵹ᄒ니 엇지 심슝타 ᄒ리요(157쪽)

이처럼 악의 대표격인 화춘과 선의 대표격인 화진을 대비시키는 철저한 권선징악의 결말로 끝낼 뿐이다.

결국 한문본과 경산본의 두드러진 차이는 한문본이 가계의 서술, 군담의 부연을 통해 가문의 부흥에 대한 기대와 흥미성을 선호한 사대부층의 욕구를 반영한 가문소설에 가깝다면 경산본은 이들 요소가 단순화되어 규방의 화목을 위한 여성들의 역할과 권선징악을 강조한 가정소설계열에 가깝다 하겠다.

4. 규방 갈등구조와 인물 형상화

일부다처제하의 가족은 모계를 달리하는 여러 단위 가족들이 모여 이루어진 집합 가족의 성격을 띠기 때문에 대립과 갈등이 깊게 마련이다.

따라서 다처제하의 가정이 화목을 유지하고 가문이 창달되기 위해서는 가장을 중심으로 이들 가족단위 간의 화합이 절대적으로 필요하다. 조선조의 가족 질서는 아버지를 중심으로 정립되기 때문에 아버지의 존재는 절대적이다. 그러므로 아버지의 부재는 가족 질서가 파괴되고 갈등이 노출되는 바, 경산본은 바로 이 문제를 다루고 있는 소설이다.

① 심씨 공이 정부인의 아즈만 스랑ᄒ고 즈긔의 으들을 스랑치 아니 물 앙앙ᄒ야 투긔지심이 잇스나 공과 정부인을 두려 감히 발뵈지 못ᄒ더라(4쪽)
② 심씨 청파에 발연 변식ᄒ여 오라 상공니 본디 정가 요녀와 기즈 진을 고혹ᄒ야 …(중략)… 츠후로 심씨 모즈 공연이 정씨 모즈을 원망ᄒ야 쥬야로 이을 갈며(후략)(6쪽)
③ 심씨 대로ᄒ야 소져와 공즈랄 즈바드려 철편으로 난간을 치며 무슈 발악왈(후략)(17쪽)

①과 ②의 표현은 가장이 존재하는 상태에서의 심씨의 악한 본성과 투기지심을 드러낸 것이고 ③은 남편 사후 가부장권을 장악한 뒤 가족과 노복들에게 혹독한 상전 행세를 하는 것으로 심씨는 쟁총형 인간상의 표본으로 그려지고 있다.

경산본의 갈등 구조는 바로 제1부인 심씨를 중심으로 한 상하 간의 규방 갈등이 중심을 이루고 있다. 즉 시어머니 심씨와 며느리 임씨, 윤·남 부인이 대립하고 이들 간의 갈등을 조녀가 심화시킨다. 조녀의 등장은 처첩갈등을 유발시키지만 결말에 가서는 심씨와 대립함으로써 규방갈등을 처첩에서 상하갈등으로 확대시킨다.

실제 규방갈등의 원인은 <홍길동전>과 같은 가부장의 편애가 아니라, 광음 방탕한 인간심성의 발로가 선악갈등의 근원으로 그려지고 있다. 방탕한 성격으로 규방갈등의 원인인 첩을 끌어들이는 인물은 바로 화춘이다.

> 숭공니 가로더 닉 다른 칙망니 아니르 광음 방탕훈 티도 편승의 발월
> 호니 추즈 반드시 가도을 탁는 홀지라 엇지 훈심치 아니리요(5쪽)

이 같은 상공의 말은 화춘이 그 방탕한 성격 때문에 장차 규방 갈등의 요인이 되는 요첩 조녀를 맞아들이게 된다는 것을 암시하고 있다.[28] ≪내훈≫에서, 본래 형제는 혈족 간이기에 의(義)가 아닌 것이 없지만 성이 다른 부녀자들이 서로가 지나친 이기로 언쟁을 하게 되고 마침내 문중의 돈독을 갈라놓고 가족 간의 친화를 끊어버리는 결과를 낳게 된다. 또 화친은 효의 근본이 되며 우애의 첩경이 되고, 우애는 여자로부터 비롯된다고 했다. 이는 가정의 화목과 창달을 위한 여성의 역할을 강조한 것이다.

조녀는 본래 사족으로 가세 몰락하여 병든 노모와 침선으로 살아가는 처지로 홍도 한 가지를 가지고 바람을 따라 화춘을 희롱하여 춘의 첩이 된다. 조녀는 첩이 된 후 범한과 사통하며, 계행을 시켜 엄부인을 모함하여 내쫓고 결국 춘의 정실까지 된다. 게다가 윤·남 두 부인의 신물을 빼앗고 시비 난향을 시켜 남부인을 독살까지 한다. 곧 조녀는 사통과 살인까지 일삼는 패륜형 규방인물로 그려진다. 이렇게 보면 <창선감의록>에서 조녀는 가장 전형적인 악한 인물로 그려지고, 윗사람인 심씨에게도 대듦으로써 규방질서를 깨뜨리고 규방갈등의 중심에서 기능하는 첩으로

---

28) 이원수는 그의 우매한 언행들은 그의 타고난 우둔함으로 부친 편애의 원인이라 보았다.(「가정소설 작품세계의 시대적 변모」, 경북대 박사학위논문, 1991, 57쪽)

서 <사씨남정기>의 교씨에 견줄 만한 패륜형 인물이다.

이처럼 경산본에 나타난 악인은 결말에 가서도 결국 개과하지 못하고 서로 쟁총하는 대립과 갈등을 겪는다. 심씨가 조녀를 잡아들인 뒤 아들 춘을 비례로 유혹한 죄, 정부인 임씨를 모함하여 내친 죄, 거짓 사약을 내려 해치는 간계를 꾸민 죄, 자객과 사통하여 화진을 모함한 죄, 음부와 재물을 도적하여 도주한 죄 등 다섯 가지를 비행으로 따진다.[29] 기실 심씨는 끝까지 자신의 쟁총과 윗사람으로서의 덕이 없는 문제를 깨닫지 못하고, 이에 대해 조녀도 끝까지 대항한다.

> 심부닌은 날을 췩망치 못ᄒ리르 부닌의 아달이 예절을 알진디 니 아모리 유인ᄒᆞᆫ들 엇지 담을 넘어오며, 부닌이 인졍ᄒᆞ햐 춤소를 듯지 아니ᄒᆞ면 엇지 님씨를 모함ᄒᆞ며, 부닌이 늅부닌을 슉녀로 아라시면 엇지 달초ᄒᆞ야 즁당 밧기 니쳐시며, 부닌의 아달이 단졍한 빗을 췌ᄒᆞ혀시면 니 쥐를 조차 도쥬ᄒᆞ리요 한님 부부를 친싱갓치 간격 업시면 니 비록 요악ᄒᆞ나 엇지 틈을 얻으리요(140쪽)

심씨가 불화의 책임을 조녀에게 따지자 조녀는 하나하나 다섯 가지 조목으로 맞서며 대들고 있다. 결국 심씨에 대한 서사는 더 이상 언급되지 않고, 조녀는 규방의 상하 위계질서를 깨뜨린 패륜 때문에 심성을 회복시키지 않고 영원히 악으로 남겨 버린다. 결말부의 말을 빌린다면 곧 적악하여 반드시 패망하는 인물이다.

다음으로 선한 인물에 대해 살펴보면 한결같이 인종과 부덕을 추구하는 규방의 전형적인 여성들이다. 임씨는 화춘의 부인인데 조녀가 화진을 해하려 하자 통곡하며 심씨 손을 잡고 자신의 몸을 던져 구완하는가 하

---

29) 경산본, <창선감의록>, 139-140쪽.

면30) 조녀에게 정실자리까지 빼앗기면서도

> 첩이 비록 어둡고 어리석으나 그윽이 한심훈지라 첩이 실노 군즈의
> 무힝훔믈 혀아리지 못훅얏사오며 쏘 존고의 니스지덕과 소공즈의 즈쟝
> 지졀을 의심훅시니 첩이 훈번 듯고 귀를 씻지 못훕믈 한훅느이다.(18쪽)

하며 임씨는 용기를 내어 덕행으로 화춘의 행실에 대해 규방 법도를 넘
지 않는 선에서 가정을 바로잡으려고 애쓴다.[31] 화춘과 화진은 이복형제
지만 이들 부인들의 화합은 남다른 점이 보인다.

특히 윤·남 두 부인은 각각 부친을 위기에서 구해내는 효녀 내지 남
편을 위해 죽음까지 두려워 않는 열녀로서 화진과 함께 고난을 감내한
다. 이들은 조녀의 학대에도 묵묵히 인고하는 여성들이다. 그리고 이들
의 고난 극복에서 등장하는 초월적 존재인 관음은 남부인의 삶을 통해
권선징악의 의미를 암시하고 있다. 이는 <사씨남정기>에서 사씨의 고
난을 해결해 주는 거소가 같은 성격으로, 조선조 규방에서 행해진 관음
신앙이 반영된 것이라 하겠다. 또 윤부인은

> 각셜 눈부닌니 진공다려왈 무릇 부귀훈 후의 스람의 공 모르면 또 숭
> 셔룹지 아니훌지라. 이졔 첩의 지위국션 족훅느 게힝은 ᄎ환지열을 면치
> 못훅니 금은옥비로 족히 보은이라 못훅오리이다.(148쪽)

---

30) 경산본, <창선감의록>, 18쪽.
31) "존장 앞에서 무조건 복종의 형식으로 그저 두려워하는 것은 도리어 심중의 불만을
조장시켜 이것이 곧 내인의환의 근원이 되어 비록 존장이어도 자기의 정당성을 직
언하는 것이 도리어 효가 된다"(≪내훈≫, 43쪽)고 하였다. 이는 가부장 중심의 엄격
한 조선조 유교적 가정 질서 속에서도 규방 아내의 인격과 덕행이 반영될 수 있었음
을 의미하는 것이다.

하여 신분 상하를 떠난 상호 인간 존중 의식을[32] 구체적으로 드러내고 있다. 이러한 상하 인간 존중이야말로 제도와 신분을 극복하고 가정, 특히 규방이 화합할 수 있는 방편임을 교훈적으로 암시하고자 한 작가 의식의 발로라 하겠다. 그러므로 윤·남 두 부인은 축처 제도의 산물임에도 불구하고 서로 갈등과 대립을 겪지 않는다. 오히려 윤부인은 온순하고 남부인은 적극적인 인물로서 조화롭게 서사되고 있다. 이러한 인간상이야말로 작자가 강조하고자 한 규방 여성상의 이상형이라 할 만하다.

이제 지금까지 살펴본 규방 여성의 인물들을 성격상으로 유형화해 보면, 심씨는 다처제하의 질투심이 많고 포악한 여성으로, 조녀는 간교하고 사악한 여성으로, 임씨는 강직하고 숙덕한 전형적인 규범 여성으로, 윤·남부인은 다처제하임에도 부덕을 잃지 않고 효와 열을 행하며 동기간과 상하를 존중하는 규방 여성의 이상형으로 도식화될 수 있다.

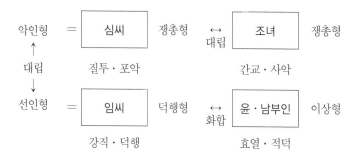

그런데 이들 관계는 다처제하의 제도를 문제 삼은 것이[33] 아니라 조

---

32) 김병권 교수가 '남녀 상호존중의 실현'을 남존여비의 사회상과 결부시켜 논의한 바가 있다.(앞의 논문, 103-195쪽)

33) 대개 다처제하의 가족제도 문제점을 문제 삼고 있다고 보고 있으나 <구운몽>처럼 다처제의 긍정으로 끝나는 점에서 현실제도를 긍정하는 결과를 낳았다. 그러므로 필자는 다처제를 긍정하는 테두리에서 질투하지 말고 우애해야 한다는 규방의 교훈성

녀와 같은 인간상을 통해 축첩제도의 폐해와 상·하간의 불화를 문제 삼으면서 인간 심성의 회복과 규방의 화합을 이끌어 내는 부도(婦道)에 대해 말해주고 있다. 실제로 화욱의 세 부인 중 심씨와 조씨, 정씨는 불화 상태에 있지만 조씨와 정씨, 그리고 화진의 부인 윤소저와 남소저, 삽화적 인물인 윤여옥의 부인 진채경과 백소저는 화합의 관계를 잘 보이기[34] 때문이다. 이처럼 작자의 의도는 악인형과의 대립을 통해 가정의 화목을 이끌어내는 선인형의 부덕(婦德)을 보여주려는 데에 있었음이 한층 선명해진다.

결국 가족 질서와 화합의 근간은 아버지를 포함한 남성에게 있지만 그에 못지않게 중요한 것은 바로 규방 부처(婦妻)들에게 달려있음을 강조한 것이다. 그러므로 한문본에서는 남성 중심의 갈등 구조가 부각되었다면 경산본에서는 이러한 여성 중심의 규방 갈등구조에 초점이 맞추어져 있다. 경산본은 화진의 기능보다는 부녀들의 활약과 대립 양상을 부각시켜 가족 질서 회복의 근간이 여성들의 부덕에 있음을 강조하고 있다. 실제 조선사회의 ≪내훈≫과 ≪여사서(女四書)≫ 등 여성교훈서의 목적도 바로 규방의 부도를 세우는 데 있었다.

결국 다처제하에서도 화진과 윤여옥의 경우처럼 가정화목이 잘 유지된 것은 제도 문제가 아니라 바로 규방 여성들의 희생과 부덕, 그리고 상하 간 상호 존중의 적덕(積德)이다. 그러므로 경산본에서 여성 교양 내지 규방의 부도라는 교육적 효과를 노린[35] 작가의 의도를 확인할 수 있다.

을 강조한 데에 작가의식이 머문다고 본다.

34) 이원수, 앞의 논문, 63쪽.

35) 경산본 말미에, "나의 여인들 디디쳔손 두고 볼지라."라고 적혀 있다. 임형택 교수는 앞의 논문(141~150쪽)에서 작품의 등장인물의 개성, 여성의 자아의식, 본받음직하고 세련된 언어 행동 등을 통해 작품의 여성 교양적 성격을 상세하게 논의하였다.

5. 서사적 의미

<창선감의록>은 심씨, 조씨, 임씨, 윤·남부인을 중심으로 한 규방 여성들의 처첩 간, 상하 간 선·악 대립의 갈등구조이다. 이런 규방의 대립 구조는 화진의 사대부적인 일생담 속에 결구되어 있다.

화진의 일대기는 이른바 영웅의 일생과 흡사하다. 그러나 16-17세기 소설에 있어서의 일반적인 민중영웅의 일생은 일반적으로 기아모티브를 갖는데[36] 비해 화진의 영웅적 일생에서는 이런 점이 누락되어 있다. 이는 신분 분화에 따른 계층 재편이 없다는[37] 의미로 이해된다. 그래서 화진의 일대기는 사대부의 일생일 따름이다. 따라서 신분적 상승이나 세계 관적 경험의 수용이 필요치 않고 상층 사대부 부녀층의 경험만이 개입되는 규방문학의 범주에 든다 하겠다. 때문에 화진의 입신도 신분상승이라기보다는 규방 갈등을 해소하려는 차원에서 부권(父權)을 회복하는 것이라 하겠다.

또한 유배 모티브의 삽입은 <창선감의록>이 당시 시대적 등가물로서 의도한 사실적·사회적 존재 양상을 보여주어 문예사회적 의미가 있다. 작품에 등장하는 인물은 선인이든, 악인이든 모두 자신들의 이해관계에 얽혀 처해진 환경에 얽매여 산다. 이것은 인위적인 것이라기보다는 당시 대의 상층 사대부 사회의 현실을 반영한 것이라 할 수 있다. 엄숭으로 대표되는 악의 세력에 화욱·윤혁·남어사 등이 모두 패배한다. 선의 인물은 모두 자신들에게 부여된 현실 문제에 속수무책이다. 다만 주인공 화진의 지극한 효행만이 문제를 해결할 수 있을 뿐이다. 이는 상황의 개혁과 의지 성취에 적극적이어야 할 사대부 계층의 현실적 무기력을 반

---

36) 조동일, 『한국소설의 이론』, 지식산업사, 1981(3판), 246쪽.
37) 김종철, 「옥수기 연구」, 서울대 석사학위논문, 1985, 46쪽.

영한 것으로 보인다. 이는 화진조차도 확고한 자아의식이 결여되어 있음을 의미하는 것이다. 그러기에 화진은 꼼짝없이 유배가고 부인들을 빼앗기면서도 무기력할 따름이다. 그러나 독자는 영웅의 무기력에 동조할 수 없다. 영웅이 극단적인 실패와 좌절, 몰락으로 가기보다는 그것을 극복해내는, 결국 긴장과 흥미의 소설적 장치를 요구한다. 작가는 이를 위해 반전의 기법을 사용해야 한다.

화진의 출장입상은 서사적 분위기를 크게 둘로 가른다. 전편이 다분히 현실적인 설화담이라면 후편은 현실과의 괴리를 보여주는 작가적 형상화라 하겠다. 화진은 비록 무기력하지만 전쟁의 승리와 지극한 효행으로 모든 문제를 극복한다. 가부장으로 행해야 할 덕목을 모두 완수하는데, 이는 결국 가정 화목의 근간을 부덕과 효로 집약해 내기 위한 것이라 하겠다.

화진의 현실극복 구조는 전체적으로 여성들의 규방 갈등구조와 대응되어 강한 현실성을 갖게 되며, 곧 착한 마음으로 덕을 행하면 복을 받고, 악한 마음으로 악을 행하면 결국 망하게 된다는 인과응보의[38] 교훈성을 드러내고 있다. 그래서 개과의 원리도 뉘우침에서 끝나는 것이 아니라 적덕을 통한 본성 회복에까지 이르러야 함을 강조하고 있다.

　　흐느는 동중하의 요기로운 용모를 ᄌᆞ랑ᄒᆞ야 남의 집 소년을 초인 비
　　례로 인도하고 두가니난 엄씨를 모함ᄒᆞ야 너치고 셰가지는 거짓 너명으
　　로 숙녀를 ᄉᆞ약ᄒᆞ야 강의떠지라 ᄒᆞ고 네가지는 흉괴을 교통ᄒᆞ야 ᄌᆞ직을

---

38) <창선감의록>의 전체구조는 인과응보의 불교 윤화사상 속에 녹아 있다. 특히 남부인의 불교적 삶과 관음신앙은 이 소설이 조선조 여성 불교와 밀접하게 관련된 듯싶다. 또한 <사씨남정기>와의 밀접한 관련성으로 보아 《관음무량경》 계통의 변문적 서사형태 또는 <안락국전> 등 불교계 소설과의 상관성도 깊이 있게 검토될 필요성이 있다.

정당의 보너고 한님을 모함호야 화를 이랏고 다섯가지는 음부로 더부러
보화를 도젹호야 가지고 야간 도쥬호니(139-140쪽)

개과했다는 심씨가 조녀를 잡아 놓고 이렇듯 다섯 가지 큰 죄를 열거
하는데 조녀가 순응하지 않고 그 하나하나에 반박한다. 결국은 심씨도,
조녀도 완전한 본성 회복에 이르지 못했음을 보여주고 있다. 다시 말하
면 선인과 악인의 화해는 충효의 노력으로 가능해도 완전한 본성의 회
복은 많은 적덕이 없이는 이루어지기 어려움을 지적한 것이다.

경옥왈 니 ᄎ라리 머리를 깍고 즁이 되어 순즁의 들지연졍 엇지 안면
을 드러 ᄉ디부의 반열의 들이요. 슈월후 디리평ᄉ를 졔슈ᄒ시니 경옥이
죵시 층병ᄒ고 츌ᄉ치 아니ᄒ니 더욱 층춘 아니ᄒ리 업더라. 진공이 츌
ᄉ입숭 오십년의 복녹이 무량ᄒ며(157쪽)

이 결말 부분에서 알 수 있듯이 화욱은 적악(積惡)하여 제 스스로 사대
부 반열에 들 수 없는 천벌을 재촉한다. 그러나 화진은 적덕하여 부귀를
재촉했다. 이처럼 경산본은 실제 가정 화합의 원리가 적덕(積德)에 있음
을 강조하고 있다. 심씨가 개과했다면서도 조녀와 논쟁을 벌이는 것은
결국 진정한 의미의 개과가 선인(善因)을 쌓아야만 가능할 수 있음을 드
러낸 것이다. 이것이 곧 인과응보의 원리라 하겠다.

챵셩부귀ᄒ 즉는 다 션셰의 젹션ᄒ미 쟝원ᄒ 비라. 그런고로 션셰의
덕이 두터운 즉 ᄌ숀이 비록 위퇴ᄒ게 잇스나 나죵은 반다시 평안ᄒ고
션셰로붓터 덕이 두텁지 못ᄒ즉 ᄌ숀이 비록 평안ᄒ나 나죵은 반다시
위퇴 ᄒ나니 이는 천리의 썻썻ᄒ 비라(<챵션감의록>, 김동욱본, 한국학

중앙연구원 R35P - 000039 - 1, 마이크로필름본, 1쪽.)

이 서문은 인과응보의 원리를 선세와 후세에까지 확대하고 있다. 그러므로 개과는 일순간의 뉘우침으로 달성된 것이라기보다는 적덕과 같은 끝없는 '자기 수양'의 결과라 하겠다.[39] 문제의 출발점도 선악이었고 종국점도 선악으로 끝냈다. 이는 타고난 본성의 회복을 통해 현실적 문제 곧 인성의 교화를 강조하고자 한 작가 의식의 반영이다. 이처럼 경산본 <창선감의록>은 인격의 성장을 기본 줄거리로 삼았다는 점에서, 더욱이 도덕적 품성의 고양을 인간의 자율성에 바탕을 두고 있다는 점에서 규방 소설로서의 특색이 뚜렷하며, 가정의 화목은 효와 부덕을 끊임없이 실천하는 '적덕'을 통해서만이 가능하다는 점을 강조하고 있다.

6. 결론

지금까지 <창선감의록>에 대한 이본 연구가 한문본에 편중되는 데 대한 문제제기로, 경산본을 중심으로 한글본 <창선감의록>을 살펴보았다. 이제 몇 가지 논의된 내용을 간추려 결론으로 삼고자 한다.

첫째, <창선감의록>은 국문 여항소설 <원감록>을 조성기가 새로운 소설관에 입각하여 사대부 규방소설로 끌어들인 국문소설로 추정된다. 그 근거로 창작 당시 독자층이 어머니와 며느리 등 규방여성이라는 점, 국문본 계통이 독자 계열을 형성해 왔다는 점, <사씨남정기>·<오륜전전> 등 당시의 규방소설들이 애시당초 여성들을 위한 한글로 창작되고

---

39) 화욱은 개과했지만 그에게는 사대부의 반열에 드는 보상이 주어지지 않는다. 이는 깨달은 지금부터 적덕을 하라는 불교적인 인과응보 사상에 의한 것이라 하겠다.

다시 한문으로 전사되었다는 점 등을 들 수 있다. 그러므로 <창선감의록>은 한글본 <원감록>에서 한글본 <창선감의록>으로 재창작·전개되다가, 그 후에 사대부 남성층에서 한문본으로 전사되고, 향유층의 성향에 따라 한문본과 한글본이 교차 유통되었다고 본다.

국문본이 선행한 것이 확실하다면 그 전개 과정에서 주목해야 할 이본이 경산본이다. 이 경산본이 한문본에 선행하는 국문 이본으로서의 위치가 확고하기 때문이다. 경산본은 한문본계열에서 완전히 벗어나 가정소설적 성격이 강한 규방문학이기에 주목되어야 마땅할 이본이다. 특히 한문본의 거의 삼분의 일을 차지하는 군담이 빠지고, 서두·결말부분에서 가계담이 보이지 않는 형태를 띠고 있다. 때문에 경산본은 적어도 상당히 선행하는 독자 계열의 모본(母本)을 등서한 후대본임이 분명하다. 이제 남겨진 과제는 그 모본을 찾아내거나 경산본을 통해 그 원본적 실상을 재구해 내는 일이라 하겠다.

현전하는 이본 중에서 경산본은 <원감록>에 상당히 가까운 원형성을 지니고 있다. 그러기에 경산본의 모본 계열에서 가계와 군담을 강화시켜 사대부의 가문회복 의지와 흥미성을 강조한 것이 후대의 한문본·국문본으로 전사된 것이라 추정된다. 일반적으로 후대로 갈수록 독자의 흥미성 요구로 서사내용이 확대되는 경향이 있기에 가계담·군담이 부연된 한문본이 경산본보다 후행할 가능성이 높다. 따라서 경산본이 원본(국문본)에 가까운 것으로 추정할 수 있다.

둘째, 한문본과 경산본의 두드러지는 차이는 한문본이 가계의 서술, 군담의 부연을 통해 가문의 부흥과 흥미성을 제고한 가문소설에 가깝고, 경산본은 규방의 화목을 강조한 가정소설에 가깝다는 점에서 찾을 수 있다. 그래서 경산본은 가문소설의 성격이 강화된 한문본 계열에 앞서 가정소설적 성격이 강한 규방소설로 유통되었고, 이것이 <사씨남정

기>·<옥루몽> 등 가정소설로의 분화를 논의할 때 중시할 요소라 하겠다. 특히 한문본에서 가계담, 군담, 회장체가 부각되는 데 비해, 경산본은 상하·부녀간의 내간체 형식이 작품의 전체 맥락을 주도하고 있다.

셋째, 경산본의 주된 구조는 규방의 선악 갈등인데, 쟁총형·패륜형·이상형·덕행형으로 나누어진다. 경산본에서의 규방 갈등은 다처제의 문제가 아니라 인간 심성을 통한 화합과 불화의 문제를 다루는 것이다. 이 문제는 처첩갈등, 상하갈등으로 표출되었고, 정부인 심씨와 며느리(첩) 조씨의 마지막 대립은 가정 화목과 인성회복이 결국은 규방 여성 개인의 '적덕(積德)'에 달려있음을 암시하고 있다. 이런 점에서 여성교양 내지 규방의 교양교육의 효과를 노린 작가적 의도가 확인된다.

넷째, 경산본 <창선감의록>에서 중시되는 대립의 원리는 조녀와 심씨가 함께 패망하게 만듦으로써 선인과 악인의 화해는 충효의 노력으로 가능하지만, 완전한 본성의 회복은 하루아침에 이루어지는 것이 아니라는 점을 강조하고 있다. 특히 권선징악으로 귀결되는 결말부는 다처제하의 처첩, 상하 간의 현실 문제를 선의 회복과 인성의 교화로 풀어가고자한 작가 정신이 잘 반영되었다고 볼 수 있다. 이렇듯 경산본 <창선감의록>은 인격의 수양과 성장을 서사의 핵심으로 다루었다는 점에서 17세기 규방 교양소설로서의 정형성이 뚜렷하게 드러난다 하겠다.

〈김용주전〉의 형상화 방식과 그 의미

1. 서론

고전소설은 기록문학임에도 불구하고 작자가 확인되는 작품이 지극히 제한적이다. 그것은 고전소설이 대중에게 인기를 얻으며 이른바 독자문학으로 전승된 것과 무관하지 않다. 그러한 전통 때문에 작자가 명확한 작품일지라도 다양한 이본으로 유통될 수 있었다. 실제로 우리의 고전소설은 작자소설보다 수용자, 즉 독자소설적인 특성이 강하다.[1] 독자 스스로 읽으면서 내용을 가감하며 이본을 창출하는 구조가 우리 소설의 유통사를 대변한다고 해도 과언이 아니다.[2] 이를 감안할 때 다양한 이본, 특히 필사본은 소설유통의 실태를 헤아리는 데 유용한 지표가 될 수 있다. 물론 사본(寫本)이 시기적으로 앞서는 선본인 경우도 있고 그 반대의

---

1) 이지영, 「한글 필사본에 나타난 한글 필사(筆寫)의 문화적 맥락」, 『한국고전여성문학연구』 17권, 한국고전여성문학회, 2008, 273-309쪽.
2) 김진영, 『한국서사문학의 연행양상』, 이회문화사, 1999, 143-168쪽.

경우도 있지만, 이들을 종합적으로 살피는 것은 고전소설이 변주되었던 사정을 짚어보는 것이기에 주목해야 마땅하다.

이와 같은 점을 감안하여 본고에서는 충남대학교 중앙도서관 경산문고 소장 <김용주전(金龍珠傳)>을 살펴보도록 한다.3) 이 작품은 단권 1책으로 작품의 제목 '용주(龍珠)'가 전체내용을 함축한 것으로 볼 수 있다. 용의 여의주(如意珠)를 내세워 주인공이 뜻하는 바가 모두 성취되도록 내용을 구성했기 때문이다. 이 작품은 고전소설의 왕성한 창작보다는 기존의 작품을 다양하게 변개·향유하던 시기의 것으로 추정된다.4) 그래서 이 작품이 고전소설의 말류적 현상을 확인하는 데 유용할 것으로 판단된다. 그런가 하면 이 작품은 장르복합적인 특성이 강하여 가정소설은 물론 남녀영웅소설·군담소설에다 귀족적인 이상소설의 특성까지 담고 있다. 문제는 이들의 구조가 필연적·인과적으로 치밀하게 연계된 것으로 보기 어렵다는 점이다. 당시의 독자들이 선호했던 요소를 망라식으로 끌어들여 하나의 작품으로 형상화한 결과라 하겠다. 그럴지라도 이 작품은 아직까지 공식적으로 논의된 바가 없을 정도로 희귀본으로서의 가치가 충분하다.

이를 전제하면서 본 논문에서는 이 작품의 제반 특성을 짚어보도록 하겠다. 그것이 고전소설이 대중적으로 유통되었던 일면을 살피는 결과가 될 수 있기 때문이다. 이를 위해 작품의 서지나 작자 문제, 그리고 작품의 형상화 양상이나 문학사적 위상 및 한계를 살펴보도록 하겠다. 서지에서는 작품의 전반적인 체제를 검토하고, 필사배경에서는 작품의 내용을 바탕으로 필사시기 및 필사자의 신분을 유추해 보도록 한다. 작품

---

3) <김용주전>, 충남대학교 중앙도서관 경산문고, 경산集제2958호.
4) 이러한 현상은 19세기 말에서 20세기 중반까지 해당할 수 있다. 특히 구활자본에서 상업성을 내세우면서 그러한 현상이 더했던 것으로 보인다.

의 형상화에서는 필사자가 의도했던 핵심사항을 몇 가지로 나누어 상론한 다음에 마지막으로 문학사적 위상과 한계를 살펴보도록 하겠다. 이러한 논의를 통해 이 작품이 본격적으로 연구되는 계기가 되었으면 하는 바람이다.

2. 서지와 필사배경

이 작품은 겉표지를 포함하여 총 80쪽에 이르는 1권 1책으로 비교적 장편에 속한다. 지금까지 공식적인 논의를 찾아볼 수 없기에 이 작품은 희소성이 담보된 것으로 볼 수 있다. 따라서 필사시기나 필사내용을 불문하고 이 작품은 나름의 가치를 확보한 것으로 볼 수 있다. 다만 기존 작품을 패러디한 인상이 짙어 독창성이 부족한 흠결이 없지 않다. 이는 고전소설 말기의 유통 양상을 반영한 것으로 이해해도 좋겠다. 한편으로는 서민대중이 소설을 향유했던 사정을 읽어낼 수 있다는 점에서 관심을 가질 수도 있다. 여기에서는 이 작품의 서지와 필사배경을 살펴보도록 한다.

1) 서지

이 작품은 1권 1책이며 5정침으로 제본되었다. 한 면의 크기는 가로 21cm, 세로 34cm 정도이며, 글씨는 남필로서 비교적 달필에 속한다. 한지의 묵색이 고태가 뚜렷하고, 표지에 <김용주전>이라고 명기되었을 것으로 추정된다. 본문 내용은 전체 39장 78면으로 1면은 평균 11행이고, 1행은 평균 30여 자이다. 이 작품은 서울 고서상에서 수집하여 경산

<김용주전>의 형상화 방식과 그 의미 197

[그림 1] 겉표지

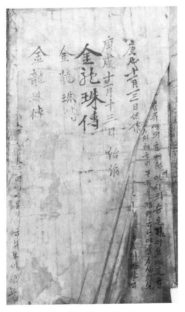

[그림 2] 속표지

사재동 교수가 소장해 오다가 2012년 충남대학교 중앙도서관 경산문고로 이관되었다. 충남대학교 중앙도서관 고유번호는 경산集제2958호이다.

이와 같은 서지사항 중에서 특기할 만한 것을 들면 다음과 같다. 먼저 겉표지와 속표지이다. 이 작품은 겉표지에 한글로 <김용주전>으로 표기되었을 것으로 짐작되지만, '김'과 '용'의 'ㅇ'만을 확인할 수 있다. 그것은 배접한 겉 종이가 떨어질 때 글씨도 함께 없어졌기 때문이다. 떨어진 겉 종이 안으로 의미를 파악할 수 없는 '父'·'重'·'妻'·'良' 등의 한자가 간헐적으로 보인다. 다만 이러한 배접상태를 감안할 때 이 겉표지는 재활용했을 가능성이 높다. 이는 이 작품의 표지가 고태가 날지라도 필사시기를 산정할 때 유의해야 함을 뜻하는 바이다. 재활용한 종이일수록 색이 어두워 고태가 날 확률이 높기 때문이다. 이 작품의 속표지에는 작품 제목을 한문으로 <김용주전>으로 표기해 놓았다. 글씨를 연습하려는 의도에서인지 모두 세 번에 걸쳐서 같은 제목을 반복·기록해 놓았다. 제목의 오른편으로는 '경술십일월십삼일 시작(庚戌十一月十三日 始作)'이라고 역시 두 번에 걸쳐 기록해 놓았다.5) 이는 이 작품의 필사시기를 짐작하는 데 중요한 단서이기도 하다. 적어도 이 시기를 기준으로 이 작품의 필사 시기를 조선후기나 구한말로 추정할 수 있기 때문이다. 뿐만 아니라 '시작(始作)'이라는 점을 통해 단시간에 이 작품이 필사되지 않았음도 짐작할 수 있다.

다음으로 서체이다. 이 작품은 광곽이 없을 뿐만 아니라 사란(絲欄)도 생략한 채 백지 위에 한글

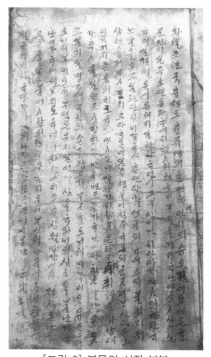

[그림 3] 본문의 시작 부분

전용으로 본문을 기록하고 있다. 전체적으로 달필이지만 접속어 등이 생략되어 내용이 이어지지 않는 곳도 있으며, 그러한 것은 새롭게 글씨를 첨가하여 교정하기도 하였다. 쓰고 검토하면서 내용을 갈무리한 것으로 볼 수 있다. 더욱이 사건전개에서 벗어난 내용은 박스를 쳐서 삭제한 곳도 있다. 그만큼 반복·검토하면서 내용의 흐름을 염두에 둔 것으로 볼 수 있다.

[그림 3]과 [그림 4]에서 보는 바와 같이 이 작품은 대부분의 내용이 동일한 필체이다. 비교적 정자체로 흘림이 덜하여 판독하는 데 큰 어려

---

5) 참고로 경술년은 1670, 1730, 1790, 1850, 1910, 1970년 등이다

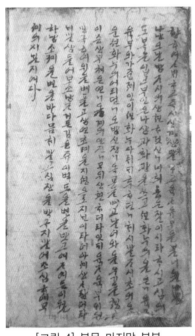

[그림 4] 본문 마지막 부분

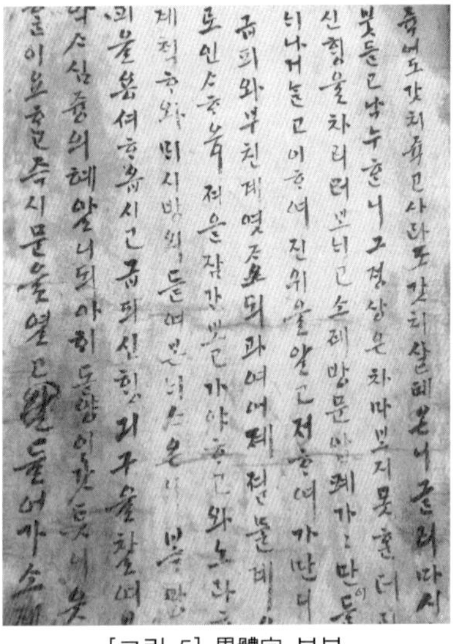

[그림 5] 異體字 부분

움이 없다. 더욱이 처음부터 일관된 기준을 나름대로 적용하여 판독하는 데 도움이 된다. 예컨대 '을'과 '를'로 구분해야 할 것을 모두 '을'로 통일해서 표기한다든지, 'ㄹ'받침 첫 획을 가로로 길게 긋는다든지, '이'로 써야 할 것을 대부분 '나'로 표기했다든지 하는 것이 일관된다. 이는 한 사람의 동일 필체이기에 이 작품의 필사자를 유추하는 데 유용할 수 있다.

하지만 일부에서는 전혀 새로운 글씨체가 구사되어 주목된다. 그러한 곳은 26-27면, 49-50면, 55-60면, 74면 등으로 총 11면이다. 이 중에서도 26-27면과 나머지 이체자(異體字)가 또 구별되어 이 작품 전체로는 도합 세 종류의 필체가 동원된 셈이다. 다시 말해 대부분을 차지하는 주요서체와 26-27면의 서체, 그리고 나머지 49-50, 55-60, 74면을 필사한 서체로 나눌 수 있다. 이러한 현상은 필사자나 필사상황을 드러내는 것이기에 주목할 만하다. 먼저 필사자 한 사람이 여러 서체를 구사했다는 가정하에 그 현상을 짐작할 수 있다. 이 책의 속표지에서 '경술십일월십삼일(庚戌十一月十三日)'에 필사를 '시작'한 다고 했다. 이것은 단시일 내에 필사가 마무리된 것이 아니라 비교적 긴 시간에 걸쳐 필사가 이루어졌음을 의미하는 것이다.[6] 그도 그럴 것이 이 작품이 비교적 장편에 속해 오랫동안 필사하는 것은 불가피한 일이다. 그러는 과정에서 필사의 중단과 속개가 지속되어 지금과 같이 글씨체가 나타난 것으로 생각할 수 있다.

문제는 그러한 중단이 이 세 곳에 한정되었겠느냐는 것과 시기가 달라진다고 해서 서체가 쉽게 변하는 것이 아니라는 점에서 한 사람이 모두 필사했다고 단정하기는 어려워 보인다. 그러한 점을 염두에 두면 이 작품은 필요에 의해 여러 사람이 필사한 것으로 볼 수 있다. 작품의 대부분을 필사한 사람이 내용이나 전체의 윤곽을 인지하고 필사하는 가운데 그러한 사정을 잘 아는 주변사람이 대필·가담한 것으로 볼 수 있겠다. 실체로 이체자로 필사한 것은 전체의 12% 남짓이어서 서사의 흐름에 많은 영향을 끼치지 못한다. 그래서 주 필사자의 관장하에 둘 정도의 인물이 필사에 가담한 것으로 볼 수 있다. 이것은 이미 확보된 대본을 필사한 것일 수도 있고, 주 필사자가 읽어주는 것을 받아 쓴 것일 수도 있겠다.

다수의 필사자가 동원된 점을 감안하면 이 작품은 국문 해독자가 많은 가정에서 필사되었거나 아니면 전문적으로 필사하는 다수의 인물이 가담한 것으로 볼 수 있다. 가정 내에서 한글을 아는 인물들이 가담하여 시간이 나는 데로 필사했을 가능성도 없지 않지만, 전체적으로 남필이라는 점 그리고 비교적 달필이라는 점을 감안하면 전문적인 필사자들이

---

6) 김진영, 『고전소설의 효용과 쓰임』, 박문사, 2012, 282-283쪽.

필사하다가 불가피한 경우 대필한 것으로 보아야 타당할 수 있다. 그래서 이 작품은 고전소설에 대한 해박한 지식을 가진 필사자가 기존의 여러 유형을 참조하면서, 또는 기존의 장편소설을 바탕으로 가정·영웅·군담소설의 특성을 적절히 배치·안배하면서 필사한 것으로 볼 수 있다. 다만 주필사자의 이러한 의도를 잘 아는 보조 필사자가 일부의 내용을 전사(轉寫)한 것으로 보인다.

2) 필사배경

이 작품은 외형의 고태와 작품에서 구사한 어휘 등을 통해 필사 시기나 필사주체를 짐작할 수 있다. 이러한 점을 감안하여 먼저 필사시기를 추정해 보고, 이어서 필사의 주체를 살펴보도록 한다.

먼저 필사시기이다. 이 작품은 외형적으로 고태가 완연하고 속표지에 '경술십일월십삼일 시작' 등의 기록을 통하여 필사시기를 어느 정도 추정해 볼 수 있다. 고태가 완연하다는 점에서, 그리고 한글표기라는 점에서 그 시기를 일단 조선후기로 상정할 수 있다. 특히 속표지에 명기된 '경술'을 감안할 때 고전소설의 필사가 일반화된 1730년, 1790년, 1850년 등의 경술년을 생각할 수 있다. 특히 18세기 말에서 19세기에 고전소설의 필사가 일반화되고 작품의 양도 급격히 늘어난 점을 감안하면 1790년이나 1850년일 가능성을 생각할 수도 있다. 문제는 이 작품에서 다루고 있는 내용이 기존의 소설에서 익숙한 작법을 원용하고 있다는 점이다. 특히 19세기에 남영로가 지은 <옥루몽>의 작법을 따르거나 <신유복전>·<임경업전>과 같이 해외원정 모티프를 활용하거나 <유충렬전>과 같이 층위적인 과업의 특성을 보이거나[7] <사씨남정기>·

---

7) 윤보윤, 「영웅소설의 층위적 과업 연구」, 『어문연구』 68집, 어문연구학회, 2011,

<이진사전>처럼 처첩간의 갈등을 다루거나 한 점을 들면 19세기를 상회할 수 없을 것으로 본다. 그래서 조선후기의 '경술'이라면 1850년일 가능성이 아주 높다.

문제는 이 작품에서 구사한 어휘에 있다. 비록 고어체로 쓰인 것도 있지만 상당수 어휘가 근대적인 특성을 드러내고 있다는 점이다. 예를 들어 '일본·사랑·공부' 등의 어휘가 사용되고 있는데 일반적으로 조선후기라면 이들은 '왜·사모(흠모)·학업(과업)' 등으로 표기되어야 할 것이다. 이러한 어휘를 전제할 때 이 작품은 19세기인 1850년 '경술'이 아닐 가능성이 크다. 무엇보다도 결정적인 것은 서울을 두고 한성이라 하지 않고 '경성·경성부'라고 표기한 것을 들 수 있다. '경성'은 작품 후반부에서 여러 차례 확인할 수 있다. '경성부·경성' 등의 사용은 한일이 강제 병합된 1910년 9월 30일 칙령 제357호로 공포하고 10월 1일부로 시행된 것이다. 그래서 '경성·경성부'라는 명칭은 이 작품의 필사시기를 추정하는 핵심인 요소라 할 수 있다. 경성이 1910년부터 1945년까지 사용한 서울의 명칭이라면 이 작품의 필사 상한년도는 1910년이 될 가능성이 아주 크기 때문이다. 또 다른 '경술'은 1970년인데 이때는 이 작품에서처럼 합용병서나 아래아(ㆍ) 등을 쓰지 않았기 때문에 이때를 이 작품의 필사연도로 보기는 어렵다. 그렇다면 이 작품의 필사 시기는 자연스럽게 1910년으로 확정될 수 있다. 1910년 말에 필사를 시작하여 어느 정도 기간이 경유한 다음에 필사를 마친 것으로 추정할 수 있기 때문이다.

물론 이 작품의 필사시기를 이때로 비정한다고 해서 창작시기 또한 같을 것으로 속단해서는 안 된다. 이미 있던 작품을 바탕으로 내용을 가

311-331쪽.

감하며 필사하는 것도 얼마든지 가능했기 때문이다. 다만 이 작품의 몇 곳에 불필요하게 전개되던 내용을 삭제하거나 곳곳에 빠진 어휘 등을 덧보태며 수정한 것을 보면 이 작품이 기존의 작품을 토대로 정서한 것 같지는 않다. 뿐만 아니라 전체적으로 구사된 어휘들이 근대성이 있는가 하면 마지막 부분에서 일본의 가토 기요마사(加藤淸正)가 침략한 것을 두고 반감을 드러낸 것도 임진왜란을 염두에 두기보다는 한일강제병합을 의식한 것일 수 있다. 사실 이 작품은 <옥루몽>의 작화를 많이 따르고 있는데, <옥루몽>의 창작은 19세기로8) 임진왜란에 대한 반감이 전면적으로 드러나기가 쉽지 않았거니와 이 작품이 지어진 것으로 추정되는 1910년의 상황을 감안하면 한일강제병합에 대한 문제의식을 드러낸 것으로 보는 것이 합리적일 수 있다.9) 그래서 작품 말미에 나오는 남소저의 여성영웅적 행위는 고전소설의 작법을 계승하는 이면에 시대적인 문제의식을 담아놓은 것으로 이해할 수 있다. 그럴지라도 원형적인 작품이 1910에 창작되었다고 단언하기보다는 필사의 명확한 시기가 1910년으로 보는 것이 합리적일 수 있다.

다음으로 이 작품의 필사주체이다. 이 작품은 달필에 해당하는 남성필체이다. 달필이라는 점은 필사경험이 축적된 필사자가 필사한 것으로 볼 수 있게 한다. 특히 다수의 필사자 모두 철저하게 한글전용으로 필사했다는 점에서, 그것도 구어체 위주로 필사했다는 점에서 당시의 낭송유통과 이 작품의 필사가 무관하지 않아 보인다.

잘 아는 것처럼 고전소설은 장르상 기록문학에 해당된다. 이것이 설화

---

8) 김풍기, 「潭樵 南永魯의 생애와 <玉樓夢>에 반영된 사유」, 『한국인물사연구』 제8호, 한국인물사연구소, 2007, 283-300쪽.

9) 加藤淸正의 '청정'이라는 말을 통해 임진왜란이라고 추정할 따름이다. 본문에서는 임진왜란이라고 명기하지 않고 왜의 침입이라고 밝혔다.

와 변별되는 주요 지표이기도 하다. 그래서 기록문학적인 요소가 작품에 반영되는 것은 아주 자연스러운 일이다. 그런데 이 작품은 문어체보다는 구어체의 성격이 다분하다는 점이다. 이는 필사자들이 국문만을 해독하는 전문필사자이거나 일반필사자이기 때문이라 하겠다. 실제로 이 작품에서는 어느 정도의 한문만 알아도 쉽게 구사할 수 있는 어휘조차 한문을 전제하지 않고 소리 나는 대로 필사하였다. 해당 어휘를 몇몇 들어보면 다음과 같다.

> 장년(작년), 심이(십리), 요조슉여(요조숙녀), 은논(의논), 봉망(복망), 그동(거동), 이졍지합(이성지합), 활여한(화려한), 할예하고(화려하고), 즌하(전하), 할임학슈(한림학사), 손여(소녀), 봄상한(범상한), 경져(경거), 츠슈(처소), 증실(정실), 갈연(가련), 차목(참혹), 음녕(어명), 셥빈고(서빙고)

위에서 보는 것처럼 어렵지 않을 한자음조차도 무시하고 모두 소리나는 대로 필사하였다. 이것은 필사자가 한문을 해독하지 못하는 계층이기 때문이라 하겠다. 즉 국문을 해독하는 수준에서 고전소설을 필사유통시킨 것으로 볼 수 있다. 특히 한자조차 낭송의 구어체로 표기한 것은 이 작품을 필사했던 시기의 구비유통 사정을 말하는 것이기도 하다. 당시의 소설유통에 준하여 이 작품을 필사할 수밖에 없었기 때문이다. 그럴지라도 굳이 한문이 분명한 것조차 일부러 구어형의 국문으로 표기할 이유가 없기에 이 작품의 필사자들은 국문만 알면서 그것으로 소설을 필사하여 생계를 꾸렸던 인물이거나 아니면 국문구사 능력을 가진 일반인이 당시에 인기 있던 소설을 자신의 안목에 맞게 새롭게 재편한 것으로 볼 수 있다. 어찌되었건 이 작품의 필사자는 국문을 해독하는 정도의 지식으로, 그것도 고전소설의 주요 유형을 섭렵한 인물로 보는 것이 합리적이다. 그것도 달필로 필사한 것을 보면 고전소설이 그의 생활상과 밀접한 관련을 맺는 것으로 보인다.

특히 이 작품을 1910년에 필사한 것으로 보았을 때 고전소설의 새로운 창작보다는 기존의 화소나 작품을 가지고 다양한 이본을 창안하던 시대상황과[10] 부합될 수도 있다. 이 작품이 기존 소설의 특장을 수렴한 것도 그러한 시대조류에 부응한 것이겠고, 나아가 그러한 내용을 필사한 인물도 소설의 수요기반을 전제하면서 이 작품을 제작한 것으로 볼 수 있다. 따라서 이 작품의 필사자는 고전소설의 다양한 유형을 향유한 인물로서 자신의 안목에 맞게 기존 소설을 재편한 준 작가능력을 구유했다고 할 수 있다. 즉 국문식자 능력을 바탕으로 소설을 향유·개작하여 수요자와 공급자의 속성을 아우른 인물이라 할 수 있다.

3. 작품의 형상화 양상

이 작품은 고전소설의 다양한 요소를 두루 포섭해 놓았기 때문에 장르복합적인 양상을 보인다. 한 작품임에도 불구하고 인물에서는 남녀영웅소설적인 특색이 있거니와 사건에서는 쟁총을 바탕으로 한 가정소설적인 모습이 담겨 있다. 그런가 하면 주제를 중심으로 보면 귀족소설의 특성과 함께 여성해방을 표방한 민중소설적인 면도 없지 않다. 그 이외에도 고전소설에서 애용했던 소재를 두루 다루어 장편으로 형상화되었다. 이를 감안하여 여기에서는 이 작품의 경개를 정리하고, 형상화 양상을 몇 항목으로 나누어 검토해 보도록 하겠다.

---

10) 김진영, 「<報心錄>의 構造的 特性과 文學的 價値」, 『한국언어문학』 제65집, 한국언어문학회, 2008, 179-211쪽.

1) 작품의 경개

고전소설의 내용은 작품의 형상화 방식에 따라 판이한 모습을 보인다. 일대기 중심으로 서사하면서 장편을 지향한 것이 있는가 하면, 특정 사건을 내세우면서 집약적으로 서사한 단편도 없지 않기 때문이다.[11] 하지만 상당수의 작품은 이른바 '~전'을 표방하면서 인간사의 제반문제를 그것도 3대에 걸쳐서 서사하고 있다. 이 작품도 '전'계 소설로 김용주와 그 주변인물의 행적을 중심으로 서사한 장편에 속한다. 특히 김용주 부처(夫妻)의 일대기에 그치지 않고 처남부부의 활약상을 부가적으로 다루어 작품의 성격이 복잡해졌다. 이를 전제하면서 작품의 경개를 정리하면 다음과 같다.

① 충청도 충주 단원의 김 학사 부부가 꿈에 청룡이 준 구슬을 품고 남아를 낳아 용주(龍珠)라 하는데, 얼굴이 관옥 같고 기골이 출중한 기남자·영웅의 기상을 타고났다.

② 방물장수가 문무 재주가 출중한 용주를 보다가 경상도 상주 고자촌 이진사의 여식이 뛰어나다며 소개하자 용주가 부모에게 승낙을 받고 그녀를 만나기 위해 출행한다.

③ 이 학사는 전통 있는 집안으로 슬하에 자식이 없어 걱정하다가 금강산 천일사에 시주한 후 선녀에게 꿈속에 꽃과 반도(蟠桃)를 건네받고 10달 만에 딸 월하를, 수년 후에 아들 벽도를 낳으니 모두 비범한 능력을 갖추었다.

④ 김용주가 상주 고자촌에 이르러 이 학사의 집에 머물면서 제자가 되기를 간청하다가 이 학사가 아버지의 지기지우(知己之友)임을 알게 되고, 이 학사는 그러한 용주를 제자로 맞아들여 아들 벽도와

---

11) 박지원이나 이옥의 한문단편이 후자에 해당한다 하겠다.

형제처럼 지내면서 학업에 열중하도록 한다.

⑤ 이 진사가 출타하여 친구인 용주 아버지를 만나는 사이 벽도의 계교로 용주가 월하를 엿본 후 사모하는데, 이 진사는 김 진사를 찾아가 용주의 사정을 알리고 월하와의 혼인을 논의하여 택일까지 받는다.

⑥ 갑작스러운 정혼에 용주가 기뻐하며 충주 본가로 돌아가 혼인을 위하여 부모를 모시고 상주 고자촌으로 돌아와 인근에 거처를 정한 후 혼례를 올리려 하지만 상주목사가 장애인 조카를 월하와 강제로 결혼시키려고 이 진사의 집 근처까지 와서 겁박한다.

⑦ 용주가 어쩔 수 없이 부모를 충주로 돌려보내고 이 진사 댁으로 암행하여 벽도의 도움으로 월하를 만나 부부임을 운우지정으로 확인하고, 벽도는 장애가 있는 비자(婢子)를 매수한 후 월하처럼 가장하여 목사의 조카와 결혼하도록 하니 목사가 어쩔 수 없이 물러간다.

⑧ 문제가 해결되자 용주와 월하가 혼행길에 올라 충주 본가로 가니 황망해 하던 부모가 전후 사정을 듣고 대희하며 감사해 한다.

⑨ 용주가 결혼하고 이 부인에게 빠져 학업을 등한히 하자 부인의 간곡한 충고에 정진하여 과거에 장원급제하고 부모를 경성으로 모셔와 정성으로 모신다.

⑩ 왕이 용주를 아끼어 제학으로 승품하고, 심 후궁의 종매를 첩으로 내리는데 심 부인은 정실인 이 부인을 음해할 계책만 세운다.

⑪ 이때 호국이 대국을 침범하자 황제가 급하게 조선에 청병하는 조서를 내리고, 용주가 원정을 자청하자 그에게 도원수의 직위를 내려 출정케 한다.

⑪ 도원수가 호왕의 장수와 차례로 대적하여 승리하니 호왕(胡王)이 물러났다가 밤중에 도원수의 군대를 포위하여 섬멸할 계획을 세우지만 금강산 천일사 노승의 제자인 선관이 군사를 안전한 곳으로

옮기도록 한다,

⑫ 모든 군사가 안전한 곳으로 대피했을 때 사방에서 호군이 진격하여 자신들끼리 싸워 죽인 후 승리한 양 도취해 있을 때 도원수가 공격하여 호군을 섬멸하고 돌아오는 길에 일본의 평정지역에서 진을 치고 있다.

⑬ 용주가 출정 중에 심 부인은 이 부인이 자신을 죽이려 했다며 모함하지만 시부모가 이 부인을 감싸자 심 후궁에게 혈서를 써서 이 부인을 지속적으로 모해하여 마침내 이 부인이 궁중의 감옥에 투옥되도록 한다.

⑭ 이 부인이 자신이 죄가 있다면 빨리 죽여 달라고 상소한 후 곡기를 끊어 죽기를 각오하고 본가에 편지를 보내니 부모가 황망하여 어쩔 줄 몰라 할 때 벽도가 상경하여 비호(飛虎)를 타고 옥문에 이르러 금강산 천일사 노승이 건네준 약으로 죽어가던 이 부인을 구한다.

⑮ 벽도가 누이 이 부인의 옥체 보존을 당부하고 말을 달려 일본 도원수의 진영에 이르러 부인의 위급함을 알리니 원수가 군사를 휘하 장수에게 맡기고 주야로 말을 달려 동래를 경유하여 경성 종로의 형장에 도착한다.

⑯ 이 부인은 옥비녀를 하늘로 던져 자신이 죄가 있으면 스스로 비녀에 찔려 죽고, 만약 죄가 없으면 비녀가 궁궐 계단에 박힐 것이라고 하니 과연 비녀가 궁궐 계단에 박히지만, 간신배의 간교로 이 부인에게 거열형이 내려진다.

⑰ 이 부인이 수레에 묶여 종로로 갈 때 도원수가 소리치며 달려와 형의 집행을 멈추도록 하고 왕에게 아뢴 후 가내에서 모함한 사정을 소상히 밝혀 상소하니 왕이 사과하며 간악한 인물들을 모두 처형토록 한다.

⑱ 왕은 도원수가 국가를 위해 큰 공을 세웠을 뿐만 아니라 가정사의

모함을 효과적으로 척결하자 그를 좌의정으로 승품하고, 부인에게 는 정경부인의 직첩을 내린다.

⑲ 왕이 태평과를 시행하니 경성에 있던 벽도가 장원급제하여 한림학 사가 된 후 고향의 부모에게 편지로 전후 사정을 고하고 좌의정과 함께 금의환향하여 대연(大宴)을 배설한다.

⑳ 벽도가 부모를 경성으로 모셔오고, 무예와 신통력이 뛰어난 무인 집안의 남 소저와 혼인하여 행복하게 지낼 때 왜군이 쳐들어와 강 화성까지 점령하는 사태가 벌어진다.

㉑ 좌의정 김용주가 이벽도가 왜군을 물리칠 수 있도록 해달라며 상 주하고, 왕이 이벽도를 도원수에 명하니 그가 처남 남철영을 부장 으로 대군을 거느려 적진에 나아가 싸우지만 오히려 적에게 포위 되고 만다.

㉒ 남 부인이 이 사실을 신통력으로 확인하고 인왕산에서 옥제께 기 원하여 비룡마(飛龍馬)와 용천검(龍泉劍)·황금투구 등을 받고 필 마단기로 출전하여 적장을 베니 전국의 왜군이 물러난다.

㉓ 태평성대가 되자 왕이 도원수로 우의정을 제수하고, 부인에게도 직첩을 내리니 김 제상과 도 제상 양가 집안의 자손이 번성하고 부귀영화를 누리는 가운데, 김 학사와 이 학사가 천수를 다하고 타 계하니 애도와 칭송이 교차한다.

㉔ 우의정과 좌우정이 각기 부귀다남하고 지극한 영화를 누리는 가운데 선관이 전생의 견우성과 직녀성이 용주와 월하로 하강하였음을 알리 고, 선화루(仙化樓)에 올라 오방신장의 옥교를 타고 승천케 한다.

이상에서 보는 바와 같이 <김용주전>은 다양한 화소가 개입되었음을 알 수 있다. 하지만 그러한 개입에도 불구하고 인과(因果)가 덜한 문제가 있다. 잘 아는 것처럼 소설은 앞뒤의 사건이 필연적으로 엮이는, 그래서 논리적이고 인과적인 구성 체계가 중요하다. 다양한 화소들이 이른바 형상화의 기법을 통해 고도화된 구조물로 짜여야 한다. 그런데 이 작품은 때에 따라서는 인과적이거나 논리적인 사건전개를 일탈하는 경우가 없지 않다. 그것은 이 작품이 기존에 대중적 인기를 끌던 내용을 김용주와 이벽도 부부의 이야기로 재형상화하면서 나타난 결과라 하겠다. 즉 창작의 치밀성을 떠나 기존의 내용을 적절이 융화하면서 긴밀성이나 통일성이 반감된 것으로 볼 수 있다. 이러한 점을 감안하고 이 작품의 내용을 정리하면 다음과 같다.

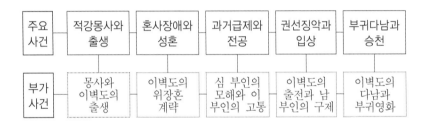

주요 사건	적강몽사와 출생	혼사장애와 성혼	과거급제와 전공	권선징악과 입상	부귀다남과 승천
부가 사건	몽사와 이벽도의 출생	이벽도의 위장혼 계략	심 부인의 모해와 이 부인의 고통	이벽도의 출전과 남 부인의 구제	이벽도의 다남과 부귀영화

표에서 보듯이 이 작품은 김용주의 일대기를 중심으로 주요사건을 전개하는 한편, 부수적으로 김용주의 처남을 작품의 처음부터 끝까지 등장시켜 사건을 더 다채롭게 꾸미고 있다. 즉 주요사건을 보조하는 서브장치로 이벽도를 등장시켜 사건전개의 묘미를 더하였다. 이는 주요사건을 통해 귀족적인 삶을, 부가사건을 통해 귀족적인 삶의 이면에 민중적인 기지와 능력을 가미한 것이라 할 수 있다. 그러한 특성으로 이 작품은 비교적 장편이 될 수 있었고 다룬 내용도 다채로워질 수 있었다.

2) 형상화 양상

이 작품은 아주 다양한 화소를 동원하여 작품을 형상화하고 있다. 그만큼 장르 혼용의 특성을 갖는다 하겠다. 실제로 이 작품에서는 출생에 따른 적강과 태몽 화소, 결혼에 따른 혼사장애 화소, 위기 극복을 위한 속이기 화소, 청병에 의한 해외원정 화소, 고난을 해결하는 원조 화소, 쟁총에 의한 모해 화소, 출전(出戰)을 위한 변장 화소 등이 활용되고 있다. 이는 가정소설·애정소설·영웅소설·군담소설 등에서 일반적인 것들이다. 물론 이러한 내용은 대장편소설에서 두루 활용되면서 작품을 형상화하기도 한다. 하지만 이 작품은 대장편이 아님에도 불구하고 이러한 화소를 활용하여 소설의 여러 하위장르를 복합적으로 다룬 특성이 있다. 특히 처첩간의 다툼에서는 <사씨남정기>나 <옥루몽>·<이진사전> 등의 내용을 짐작할 수 있거니와[12] 혼사장애에서는 <춘향전>이나 <백학선전>처럼 기득권층의 늑혼을 연상할 수 있다. 영웅적 행위에서는 <임경업전>·<옥루몽>·<황월선전> 등과 같이 남녀 영웅의 모습을 짐작할 수 있다. 따라서 이 작품은 전체의 길이에 비해 다양한 화소를 끌어들여 사건이 핍진하지 못한 면이 없지 않다. 이제 위의 내용을 감안하여 형상화 양상을 크게 넷으로 나누어 살펴보도록 하겠다.

(1) 출장입상을 통한 이상세계의 실현

잘 아는 것처럼 출장의 대원수는 문인이고, 그러한 문인을 선발하는

---

12) <사씨남정기>는 첩이 정실을, <옥루몽>은 부인이 첩을 모해한다는 점을 감안할 때 이 작품은 <사씨남정기>의 모해화소와 유사해 보일 수 있다. 하지만 그 첩이 후궁, 나아가 황제와 관련된다는 점에서는 <옥루몽>의 황 부인과 흡사한 면이 없지 않다. 따라서 이 작품은 기존의 처첩갈등을 복합적으로 원용한 것으로 해석할 수 있다.

제도가 바로 과거이다. 그래서 과거를 통한 출장과 공훈, 그리고 돌아와서 入相하는 것이 사대부들의 이상적인 환로생활이라 할 수 있다. 실제로는 출장하는 일 없이 출사하여 임금을 보필하고 백성을 통치하는 것이 대부분이지만, 소설에서는 문무를 겸전한 이상적인 인물을 주인공으로 형상화하는 것이 일반적이다. 영웅을 내세워 다양한 즐길 거리를 만들어야 할 필요성 때문이라 하겠다.

문제는 출장입상이 남성귀족을 영웅으로 형상화하는 전형이라는 점이다. 일찍이 <구운몽>의 양소유를 거쳐 <옥루몽>의 양창곡은 물론 영웅소설인 <유충렬전>·<소대성전> 등에서 공통적으로 나타기 때문이다. 모두가 나라의 인재를 구하기 위해 과거를 시행하고 여기에 문무를 겸전한 주인공이 응과(應科)하여 장원급제로 승승장구하다가 국가적인 변란을 해결하여 큰 공훈을 세우고, 마침내 황제의 치하와 함께 제상에 올라 부귀공명을 누린다. 이는 당시 사대부들의 이상이요, 소망이기도 했다. 더욱이 과거를 통해 출사해야 하는 처지에서 그것은 이루어야 할 절대적인 목적이었다. 귀족적 이상소설이나 영웅소설에서 이러한 구도를 선호한 것도 바로 이 때문이다.

이와 마찬가지로 <김용주전>도 그러한 궤적을 중시하였다. 이 작품은 김용주를 내세운 사건에서는 입신양명을 통한 가문의 현창과 부귀영화라 할 수 있다. 잘 아는 것처럼 이것은 시대부들의 소망 중의 핵심이다. 출장입상을 통한 가문의 현창과 부귀영화가 학업을 수행하는 원천이기도 했다. 그런데 김용주가 그러한 궤적을 충실히 밟고 있기에 이 작품의 주요사건을 통해 귀족적 이상소설의 전형을 확인할 수 있다. 실제로 사건의 각 단계가 그러한 전형을 확보하고 있다. 먼저 출생에서는 두 주인공이 적강인물이라는 점을 몽사로 확인하여 그들의 출생과 성장을 남다르게 형상화하였다. 이는 두 인물의 비범한 출생과 고귀한 혈통임을 부각한 것이기도 하다. 이어서 성혼 부분에서는 김용주와 이월하가 천정 배필임에도 불구하고 권력자의 늑혼을 배치하여 결혼의 당위성을 역설적으로 강조하고 있다. 전공(戰功)에서는 천상인물이기에 정해진 운명대로 과거에 급제하고 전장(戰場)에서 혁혁한 공을 세워 장차 입상할 수 있는 토대를 구축한다. 이는 영웅적 능력을 유감없이 발현한 곳으로 보국이나 충성을 남다르게 형상화한 것이기도 하다. 마침내 입상해서는 그간의 문제를 모두 해결하고 지엄한 위치에서 만백성을 구제하고 자신도 안락한 생활을 도모한다. 김용주가 국가사회적인 문제와 가정개인적인 문제를 모두 해결하자 그의 능력에 감복한 왕이 그를 제상으로 임명하는데, 이는 사대부들의 궁극인 소망이라 할 수 있다. 이렇게 지상에서 보장하는 모든 부귀영화를 누린 다음, 자신들의 본거지인 천상으로 회귀하며 작품이 마무리된다. 그래서 이 작품은 출생에서부터 죽음에 이르는 전 과정을 사대부들이 지향하는 모범적인 삶으로 형상화했음을 알 수 있다. 이로 볼 때 이 작품은 귀족적인 이상세계를 전격적으로 구현한 것으로 볼 수 있다. 이처럼 이 작품은 출장입상이라는 기존의 작화원리를 받아들이면서 귀족적인 이상을 주요하게 형상화했음을 알 수 있다.

(2) 여성인물의 변주와 시대상의 수용

이 작품은 다양한 여성인물을 형상화하고 있다. 주요한 여성인물로 처음부터 등장하는 김용주의 정실부인 이월하를 비롯하여, 김용주가 출정하여 큰 공훈을 세우고 돌아오자 왕이 첩으로 내린 심 부인, 그리고 김용주 처남이 태평과에 급제하고 얻은 남 부인을 들 수 있다. 그런데 이 여성인물의 성격이 아주 판이하다는 점이다. 판이한 여성인물을 통해 조선후기 내지 말기의 시대상황을 읽을 수 있다. 이에 각각의 인물 특성과 그들의 행위를 바탕으로 시대상 내지 당대의식을 살펴보도록 한다.

이월하는 철저한 요소숙녀이다. 그녀는 다른 사람들의 모함에도 굴하지 않고 올바른 길만 향할 따름이다. 선천적으로 시기와 질투를 모르기에 모든 것을 자신의 문제로 인식하는 전형적인 조선의 현부라 할 수 있다. 즉 다첩제가 허용되던 조선후기에 시기와 질투를 모르는 사대부가의 이상적인 부인으로 형상화해 놓았다. 그녀는 천상의 직녀성이었지만 득죄하여 적강한 후 정해진 운명대로 지상의 삶을 영위한다. 그녀는 우려 곡절이 있었지만 김용주의 정실부인이 되어 그를 과거에 장원급제시키는 등 현부로서의 역할을 충실히 수행한다. 문제는 김용주가 과거에 급제한 후 황제가 내린 심 후궁의 종매(從妹) 심 부인이 첩으로 들어와 항시 이씨 부인을 모함한다는 점이다. 하지만 그녀는 어떠한 모함에도 항변하지 않고, 다른 사람의 잘잘못을 따지지도 않는다. 모든 것을 자신의 일인 양 숙명처럼 감내할 따름이다. 그러한 점에서 교씨의 모함에도 전혀 대항하지 않고 출척남행한 <사씨남정기>의 사씨와 흡사한 면이 없지 않다. 하지만 사씨가 사태를 감당하지 못하고 자결하려 한 것과는 달리 이씨 부인은 하늘을 우러러 자신의 무죄를 항변하며 어느 정도 대외활동을 펼치고 있다. 더욱이 왕궁의 옥에 갇혀 있으면서도 상소하는 등 적극성을 보여 사씨의 체념과는 다른 양상을 보인다. 이것은 황 부인의 계교에 의해 출척당한 후 황제를 만나 실정을 우의적으로 풍간했던 <옥루몽>의 벽성선과 흡사한 면이 있다. 어쨌든 이 부인은 죽음을 불사한 지조를 보이는 인물로 사대부가의 현부라 할 만하다.

심 부인은 김용주의 재주에 감복한 왕이 후궁의 종매를 첩으로 내린 인물이다. 품성이 본래 간악하여 틈만 나면 이 부인을 헤치려 하지만 시부인 이 진사와 김용주의 엄정함 때문에 결행하지 못할 따름이다. 그러다가 김용주가 도원수가 되어 해외원정을 떠나자 본색을 드러내 이 부인을 모해한다. 그녀는 장안의 봉사와 이 부인과 자신의 시비를 금전으로 매수하여 이 부인이 자신을 모해한 것처럼 가장한다. 즉 거짓으로 칭병하며 죽을 것처럼 행동하다가 봉사의 점괘를 통해 이 부인이 자신을 저주한다고 폭로한다. 그러면서 자신들이 미리 묻어둔 증거물을 이 부인의 처소에서 파내온다. 이를 알게 된 이 진사가 결단을 내리지 못하고 부인을 찾아가니 부인이 심 부인의 계교임을 말하면서 아들 김용주가 돌아와 처단하도록 해야 한다고 말한다. 이에 못마땅한 심 부인은 심 후궁을 통해 왕에게 주달하지만 그것이 통용되지 않자 거짓으로 혈서를 써서 재차 모함하여 이 부인을 왕궁의 옥에 갇히도록 만든다. 이에 이 부인이 자신의 결백을 만천하에 드러내기 위해 죄가 있으면 빨리 처형하라고 말한다. 왕이 윤허하여 거열형을 집행하려 할 때 김용주가 돌아와 문제를 해결한다. 그 결과 심 부인을 극형에 처하고 그 시비들 또한 사형시킴으로써 가정은 물론 국가적인 안녕을 확보한다. 따라서 심 부인은 당시의 관점에서는 배척의 대상, 척결의 대상이라 할 수 있다. 처와 첩의 구분이 엄정한 가운데 첩이 처를 모함하고 죽음으로 내모는 것은 극형에 처해 마땅한 일이다.[13] 이러한 것은 이미 사씨를 사경으로 내몬 교씨에게서 확인할 수 있었거니와 <옥루몽>에서 황 부인이 벽성선을 모함한 것과도 다르지 않다. 다만 <사씨남정기>에서는 여염집 아녀자였던 첩이 정실을, <옥루몽>에서는 황실과 관련된 부인이 첩실을 모함하는 데 반해, <김용주전>에서는 왕실과 관련된 첩이 지속적으로 정실을 모함하여 <사씨남정기>와 <옥루몽>의 일부를 교차하여 원용한 듯한 인상이 짙다.

남 부인은 작품의 말미에서 주연인물의 부귀공명을 강화할 때 등장한 여성영웅이다. 그녀는 무인집안의 딸로 신통력과 무술을 겸비하고 있다.

---

13) 황수연, 「조선후기 첩과 아내-은폐된 갈등과 전략적 화해」, 『한국고전여성문학연구』 제12집, 한국고전여성문학회, 2006, 349-380쪽.

그러한 그녀를 이벽도가 태평과에서 장원급제한 후에 부인으로 맞아들인다. 태평과에 급제하고 승품으로 고관이 된 이벽도가 갑자기 침입한 왜군을 무찌르는 선봉장이 되지만 역으로 왜군에게 포위되고 만다. 이에 남 부인이 인왕산에 올라가 옥황상제께 기원하고 필마단기로 출정하여 적장을 처결한다. 남 부인의 위세에 눌린 전국의 왜병이 모두 물러나 나라가 위기에서 벗어난다. 이러한 모습은 일찍이 <박씨전>의 박씨에게서 확인할 수 있었거니와 <옥루몽>의 여장군 강남홍에게서도 확인할 수 있다. 물론 여성영웅소설 <홍계월전>·<정수정전>·<황운전>·<이대봉전> 등에서도 확인할 수 있다.14) 따라서 남 부인이 남복으로 전쟁에 참여한 것은 그러한 전통과 관련된 것으로, 여성인물의 정체성을 부각하는 인자이기도 하다.

　이상에서 보는 바와 같이 이 작품은 조선조의 처첩제도 아래에서 이상적인 여인상으로 이 부인을 제시하고, 그에 반하는 인물로 심 부인을 배치하였다. 나아가 남 부인을 통해서는 조선후기 여성의식이 부각된 사정을 반영하고 있다. 이 부인과 심 부인의 관계에서는 이른바 조선후기의 처첩제도 내지 가부장제의 문제점을 지적한 것으로 볼 수 있다. 이와 같은 사정은 일찍이 탈춤이나 인형극에서 한 과장을 이루고 있었거니와 소설에서도 이러한 문제를 주요한 소재로 다루어 왔다. 이 작품도 그러한 문제점을 부각하면서 여성들의 시대적인 아픔을 그린 것으로 볼 수 있다. 남성들의 관점에서는 심 부인의 패륜과 이 부인의 지조를 강조하지만, 여성의 관점에서 보면 처첩제도가 낳은 폐단을 지적한 것으로 해석해도 좋다. 아울러 남 부인을 통해서는 여성이 더 이상 집안에 안주하면서 수동적인 삶만 고수할 수 없음을 드러낸 것이라 할 수 있다.15) 즉

---

14) 김홍실, 「古典女性英雄小說과 인터넷女性英雄小說의 比較 硏究」, 충남대학교 대학원 석사학위논문, 2008.

근대적인 안목으로 여성의 활약을 보인 것이라 하겠다. 물론 그것이 남성 중심의 세계를 전제한 돌발적·지엽적인 사건일지라도 변화된 여성의식을 반영한 것만은 틀림없다. 이처럼 이 작품은 작품이 창작·향유되던 당시의 여성의식을 수렴하면서 시대상을 반영한 것으로 볼 수 있다.

(3) 해외원정(海外遠征)을 통한 민족의식의 고양

<김용주전>에서는 주인공의 入相을 위해 해외원정을 다루고 있다. 호왕이 대국을 침범해서 빚어진 전쟁을 통해 조선의 자존성을 부각한 것이라 하겠다. 재조지은(再造之恩)의 명나라가 오랑캐의 침입으로 풍전등화의 위기에 처하지만, 황제는 마땅한 해결책을 찾지 못하고 헤매다가 조선의 날랜 장수와 병사에게 대국의 미래를 맡기기로 한다. 조선에서는 왕을 중심으로 대신이 상의하여 김용주를 대원수로 파견하기로 결정한다. 간신(奸臣)이 김용주를 없앨 계획으로 천거하지만, 김용주는 그에 아랑곳하지 않고 자원하여 명나라를 구하기 위해 출정한다. 출정해서는 호국(胡國)의 장수를 직접 처단한 후 진을 치고 있는데, 호왕이 막강한 군사력을 앞세워 대원수를 포위하고 야간을 틈타 기습공격하기로 계획을 세운다. 이에 금강산 천일사 노승이 보낸 선관의 도움으로 조선군이 진영을 모두 다른 곳으로 옮긴다. 이때 호군이 사방에서 맹공격하여 자기들끼리 죽고 죽이는 상황이 벌어진다. 이곳의 노승과 선관은 고전소설의 전형적인 조력자라 할 만하다.[16] 호군이 스스로 많은 병사를 죽이고 승리한 양 자만할 때 조선군이 맹공을 퍼부어 호국 병사를 섬멸한다. 이로

---

15) 이지하, 「18-9세기 여성중심적 소설과 여성인식의 다층적 면모-국문장편소설과 여성영웅소설의 여주인공 형상화 비교」, 『고소설연구』 31권, 한국고소설학회, 2011, 111-145쪽.
16) 정선희, 「<조씨삼대록>의 보조인물의 양상과 서사적 효과」, 『국어국문학』 158, 국어국문학회, 2011, 245-274쪽.

써 전란을 진압하고 명나라의 안보도 보장할 수 있게 되었다. 이에 황제가 김용주를 크게 치하하고 명나라에 상주할 것을 권유하지만, 김용주는 부모나 부인 등의 가족을 들어 돌아갈 것을 말해 허락받는다. 본국으로 돌아와서는 좌의정에 오르는 영광을 누린다. 이로써 재조지은을 갚았을 뿐만 아니라 조선군의 위용이나 조선의 자존감을 한껏 고양하는 성과를 거두었다. 그러한 사정은 다음과 같은 인용문을 통해 확인할 수 있다.

> 각셜 잇더 원슈 금긔와 굴양을 거둔 후의 숭젼고을 올이며 도셩의 들어ㄱ 황졔계 보완디 황졔 디희ㅎㅅ 용상의 날여 원슈의 손울 ㅈ부시고 층찬왕 장ㅎ다 용약이여 ㅎ번 북쳐 호젹을 소멸ㅎ고 디국을 회복ㅎ야 짐의 근심을 든니 진실노 쳔ㅎ명장이요 디국튱신이로드 ㅎ시고 양쥬후을 봉ㅎ시고 왈 경니 빌록 조션스람이나 양국벼살이 혐의읍ㅆ온니 디국의 머물러 짐을 도아 두 피국 신민을 건짐니 웃더ㅎ요 원슈 부복쥬왈 소장니 웃지 황명을 그역ㅎ올잇가만은 소장의 칠십노부잇ㅅ고 무믹득ㅈ온니 웃지 남의 ㅈ식이 되어 생젼사후의 부모를 발이고 말리타국의 벼스을 톰하올의고 복망폐ㅎ난 신의 ㅅ졍을 통촉ㅎ와 슈희 본국의 돌라ㄱ 와(왕)상과 부모을 보압게 ㅎ심을 쳔만 발아난이다 황졔 들으시고 무언 양구의 왈 츙ㅎㅳ난 일반이라 웃지 남의 츙회을 마긔이요 하시고 금은 슈만양과 보화 두 슐에을 상급ㅎ신니[17]

이상에서 보는 바와 같이 황제는 김용주를 크게 칭찬했을 뿐만 아니라 그를 楊洲의 제후로 봉하고 중국에 머물면서 자신을 도와 백성을 다스릴 것을 요구한다. 이에 김용주가 지신의 개인적인 사정을 말하며 돌아가기를 주청하자 황제가 어쩔 수 없이 용인하고 감사의 뜻으로 금은

---

17) <김용주전>, 충남대학교 중앙도서관 경산문고본, 40~41쪽.

보화를 하사한다. 더욱이 황제의 말 중에 대국과 조선을 똑같이 퍼국(覇國)으로 칭한 것은 조선을 대국과 대등하게 인식한 결과라 할 수 있다. 이렇게 이 작품은 해외원정을 통하여 조선의 자존감과 민족의식을 고양하고 있다.

(4) 해학적인 사건을 통한 민중의식의 반영

이 작품은 구성의 치밀성이나 인과성이 덜한 편이다. 소설이 기록문학이라는 점, 그리고 독서 위주의 수용이라는 점을 상기하면 소설적인 흠결이라고 할 수 있다. 이렇게 앞뒤 논리가 정연하지 못할 때에는 그만한 사정이 있었을 것이다. 그러한 점을 여기에서는 해학적 사건을 통한 민중의식으로 이해하고자 한다.

잘 아는 것처럼 해학과 익살을 통하여 하층민이 상층민을, 못가진 자가 가진 자를 풍자·기롱하는 것이 조선후기 민중문학의 특징이다. 대표적인 것이 바로 탈춤으로 양반과장이나 파계승과장 등에서 그러한 사정을 확인할 수 있다. 특히 양반과장에서 선비나 양반을 비정상적인 인물로 형상화하면서 풍자의 대상으로 삼는 것이 일반적이다. 그런데 이러한 탈춤은 현장의 연행문학이기 때문에 소설에서처럼 치밀한 앞뒤 논리를 내세우지 않아도 된다. 현장의 분위기나 배우의 표정과 행동 등으로 사건과 관련된 이미지를 제공받고 향유할 수 있기 때문이다. 이와 같은 점을 상기할 때 <김용주전>의 혼사장애 화소가 주목된다. 그것은 앞뒤 논리도 맞지 않을 뿐만 아니라 혼사장애를 극복하는 방법도 허술하기 짝이 없기 때문이다. 그래서 그곳의 사건은 주인공들이 위기를 극복하고 결혼에 이르는 과정을 극적으로 그리기보다는 목사나 그 조카의 우스꽝스러운 행동을 고발·풍자하는 듯한 인상이 짙다.[18] 그때의 상주목사는 엄정한 행정관도, 사태를 올바로 직시하는 감식안도 전혀 없는 무능한 존재에 지나지 않는다. 막무가내로 조카를 결혼시키겠다고 위협하며 이 진사의 집에 당도했지만 사건이 해결되는 과정에서는 초라한 우스갯거리가 되고 만다. 해당 부분을 인용해 보면 다음과 같다.

화셜 이젹의 샹쥬목스 혼일회난 부원군 한모의 팔촌이라 그 셰ㄱ 당당ㅎ여 포악빅셩ㅎ고 엄형관으로 ㅎ니 일읍이 송구ㅎ더라 목스 원닉 무부모ㅎ 종ㅈ 잇시되 셰승의 뭇숭한 병신이라 읜눈 멀고 윈팔 읍고 읜달이 졀고 꼽스등이요 반벙어리라 연장 스십의 취쳐치 못ㅎ고 숙부을 짜라 숭쥬 도원의 와 인닌지라 목스쳐 알이되 이 골 부민의게 종ㅈ을 셩혼시겨 괴로옴을 돌이라 ㅎ고 육방아젼과 삼면관속을 불어 분부ㅎ되19)

벽도 가만 부친 귀의 딕고 왈 우리 종 쏭득니 그 놈과 젹속 비필이온이 급피 졔 부모을 부너 숭스을 만니 쥬어 셩스케 ㅎ옵소셔 ㅎ거날 학스 씨닷고 즉시 쏭득의 부모을 불너 황금 슈빅양을 쥬고 그 말을 일은니 쏭덕이 딕열ㅎ여 즉시 쏭덕을 불너온니라 원닉 쏭득은 무쌍한 병신이라 온눈 멀고 올은팔 읍고 온달이 졀고 비불숙이요 쌍어쳥이라 학스 딕희ㅎ여 즉시 분셩젹 곱계ㅎ고 빈여 족돌니 봉황 글인 황금 당기 …(중략)… 셰승이 보자 못ㅎ던 병신이라 좌즁 졔인니 벽즁딕소 왈 쳔싱연분이요 금셰의 비피이라 웃지 그리 신통 니 갓치 만난난고 두리 홉ㅎ면 못홀 일이 읍것다 ㅎ더라 목스도 어이 읍셔 장소 왈 소문니 뒤나신니 닉 집안 가환이라 ㅎ고 집어다ㄱ 뒤 후원 방의 가두어라 ㅎ고 잔치을 파ㅎ니라.20)

---

18) 김태은, 「한국문학에 나타난 해학미의 양상 연구-사설시조와 고전소설을 중심으로」, 중앙대학교 대학원 석사학위논문, 2005, 49-53쪽.
19) <김용주전>, 15-16쪽.
20) <김용주전>, 23-25쪽.

이상에서 보는 바와 같이 이 작품에서 혼사장애는 마치 전통극의 한 장면처럼 내용이 해학적이다. 물론 이 부분에서 사건이 구체적으로 추진되는 것도 아니다. 잠시 혼사장애를 계기로 한바탕 웃음을 유발할 따름이라서 판소리의 비고정체면과 흡사한 면이 있다. 소설적인 인과로 보았을 때는 혼사장애로 인해 이 학사는 물론 이월하와 이벽도, 이월하와 혼약한 김용주 등이 유배를 가거나 시련을 겪어야 마땅하다. 그러한 시련을 어렵게 극복하고 마침내 재회하여 만단지정을 나누는 것이 소설의 일반적인 작법이다. 그것도 부원군의 팔촌이면서 권세가 당당한 상주목사가 혼인을 강요하여 주인공의 고난을 예견하도록 해놓고는 엉뚱하게 장애를 가진 두 사람을 등장시켜 사건을 해학적으로 마무리하고 말았다. 이것은 기득권층인 상주목사의 그릇된 인식을 비판하려는 의도가 자리한 때문이라 하겠다.

탈춤에서 양반을 우스꽝스러운 인물로 그리는 것처럼 이 작품에서는 상주목사의 조카를 천하의 병신으로 형상화했다.[21] 실제로 동남지역의 오광대의 양반은 병신이거나 돼지로 그려지면서 말뚝이의 조롱거리가 된다. 그와 마찬가지로 이 작품에서는 상주목사의 조카를 병신으로 그림으로써 기득권층에 대한 반감을 드러낸 것으로 볼 수 있다. 어쨌든 목사가 병신 조카를 데리고 와서 혼인을 강요하자 이벽도의 제안으로 <도미>에서처럼 시비 똥덕을 이월하로 가장하여 혼인을 성사시킨다. 문제는 그 시비 똥덕 또한 천하의 병신으로 온전한 신체부위가 없다는 점이다. 똑같은 신체적 결함을 가진 신부를 병신인 목사의 조카에게 대입시켜 문제를 해결하는 것은 민중적인 해학이라 할 만하다. 이렇게 문제가 해결되었음에도 불구하고 목사의 보복이나 위해가 전혀 없다. 한바탕 웃

---

21) 한영숙, 「한국 전통극의 등장인물 연구—가면극과 민속인형극을 중심으로」, 조선대학교 대학원 박사학위논문, 2011, 106-129쪽.

는 것으로 모든 문제를 해결하고 만 것이다. 그래서 탈춤처럼 한바탕 놀이를 통하여 극적 정화를 유도한 듯한 인상을 지울 수 없다. 이러한 요인은 인과를 중시하는 소설의 작법에서 상당히 일탈되었음은 물론이다. 그런 점에서 이 부분은 민중의식, 특히 기득권층에 대한 반감을 드러낸 것으로 볼 수 있다.

4. 문학사적 의의와 한계

고전소설은 20세기 중반까지 대중적인 인기를 누리며 유통되었다. 그래서 구활자본이 그 당시에도 간행되었을 뿐만 아니라 필요에 따라서는 필사본으로 유통되기도 하였다. 그런데 19세기 말에서 20세기 초에는 고전소설의 창작보다는 기존의 작품을 조정·간행하면서 유통에 더 주안점을 두었다.22) 시조문학에서 창작보다는 가집으로 편찬하여 연행에 관심을 기울인 것처럼 소설도 새로운 작품의 창작보다는 기존의 작품을 유통시키는 것에 더 열중했다. 그것은 소설이 다른 장르와는 달리 문화 상품으로 크게 인기를 얻은 때문이기도 하다.23) <김용주전>은 바로 그러한 시기에 창작·필사된 것으로 추정된다. 그런 점에서 이 작품의 문학사적 의의와 한계도 자연스럽게 드러날 수 있다.

먼저 이 작품의 문학사적 의의이다. 이 작품은 앞에서도 살핀 것처럼 다양한 화소를 활용하여 복합적인 사건을 조직하고 있다. 주요사건이 김용주와 이월하의 혼인과 부귀영화에 있다면 처남 이벽도와 부인 남씨의

---

22) 김정문, 「1910년대 활자본 고소설의 개변 연구」, 경상대학교 대학원 박사학위논문, 1999.
23) 김진영, 「古典小說의 流通과 口演 事例 考察－영동군 학산면 민옥순을 중심으로」, 『한국언어문학』 제63집, 한국언어문학회, 2007, 197-226쪽.

이야기가 부가 사건처럼 첨입되어 장편을 지향하고 있다.[24] 그러는 중에 이 작품은 가정소설이면서 쟁총소설적인 특성을 갖게 되었음은 물론, 남녀를 불문하고 영웅소설적인 성격도 확인할 수 있다. 그런가 하면 민중적인 해학을 담는 이면에 귀족적인 이상세계를 구현하기도 하였다. 비교적 장형이라는 점에서 알 수 있듯이 아주 다채로운 색깔을 한 작품에 담아놓았다.

실제로 이 작품은 시기적으로 오래된 <도미>의 속이기 화소를 원용하는 한편, <사씨남정기>·<이진사전>과 같은 쟁총형 가정소설, <구운몽>·<옥루몽>과 같은 몽자류소설, <임경업전>·<유충렬전>과 같은 영웅소설, <홍계월전>·<이대봉전>과 같은 여성영웅소설의 특성을 두루 담고 있다. <도미>의 내용 중에는 도미처가 시비를 자신처럼 가장하여 역시 왕으로 가장한 인물에게 수청 들도록 한 것을 생각할 수 있거니와[25] 심 부인이 이 부인의 저주로 득병했다며 모함하는 것은 <사씨남정기>의 교씨와 <이진사전>의 첩 경패를 답습한 것으로 보인다. <구운몽>의 정경패나 이소화 등을 들어 여주인공 이월하의 용모를 부각한 것은 <구운몽>의 작화를 따른 염두에 둔 것이고, 이월하 즉 이 부인이 <옥루몽>의 벽성선처럼 행동하는 가운데 심 부인이 지속적으로 모함하는 것은 <옥루몽>에서 황 부인과 벽성선의 관계를 반영한 것으로 이해할 수 있다. 그리고 김용주가 대국을 위해 해외원정을 단행한 것은 <신유복전>이나 <임경업전>의 특성을 따른 것으로 보이거니와 김용주가 호왕과의 전투에서 장수끼리 맞대결하며 강약을 가리는 것은 <유충렬

---

24) 이는 마치 같은 사건을 반복 제시하면서 장편을 지향했던 <옥루몽>의 창작기법과 유사한 면이 있다.

25) 속이기 화소의 서사적 기능에 대해서는 송주희, 「古典小說에 나타난 속이기의 敍事 技法的 硏究」, 충남대학교 대학원 석사학위논문, 2008이 참고할 만하다.

전>의 층위적 전투와 흡사하다. 그런가 하면 이벽도의 부인 남씨가 왜
군에게 포위된 남편을 위해 옥제께 기원하여 비룡마와 용첨검을 받아
적군을 일시에 퇴치하는 것은 <홍계월전>이나 <이대봉전>의 여주인공
을 연상케 한다. 그런 점에서 이 작품은 기존에 대중적인 인기를 얻었던
주요 장르의 장처를 다양하게 수렴한 특징이 있다.

　문제는 이와 같은 점이 문학사적으로 어떠한 의미를 함축하고 있느냐
는 것이다. 결론부터 말하면 고전소설 유통의 말기에 기존의 다양한 소
설하위류의 장처를 한 작품에 수렴함으로써, 고전소설 쇠퇴기의 현상을
적절히 포착했다는 점이다. 이미 목판본에서도 그러할 수 있었지만 구활
자본에 오면 경제성을 감안하여 소설내용을 조정·창작하는 일이 벌어
지고, 그러한 관습이 필사본소설에서도 나타난 것이라 하겠다. 이 작품
도 기왕의 작품에서 주목할 만한 요소들을 복합적으로 원용하면서 새로
운 작품처럼 필사한 것이라 할 수 있다. 이렇게 이 작품이 소설 쇠퇴기
의 현상을 담았다는 점에서, 그리고 기존의 작품을 나름대로 재해석했다
는 점에서 문학적 가치나 문학사적 의미를 헤아릴 수 있다.

　다음으로 이 작품은 문학사적인 의의에도 불구하고 한계 또한 분명하
다. 이 작품은 앞에서도 살핀 것처럼 여러 유형의 장처를 끌어 들여 한
작품으로 형상화하였다. 그런데 그러한 제 유형의 화소를 유기적으로 연
계시키지 못했다는 점이다. 다시 말해 논리적이고 인과적으로 작품을 형
상화하지 못한 아쉬움이 있다. 창작보다는 기존의 작품을 활용하여 새로
운 작품처럼 형상화한 데에서 그 원인을 찾을 수 있겠다.[26] 구상을 치밀
하게 한 다음 작품의 시말을 구조화하지 않고, 자신이 이미 읽거나 알고
있는 다양한 작품의 장처를 곳곳에 배치하여 앞뒤의 논리나 사건의 인

---

26) 최진형, 「고소설 향유 관습의 한 양상-<장끼전> 작품군을 중심으로」, 『고소설연
　　구』 제18집, 한국고소설학회, 2004, 5-32쪽.

과가 불분명해진 것이다.

실제로 이 작품에서는 앞뒤의 인과가 부족한 경우가 많다. 우선 김용주와 이월하의 혼인에서 상주목사가 갑자기 나타나 자신의 조카와 이월하을 결혼시키려는 것도 어색하거니와 더 나아가 그러한 위기를 단지 병신 시비를 이월하처럼 가장하여 혼사를 마무리하는 것도 쉽게 이해되지 않는다. 그렇게 권세를 가지고 강압적으로 혼인을 강요하던 상주목사가 신부의 사정도 파악하지 못하고 혼사를 주선한 것이나 속임을 당하고도 아무런 조치를 취하지 않는 것은 소설적인 논법에서 상당히 일탈되었다. 또한 김용주와 이벽도가 갑자기 장원급제하고 대원수로 문무를 겸전하는 것도 논리적인 비약이라 할 수 있다. 적어도 특정한 공간에서 특수임무를 맡은 인물에게 학문과 병법을 연마한 다음에 과거급제를 통해 그동안에 연마한 능력을 발휘하여 성공하는 것이 일반적인 작화인데[27] 이곳에서는 그러한 예비단계 없이 결과만을 강조해 놓았다. 물론 전기적 요소를 배제한 것으로 생각할 수 있지만, 그럴지라도 현실에서 용인 가능한 영웅인물로 형상화해야 하는데 그러한 단계를 무시하고 말았다. 단지 천상적 인물이라는 점을 강조하면서 모든 사건을 해결하도록 하여 극적 긴장감이 크게 떨어지고 말았다. 이벽도의 부인 남씨가 여성영웅으로 활약하는 것도 갑작스러운 일임은 매 한가지이다. 그녀는 작품의 말미에서 이벽도가 출장(出將)하여 포위되자 신통력으로 출전하여 적장의 목을 베고 전쟁을 승리로 이끈다. 그런데 그녀가 그러한 능력을 발휘할 만한 사전 조치가 없었다는 점이다. 단지 무인집안의 딸이고 천상에서 적강한 것으로 설정한 후 옥황상제에게 신물을 받아 권능을 발휘할 따름이다. 이는 여성영웅소설의 특성을 크게 축약하면서 원용한 때문

---

27) 조정희, 「古小說의 神聖 空間 硏究」, 고려대학교 대학원 석사학위논문, 1994.

이라 하겠다. 마찬가지로 첩실인 심 부인이 정실부인을 헤치려 한 동인도 명확하지 않다. 적어도 <사씨남정기>에서처럼 정실을 제거해야 할 이유가 밝혀져야 하는데 그러한 것을 생략한 채 갑자기 이 부인을 음해할 따름이다. 그러면서 저주사건을 조장하여 왕에게 그 사실을 지속적으로 고해 문제를 증폭하고 결국은 이 부인이 투옥 및 거열형에 처해지도록 만든다. <사씨남정기>의 교씨처럼 점층적으로 간교를 강화하는 것이 아니라 단일한 저주사건을 바탕으로 종매 심 후궁을 이용하여 지속적으로 왕에게 주달하여 극형에 처해지도록 했다. 그래서 치죄의 개연성 또한 크게 떨어지고 말았다. 이처럼 이 작품은 사건전개의 핵심 처에서조차 앞뒤의 인과가 부족하다. 잘 아는 것처럼 소설은 생래적으로 독서가 주요한 수용방편이기 때문에 앞뒤 논리나 사건의 인과가 중요하다. 그런데 이 작품은 그러한 점을 간과하여 구성의 밀도가 크게 떨어진다. 이는 기존 작품의 장처를 수렴하여 한 작품으로 형상화한 데서 기인한 것이라 할 수 있다. 이것이 이 작품이 고전소설의 말류적 실태를 드러내는 일면, 서사성이나 소설사적인 한계를 드러내는 것으로 볼 수도 있다.

5. 결론

지금까지 <김용주전>의 서지사항과 문학적 양상을 개괄해 보았다. 먼저 이 작품의 서지와 필사배경을 추정한 다음, 문학적인 형상화 양상을 살펴보았다. 이를 바탕으로 이 작품의 문학사적 의미와 한계를 짚어 보았다. 지금까지 논의한 것을 결론삼아 요약하면 다음과 같다.

첫째, 서지와 필사배경을 살펴보았다. 이 작품은 서울의 고서상에서 구득한 후 경산 사재동 교수가 소장해 오다가 지금은 충남대학교 중앙도서관 경산문고로 이관되었다. 이 작품은 본격적으로 논의되지 않은 희귀본으로, 앞뒤표지를 포함하여 80여 쪽에 이르는 장편에 속한다. 1권 1책으로 광곽이나 사란도 없이 백지에 남성의 달필로 내용을 기록하였다. 필사체가 크게 세 종류임을 감안하면 다수의 인물이 필사한 것으로 볼 수 있다. 이 작품은 속표지에 '경술'년에 필사를 시작했다고 밝혔을 뿐만 아니라 작품의 내용 중에 '경성·경성부'라는 명칭이 보이는 바 필사 시기의 상한 연대는 1910년일 것으로 추정된다. 경성이라는 서울의 도시명이 1910년 10월 1일부터 쓰였기 때문이다. 특히 이 1910년이 '경술'년이기 때문에 1910년 말부터 이 작품을 필사한 것으로 볼 수 있다. 필사자는 국문만 아는 전문필사자이거나 고전소설을 익히 아는 일반인일 가능성도 있다. 쉬운 한문조차 소리 나는 대로 표기한 것에서 그러한 사정을 짐작할 수 있다.

둘째, 작품의 문학적 형상화를 살펴보았다. 이 작품은 아주 다양한 화소를 끌어들여 한 작품으로 형상화해 놓았다. 그래서 장르복합적인 양상을 보이는 것이 사실이다. 그중에서 주목되는 것이 출장입상을 통한 이상세계의 구현, 여성인물의 변주와 시대상의 수용, 해외원정을 통한 민족의식의 고양, 해학적 사건을 통한 민중의식의 반영 등을 들 수 있다. 출장입상을 통한 이상세계의 구현은 귀족적 이상소설에서 흔히 볼 수 있는 것으로 이 작품의 기본줄거리를 형성하고 있다. 그리고 여성인물의 변주와 시대상의 수용에서는 봉건제도에 충실한 여인과 그에 상반되는 여인을 처와 첩으로 등장시켜 갈등을 조장하고 있다. 이는 궁극적으로 처첩제도나 가부장제의 문제점을 반영한 것으로 볼 수 있다. 게다가 남부인이 여성영웅으로 활약하는 것은 여성의 정체성이나 능력을 은연중 부각한 것으로 볼 수 있다. 해외원정을 통한 민족의식 고양은 국제사회에서 조선의 정체성이나 자존감을 드러낸 것이라 하겠거니와 해학적 사건을 통한 민중의식의 반영에서는 조선후기의 공연예술의 특성을 수렴한 것으로 이해할 수 있다.

셋째, 문학사적 의의와 한계를 살펴보았다. 이 작품은 다양한 화소를 끌어들여 가정소설, 몽자류소설, 남성영웅소설, 여성영웅소설적인 특성이 두루 담겨 있다. 이는 당시까지 대중적인 관심사였던 소설유형의 장처를 적절히 수렴한 것이라 할 수 있다. 즉 인기 있는 내용을 적절히 발췌하여 하나의 작품으로 형상화한 것이라 하겠다. 그런 점에서 창작보다는 기존작품을 상품으로 가공했던 고전소설의 말류적 현상을 보인다 하겠다. 즉 고전소설사의 끄트머리에서 소설의 변개 양상을 실증한다는 점에서 문학사적인 의의를 찾을 수 있다. 동전의 앞뒷면과 같이 이것은 서사성이나 문학사적인 한계를 반증하는 것이기도 하다. 이 작품은 기존의 화소를 적절히 짜깁기하는 과정에서 소설장르의 특징이라고 할 수 있는 논리성이나 인과성을 상당 부분 잃고 말았다. 즉 긴밀한 사건구조보다는 관심거리를 연접시켜 서사성이 반감될 수밖에 없었는데, 이것을 이 작품의 문학성은 물론 문학사적인 한계로 지적할 수 있겠다.

〈소강졀실긔〉의 설화적 특성과 유통

1. 서론

역사적 인물이나 사건이 설화화 또는 소설화되는 과정은 흥미로운 점이 많다. 사실(史實)에 근거한 인물의 행적이 창작자의 창의와 결합하면서 이루어지는 변이 과정은, 허구라는 윤색을 거치며 수용자들에게 새로운 의미로 재해석된다. 이러한 점에서 문학이 현실, 특히 역사적 현실과 어떤 상관성을 지니는가 하는 것은 서사문학 연구의 기본적인 문제를 제기하는 동시에 심층적 고찰을 요구하는 바이다. 따라서 역사인물담은 주인공으로 설정된 해당 인물의 행적을 통해 그 시대적 가치를 조명하는 데 역점을 두어야 한다.

서사문학에 내재된 관심의 방향이 인물 간에 빚어지는 갈등과 이로 인해 야기되는 핍진한 사건이라 전제할 때, 조선후기는 분명 다채로운 인물군상의 탐구와 다양한 삶의 궤적을 중시하는 특성을 지니고 있었다. 여기에는 당대 규범윤리에 부합하는 모범적 인물형이 있는가 하면, 제도

권에서 벗어난 방외인으로 활동한 인물도 포함된다. 이인(異人)이라 규정되는 일탈적 인물에 대한 관심은 유가의 이념이 강력하게 지배했던 조선전기에도 잠복적인 형태로 지속되어 왔지만, 근대적 가치가 태동했던 후기에는 더욱더 증폭되는 양상을 보인다. 화담 서경덕, 토정 이지함, 남사고, 전우치 등으로 대표되는 기인이사(奇人異士)들은 제도권에서 배제되었지만, 기층민중은 허구적 성격이 짙은 이들의 인물담에 매력을 느꼈던 것이다.

본고에서 다룰 <소강절실긔>는 앞서 언급한 역사인물담 중에서도 주인공의 국적이 중국이라는 점에서 관심을 끈다. 한국 설화에 이입된 중국의 인물들 중 많은 분포를 보여 준 이들은 대개 객관적 역사성을 증빙하기 어려운 경우이거나, 초인적 행동을 보여준 경우가 많다. 강태공·편작·동방삭·석숭·장자·곽박 등이 그렇다.[1] 이들은 모두 설화적 인물들로서 극적인 사건을 통해 특정 분야를 대표하는 인물이라 보는 것이 타당할 것이다. 즉 박문수가 한국 설화에서 암행어사의 대표성을 띠며 유사한 암행어사나 선비의 이야기를 흡수하듯[2] 위에 열거한 중국인은 정치가·의사·도인·부자 등을 대표하는 것으로 보아야 하겠다.

이 책의 주인공 소강절(邵康節-소옹(邵雍)은 중국철학사에서도 매우 이채로운 성격의 사상가이자 철학자이다. 그는 북송오자(北宋五子)의 한 사람으로 유학자이면서도 도가의 학문을 접목하여 관념론적 철학을 수립했지만, 그 이론적 난해함으로 말미암아 철저하게 비판[3] 또는 배격되었다. 이처럼 도가적 취향과 방외인적 삶의 태도는 역설적으로 그에 관한

---

1) 손지봉, 『한국설화의 중국인물 연구』, 박이정, 1999.
2) 신동흔, 「역사인물담의 현실대응방식 연구」, 서울대학교대학원 박사학위논문, 1993, 120쪽 요약.
3) 이창우, 「소강절의 역수 역학에 대한 연구」, 성균관대학교 유학대학원 석사학위논문, 2012, 1쪽.

많은 일화를 낳게 되었는데, 우리나라에 이식된 소강절의 설화는 대중적 취향에 맞게 윤색되어 흥미소를 배가하였을 것으로 추정된다. 소강절이 지향했던 철학적 사유방식이나 사상적 태도와는 별도로 설화의 주요 수용자였던 기층 민중들에게 매력을 주었던 까닭은, 그가 동시대 여러 학자들이 추구했던 학문적 궤적과는 다른 예외적 성격을 지녔기 때문으로 파악된다. 애당초 소강절은 역(易)에 관심을 두어 예언의 운명학 또는 점술의 학으로 비난 받을 소지가 충분하였다는[4] 점은 설화화되기에 충분한 조건이었음을 의미한다.

사실 '실기(實記)'라 명명하였지만, 전반적으로 허구성이 강하다는 측면에서 이 작품은 소설이라고 보는 것이 옳다. 다만 소설이 지니고 있어야 할 요건인 사건 간의 개연성이 희박하고, 단편적인 일화들이 옴니버스 형태로 구성되어 문헌설화의 성격 또한 매우 짙다고 볼 수 있다. 본 논문에서는 이러한 점을 고려하여 <소강절실기>의 설화적 특성과 유통의 실상을 고찰하려 한다. 지금까지 이 작품에 대한 개별 연구는 전무한 실정이기 때문에, 포괄적으로 이인에 관한 설화[5]와 역사인물담,[6] 또는 도술소설[7] 등의 서사장르를 토대로 논의를 전개하고자 한다.

---

4) 김창룡, 「주사장인전에 나타난 소강절 배격의 의의」, 『한성대학교 논문집』 8집, 한성대학교, 1984, 120쪽.
5) 박희병, 「이인설화와 신선전(Ⅰ)」, 『한국학보』 14권 4호, 일지사, 1988.
   박희병, 「이인설화와 신선전(Ⅱ)」, 『한국학보』 15권 2호, 일지사, 1988.
   정경민, 「여성 이인설화 연구」, 이화여자대학교대학원 석사학위논문, 2000.
   최삼룡, 「이인설화 출현의 사상적 배경에 대하여」, 『어문논집』 18권 1호, 안암어문학회, 1977.
6) 신동흔, 앞의 논문.
   최운식, 『토정 이지함 설화 연구』, 『한국민속학』 33호, 한국민속학회, 2001.
7) 강경화, 「고소설에 나타난 도술행사 연구」, 『겨레어문학』 19집, 겨레어문학회, 1995.
   강경화, 「고소설의 도술소재와 그 의미」, 건국대학교대학원 박사학위논문, 1996.
   최창록, 「도술소설과 갈등의 의미」, 『어문학』 44-45집, 한국어문학회, 1984.

2. 〈소강절실긔〉의 원형설화와 제작배경

본고의 텍스트인 〈소강절실긔〉는 경산 사재동 교수가 소장하다가 현재는 충남대학교 중앙도서관 경산문고에 보관되어 있다. 1926년 동광서국(光東書局)에서 출간된 활자본을 제외하고, 필사본으로는 현재 유일하게 전하는 작품이다. 1권 1책의 국문 전용 필사본으로 총 63면, 각 면 13행으로 이루어져 있으며, 글씨의 상태가 비교적 양호하여 해독하기에 큰 불편함이 없다. 활자본과 비교해 볼 때, 몇몇 조사와 어미를 제외하고는 그 내용이 거의 유사하며, 작품 말미에 '임오 납월 망일 총총이 필서하로라'고 명시한 것으로 보아 전후 사정을 고려할 때, 1942년 12월 15일에 필사를 마친 것으로 보인다.

〈소강절실긔〉의 원형설화를 살펴볼 수 있는 자료로는 ≪한국구비문학대계≫와 ≪한국구전설화집≫이다. 지금까지 조사된 소강절의 원형설화를 집약하면 총 24편에 이른다. 이를 각각 상세하게 살펴보면, ≪한국구비문학대계≫ 22편, ≪한국구전설화집≫ 2편으로 집계된다. 구체적인 설화내용은 다음과 같다.

1) 동해용왕을 점술에서 이긴 소강절(1-6, 578)
2) 재물이 있는 곳을 잘 아는 소강절(1-6, 582)
3) 정명도 때문에 죽음을 받아들인 소강절(1-6, 651)
4) 정명도 때문에 죽음을 받아들인 소강절(2-7, 578)
5) 남 일은 알고 자기운수는 몰라 피해 본 소강절(3-4, 385)
6) 점쟁이보다 뛰어난 소강절(3-4, 388)
7) 7대손을 살린 소강절(4-2, 160)
8) 딸보다 점을 잘 본 소강절(4-2, 160)

9) 제자보다 점을 잘 본 소강절(4-5, 729)

10) 국사와 소강절의 점술 대결(5-4, 185)

11) 15대손을 살린 소강절(5-6, 744)

12) 손자를 살린 소강절(6-9, 477)

13) 동생보다 예언력이 뛰어난 소강절(6-9, 479)

14) 9대손을 살린 소강절(6-11, 215)

15) 6대손을 살린 소강절(7-10, 59)

16) 부인을 자결하게 한 소강절(7-10, 63)

17) 16대손을 살린 소강절(7-10, 335)

18) 시부 소강절보다 더 많이 아는 며느리(7-16, 580)

19) 소강절이 득도한 과정(8-5, 1037)

20) 5대손을 살린 소강절(8-13, 346)

21) 소강절보다 점을 잘 친 며느리(9-1, 112)

22) 7대손을 살린 소강절(9-1, 112)[8]

23) 소강절보다 임기응변이 뛰어난 제자(8-177)

24) 이웃집 학자를 결혼시킨 소강절(14-356)[9]

이 중 가장 많은 분포를 보이는 것이 총 8편의 이야기로 이루어진 '후손 살리기' 유형의 화소이며, 다음으로는 2편의 이야기로 이루어진 '소강절의 죽음'이다. 먼저 5대손에서 16대손까지 다양한 유형의 이야기로 분포되어 있는 '후손 살리기' 화소의 내용을 종합하면 다음과 같다.

① 결혼 첫날밤, 소강절은 부인을 재워놓고 점을 친다.

---

8) 손지봉, 「한중민간문학에 나타난 '소강절'」, 『중국연구』 20집, 한국외국어대학교 외국학종합연구센터 중국연구소, 1997, 146~147쪽, 재인용.

9) 문화콘텐츠닷컴(http://www.culturecontent.com), 한국설화인물유형 <소강절>(박종익, 『한국구전설화집』, 민속원, 2005에서 발췌 요약)

② 자식이 생길까를 궁금해 했던 소강절이 점을 쳐보니 과연 아들이 들어선다는 점괘가 나온다.

③ 내친김에 다음 후손들의 앞날까지 점을 쳤는데, ○대손에 이르러 역적 누명을 쓰고 죽을 불길한 점괘가 나온다.

④ 세월이 흘러 소강절은 임종을 앞두고 후손에게 유품 하나를 남기며, "이것을 ○대손에게 물려주고 집안에 큰일이 생기면 풀어보게 하라."는 유언을 남긴다.

⑤ 수백 년이 흘러 소강절의 ○대손은 정말 역적 누명을 쓰고 멸문지화를 당할 처지에 놓인다.

⑥ 그는 할아버지의 유품을 열어 볼 때가 되었음을 직감하고, 보자기를 풀었더니, "지체하지 말고 이 함을 형조상서에게 전하라."는 글이 있었다.

⑦ 지체 없이 형조상서를 찾아 갔더니, 그는 대학자인 소강절의 유품이 왔다는 소식을 듣고 황급히 나와 예를 다해 유품을 받는다.

⑧ 그가 유품을 받기 위해 마당에 내려서자마자, 순식간에 서까래가 내려앉으며 집이 무너지고 만다.

⑨ 함을 풀자 소강절의 편지가 나왔는데 거기엔 "당신이 대들보에 깔려 죽었을 목숨을 내가 구해주었으니, 당신은 나의 ○대손을 구해주시오."라는 내용이 적혀 있었다.

⑩ 상서는 그 길로 재수사를 명했고, ○대손의 무죄를 입증해 주었다.

그러나 <소강절실기>의 화소에는 이상하게도 '소강절설화'에서 가장 널리 회자되면서 소강절의 캐릭터로 집약되어 있는 '후손 살리기' 화소가 등장하지 않는다는 점이다. 다만 '소강절의 죽음' 화소로 '하세하는 날이 되자 생명연장을 하려 염라사자를 들어오지 못하게 하는 도술을 행하다가 정명도의 질책을 듣고 순명한다'는 내용이 등장하여, 사특한 환술을 부리려다 오히려 정명도에게 꾸짖음을 듣는 비루한 모습이 그려진다. 유가에서 정자(程子)로 추앙받는 두 형제 중의 한 사람인 정명도(정호)는 <소강절실긔>의 또 다른 화소에서 한 번 더 등장하는데, 그때도 국운을 예언하는 소강절에게 경박하게 천기누설을 했다는 이유로 질책한다. 이는 정통학문으로 숭상했던 유가의 사대부 의식이 자연스럽게 반영되어 소강절을 폄하한 것이라 하겠다.

<소강절실긔> 화소의 대부분을 차지하는 혼사모티프(또는 혼사장애모티프)는 위 24)에 잘 나타나 있다. 이 내용을 살펴보면 다음과 같다.

① 소강절 선생의 글방 옆에 나이가 찬 한 학자가 홀로 산다.
② 이를 가엾게 여긴 선생이 학자를 결혼시키려 한다.
③ 선생이 학자에게 재 넘어 연못에 바가지를 가지고 가서 그 물을 다 퍼내면 결혼을 할 수 있을 것이라 예언한다.
④ 학자는 3일 만에 그 물을 다 퍼냈는데, 선생의 말대로 연못 아래 있는 송장을 발견한다.
⑤ 선생은 그 송장을 잘 묻어주고 집에 돌아오면 한 여자가 진수성찬을 차려줄 것인데, 돌아가려 할 때 함께 살자고 말하되 10년이 될 때까지는 백년해로하자는 말을 해서는 안 됨을 당부한다.
⑥ 학자가 선생의 말대로 하여 두 아들을 낳고 행복하게 살았는데, 그만 하루를 참지 못하고 부인에게 백년해로하자는 말을 뱉는다.
⑦ 그러자 부인은 사라지고 학자가 앉아 있던 곳은 연못으로 변해 버린다.
⑧ 부인을 잃은 학자와 두 아들이 슬픔에 빠져 있었는데, 선생이 이를 보고 부인을 다시 찾을 수 있는 방법을 알려준다.
⑨ 그 방법은 칠월칠석에 오작교에 여덟 여자가 지나갈 때 그 중 일곱 번째가 부인이니 치맛자락을 붙잡으라는 것이다.

⑩ 세 부자가 칠월칠석날 오작교 밑에 있다가 부인의 치맛자락을 잡으니 부인은 파란 병 하나와 빨간 병 하나를 건네며, 파란 병은 남편이 갖고 빨간 병은 선생에게 주라고 하며 떠난다.

⑪ 선생은 파란 병에 든 것이 불로초이고 빨간 병에 든 것은 불이라 하여 불로초를 학자에게 먹게 하고 빨간 병은 책상 위에 놓아둔다.

⑫ 얼마 후 달 밝은 밤에 하늘에서 타래박이 하나 내려왔는데 삼부자는 그것을 타고 하늘로 올라가 부인과 해후하고 행복하게 산다.

이 화소 외에도 5)에는 24)와 동일한 혼사모티프를 기본 골격으로 하되 여러 설화에서 차용한 이야기가 종합되어 있다. 그 내용은 다음과 같다.

① 총각이 소강절에게 장가갈 방법을 묻는다.
② 소강절이 냇가에서 목욕하는 처녀의 옷을 훔쳐오게 한다.
③ 처녀가 총각을 따라와 살면서 3형제를 낳는다.
④ 옷을 주니 용왕의 딸이라며 돌아가면서 빨간 병과 파란 병을 준다.
⑤ 파란 병은 젖먹이 젖병, 빨간 병은 소강절을 주라고 한다.
⑥ 소강절이 빨간 병을 따니 술서(術書)가 전부 불에 탄다.

이는 <선녀와 나무꾼>, <여우누이> 설화를 차용하여 엮은 화소로 재구성되었는데 결말 구조의 반전이 이색적이다. 통찰력으로 정평이 나 있는 소강절조차 자신의 운명은 예견하지 못한다는 이 에피소드는 거역할 수 없는 천명(天命)에 순응해야 한다는 주제의식을 내포하고 있다. <소강절실긔>에 포함되지 않은 여타의 설화도 마찬가지이거니와 '소강절설화'에는 이처럼 소강절의 비범한 신통력과 예지력만을 보여주는 것이 아니라 패배와 실수, 질책받는 이야기가 비등하게 분포되어 있어 인간적 한계를 반영하는 요소로 작용하고 있다.

분명한 것은 많은 사대부들이 소강절에 대해 긍정적이든, 부정적이든 지대한 관심을 보여주었다는 사실이다. 소강절을 부정적으로 인식했던 경우로는 권필을 들 수 있는데, 그는 <주사장인전>에서 소강절의 역(易) 발휘의 측면을 자연과 인간의 정도를 그르치는 곡학아세로 보아 소강절을 규탄하였다.10) 도교 신비주의 전통의 선각자였던 소강절의 ≪황극경세≫에는 왕조의 흥망성쇠를 예언하는 연표가 들어 있어, 태조 이성계의 조업이 일만 년을 갈 것이라 믿은 왕실이나 권력층의 심기를 불편하게 만드는 책이었음에 틀림이 없었다. 이런 이유로 소강절의 저서 ≪황극경세≫는 조선시대에 금서나 마찬가지였다.

반면 조선 중기 도학의 선구자인 화담 서경덕은 소강절을 주역과 관련된 우주론 분야의 독보적 존재로 인정하고 그의 ≪황극경세≫를 홀로 공부하여 그 진의를 이해하는 것은 물론, 자신의 경지를 개척하여 많은 이의 경탄을 자아냈다. 또한 혁신적 지성을 대표하는 허균 또한 소강절의 학문에 경도되었으며,11) 실학의 비조격인 이수광은 성리학 중에서도 도가의 영향이 짙은 소강절의 상수역학에 심취하였다. 주자학의 세계관에서 국가와 역사는 도덕적 존재이지만, 인간의 마음과 우주만물이 평등하다는 상수역학의 세계관에서 국가와 역사는 물질적 변화 과정일 뿐이라는 점에서 더욱 그러했다.12)

소강절은 인생의 후반기에 당대를 주름잡던 사상가인 사마광·장재·정명도·정이천과 가깝게 지냈다. 그러나 그들과 달리 그는 관직에 나가지 않았다. 그래서 평생 가난하게 살았지만 그의 몸과 사유는 그만큼 자

---

10) 김창룡, 앞의 논문, 128쪽.
11) 황선명, 「역과 현대사회」, 『신종교연구』 5집, 한국신종교학회, 2001, 7-27쪽 요약.
12) 한영우, 『실학의 선구자 이수광』, 경세원, 2007, 133-134쪽.

유로웠다. 스스로 '유가'임을 선언했지만 다른 북송의 현인들과 달리 불교나 도교에 적대적이지도 않았다. 오히려 그는 도교의 이론을 잘 활용했고, 또한 그의 시 중에는 '불가의 가르침을 배우며'라는 시가 있을 정도로 유·불·도 사이를 자유롭게 노닐었다.[13]

이런 점 때문에 소강절에 대한 사대부들의 인식에는 호불호가 극명하게 갈렸다. 실제로 방외인뿐만 아니라 출사한 사대부들 또한 외적으로는 유학자로서의 견고한 모습을 보였으나, 내적으로는 도가 사상에 우호적이었던 경우도 많았다. 한편 양반 사회에서 늘 사상적 논란거리였던 소강절은 대중들에게 오히려 신비로운 이인의 이미지로 각인되었을 것으로 보인다. 여기에 조선후기 이인설화의 성행이 기폭제 역할을 함으로써 중국의 여러 역사인물들 중에서 많은 설화의 양산과 유통을 가능케 한 인물이 되었다.

3. 〈소강절실긔〉의 설화적 특성과 소설적 면모

앞서 <소강절실긔>의 원형 설화들을 점검하고, 작품에 반영된 화소들을 분석해 보았다. 규범을 중시했던 통치자의 입장에서는 윤리적 덕목을 현창하고, 후대의 전범이 되는 인물담을 미덕으로 여겼으나 대중은 좀 더 신비롭거나 특이한 이야기에 관심을 갖는다. 더욱이 예언과 도술의 능력을 지닌 비범한 인물에 대한 호기심은 당연히 다양한 버전의 이야기와 신속한 전파가 가능했다. 더욱이 중국 최고의 도학자로 알려진 소강절의 이야기는 부연·강화되어 대중에게 유통되었음은 당연하다.

---

13) 안도균, 「고전인물로 다시 읽기」, 서울신문, 2011년 11월 21일자.

비범한 능력을 지닌 낭만적 설화의 주인공들은 초인적 행동을 하는 이인이 대부분이다. 초인적 도술이나 예지의 능력을 가지고 싶은 욕망은 인간이라면 누구나 꿈꾸는 대상이다. 이런 점에서 도술소설과 이인소설은 유사한 맥락의 범주에서 설명이 가능하다. 그러나 <소강절실긔>는 소설이라는 대전제에서 그 세부적 성격상 이인소설로 한정하여 보는 것이 합당할 것이다. 물론 고전소설의 장르를 큰 틀에서 볼 때, 이인소설이라는 명칭의 모호함이 있을 수 있으나 그렇다고 이 작품을 영웅소설이나 도술소설로 보기는 어렵다. 특히 이 작품의 설화적 특성을 감안할때, 점복설화나 예언설화의 성격도 농후하기 때문이다. 이런 관점에서 서사구조를 살펴보면 다음과 같다.

(1) 서 : 중국 역대 인물의 도력 소개
① 복희씨, 하우씨, 주문왕, 주무왕, 공자, 강태공, 장자방, 제갈무후(제
    갈량)의 사례를 소개하다.
② 위 聖人들은 모두 술법을 모르지 않지만 이를 함부로 사용하지 않
    았다.
(2) 소강절의 비범한 출생과 성장 : 총명함과 도술 습득을 통해 이인적
    면모를 나타낸다.
① 결혼 후의 예견 : 두 배필감 중 충실하고 순량한 사람을 맞아들여
    부모께 효성이 지극한 아내를 미리 알아보는 혜안을 보여 준다.
② 부친의 사망 예견 : 부친이 일찍 사망할 것을 알았으나 인명재천의
    순리에 따른다.
(3) 소강절의 비범한 예지 능력과 점복1
① 소강절을 해하려는 천년 묵은 구미호의 간특한 계략을 미리 알고
    굴복시켜 감읍하여 돌아가게 한다.
② 소강절을 해하려는 이웃 고을 장사(壯士)의 간특한 계략을 미리 알

고 굴복시켜 감읍하여 돌아가게 한다. : 우문현답(두 개의 에피소드)을 통한 제압

③ 어느 날 소강절이 파적삼아 질화로의 운명을 점쳐 깨질 날을 적중시키고, 운명에 대해 모친과 논쟁을 벌인다.

④ 간구(艱苟)하게 사는 고모와 내종을 위해 소강절이 술법을 발휘하지만, 타고난 팔자를 변통하기 어려운 모자는 발복하지 못한다.

⑤ 정명도(정호, 이정자(二程子)의 한 사람)와 함께 기문기답(奇聞奇答)을 한 후, 악양루 대들보에 이백년 후 국운과 관련한 예언의 글을 썼다가 천기누설(天機漏泄)을 했다는 이유로 정명도에게 질책을 당한다.

(4) 소강절의 비범한 예지 능력과 점복2

① 우매하고 빈궁한 이들에게 더욱 인자한 소강절의 겸손한 성격과 고매한 인품을 소개하다.

② 평범한 이웃 사람 가언은 상처(喪妻) 후 순량하고 효성이 지극한 아들과 살며, 소강절에게 아들의 결혼을 주선하기를 애틋하게 청원한다.

③ 하루는 소강절이 종이에 편지를 써서 가언에게 주며 '용소(龍沼)'라는 연못에 던지고 집으로 돌아가라 명하고 가언은 이를 행한다.

④ 그 날 밤 묘령의 낭자가 가언의 집을 찾아오고, 놀란 가언은 이튿날 소강절을 찾아가 자초지종을 물었더니, 소강절은 며느릿감이라 하며 아들에게 12일 동안 낭자를 가까이 하지 말고 비단 짜는 일만 시키라는 금기사항을 일러 준다.

⑤ 12일째 되는 날 소강절은 가언을 찾아가 자신의 서재를 지키라며 누가 오더라도 기척을 하지 말라는 청을 하지만, 가언은 이를 지키지 못하고 한 노인이 나타나 소강절의 모든 책을 불사른다.

⑥ 가언이 집에 돌아가니 낭자 또한 노인과 함께 자취를 감추었는데, 그 연유를 소강절에게 묻자 노인과 낭자가 용과 그의 딸임을 밝히

고, 그간의 사연을 소상히 들려주며 노여움을 탄 용의 딸이 며느리
가 되지 못함을 알린다.

⑦ 다시 며느리를 얻고자 하는 가언에게 소강절은 이웃 마을 위홍의
딸 일애를 소개하는데, 병든 부친 위홍에게 쓴 귀신을 쫓아내어 완
쾌해야 결혼할 수 있다는 조건을 붙인다.

⑧ 소강절의 조언을 들은 가언과 그의 아들 득연은 위홍과 일애 부녀
를 찾아가고, 소강절이 써준 편지를 일애에게 건넨다.

⑨ 소강절의 예지력과 통찰력에 따라 가언, 득연, 일애는 합심하여 위
홍을 괴롭히던 뱀 귀신을 퇴치하고, 득연과 일애는 결혼하여 행복
한 가정을 이룬다.

⑸ 결 : 소강절의 죽음

① 소강절은 훗날 닥쳐 올 국난을 예견하고 다시는 점복을 행하지 않
는다.

② 하세하는 날이 되자 생명연장을 하려 염라사자를 들어오지 못하게
하는 도술을 행하다가 정명도의 질책을 듣고 순명한다.

전체적으로 다섯 개의 서사단락으로 이루어진 <소강절실기>는 제목
그대로 주인공 소강절의 일대기를 비범하게 서술하고 있다. 눈앞에 닥친
난제를 풀어나가는 문제해결능력의 소유자인 소강절을 통해 독자들은
대리만족과 카타르시스를 느낄 수 있었을 것이다. 특히 어려서부터 보여
준 소강절의 비범한 예지력을 작품 서두에 등장하는 성인들의 위계와 같
은 반열에 놓음으로써 공신력을 배가시키고 있다. 더욱이 구미호와의 대
결이나 힘센 장사와의 대결에서 그들을 압도하는 탁월한 능력은 여타 영
웅소설의 주인공이 성취하는 영웅적 행적에 버금가는 위엄을 보여준다.
이 작품의 한계는 이후 주인공이 더 이상 무엇을 보여주지 못한다는
점에 있다. 작품 구성상 소강절은 일관되게 나약하고 어리석은 인물들을

비호하고 있지만, 이웃 총각의 결혼을 성사시키는 단 한 번의 성공을 제외하고는 번번이 인간적 한계에 직면하고 만다. 나약한 인간을 동정하지만 그 스스로가 나약해지고 마는 아이러니한 상황이 되고 만다. 물론 이것은 수많은 전설에서 보여주는 인간적 한계의 구조와 상통하는 것이라서, 소강절은 운명을 개척하거나 교착 상태에 빠진 운명에 고뇌하는 인간상을 보여주지는 못한다. 작품 전반을 지배하는 순응의 미덕이 더 이상 진전하지 못함으로써, 갈등이 해결되지 못한 채 서사의 동력을 상실하고 만다. 그렇기에 전술한 바와 같이 <소강절실긔>는 영웅소설이나 도술소설의 역동성에 미치지 못하는 아쉬움을 남기고 있다. 이를 구체적으로 분석해 보기로 한다.

1) 이인의 풍모와 예언자로서의 한계

도술의 특징을 보면, 음식을 먹지 않아도 배가 고프지 않으며, 옷을 입지 않아도 추위나 더위를 느끼지 못한다. 몸이 가벼워 날아다닐 수 있고, 귀신을 보거나 부릴 수도 있다. 사람의 병에 대한 원인을 규명할 수 있고, 부당하게 비명횡사한 사람을 다시 살려내는 일도 가능하다. 귀신세계를 왕래하기도 하고, 천상에 올라가 옥황상제를 알현할 수도 있다. 자기 몸을 숨길 수도 있으며, 상대방을 내 마음대로 움직이거나 몸을 변형시키는 재주도 갖는다.14) 그렇다면 소강절은 도술가의 면모와는 일정한 거리를 갖는다. 예언과 점복에 뛰어난 소강절이지만, 호풍환우하고 변신에 능란한 도술가의 성격과는 차별화된다.

반면 이인은 신통력이나 도술 등 범인보다 뛰어난 능력을 갖고 있으면서도 그것을 잘 드러내지 않는다. 그렇기 때문에 이인설화는 도가(道家)

---

14) 김현룡, 『한국고설화론』, 새문사, 1984, 161-162쪽.

를 끌어들여 유도(儒道)의 사상적 융합을 이룩함으로써 유학만으로는 감당키 어려운 위난한 현실에 대처코자 한다. 지배체제의 입장에서 볼 때, 전자가 순정(醇正)하고 정통적인 사상이라면 후자는 잡박하고 이단적인 사상15)이라 여겼는데, 대중적인 명성과 인기는 오히려 후자의 몫임을 각종 이인설화에서 증명하고 있다. 토정 이지함, 화담 서경덕, 전우치 등의 설화가 변이·증폭을 거듭하며 민중의 지지를 받고 있음은 이러한 사실을 방증하는 사례라고 할 수 있다.

이인은 특별한 세계에 존재하는 인물이 아니라 예사 사람보다 뛰어난 능력을 지니고 있지만 숨어 지내는 존재이다. 숨어 지내다가 이따금씩 모습을 드러내어 세상에서 활동하되 승패를 판가름해야 할 심각한 대결은 벌이지 않는다. 즉 세계에 대한 치열한 의식이 수반되지 않는다. 이러한 의식의 저변에는 도가의 사상적 기반이 내재되어 있다.

우리가 흔히 일컫는 도교에는 노장사상, 신선사상, 단군을 비조로 한 주체적 도가사상, 그리고 기복신앙 등의 여러 요소들이 내포되어 있다. 많은 사람들이 신선이 되기 위한 수련에 관심을 보이기도 했고, 방외인적 인물들을 중심으로 주체적 도가사상이 계승되기도 했다. 유교를 주요 지배이념으로 삼았던 조선시대에 들어와 배척받기는 하였지만, 도교는 일부 지성인들에 의해 유교 중심 체제에 대한 비판적 이념으로, 또는 현실을 초극하는 방법 등으로 주목되었으며, 기층 민중들에 의해서는 민간신앙과 결부되어 신봉16)되고 있었다.

한편 이 작품의 주요 모티프로 활용되고 있는 예언은 국가의 흥망이나 개인의 운명 등 불확실한 미래에 대해서 탐지하는 내용을 중심으로 전개된다. 예언의 대상에 따라서 국가문제의 예언과 개인문제의 예언으

---

15) 박희병, 「이인설화와 신선전(Ⅰ)」, 『한국학보』 14권 4호, 일지사, 1988, 30쪽.
16) 이상택 외, 한국 고전소설의 세계, 돌베개, 2005, 203쪽.

로 나눌 수 있고, 예언의 근거에 따라 풍수예언·관상예언·점복예언 등으로 나눌 수 있다. 국가문제의 예언은 도참사상과 연결되는데 국가의 흥망이나 전란을 예언하고 이 예언이 적중되는 방향으로 이야기가 전개된다.

예언의 능력을 지닌 이인으로서의 소강절은, 그럼에도 불구하고 주어진 운명에 절대 복종한다.[17] 죽음에 임박하여 잠시 거부의 의사를 보였지만, 그 또한 정명도의 질책 앞에 담담히 받아들이고 만다. 이렇듯 소강절은 현실을 받아들이는 운명론자였기에 사회적 규범과 제약에서 벗어나 전복적 사유와 가치를 보여주는 개혁사상과는 일정한 거리가 있다. 당대 지배이념에 적극적으로 도전하지 못하는 것은 도가의 가치이념과 함께 당대 민중들의 운명에 대한 세계관을 반영하는 것이라 하겠다.

2) 병렬적 구성과 개연성의 부족

<소강절실긔>의 작품 경개를 살펴보면 서사구조는 크게 다섯 부분으로 나뉘되, 복잡하고 치열한 사건보다는 단순하고 평이한 내용이 중심을 이룬다. 특히 (1)~(5)까지의 서사단락은 사건전개에 있어 어떤 개연성도 찾아볼 수 없다. 즉 독립적인 각각의 서사단락이 옴니버스 형태로 이루어졌다. 물론 내용 전체를 살펴보면 소강절의 비범한 예지 능력으로 주제를 포괄할 수 있겠으나, 에피소드의 구성이나 균형에서도 형평이 맞지 않는다. 다만 작품 전체 분량의 70% 가량을 차지하는 (4)의 서사단락은 하나의 독자적인 소설로 독립될 수 있다. 인물 간의 갈등 양상이나 갈등

---

17) "대저 그러한 도술을 가지고도 명한이 다은 사람은 구제하는 법이 업는 것이라." "이 시간에는 엇더케든지 깨여질 것이온즉 나의 점친 까닥이라고만 말할 것이 안이옴니다."

의 해소 과정이 여타의 화소에 비해 비교적 치밀하게 구성되어 있기 때문이다. 그렇다 하더라도 전체 작품 구조 면에서 보면 여전히 이완된 느낌을 지울 수 없다.

더구나 소설 구성의 핵심이라 할 위기와 절정이 누락되어, 갈등의 극적 반전이 제거된 상태로 결말을 맞이한다. 즉 '갈등의 원인－갈등의 해결과정－갈등의 결과'라는 세 단계의 지극히 간명한 구조 속에서 갈등이 밋밋하게 해소되고 만다. 작가의 관심이 오로지 소강절의 비범한 예지 능력에 초점이 맞추어져 사건전개를 통한 갈등구조의 심화가 생략되었다. 하나의 소설 작품이 다양한 갈등 상황을 입체적으로 보여주고, 이를 해결하는 유기적 서사물이라 전제할 때, <소강절실긔>는 이처럼 구성상 치명적 한계점을 노출하고 있다. 사건발생과 해결과정이 단순할 뿐만 아니라 이야기들도 인과관계를 지니지 못한 채 단편적으로 나열되었을 따름이다. 이러한 원인으로 두 가지를 생각할 수 있다.

첫째, 이 소설의 모태로 작용하는 다양한 종류의 소강절설화들이 통일성을 갖추지 못했기 때문이다. 물론 설화들 모두 '비범한 이인'이라는 하나의 주제로 집약되기는 하지만, 산재해 있는 크고 작은 에피소드들이 서사적 응집력을 확보하지 못하고 있다. 일관적인 흐름의 부재는 결국 작품 전반에 긴장감을 떨어뜨리는 결정적 단점을 노출하고 말았다.

둘째, 작품을 종합적으로 설계하고 구성하는 작가의 능력이 부족했기 때문이다. 이는 본 텍스트의 모본이라 할 활자본 고전소설이 성행했던 20세기 초반의 분위기와 무관하지 않다. 즉 소강절과 관련된 많은 설화들을 취합·편집하는 과정에서 주제의 일관된 흐름은 잡았지만, 형식과 구조의 균형을 잡지 못하고 급조한 것에서 기인한다. 소설의 생명이라 할 사건과 갈등구조의 맥락을 보다 정밀하게 파악하지 못한 <소강절실긔>가 독자들의 감각에 얼마만큼 부응했는지는 정확히 알 수 없으나,

알려진 바로 지금까지 단 1종의 필사본만이[18] 전하고 있는 사실은 이 작품이 독자들의 독서 욕구를 크게 자극하지는 못했음을 반명한다고 본다.

3) 상업적 유통의 실체와 명암

전술한 바와 같이 <소강절실긔>는 1926년 광동서국에서 출간된 활자본을 제외하고, 필사본으로는 현재 유일하게 전하는 작품이다. 알려진 대로 20세기 초에 신식 활판 인쇄기가 도입되면서 그 기계에 의하여 인쇄 발간한 것이 이른바 딱지본 또는 육전소설이다. 대개 딱지본 출간이 가장 번성하던 때를 1915년경부터 1926년경까지로 보는데, 이 시기는 신소설과 함께 고전소설들이 함께 출간되며 문학의 정체성이 혼미한 과도기였다.

딱지본 소설의 출현으로 말미암아 대중은 더 값싸고 다양한 책을 접하는 계기를 마련할 수 있었다. 또한 익숙한 옛 이야기나 새로운 이야기들을 대량 생산해서 값싸게 판매함으로써 문자문화 자체가 확산되고 취미로서의 독서가 일상생활 안에서 자리 잡게 되었다. 반면 양적으로는 놀랄 만한 공급이 이루어졌지만, 질적으로는 조악하고 빈약한 작품들이 범람하여 수준을 떨어뜨리는 결과를 낳기도 하는 등, 순기능과 역기능이 공존하는 시대이기도 했다. 전대의 고전소설들을 그대로 인쇄하거나 개작한 것은 물론, 흥미를 끌만한 내용의 설화들을 모아 저렴하게 급조한 작품들도 나타나게 된 것도 그러한 사정 때문이다.

<소강절실긔>는 상업적 유통의 실체를 잘 보여주는 시기의 작품이다. 상업적 유통을 모색했던 출판업자들은 당연하게도 출판물이 독자에게 어떠한 반향을 일으킬 것인가를 감안하였을 것이다. 이런 점에서 인

---

18) 조희웅, 『고전소설 이본목록』, 집문당, 1999.

구에 널리 회자되던 소강절이라는 인물의 설화들이 일정 부분 대중성과 상품성을 갖춘 것으로 판단했을 것이다. 그렇기 때문에 이미 자본주의적 출판 유통의 단계로 넘어선 20세기 초반에 간행된 것이라 하겠다. 시대적 경향을 맞추려는 노력과[19] 의지가 엿보이는 것도 바로 이 때문일 수 있다. 하지만 당시의 유통 상황을 고려할 때, <소강절실긔>는 큰 인기를 끌었던 작품은 아니었던 것으로 여겨진다. 본 텍스트의 또 다른 이본이 발견되면 이를 새롭게 비교·검토하여, 보다 정치한 상업적 유통의 실체가 구명될 수 있으리라 본다.

4. <소강절실긔>의 문학사적 의미

고전소설의 원형인 설화는 구비 서사문학의 전통적 역할을 담당하며, 이후 발생한 소설장르에 끊임없이 영향을 끼쳤다. 설화가 소설의 모태가 됨과 동시에, 한편으로 소설과 경쟁 관계에 있었다는 점은 이야기문학이 지닌 특성을 잘 반영해 준다. 즉 기록문학인 소설과는 별도로 구비문학인 설화의 위상 또한 생명력을 얻으며 독자적 정체성을 발휘했다는 점이다. 이처럼 구비문학의 위력은 세월이 지나도 꾸준히 유지되었을 뿐만 아니라, 변이·증폭되어 새롭고 다양한 에피소드를 낳기도 하였다.

소강절의 인물담은 내용의 중복과 유사 설화의 차용이 다수 존재하기는 하나, 현전 24편의 개별 설화들을 보유하고 있을 만큼 소설화되기 알맞은 인물 유형을 보여주고 있다. 또한 그의 사상과 철학이 조선조 유학

---

19) "며누리의 셩명을 알면 불을 터인가 셩은 며가요 일홈은 누리로만 알고 불느 지그러하냐", "요새 말로 하면 상오 열두시 삼십분쯤 되어" 등 시대적 배경을 초월한 당시로서는 감각적이고 유머러스한 문제가 나오거나 간간이 보이는 판소리체가 당시 독자들을 배려한 것으로 보인다.

에서 크고 작은 쟁점이 될 만큼 문제적 인물이기도 했다. 이 때문에 그는 이미 소설화 이전에 설화적 인물로 강력한 존재감을 보여 주었다. 국가의 문제이든 개인의 문제이든 미래에 닥칠 사건에 관한 호기심과 불안감, 이를 예지하는 능력자에 대한 이야기는 대개의 점복설화에서 나타나듯 대중의 관심을 끌 만한 매력적인 모티프였다.

본 글에서 다룬 <소강절실긔>는 인물담의 기반 위에서 조성된 작품이다. 특히 이 작품과 관련하여 중국 북송 때의 실존인물인 '소강절'의 행적에 관한 실제 역사적 기록과 함께, 가공된 인물담 유형의 전기적(傳奇的) 설화가 공존해 왔다. 이를 근거로 한 소설 <소강절실긔>는 이인(異人)의 행적을 좀 더 강조하며 대중의 공감을 얻게 되었는데, 주인공의 활약상을 통해 독자들에게 판타지적 로망의 세계를 잘 보여주었다. 이인 이야기의 전형성은 대중의 현실적 결핍을 채워주는 가장 보편적 방식으로 활용되고 있는데, 이러한 서사맥락을 이어받은 <소강절실긔>도 다양한 욕망의 카타르시스를 잘 표현하고 있다. 또한 영웅담의 특성을 드러내면서도 '일탈적 이인(異人)'임을 강조함으로써 여타의 담화방식과 변별된 구조를 보여준다.

'소강절'의 이야기는 역사·설화·소설 등 다양한 장르에서 나타나고 있는데, 그만큼 신비한 행적을 지닌 '소강절'에 대한 대중의 관심과 애정을 표현한 것이라 볼 수 있다. 더욱이 사실적 세계에서는 표현할 수 없는 도력(道力)으로 세상을 바꾸고자 했던 주인공 때문에 이인소설의 장르적 성격을 지니고 있다. 한편 주인공의 일화가 나열되는 병렬적 구성은 전체 구조에서 문맥적 응집력이 떨어지는 설화적 특성을 보여주고 있다. 이처럼 이완된 구조는 작품의 문학성을 떨어뜨리는 이유가 되는데, 역설적으로는 주인공 소강절에 대한 설화들이 산재해 있었음을 방증하는 것이기도 하다. 이처럼 <소강절실긔>는 설화와 소설이라는 두 가지의 성격을 동시에 보여주며, 대중에게 널리 유통되었던 작품이라 하겠다.

5. 결론

이상으로 <소강절실기>의 설화적 특성과 유통의 실상을 살펴보았다. 중국 송대의 실존 인물 '소강절'에 관한 이야기는 역사·설화·소설 등 다양한 장르에서 나타나고 있는데, 그의 신비한 행적에 대한 대중의 관심과 애정을 반영한 것이라 볼 수 있다. 예지와 점복 능력으로 세상을 바꾸고자 했던 주인공의 활약으로 인해 <소강절실기>는 이인소설이라는 장르적 성격을 지니고 있다. 이러한 설화적 요소들은 소설에 영향을 끼쳐 20세기에 이르기까지 유통되었다. 지금까지의 논의를 요약하면 다음과 같다.

첫째, <소강절실기>는 주인공 소강절의 일대기를 통해 그의 예지 능력을 보여준 소설이다. 중국철학사에서도 매우 이채로운 사상가이자 철학자인 소강절은 관념론적 철학을 수립했지만, 그 이론적 난해함으로 말미암아 철저하게 비판당했다. 도가적 취향과 방외인적 삶의 태도는 역설적으로 그에 관한 많은 일화를 낳게 되는데, 한국에 이식된 소강절의 설화는 대중적 취향에 맞게 윤색되어 흥미소를 배가하였다. 소강절이 지향했던 철학적 사유 방식이나 사상적 태도와는 별도로 설화의 주요 수용자였던 기층 민중에게 매력을 주었던 까닭은, 그가 동시대 여러 학자들이 추구했던 학문적 궤적과는 다른 예외적 성격을 지녔기 때문이다.

둘째, <소강절실기>의 원형설화를 살펴볼 수 있는 자료로 ≪한국구비문학대계≫와 ≪한국구전설화집≫이 있다. 지금까지 조사된 소강절의 원형설화를 집약하면 총 24편에 이른다. 이를 상세하게 살펴보면, ≪한국구비문학대계》 22편, 《한국구전설화집》 2편으로 집계된다. 조선의 많은 사대부들은 소강절에 대해 긍정적이든, 부정적이든 지대한 관심 혹은 지지를 보냈다. 또한 양반사회에서 늘 사상적 논란거리였던 소강절은 대중에게 오히려 신비로운 이인의 이미지로 각인되었다. 여기에 조선후기 이인설화의 성행으로 말미암아 중국의 여러 역사인물 중에서 설화의 양산과 다양한 유통을 가능케 소강절의 일대기를 소설로 형상화한 것이라 하겠다.

셋째, 예언의 능력을 지닌 이인으로서의 소강절은 주어진 운명에 절대 복종한다. 이렇듯 소강절은 현실을 받아들이는 운명론자였기에 사회 규범과 제약을 전복하려는 개혁 사상과는 일정한 거리가 있었다. 당대 지배이념에 도전하지 못한 것은 도가의 가치이념과 함께 당대 민중의 운명론적인 세계관이 반영되었기 때문이다. 또한 <소강절실긔>의 작품 경개를 살펴보면 서사구조가 크게 다섯으로 나뉜다. 하지만 복잡하고 치열한 사건보다는 단순한 내용이 중심을 이룬다. 독립적인 서사단락이 옴니버스 형태로 나열된 것이다. <소강절실긔>는 당시의 상황을 고려할 때 크게 인기를 끈 작품은 아니지만, 상업적 유통의 실체를 잘 보여준다. 요컨대 <소강절실긔>는 설화와 소설의 두 가지 성격을 동시에 구비하고, 20세기에 이르기까지 대중에게 유통되었던 작품이라 하겠다.

〈쇼듕화역디셜〉과 역사와 문학의 접점

1. 서론

　문학은 허구성을 바탕으로 한다. 가공의 일을 창작하여 독자의 반응을 이끌어내기 때문이다. 실제 있었던 일을 배경으로 하더라도 사실(事實) 그대로가 이야기화되는 것은 아니다. 소재를 실제 발생했던 사건 속에서 차용해 온다고 하더라도 그것은 우리가 속한 현실이 될 수는 없다. 사회 현상을 반영하는 것이 문학이지만, 때로는 독자의 흥미를 위해 혹은 작자의 의도에 따라 작품을 사실과는 다르게 변개하기 마련이다. 역사적 사실을 배경으로 한 작품의 경우 그것을 어디까지 사실(史實)로 이해하고, 또한 어디서부터 작자의 상상으로 볼 것인가의 문제는 작품 이해를 위한 선결 조건이라 하겠다. 지나간 이야기는 대중의 관심거리가 될 수 있고, 그래서 소설의 소재로서 훌륭한 조건을 갖춘 것으로 볼 수 있다. 과거의 특별한 이야기를 소재로 취택해 허구를 창작한 것도 그래서 빈발할 수 있었다.

우리는 사실(史實)에 입각하면서 작가적 상상력을 동원한 결과물로 역사소설을 꼽을 수 있다. 잘 아는 것처럼 역사소설이 나름의 문학사적 위상을 확보할 수 있었던 것은 역사상 유명 인물을 다루면서[1] 작자나 독자의 역사의식을 담아놓았기 때문이다. 조선시대의 역사소설은 작자와 독자를 이어주는 자성의식(自省意識)을 담고 있을 뿐만 아니라 설화적인 요소가 개입되어 민족문학으로서의 성격이 강화될 수 있었다. 이는 역사성과 문학성을 동시에 포괄하려는 작가의식이 작용한 때문이라 하겠다.[2] 한편 역사적 사건이 서사의 중심축이 되고, 이를 사실적으로 형상화한 고전소설을 역사소설로 보기도 한다.[3]

본고에서 다룰 <쇼듕화역디셜>은 역사적 사실을 내포하되 역사소설로 보기에는 어느 정도 한계가 있다. 사실(史實)을 소재로 활용하기는 했지만 단순 나열에 그쳐 소설적 형상화 단계까지 나아가지 못했기 때문이다. 하지만 역사에 대한 관심을 이야깃거리, 읽을거리로 여겼던 당대 독자층을 감안하면, 이 작품 또한 넓은 범위에서 역사서사로 이해할 수 있을 것이다. 이 작품의 일부 내용이 역사적 사실에 문학적 허구를 가해 읽는 재미를 제고해 놓았기 때문이다. 따라서 역사와 문학의 경계를 이 작품을 통해 살펴볼 수 있으리라 본다. 즉 역사적 사실이 문학작품에 차용되는 경향이나 당대 작자 혹은 독자들이 견지했던 문학에 대한 인식을 파악할 수 있으리라 본다.

---

1) 백낙청, 「역사소설과 역사의식」, 『창작과 비평』, 1967, 봄호, 7쪽(김장동, 『조선조 역사소설연구』, 인우출판사, 1986, 15쪽에서 재인용)
2) 김장동, 『조선조 역사소설연구』, 인우출판사, 1986, 16-19쪽.
3) 권혁래, 『조선 후기 역사소설의 성격』, 도서출판 박이정, 2000, 10-15쪽.

2. 〈쇼듕화역디셜〉의 서지사항

　〈쇼듕화역디셜〉은 조선왕조의 내
력을 밝히고 당대의 名臣과 저명인물
을 중심으로 역사적 사건을 소략하게
정리해 놓았다.4) 이 작품의 제목은
제1책 표지에 〈東國略史〉, 본문 처
음에 〈쇼듕화역디셜 권지일〉로 표
기되어 있으며, 2권을 시작하면서는
〈역디셜 권지이 장릉사적〉이라고
하였다. 그리고 제2책 겉표지와 속표
지에서는 모두 〈역디셜〉이라고 했
으며, 제3책 표지에 와서 다시 〈東國
略史〉라 했지만 본문에서는 〈역디
셜〉이라고 하였다. 제4책 겉표지에

[사진 1] 〈쇼듕화역디셜〉 제1책

서는 〈歷代記〉, 속표지에서는 〈小中華歷代記〉라 하되 5권의 시작 부
분에서는 〈역디셜〉, 6권을 시작하면서는 〈小中華歷代記 卷之六 소즁화
역디셜 권지뉵〉이라 하였다. 본고에서는 〈쇼듕화역디셜〉로 통일하여
이 작품을 지칭하기로 한다. 권지일과 권지육에서 이 표제를 사용했을
뿐만 아니라 이를 줄여 〈역디셜〉로 지칭하는 등 필사자가 작품의 제목
을 〈쇼듕화역디셜〉로 인식했기 때문이다.5) 이는 중화적인 의식을 가지

---

4) 〈쇼듕화역디셜〉은 사재동 교수가 공주 고서상에서 구입하여 소장하고 있는 것으로,
　경산·集 제3047호이다.
5) 작품 초반에 조선이 건국되기 이전의 역사를 소개하며 신인이 태백산 박달나무에 내
　려와 단군이 되었다고 언급하는 부분에서 이미 중국의 연호를 사용하고 있고, 이후
　임진왜란이 발발한 후 원병으로 온 명나라의 군대를 '천병'으로 지칭하는 등 당시

[사진 2] 〈쇼듕화역ᄃᆡ셜〉 제2책

고 조선왕조의 역사를 서사하겠다는 저작 의도를 드러내는 데도 적합한 제목이라 할 수 있다. 그래서 본고에서도 〈쇼듕화역ᄃᆡ셜〉을 대표로 내세워 제목을 삼고자 한다.

이 책은 국문 전용으로 필사되었고 총 6권 4책으로 구성된 장편에 해당된다.6) 제1책은 1권과 2권으로 구성되었는데, 1권에는 태조에서 단종까지 왕의 내력과 황희나 맹사성과 같은 名臣 및 양녕대군과 효령대군의 일화 등이 소개되었다. 2권에는 단종에서 선조까지 왕의 내력과 사육신, 유자광과 남이, 신숙주·서거정·정염·이황·이지함과 같은 저명인물의 일화와, 무오사화·갑자사화·중종반정·기묘사화·신사무옥·을사사화 등 역사적 사건을 서사해 놓았다. 제2책에는 3권이 실려 있는데, 이이를 비롯하여 차천로·한호·정여립 등의 일화가 소개되었고, 주된 내용은 선조 때 발발한 임진왜란과 이순신·유극량·곽재우·유정·김응서·조헌·김덕령 등 전장에서 크게 활약한 인물을 다루었다. 제3책에는 4권이 실

중국에 대한 우호적이고 사대주의적인 면모가 작품 전반에 나타나고 있다. 따라서 이 작품의 제목으로 사용된 '소중화'는 명을 숭상하는 분위기 속에서 조선 왕조의 역사를 기술하며 그 정당성을 드러내기 위한 의도로 보인다.

6) 이 작품의 전체 분량은 1책 76장 152면, 2책 71장 141면, 3책 66장 132면, 4책 100장 200면이다. 책의 크기는 가로가 21㎝, 세로가 31㎝이고, 五針眼訂法으로 제본되어 있다.

려 있는데, 인조와 효종의 내력과 인조반정, 정묘호란·병자호란에 대한 내용이 주를 이룬다. 병자호란으로 삼전도의 굴욕을 당하기까지의 사건을 다루며 김상헌이나 이완·임경업·김자점과 같은 인물의 일화를 소개하였다. 제4책에는 5권과 6권이 실려 있는데, 5권에는 효종에서 숙종까지 왕의 내력과 기해예송·갑인예송 등의 사건 및 송시열과 반대 세력의 상소 문제를 다루었다. 6권에는 숙종에서 정조까지 왕의 내력과 박태보·김익훈 등의 일화 및 사도세자 사건을 기술하고 있다. 정조 임자(1792년)까지의 내용을 다루면서 끝이 난다.

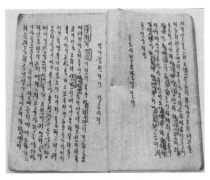

[사진 3] 〈쇼듕화역ᄃᆡ셜〉 권지이

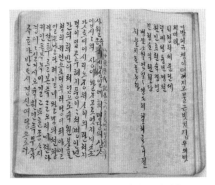

[사진 4] 〈쇼듕화역ᄃᆡ셜〉 권지육

이 책이 창작된 연대와 작자는 미상이며, 필사연대는 제1책 1권이 끝나며 '을묘사월초팔일 필셔', 제1책 2권이 끝나며 '을묘오월초일 필셔', 제2책 3권을 시작하며[7] '을묘삼월일필셔ᄒᆞ노라', 제3책 4권이 끝나며 '皇帝階下 을묘오월염칠일 필셔', 제4책 5권이 끝나며 '병진ᄉᆞ월염일 셩

---

7) 1권은 '쇼듕화역ᄃᆡ셜 권지일', 2권은 '역ᄃᆡ셜 권지이 장릉사젹'으로 명확하게 표기되어 있는 것에 반해, 3권은 '역ᄃᆡ셜'이라고 하여 놓고 뒷부분이 먹으로 지워져 있고, 4권은 '역ᄃᆡ셜 권' 뒷부분이 역시 먹으로 지워져 있다. 5권 역시 '역ᄃᆡ셜' 뒷부분이 지워졌고 마지막 6권에서야 '소즁화역ᄃᆡ셜 권지뉵'으로 표기되어 있다. 본고에서는 차례대로 권지삼, 권지사, 권지오로 지칭하기로 한다.

소저 필셔ᄒᄂ니 필지를 치ᄒᄒ노라', 제4책 6권이 끝나며 '병진오월슌일 종'으로 기록되어 있다. 또한 제1책 1권 서두, 제1책 2권 말미, 제2책 3권 서두, 제3책 4권 말미, 제4책 5권 말미, 6권 말미에 '티졍터세문단세 덕예셩듕인명션 원인효현슉경영 딘졍슌익헌쳘당'이라고 조선 왕조의 순서가 첫 음절만 적혀 있다. 이로 보아 필사연대는 1897년 대한제국이 수립되고 고종이 황제에 오른 이후일 것으로 보인다. 즉 을묘년인 1915년과 병진년인 1916년 사이 만 1년 정도의 기간 동안에 필사된 것으로 여겨진다. 1915년 4월 8일에 1권의 필사를 마친 것으로 시작하여 1년 남짓 필사가 이루어져 마침내 1916년 5월 10일에 6권의 필사를 끝낸 것으로 볼 수 있다.

필사자와 관련하여 단서를 얻을 수 있는 곳이 제1책과 제4책이다. 제1책 끝부분에 '최쥬난 셩소사 니부인이요 필쥬난 황소ᄉ 셩부인이라 이 글시난 명필이온이 보시난 이 웃지 마르소셔', 제4책 5권 끝부분에 '셩소져 필셔ᄒᄂ니 필지를 치ᄒᄒ노라'라고 명기되어 있다. 책의 주인은 이 부인이고 필사자는 성 부인 혹은 성 소저인 것이다. 작품의 내용이 역사적 사실에 기반을 둔 남성 위주의 이야기인데 반해 여성 독자들이 이러한 책을 구입하고 필사한 것은 새로운 시각으로 역사서서나 역사소설을 이해할 필요가 있음을 의미하는 바라 하겠다.

3. 사실 이해의 역사 담론

사람들이 과거에 대해 관심을 갖는 것은 당연한 일이다. 특히 자신 혹은 타인이 겪은 일을 이야기하는 것은 언중의 보편적인 습성이라 할 수 있다. <쇼듕화역디셜>은 이러한 욕구를 충실히 대변하는 역사담론서라 하겠다. 특히 높은 식견을 바탕으로 독자들이 역사에 쉽게 접근할 수 있도록 소설과 유사한 읽을거리로 편성한 것은 주목할 만한 업적이다. 작자는 이 책을 엮으면서 가공의 이야기를 늘어놓기보다는 실재했던 사건과 인물을 풀어내는 데 더 큰 의의를 두었다. 역사에 통달한 작자가 조선시대의 주요 사건을 선별하여 시간의 흐름에 맞게 배치함으로써 역사에 대한 독자의 이해를 도모한 결과이다. 즉 역사서를 단순하게 베낀 것이 아니라 역사를 이해시킬 목적에서 역사담론을 지향한 것이다. 잘 아는 것처럼 단순한 사실(史實)일지라도 흥미소가 가미되면 훌륭한 읽을거리가 될 수 있다. 이러한 면에서 볼 때 <쇼듕화역디셜>은 역사적 사실을 선별하고 일정한 순서로 배열하여 독서물로 기능하도록 했다는 점에서 평가할 만하다. 이는 역사적 사실에 대한 이해를 전제했지만 때로는 흥미소가 개입되어 경직된 역사이기보다는 역사적 소재를 이야기로 재해석한 역사담론의 성격이 강화되었음을 의미하는 것이다. 역사담론으로 특기할 만한 것을 몇 가지 들어보면 다음과 같다.

1) 조선 왕조의 내력 기술

<쇼듕화역디셜>은 조선 왕조의 순서에 따라 해당 시기의 왕에 대한 내력을 이야기한 이후에 시간 순서에 따라 왕을 중심으로 한 신하의 업적이나 일화, 당시 주목할 만한 사건 등을 기술하고 있다. 조선의 역사를 밝힘에 있어서 소중화로 그 정통성을 확보하고자 하였고 이것을 풀어나가고자 왕조를 그 기준으로 삼은 것이다. 역대 왕을 기준으로 하여 사적이 펼쳐지다 보니 왕이 교체되면 신왕에 대한 내력을 가장 먼저 언급한다. 태종(太宗)의 경우를 예로 들면 다음과 같다.

티됴더왕 휘는 방원이요 자는 유덕이라. 티조 제오지라. 졍미오월십뉵
일의 탄강ᄒᆞ사 고려 진ᄉᆞ 문과 관지 더언ᄒᆞ고 후봉졍안군ᄒᆞ야 뉴십이남
십팔여ᄒᆞ다. 지위십팔연ᄒᆞ다. 지샹왕위ᄉᆞ년ᄒᆞ니 영낙 임인오월십일에 훙
ᄒᆞ니 슈오십뉵이라. 댱헌릉ᄒᆞ다. 비는 쇼렬왕후 민씨니(여흥이라) 탄ᄉᆞ
남ᄒᆞ고 경ᄌᆞ칠월십일의 훙ᄒᆞ고 댱헌릉ᄒᆞ다.8)

이처럼 새로 등극한 왕의 휘와 자, 형제 순서에서부터 생년월일, 자녀
의 수, 재위기간, 사망일, 안장된 능, 왕비에 대한 소개와 그 사망일 및
안장된 능에 이르기까지 간략하지만 왕과 관련한 전반적인 사항을 기록
하고 있다. 재위기간 중 왕비가 죽거나 다시 간택되었을 경우 순서대로
모든 왕비를 기술해 놓았다. 숙종의 경우를 예로 들면 다음과 같다.

슉종더왕 휘는 슌이오 ᄌᆞ는 명뵈라. 현종댱지라. 명셩왕후 신튝팔월십
오일의 탄강우경덕궁회샹뎐ᄒᆞ니 지위ᄉᆞ십뉵년이오. 뉵남니녀니 경ᄌᆞ유
월팔일의 훙ᄒᆞ니 댱명릉ᄒᆞ다.(고양이라) 비 인경왕후(광산) 김시 광셩부
원군문츙공만긔의 녀니 경신시월이십뉵일의 훙ᄒᆞ니 댱익릉ᄒᆞ다.(고양)
계비 인형왕후 민씨(여흥) 여양부원군문졍공유듕의 녀니 신ᄉᆞ팔월십ᄉᆞ
일의 훙ᄒᆞ다. 계비 인월왕후(광산) 김씨 광셩부원군문튱공만
긔의녀니 경신십월이십육일의 훙ᄒᆞ니 댱익릉ᄒᆞ다.(고양) 계비 인현왕후
(민씨) 여양부원군문졍공유듕의 녀니 신ᄉᆞ팔월십ᄉᆞ일의 훙ᄒᆞ니 댱명릉
ᄒᆞ다.9) 계비 인원왕후(경듀 김씨) 경은부원군효간공쥬신의 녀라. 뎡튝삼
월이십뉵일의 훙ᄒᆞ니 댱명능ᄒᆞ다.10)

---

8) <쇼듕화역디셜> 제1책 권지일.
9) 숙종의 妃는 金萬基의 딸인 仁敬王后이고, 繼妃는 閔維重의 딸인 仁顯王后이며, 제2
   계비는 金柱臣의 딸인 仁元王后이다.(≪한국민족문화대백과≫, 한국학중앙연구원,
   http://encykorea.aks.ac.kr/) 텍스트에 언급된 인형왕후는 인현왕후를, 인월왕후는 인
   경왕후를 잘못 옮긴 것으로 보인다.

숙종(肅宗)에 대해서도 역시 휘와 자, 형제 순서, 생년월일, 태어난 곳, 자녀의 수, 사망일, 안장된 능이 기술되어 있다. 비와 두 계비에 대해서도 간택된 순서에 따라 왕비의 본관과 부친의 시호 및 성명, 사망일, 안장된 능이 간단하게 기록되었다. 해당 왕이 다스리던 시기를 설화하기 이전에 그에 대한 기본사항을 간추린 후에 서사를 시작한다. 이는 역사 서사로서의 편제를 갖추기 위한 작가의 의도라 볼 수 있다. 사실(史書)처럼 사실성을 고양한다는 측면에서 일정한 목적을 달성하고 있다. 전체적으로 시간 순서에 따라 사건을 서술해 나가지만, 임금별로 시대를 구획하여 그 범위 안에서 역사적 사실을 이야기하는 방식을 선택한 것이다. 서술된 순서나 내용 및 나열한 항목 등으로 볼 때 ≪조선왕조실록≫의 <총서>나 <부록>에 해당하는 부분을 매우 압축한 것으로 짐작할 수 있다.11)

---

10) <쇼듕화역디셜> 제4책 권지오.

11) ≪태종실록≫ <총서>에는 '태종 공정 성덕 신공 문무 광효 대왕의 휘는 이방원이요, 자는 유덕이니, 태조의 다섯째 아들이요, 공정왕의 동모제이다. 어머니는 신의 왕후 한씨이다. (…중략…) 영락 16년 무술 8월에 우리 전하에게 선위하고, 다섯 해 동안 편안히 쉬면서 이양하였다. 임인년 5월 10일에 승하였으니, 향년이 56세요, 왕위에 있은 지 19년이었다. 명나라 황제가 시호를 주기를 공정이라 하고, 본국에서 시호를 올리기를 성덕 신공 문무 광효 대왕이라 하고, 묘호는 태종이라 하였다.(太宗恭定聖德神功文武光孝大王諱芳遠, 字遺德, 太祖第五子, 恭靖王之母弟也。妣神懿王后韓氏(…중략…) 永樂十六年戊戌八月, 禪位于我殿下, 優游頤養, 至于五年。壬寅五月十日丙寅薨, 享年五十六, 在位十有九年。皇帝賜諡曰恭定, 本國上諡曰聖德神功文武光孝大王, 廟號太宗)'라고 기록되어 있고, ≪숙종실록≫ 부록 <숙종 대왕 행장>에는 '국왕의 성은 이씨, 휘는 순, 자는 명보로 현종 대왕의 적사이며 효종 대왕의 손자이다. 어머니는 명성 왕후 김씨로 영돈녕부사 청풍 부원군 김우명의 따님이다.(…중략…) 묘호를 숙종이라 하였으며, 이해 10월 21일 갑인에 명릉 갑좌 경향의 언덕에 장사지냈다.(國王姓李氏, 諱焞, 字明普, 顯宗大王之嫡嗣, 孝宗大王之孫。母明聖王后金氏, 領敦寧府事淸風府院君佑明之女也(…중략…) 廟號曰 肅宗。是年十月二十一日甲寅, 葬于明陵甲坐庚向之原)'라고 기록되어 있다.(≪조선왕조실록≫, 국사편찬위원회, http://sillok.history.go.kr/)

제목에서 알 수 있듯이 '역대설' 즉 조선왕조 역대 임금과 관련하여 실재했던 일을 기록한다는 취지에 부합되도록 사건을 배열하기 위해 왕에 대한 기술을 가장 먼저 배치한 것으로 보인다. 이것은 조선왕조에 기대어 역사적 사실을 서사하겠다는 작자의 목적이 반영된 결과라 할 수 있다.

2) 명신(名臣) 및 학자에 대한 관심

<쇼듕화역디셜>은 국왕의 기본적인 사항을 이야기한 연후에 본격적으로 선위 과정의 이야기나 등극 후 왕실과 조정에 얽힌 이야기가 펼쳐진다. 특히 임금을 보필하여 선정을 힘쓰도록 한 명신이나 학문적 깊이가 뛰어나 훌륭한 성과를 거둔 학자에 대한 기술이 두드러진다.

이 책은 일정 시기의 왕과 그 주변 이야기에 집중하여 시간 순서대로 서사하고자 했지만, 편년체로 쓰인 역사서와 동일할 수는 없었다. 그것은 사실을 쓰되 독서물로 기능하도록 조직해야 했기 때문이다. 그래서 특정 인물에 대한 서사, 특히 해당 인물의 특징을 부각할 수 있는 일화 중심으로 서사된 것이라 하겠다. 몇몇의 사례를 들어보도록 한다.

> 임신이연의 영상 황희 죻ᄒ다.(호를 방촌이라 년이 구십이라) 송악의 폭포 잇더니 슈타월의 홀연이 ᄯᅳᆫ어졋다가 희나미 도로 흐르니라. 소시의 젼븨 황우흑우로 밧갈믈 보고 무르딕 어나지 나으뇨 젼븨 딕답 아니ᄒ고 산짜라 모룽의 도라와 가마니 말ᄒ여 갈오딕 황우승이라ᄒ니 문왈 엇지곳 말아닛ᄂᅟᅳᆫ야 갈오딕 져것도 오장이 갓츄아 능히 스룸의 말을 푸니 츠마 그 듯는딕 장단을 못다ᄒ니 희 평셩의 이말을 복웅ᄒ야 남의 시비를 말 아니터라. (⋯중략⋯) 김종셔 뉵진을 창셜ᄒ고 드러와 병판이

되여 긔언이 능오ᄒ더니 공회예 맛초아 취ᄒ믈 타의지ᄒ여 안ᄌᆞᆺ더니 황
생이 소리를 불너왈 병판지티 부졍ᄒ니 그 상발을 지우라. 김이 경황ᄒ
믈 ᄭᆡᄃᆞᆺ지 못ᄒ여 물너가 ᄉᆞ롬ᄃᆞ려 일너왈 너 뉴진의 잇실더 야반의 도
젹의 화살이 ᄎᆡ샹의 붓흐더 빗흘 움쥬기지 아냣더니 부도 금일의 한츌
침비라ᄒᆞ더라.12)

황희(黃喜)는 왕을 훌륭히 보좌하여 성세를 이룩하는 데 기여하였으며
조선 왕조를 통해 가장 명망 있는 재상으로 칭송되는 인물이다.13) 문종
2년(1452년)에 사망하였으므로, 왕성한 활동을 펼친 시기인 세종대가 아니
라 문종의 내력이 기술된 이후에 그에 대한 생몰이 소개되어 있다. 자연
사(自然死)한 인물의 경우, 이처럼 사망한 해에 '○○년 △△△ 졸하다'로
인물을 소개하는 경우가 많다.

실존했던 인물에 대한 이야기라고 하더라도 단순히 출신지나 가문 및
관직에 대해 사실대로 서술하는 것에 그치지 않고, 인생을 통틀어 이야
깃거리로 기능할 만한 사항을 부각하는 데 집중하는 경향이 있다. 황희
의 호가 방촌이며 영의정이었다는 것, 90세를 누렸다는 것 등은 단편적
인 사실을 나열한 것이지만, 그 외에 첨가된 내용은 젊은 시절 황우흑우
(黃牛黑牛) 이야기, 김종서와의 일화 등이다. 이를 통해 황희가 하층민이
주는 삶의 교훈을 겸허한 자세로 수용했으며, 조정의 실세로 떠오른 인
물이더라도 정도를 벗어난 행동에 대해서는 단호하게 대처했던 사정을
짐작할 수 있다. 황희의 삶을 이러한 일화로 압축한 것은 이름난 재상의
모습을 효과적으로 부각하면서 읽을거리를 마련한 것이라 할 수 있다.
역사적 사실을 단순히 나열하면 여가를 보낼 만한 독서물로 간주하기

---

12) <쇼듕화역ᄃᆡ셜> 제1책 권지일.
13) ≪한국민족문화대백과≫, 한국학중앙연구원(http://encykorea.aks.ac.kr/).

어려울 것이다. 그러나 사실과 이를 바탕으로 한 이야기를 얽어내면 사실성 훼손 없이 서사하는 강점을 가질 수 있다.

> 무신십구년의 디제학 서거정이 졸후다. 거정이 일즉 세조를 짜라 중원 드러갈식 파사보의 자더니 이날 그 모친 부음이 이른지라. 세죄 처음의 감초앗더니 거정이 밤의 꿈구고 니러나 눈물 흘여왈 니꿈의 달이 고이후니 무릇 달은 모상이라. 유뫼지당의 몽중이 불상이라. 이러무로 슬허후노라. 세죄 듯고 탄식왈 거정의 셩후믜 족히 후늘을 감동후다후고 드디여 실상을 고후니라. 뎐문형 이십삼년의 여지승남오십권과 동국통감오십칠권과 필원잡긔 동문션빅삼십권과 틱정시화 동인시화 사가집이 힝우세후니라.14)

서거정(徐居正)은 조선 전기 문병(文柄)을 장악했던 핵심적인 학자이다.15) 성종 19년(1488년)에 사망하였으므로 성종대에 그에 관한 일화가 실려 있다. 서거정과 관련된 내용에서는 몰년과 관직명, 세조와의 일화, 저술 및 찬집이 소개되어 있다.

특히 세조와 관련된 일화는 세조가 즉위한 후에도 이어진다. 세조는 자신이 서거정을 중용한 것은 그의 재주뿐만 아니라 압록강의 꿈이 있었기 때문이라 한다.16) 그래서 그 꿈이 그의 능력을 인정하는 계기라 할 수 있다. 즉 특별한 꿈을 제시하여 서거정의 효성, 그에 대한 세조의 감발을 다루어 결국은 서거정의 특출한 능력을 부각한 것이라 할 수 있다. 이후 서거정이 이룩한 문화적 업적을 나열함으로써 그가 전문형(典文衡)으로 소임을 다하고 학문적으로도 일가를 이루었음을 밝혀 인물 소개의

---

14) <쇼듕화역디셜> 제1책 권지이.
15) ≪한국민족문화대백과≫, 한국학중앙연구원(http://encykorea.aks.ac.kr/).
16) ≪국역국조인물고≫, 세종대왕기념사업회, 1999.12.30.

효과를 더하고 있다. 서거정의 업적을 언급하기 이전에 특정한 일화를 압축하여 보여줌으로써 인물의 특성 파악을 수월하게 한 것이다. 이는 역사서에 실릴 법한 내용을 독서물로 기능할 수 있도록 의도한 것이기도 하다.

3) 정치적 사건에 대한 관심

<쇼듕화역ᄃᆞ셜>은 왕과 그 주변인물을 중심으로 한 사건을 서사하여 정치적인 사건에 관한 내용이 다수를 차지한다. 특히 왕위를 위협할 만한 모반 사건이나 사화와 같은 경우는 역사담론을 이끄는 핵심이라 해도 과언이 아닐 만큼 많은 지면을 할애하고 있다.

조선왕조 전반에 걸친 역사를 이해하려면 조정에서 벌어지는 사건에 대해 인식할 필요가 있다. 즉 왕을 중심으로 현 체제를 고수하려는 집권세력이 이를 문제삼는 반대세력을 밀어내면서 야기되는 정쟁을 이해해야 한다. 그런데 <쇼듕화역ᄃᆞ셜>에서는 이러한 정치상황을 비교적 자세히 서술하여 주목된다. 다만 편년체로 기술한 역사서와는 달리 사건의 주동인물을 중점적으로 살핌으로써 사건의 실체에 쉽게 근접할 수 있도록 하였다.

> 정여립이 모반복쥬ᄒᆞ다. 여립이 수찬으로 호람의 도라가 글일그니 일홈이 일도듕ᄒᆞ지라. 쥭도션ᄉᆡᆼ이라 일컷더니 잇ᄯᅦ 황희도 사ᄅᆞᆷ을 톄결ᄒᆞ야 흉모ᄅᆞᆯ 뎡ᄒᆞ더니 구월산 즁이 ᄲᅬᄅᆞᆯ 알고 가마니 고ᄒᆞᆫ더 감ᄉᆡ 밀계ᄒᆞ거눌(…즁략…) 금부도사와 션젼관을 보ᄂᆡ여 젹당을 잡으니 여립이 지긔ᄒᆞ고 권안산 곡간의 슘엇더니 포졸이 니르니 여립이 칼을 ᄲᅢ야 스스로 죽으니 그 죽엄을 시러와 빅관셔립ᄒᆞ고 졔즈의 ᄶᅵ즈니라.(…즁

략…) 칠팔세에 군아로 더부러 희롱홀시 병아리롤 붓드러 부리로붓터 발끗가지 벗기니 기부문왈 누가 이리ᄒ여나냐. 아희종이 아기 그리ᄒ믈 고ᄒ니 뷔노ᄒ야 여립을 ᄭ지젓더니 아희종이 홀노 잠든ᄲᅢ를 타 칼노 비룰 지르고 나와 갈오디 이는 닉 ᄒ비라 고이 넉이지 말나.[17]

정여립(鄭汝立)은 대동계를 조직하고 무력을 통해 병권을 장악하기로 했으나, 고변으로 인해 관련자들이 차례대로 잡혔을 뿐만 아니라 본인은 죽도로 피신했다가 관군의 포위망이 좁혀지자 자살한 인물이다. 그의 자살로 역모가 사실로 굳어지고, 동인의 정예인사는 거의 제거되고 만다.[18] 정여립의 모반사건을 서사하면서 역사적 사실보다는 정여립이 반란을 일으키고 죽었다는 줄거리만 주요하게 다루었다. 그의 모반 사실을 어떠한 인물이 고변하고 모반의 진압 상황이 어떠했는지에 대해서는 소략화하였다. 반면 정여립이 모반을 일으킬 만한 상황이었다는 관련 일화가 뒤쪽에 길게 서술되어 있다. 정여립에 대한 일화를 정리해 보면 다음과 같다.

① 정여립이 호남에서 명망을 얻었다.
② 역모가 고변되어 피신했다가 자결하였다.
③ 정여립이 태중에 있을 때 부친 희징(정희증)의 꿈에 정중부가 나와 아들을 얻은 후에도 좋아하는 기색이 없었다.
④ 정여립이 7, 8세 무렵에 병아리의 가죽을 벗긴 일이 있었는데, 이를 부친에게 고한 아이종의 배를 칼로 찔렀다.
⑤ 부친이 원이었을 때 아전이 그보다 아들인 정여립을 더 두려워하였다.

---

17) <쇼듕화역디셜> 제2책 권지삼.
18) 《한국민족문화대백과》, 한국학중앙연구원(http://encykorea.aks.ac.kr/).

⑥ 정여립의 아들 정옥남의 어깨에 사마귀가 일월 같이 있어 정여립이 역심을 품었다.

⑦ '목자망전읍흥'[19]이라는 노래가 있어 정여립이 이 여섯 글자를 옥에 새겨 지리산 석굴 안에 감추었다.

⑧ '상생 말엽에 가득위왕이라'[20]는 노래가 있어 정여립이 후원 뽕나무를 벗기고 말총을 나무에 붙였다.

역모의 고변과 정여립의 자결은 단순사실을 나열한 것으로 마무리하고, 정여립의 출생과 관련된 꿈과 어린 시절, 역심을 품고 실행한 일에 대해서는 다양한 일화를 들어 구체화하였다. '고려 역적'으로 평가해 놓은 정중부가 태몽에 등장했다는 점, 어렸을 때부터 동물을 학대하고 사람을 해함에 거리낌이 없었다는 점, 타인을 두려워하게 할 만한 성정을 지녔다는 점, 역심을 품어 새 왕조를 개창하려고 하였다는 점 등을 들어 정여립이 모반을 일으킬 수밖에 없었다고 역설한다.

정여립의 모반 사건을 일자별로 관련된 인물들을 모두 서술하지 않고 사건의 정황만 언급하는 한편으로 정여립과 관계된 새로운 사건을 다양하게 보여줌으로써 독자의 이해를 높이고자 하였다. 역모의 발생과 그 처결 과정은 독서물로 활용하였을 때 상당히 높은 관심을 불러일으킬 수 있다. 그것을 사실로 간주하고 단순 열거하여 문예적 특성이 약화되었을지라도 실재한 이야기를 활용해 사실(史實)을 전달하고자 한 필사의 도에 부합하는 것만은 분명하다. 이를 접하는 독자는 정여립 모반 사건의 전말을 더 수월하게 파악할 수 있다.

---

19) 목주는 이(李)즈오 전읍은 정(鄭)찌라.
20) 桑生馬 家主爲王.

무오ᄉᆞ년의 니극돈과 유ᄌᆞ광이 무고ᄒᆞ야 판셔 김종직을 취형ᄒᆞ고 살
혈납 김일손 등ᄒᆞ다. 션시의 일손이 사관으로 그 스승 김종직을 조의제
문을 사초즁의 긔록ᄒᆞ엿더니 잇쩌예 극돈ᄌᆞ광으로 더브러 구함ᄒᆞ야 써
ᄒᆞ디 종직이 시황으로 세조긔 비ᄒᆞ고 의제로 노산긔 비ᄒᆞ다ᄒᆞ야 그죄를
의논ᄒᆞ니 종직을 디역으로 부관참시ᄒᆞ고 일손과 권오복 권경유는 능지
쳐ᄉᆞᄒᆞ고(…즁략…) ᄌᆞ광은 무령군을 봉ᄒᆞ야 의긔양양ᄒᆞ더라. 이는 즉
무오ᄉᆞ홰니 소인이 군ᄌᆞ 죽임이라.[21]

조선 4대 사화 중 가장 먼저 일어난 무오사화(1498년)에 관한 기술이다.
이는 김종직이 쓴 <조의제문(弔義帝文)>이 직접적인 동인이 되어 신진사
류에 대한 참혹한 박해를 빚어낸 사건이다. 유자광을 위시한 훈구파가
김종직을 필두로 한 신진사류를 조정으로부터 축출하기 위한 사회(士禍)
라 하겠다. 이 일로 많은 신진사류가 희생되었고 주모자인 이극돈까지
파면될 정도로 정계에 미친 영향은 대단하였다.[22]

무오사화를 서사하면서 이극돈과 유자광을 소인으로, 김종직과 신진
사류는 군자로 칭하고 있다. 사화를 훈구파에 의한 신진사류의 배척으로
볼 때, 작자는 화를 입은 사림파에 우호적인 입장을 취하고 있음을 알
수 있다. 특히 김종직에 대한 작자의 평가는 앞서 김종직의 일화를 이야
기하며 '상이 즉위ᄒᆞ므로 경연을 여러 문학지스를 갈희니 종직이 그 읏
듬 일너라'라며 그의 문장이 고결함을 이야기한 바 있다. 이후 사림파가
득세하게 되는 정치적 흐름 속에서 김종직과 그의 문하에 대한 우호적
태도를 견지하게 되고 이것은 기득권을 가지고 축재에 주된 관심을 보
이던 훈구파에 대한 비판적 태도로 이어졌다.

---

21) <쇼듕화역디셜> 제2책 권지삼.
22) ≪한국민족문화대백과≫, 한국학중앙연구원(http://encykorea.aks.ac.kr/).

위와 같은 내용을 다루면서 소인과 군자로 편을 가르고, 선악 개념을 대입시켜 감정을 이입하면 서사를 대하는 독자의 입장에서는 훨씬 더 이해가 수월할 수 있다. 역사적 사건을 기술하면서 독자에게 역사를 손쉽게 알려주는 것이 목적이었다면 이러한 방법은 매우 효과적이었을 것이라 생각된다.

4) 임병양란의 발발과 경위 보고

소설의 경우, 내재한 갈등 요소가 이야기를 이끌어 나가는 원천이 된다. 갈등을 심화시켜 절정으로 치달으며 문학성과 흥미성을 동시에 획득할 수 있다. <쇼듕화역디셜>에서는 조선시대에 발생한 왜란과 호란을 다루면서 갈등 요소를 충족시켜 전쟁의 정황을 낱낱이 전달하는 효과를 거두고 있다. 즉 사실을 극적으로 서사함으로써 읽을거리가 될 수 있도록 의도하였다.

> 사월의 일본 츄평슈길이 평힝장 등을 보늬야 크게 드러와 도적질ᄒᆞ니 부산첨사 정발과 동늬부스 송상현이 죽다.(…중략…) 이달 십삼일에 슈길이 제도병 슈십만병을 거ᄂᆞ려 친히 일기도의 기ᄃᆞ려 평슈가등 삼십뉵 장으로써 논하 거ᄂᆞ려 비사오만척이 바다흘 덥쳐와 십오일의 동늬 함성ᄒᆞ니(…중략…) 초삼일의 도젹이 경셩의 드다. 처음의 도젹이 동늬로붓터 세길을 논화 ᄒᆞᆫ길은 양산과 미량으로 말미암아 상쥬의 니르러 니일의 군을 파ᄒᆞ고 ᄒᆞᆫ길은 좌도로 말미암아 좌병영을 파ᄒᆞ고 문경으로 나와 상쥬병과 합진ᄒᆞ야 조령을 너머 츙쥬 실립의 군을 파ᄒᆞ고 쏘 두길을 논화 ᄒᆞ나는 예쥬로 드러 뇽진을 건너 경셩동의 나고 ᄒᆞ나는 죽산뇽인으로 한강남작의 나고 쏘 ᄒᆞᆫ길은 김희로 말미암아 영동으로 나 쳥쥬함셩ᄒᆞ고 경셩으로 향ᄒᆞ니(…중략…) 왜적이 쳔쟝으로 더부러 강화ᄒᆞ고

경성을 바리고 믈너가니(…중략…) 정유 두번 나온 왜병은 십만오쳔스
빅명이요(임진의 갑반이라) 장슈이십칠이라.(…중략…) 칠월의 왜쥬슈길
의 죽으니 모든 왜 다 군스를 거두어 도라가다.[23]

임진왜란을 서사하고 있는 부분을 보면, 당시 일본의 정치적 상황 및
豊臣秀吉의 등장, 이에 따른 임진왜란의 발발, 전쟁에 참여한 왜장과 군
사의 규모, 도성에 이르기까지 왜군의 침입 경로, 명의 파병과 화의, 정
유재란의 발발, 도요토미의 죽음과 전쟁의 종결 등 역사적 사실을 시간
의 흐름에 따라 서술하고 있다.

잘 아는 것처럼 전쟁과 관련된 내용으로 발생 원인에서부터 전개 과
정, 피해 상황 및 아군이 승리한 전투, 용맹을 떨친 장수 등을 언급하는
것은 인지상정이다. <쇼듕화역디셜>에서도 임진왜란의 전반적인 상황
을 쉽게 이해할 수 있도록 사실에 기초한 내용부터 기술해 놓았다. 물론
전쟁의 여러 사건을 서사하는 데 있어 전장의 참혹함과 왜병의 극악무
도함을 드러내려는 의도 또한 개입되어 있다. 그러나 그보다는 임진왜란
에 관한 객관적 사실을 독자에게 전달하려는 것에 집중하고 있다. 역사
적 사실을 정확하게 기술하고 감정적인 부분을 다룰 때 문예적 효과도
기대할 수 있기 때문이다. 따라서 우선적으로 임진왜란의 전말을 확실하
게 이해시키려고 하였다.

뎡묘뎡월의 금인이 디거입국ᄒ다. 금병슘만긔로 강홍입이 힁도관되여
압녹강을 건너니(…중략…) 금인이 평양의 이르니(…중략…) 니월이십칠
일의 샹이 강도로 거둥ᄒ실시(…중략…) 금인이 강화ᄒ고 군스를 거두
어 도라가다.(…중략…) 십이월구일의 금인이 디거입구ᄒ야 십슘일의 평

23) <쇼듕화역디셜> 제2책 권지삼.

양가지 드러오니 종스쥬와 빈궁과 원손과 양디군부인이 몬져 강도로 향
ᄒᆞ고 십스일오후의 상이 셰ᄌᆞ를 거ᄂᆞ리고 장ᄎᆞᆺ 강도의 향홀ᄉᆡ 호장 마
부리 슈빅긔를 거ᄂᆞ리고 임의 홍제원을 이르러 일지병으로ᄡᅥ 양쳔강을
막아 강도길을 ᄯᅳᆫ으니 상이 도로 숭예문을 드러왈(…중략…) 초경의 비
로소 산셩의 이르니(…중략…) 삼십일의 상이 셩을 ᄂᆞ려 쳥인의 령의 가
시다.(…중략…) 호를 이십만이라 ᄒᆞ나 실은 칠만이오 몽고병이 숨만이
오 공경병이 니만이라 합십이만이 네길노 난화 공경은 슈로로 힝ᄒᆞ고
몽고ᄂᆞᆫ 쳘령을 넘어 두만강을 건너가니라.(…중략…) 쳥인의 승젼비를
삼젼도의 셰우다.24)

정묘호란과 병자호란에 대해 시간 순서대로 나열한 본문을 발췌한 것
이다. 중국의 정치적 상황이 급격하게 변하여 후금이 강성하게 되었는
데, 명을 숭상하는 조선으로서는 신속하게 입장을 정리할 만한 여유가
없었다. 또한 소중화를 자처했던 조선이기에 하루아침에 후금과 형제의
관계를 맺을 명분도 찾기 어려웠다. 이에 후금의 침략을 받아 조선은 또
다시 전쟁에 직면하게 된다.

병자호란과 관련하여서는 주로 인조를 비롯한 왕실의 고초를 서사하
였으며, 특히 삼전도의 굴욕에서는 청에 대한 반감이 극대화되도록 감정
적으로 묘사하고 있다. 독자의 반응을 이끌어내기 위해서는 전쟁 상황에
대한 자세한 기술이 선행되어야 한다. 정묘호란이 발발하고 후금이 강화
의 조건을 제시한 것, 다시 병자호란이 발발하고 왕실이 강화도로 피란
가게 된 상황, 인조와 세자가 길이 점령당해 강화도에 이르지 못하고 결
국 남한산성으로 피신하여 항전한 일, 전황이 한없이 불리해져 결국 인
조가 항복의 예를 행할 수밖에 없었던 역사적 사건들을 차례로 기술하

---

24) <쇼듕화역ᄃᆡ셜> 제3책 권지사.

였다. 또한 뒤쪽에 병자호란 당시 파병된 청의 병력에 대해 잘못 알려진 것을 바로잡고, 청이 삼전도에 승전비를 세웠다는 사실을 첨가함으로써 병자호란과 관련한 중요한 역사적 사실을 독자에게 온전히 알리려 한 의중을 짐작할 수 있다.

사실(史實)을 설화한 내용을 먼저 독자가 이해할 수 있도록 하고, 이것을 1차적 목표로 삼아 사실(事實) 전달에 주력한 것이 <쇼듕화역디셜>이 의도한 바라 할 수 있다. 이를 바탕으로 독자의 반응을 유도할 흥미성을 가미하여 읽을거리로 기능할 수 있도록 하였다.

4. 문예 감상의 문학 담론

<쇼듕화역디셜>은 역사상 실재했던 사건에 대한 기본적인 이해를 바탕으로 독자의 특정한 반응을 이끌어내기 위하여 기술되었다. 사실 전달에 중점을 두되 독자에게 사서(史書)처럼 기능하기보다는 이야기책처럼 읽힐 수 있도록 했다는 점에서 이 책의 의의를 찾을 수 있다. 그래서 곳곳에 독자가 애독할 만한 흥미소를 제공한 것이라 할 수 있다. 사서가 유통된다고 하더라도 그 자체만으로는 대중적인 인기를 얻기가 쉽지 않았을 것이다. 아무래도 많은 사람들에게 읽히려면 흥미소가 곳곳에 배치되어야 효과적이다. 사실에 기반을 두었을지라도 문학성까지 겸비해야 독자의 공감이나 감정 변화를 촉발할 수 있는 것이다. 이러한 면에서 볼 때 <쇼듕화역디셜>은 사실의 전달과 독자의 감동까지도 의도한 역사서사라 할 수 있다. 그런 점에서 문예적 특성을 담지한 내용을 몇 가지 살펴보도록 한다.

1) 태몽에 집중한 인물 전설

<쇼듕화역뎌셜>에서는 인물의 일화를 소개하면서 태몽을 서사하는 경우가 있다. 인물의 전 생애가 소개되는 것이 아니라 가장 두드러지는 일화나 업적 위주로 간략하게 언급되기 때문에 생애 첫 단계라 할 수 있는 태몽을 비중 있게 다룬다. 매우 특별한 내용을 다룬 태몽을 소개하면 다음과 같다.

> 니원은(지ㅅ당이라) 형뎨팔인이니 세상이 팔별이라 일컷더라. 부 공인이 임지지손으로 박펑년쌀의게 장가드러 혼인날 져녁에 쑴쑤니 여딜 노옹이 니비왈 우리 무리 장츳 죽을지라. 만일 살이면 후이 갑흐리라 훈디 놀나 끼여 무르니 옹인이 장츳 여딜 즈리를 즈리를 국을 쓸일지라. 곳흐여곰 강의 던질신 흔즈리 다라나거늘 져근종이 가리를 가지고 붓잡다가 그릇 그 목을 쓴은지라. 그날밤의 쏘 쑴쑤니 칠옹이 와 스레훙더니 그후의 공인이 팔자를 싱훙여 일홈을 구와 오와 원과 타와 별과 악과 곤과 예라 훙니 다 지명이 잇셔 슌씨 팔룡의 비흥엿더니 원이 갑즈의 죽으니 그 증험이 더욱 나타나더라.[25]

이원(李黿)은 김종직에게 文忠 시호 하사를 제안하였다가 무오사화 때 곽산에 杖流되었으며 4년 만에 다시 나주로 이배된 후 갑자사화로 참형당한 인물이다.[26] 이는 작자가 책의 앞뒷면에 왕의 등극 순서를 적지 않아 정통군주로 인정하지 않았던 연산군 때의 일이다. 그의 재위시기에 사화로 억울하게 죽임을 당한 이원에 대한 일화 부분에서는 작자의 안타까운 시선이 드러나 있다. 이와 관련하여 이원과 형제들이 태어나기

---

25) <쇼듕화역뎌셜> 제1책 권지이.
26) ≪한국민족문화대백과≫, 한국학중앙연구원(http://encykorea.aks.ac.kr/).

전에 부친이 꾸었던 태몽에 대한 언급이 첨가되어 독자의 관심을 고조시킨다.

이공린이 박팽년의 여식과 혼인하던 날 꿈에 여덟 노인이 나타나 자신들을 살려달라고 한다. 자라국이 될 뻔한 여덟 마리의 자라를 방생하여 주었는데, 어린 종이 자라 한 마리를 죽이고 만다. 다시 그날 밤 꿈에 일곱 노인이 와서 사례하였고 이후 여덟 아들을 얻었는데 셋째가 바로 이원이다. 여덟 형제는 '팔별(八鼈)'이라고 불리었고 구씨팔별(荀氏八龍)에 비견되기도 했다. 그런데 이원이 갑자사화로 죽임을 당했으니 태몽의 증험이 나타난 것이라 하겠다.

사실 이원의 형제는 오(鼇)·귀(龜)·타(鼉)·별(鼈)·벽(鼊)·경(鯁)·곤(鯤)인데 모두 才子였다고 한다.[27] 이들의 이름 또한 거북이나 물고기와 관련된 것으로 태몽을 염두에 두고 지어진 것임을 알 수 있다. 여덟 형제가 모두 학식을 갖추고 바르게 자라났지만 무오사화로 인해 아버지와 형제들이 모두 연좌되어 제 뜻을 펼치지 못한다. 태몽에서 비롯된 관심이 이러한 상황에 이르러 안타까움으로 변하면서 독자들의 흥미소로 기능하도록 하였다.

≪해동명신록(海東名臣錄)≫ <이원편(李黿篇)>에도 부친인 이공린이 자라를 잡았다가 놓아주는 꿈을 꾸고 자식을 얻었다는 이야기가 실려 있고[28] 이후 이러한 내용이 신문 지면에도 등장하는[29] 등 이원의 태몽과 그의 죽음에 대한 일화가 회자되었다. 이러한 내용은 독자에게 흥밋거리

---

27) 이오는 進士試에 장원하고 이귀·이원과 함께 文科에 급제하였는데, 이오는 佐郎이요, 이귀는 沔川郡守요, 이원은 예조 좌랑이다. 이타와 이별, 이벽은 모두 司馬試에 합격하였으며, 이경과 이곤 역시 학업이 성취되었다.(≪국역국조인물고≫, 세종대왕기념사업회, 1999.12.30.)

28) 釋尾春芿 編, ≪海東名臣錄≫, 朝鮮古書刊行會, 1914, 42-43쪽.

29) <살려준 여덟 자라>, 동아일보, 1938년 5월 5일자; <王八의 報復>, 동아일보, 1937년 10월 3일자.

로 작용하여 이원의 생애를 언급할 때마다 주요한 화소가 되었다.

갑신십칠년의 우찬성 니이 졸ᄒ다.(율곡) 가졍 병신에 강능외가의 가
나니 그뫼 신씨꿈의 흑용이 바다ᄒ로 죠차 침방으로 드러와 아히를 안
아 품가운ᄃ 드리믈 보앗더니 말비호므로붓터 스스로 글ᄌᄅᆯ 알고 오세
의 신부인이 병이 듕ᄒ거눌 외죠부 ᄉ당의 드러가 가마니 빌고 구세에
댱공예 구세동거ᄒ믈 그림 그리고 십삼의 초시ᄒ고(…중략…) 잇ᄯ예
집ᄉ롬에 꿈의 흑룡이 침방으로붓터 집을 뚤고 승쳔ᄒ더니 명죠의 속광
ᄒ다.[30]

위의 내용은 李珥의 생애를 간단하게 기술한 부분이다. 이 부분에는
이이가 태어난 해와 출생지, 모친인 사임당 신씨가 꾸었던 태몽, 어린
시절의 영민함에 대한 서술과 초시 합격, 모상을 당한 후 불경에 심취한
일, 퇴계 선생과 의리를 의논했던 일과 아홉 차례의 장원, 은병정사를
세우고 후학을 양성한 것과 이이가 죽음에 이르러 부인이 꾼 꿈의 내용
까지 기술되어 있다.

이이의 생애를 서사하며 작자가 중요하게 생각한 것은 바로 꿈이다.
흑룡이 바다로부터 침실에 들어와 이이가 출생하고, 다시 하늘로 올라가
자 사망했다는 내용에 집중하였다. 김장생(金長生)이 지은 이이의 행장(行
狀)에도 태몽에 대해 언급하였다. 신씨의 꿈에 용이 아이를 품안에 안겨
주어 어렸을 때 이름을 현룡(見龍)이라 하였다는 것이다.[31] 이처럼 이이
는 용으로 상징되는 존재이며 신성한 태몽에 의해 잉태되었으므로 남다
른 능력을 가진 인재로 성장할 것으로 기대를 모았다. 이렇게 태어난 이

---

30) <쇼듕화역ᄃ셜> 제2책 권지삼.
31) 민족문화추진회 편, 《국역율곡집》 2, 솔출판사, 1997, 476쪽.

이는 실제로도 비범함을 보여 말을 배우며 스스로 글자를 알고, 다섯 살에 모친의 병이 중하자 외조부의 사당에 들어가 빌기도 하며, 아홉 살에 장공예의 구세동거에 감동하여 그림을 그리기도 하고, 일찍이 진사 초시에 합격하는 등 학문에 전심하였다. 이와 같은 이야기는 독자의 흥미를 유발하기에 충분하다. 뛰어난 인물에게는 일반인과는 다른 특이점이 존재할 것이라는 믿음이 있고, 이것을 고전소설에서 그랬던 것처럼 태몽을 통해 천상계와 연관 지어 독자의 상상력을 자극할 수 있었기 때문이다.

이와 같이 인물의 소개가 이루어지는 부분에서 굳이 태몽을 이야기한 것은 이것이 독자들에게 미치는 효과가 크기 때문이다. 이는 특정 인물의 생애를 서사함에 있어 독자가 관심을 가질 만한 내용을 삽입하여 문학성을 담보한 것이라 할 수 있다. 단지 사실만 나열하여 무미건조한 기록물이 되기보다는 즐거움을 줄 수 있는 독서물로 유통되도록 하여 그 가치를 증폭한 것이다. <쇼듕화역디셜>이 고전소설처럼 필사유통된 것도 그러한 점 때문이라 하겠다.

2) 기이한 이야기에 대한 관심

사실성을 전제하지 않더라도 기이한 이야기는 독서물로 활용할 만한 가치가 충분하다. <쇼듕화역디셜>은 역사를 다루고 있으나 역사적 사건이나 인물과 관련된 기이성을 소재로 삼아 문예담론을 지향하였다. 그렇다고 흥미성만 추구하여 소재를 허황되게 다루지는 않았다. 인물의 성격을 표현하거나 사건의 부조리를 통해 전반적인 역사적 사실을 파악할 수 있도록 하여 역사적 사실을 기저로 문예적 담론을 지향한 것으로 볼 수 있다.

유ᄌ광이 무고ᄒ야 남이를 죽이다.(…중략…) 시익치고 건주파홀ᄉ다 제일공으로 병판을 비하엿더니 자광이 본디 그 지릉을 시긔ᄒ고 ᄯᅩ 상이 ᄯᅳ리믈 헤아려 그 모반ᄒ다 무함ᄒ니(…중략…) 처음의 이 졀머 가상의 노더니 ᄒ 계집종이 져근 상ᄌ를 보의 쏘고 상ᄌ우의 낫희 분바른 귀신이 안ᄌ믈 보고 고이ᄒ야 ᄯᅡ라가니(…중략…) 이가 쳥ᄒ여 드러가보니 그 분귀 낭ᄌ 가슴우의 안ᄌᆺ다가 이를 보고 피ᄒ거늘 낭ᄌ 이러안잣더니 이 나오미 낭지 다시 죽고 깅입ᄒ니 환셩이라. 무르니 낭지 몬져 상ᄌ 가온디 홍시를 먹고 긔운이 막힌지라. 이 앗가 본바를 갓초아 말ᄒ고 ᄉᆔ 다스리는 약을 구ᄒ야 살인 즉 권남의 제ᄉ녀라. 일노ᄡᅥ 졈ᄒ야 사회를 졍ᄒ니 복지왈 이ᄉ룸이 반다시 죄로 죽으나 연이나 여명이 극히 져르고 ᄯᅩᄒ 무ᄌ홀지라. 당향기복이오 불건기해라. 듸듸여 ᄉᆈ 삼 앗더니 십칠의 무과 장원ᄒ야 이십뉵의 병판으로 죽으나 권씨는 슈년젼의 임의 먼져 죽어더라.[32)]

남이(南怡)는 탁월한 용력을 바탕으로 이시애의 난을 평정하고 서북변에 있는 건주위 여진을 토벌하여 병조판서까지 오른 인물이다.[33)] 어린 나이에 남다른 능력을 보였지만 작자는 그가 유자광의 모함에 의해 뜻을 이루지 못했다고 하였다. 나라에 큰 공을 세운 인물이 간신의 흉계에 의해 비극적인 최후를 맞이한 것은 대중의 안타까움을 자아내기에 충분하다. 여기에 남이의 젊은 시절 결연담을 함께 소개하여 흥미를 더욱 고조시켰다. 남녀가 인연을 맺는 이야기만으로도 화제가 될 법한데 그것을 귀신을 물리치는 과정을 통해 이루어지도록 했을 뿐만 아니라, 점복자가 앞날을 예견하고 그것대로 정확히 실현되도록 한 점 등은 모두 흥미소로 보아 무방하다. 남이의 불운한 생애를 단순 사실로 다룬 것이 아니라

---

32) <쇼듕화역디셜> 제1책 권지이.
33) ≪한국민족문화대백과≫, 한국학중앙연구원(http://encykorea.aks.ac.kr/).

독자의 관심을 촉발할 요소를 곳곳에 배치하여 문예성을 높였다. 이를 자세히 살펴보기 위해 남이 일화의 화소를 정리하면 다음과 같다.

① 남이는 태종의 외손으로 무력이 뛰어나 이시애를 물리치고 건주를 격파하였다.

② 공이 뛰어나 병판을 제수 받았는데 유자광이 시기하여 남이가 모반한다고 모함하였다.

③ 남이가 국문을 당하여 강순과 함께 모반한 것이라고 말하였다.

④ 강순이 왜 자신을 모함하냐고 묻자 남이는 영의정으로서 자신의 무고함을 알면서도 말하지 않았으니 함께 원통하게 죽는 것이 옳다고 하자 강순이 대꾸하지 못했다.

⑤ 남이가 젊은 시절 한 계집종이 상자를 보자기에 싸서 가는데 그 상자 위에 얼굴에 분바른 귀신이 앉아 있는 것을 보고 따라갔다.

⑥ 따라간 재상의 집에서 곡소리가 나서 물으니 그 집 딸이 갑자기 죽었다고 하였다.

⑦ 남이가 들어가니 그 귀신이 낭자의 가슴 위에 앉았다가 남이를 보고 피하여 낭자가 다시 살아났고 남이가 나오면 낭자가 다시 죽음을 반복하였다.

⑧ 낭자가 죽은 이유는 상자 속 홍시를 먹고 기운이 막혔기 때문으로, 남이가 죽은 사람을 다스리는 약을 구하여 살리니 권람의 넷째 딸이었다.

⑨ 남이를 사위 삼기로 하니 점복자가 남이를 가리켜 반드시 죄로 죽으나 여명이 극히 짧고 자식도 없을 것이라며 낭자는 복록을 누리고 화는 보지 않을 것이라고 하였다.

⑩ 남이를 사위로 삼았더니 17세에 무과 장원하여 26세에 병조판서가 된 후 죽었으나 권 낭자는 수년 전에 이미 죽었다.

초두에는 남이의 집안내력과 비범한 능력 및 공적이 언급되고, 이를 바탕으로 병조판서에 올랐지만 유자광의 시기와 모함이 계속된다. 마침내 참혹한 국문 때문에 모반 사실을 자백하고 죽음에 이른다. 남이의 비극적 일생을 이처럼 간략하게 기술하고 이어 남이의 젊은 시절을 서술한다. 남이가 남다른 능력을 통해 귀신을 보았다거나 귀신이 남이를 보고 도망갔다거나 사자를 다스리는 약을 구하여 여인을 살렸다는 내용 등은 모두 비현실인 기이성을 토대로 한 것이다. 이는 민중이 관심을 가지고 집중할 수 있는 소재이기도 하다.

이렇듯 남이의 비극적 일생으로 관심을 끄는 한편, 귀신을 소재로 한 이야기를 들어 민중적인 관심도를 높였다. 이처럼 귀신이 역사적 인물과 관련되면 독자의 관심을 집중시키는 강점을 가질 수 있다. 남이는 권람의 딸을 죽음에 이르게 한 귀신을 퇴치하고 그녀와 결연하지만, 점복자가 남이가 죄를 얻어 젊은 나이에 후사를 남기지도 못한 채 죽을 것이고 그 부인은 복된 삶만 누리고 남편보다 먼저 죽을 운명이라고 한다. 이 예언이 그대로 적중하여 남이는 무과에 장원급제하고 병조판서라는 영예로운 위치에 오르지만 일찍 죽고 그보다 앞서 부인이 죽었다. 점괘가 사실과 일치한 기이성은 극적 재미로 환원될 만하다 하겠다.

<쇼듕화역디셜>은 역사서사이지만 기이한 사건을 배제하지 않고, 독자가 관심 가질 만한 것을 중시하여 문예담론의 특성을 갖게 되었다. 남이의 이야기를 소개하면서 비극적 일생을 앞부분에 배치하고 뒷부분에는 귀신과 점복자가 등장하는 기이한 소재를 집중적으로 다룬 것도 그 때문이라 하겠다. 시간 순서대로 남이의 일화를 기술하면 귀신 퇴치에 이은 결연담이 먼저 배치됐어야 함에도 불구하고 억울한 최후를 서사한 다음에 귀신 퇴치담과 결연담, 점복자의 예언담을 후방에 안배함으로써 독자의 흥미를 제고하는 효과를 거두고 있다.

<쇼듕화역디셜>과 역사와 문학의 접점 279

남이 일화와 화소가 상당 부분 일치하는 작품이 ≪대동기문(大東奇聞)≫ 권지일 소재 <남이인분면귀취첩(南怡因粉面鬼娶妻)>에도 실려 있다.[34] <쇼듕화역뎌셜>에서는 남이의 최후를 먼저 다루고 젊은 시절 이야기를 서사하는 데 반해, ≪대동기문≫에서는 남이의 귀신 퇴치 및 결연 부분과 전공을 쌓은 부분, 죽음에 이르러 점복자의 예언이 실현된 부분이 시간 순서에 따라 설화되어 있다. 이로 미루어 볼 때 <쇼듕화역뎌셜>의 작자가 시간의 역전을 통해 흥미성을 최대한으로 끌어올리고자 했던 사정을 파악할 수 있다.

3) 중국에 대한 문화적 자부심

책의 제목 <쇼듕화역뎌셜>은 조선왕조의 정통성을 내세우기 위한 것이다. 당시 대중에게 만연하였던 중화(中華) 의식을 우리의 관점에 맞게 재해석한 것이다. 즉 중국에 대한 조선의 굴종보다는 스스로 자긍심을 드러내며 자존성을 중시하고 있다. 이 책에서는 명에 대해 친화적 태도를 드러내는 부분도 있지만, 그들보다 뛰어난 인재가 조선에 많다는 자부심을 분명히 드러내고 있다.

> 츠쳘뢰(오산) 죄로써 춘비ᄒ엿다가 즉시 방셕ᄒ다. 귀향길의 북도 도빅이 디졉을 특별이 후히ᄒ거늘 쳘뢰 고이ᄒ야 무르니 도빅이 왈 사죠ᄒ던 날 상이 별노 하교ᄒ시되 츠쳘뢰 글지 죄 가히 앗갑다. 니 능히 법을 굽혀 용스치 못ᄒ나 만일 궁아의 니른즉 엇지 긍칙지 아니리오. 쳘뢰 듯고 남향통곡ᄒ더라. 천ᄉ 쥬지번은 강남지지라.(…중략…) 평양의 니르러 쥬시 셕반을 임ᄒ여 긔도회고 오언빅운을 니여 효두의 졔진하라ᄒ

34) 姜斅錫, ≪大東奇聞≫(影印本), 民俗苑, 1995, 22쪽.

니 잇떠 방양으로 밤이 져른지라 흔스롭이 능히 못홀비어늘 월시 크게
두려 갈오디 오직 복원(쳘뢰 자이라)이 가히 당홀지라. 쳘뢰 왈 이는 조
흔 슐 흔동의와 디병일좌와 한경호(셕봉의 즈이라)의 집필곳 아니면 불
지라ᄒᆞ니(…중략…) 쳘뢰 병닉에셔 쇠쵝디로쎠 연ᄒᆞ야 쵝상을 치며 고
셩디창ᄒᆞ야 슈용풍발ᄒᆞ니 호의 붓시 오히려 잇지 못ᄒᆞ야 밤이 반이 못
되고 븨운이 임의 니른지라. 쳘뢰 디호일셩ᄒᆞ고 취ᄒᆞ야 구러지니(…중
략…) 쥬시 쵸불을 잡고 곳니러나 일긔롤 반이 못되여 잡은 붓쳐 쑤드려
다씨여졋더라. 임의 호사의기 장ᄒᆞ믈 아름다이 역기고 필법의 신묘ᄒᆞ믈
사랑ᄒᆞ야 일노쎠 우리나라 사롬을 깁히 즁이 너기더라.35)

차천로(車天輅)는 일본에 갔을 때 오천 수의 시를 지어 일인을 놀라게
하였고, 외교문서를 담당하여 文名을 명나라에까지 떨쳐 동방문사(東方文
士)라는 칭호를 받았다. 그는 시에 능하여 한호의 글씨, 최립의 문장과
함께 송도삼절(松都三絶)로 일컬어졌다.36) <쇼듕화역디셜>에서는 차천로
의 시를 대하고 주지번이 칭탄(稱歎)하였다는 일화를 통해 조선 문장 수
준의 뛰어남을 역설하고자 하였다.

차천로의 일화를 보면 앞부분에는 죄를 얻어 귀양 가는 상황에서 선
조가 그의 문재(文才)를 특별히 아껴 편의를 제공하는 내용이 등장한다.
이어서 선조의 속내를 확인한 차천로가 남향 통곡하였다는 내용이 서사
된다. 이처럼 차천로의 문장이 매우 뛰어나 임금에게도 인정을 받았다.
이때 주지번(朱之蕃)이 명의 사신으로 평양에 이르러 <기도회고시(箕都懷
古詩)> 오언백운(五言百韻)을 내지만 이를 능히 읊을 수 있는 사람이 없다.
마침내 차천로가 자신이 읊고 한호가 그것을 받아 적어 계명이 울기 전

---

35) <쇼듕화역디셜> 제2책 권지삼.
36) ≪한국민족문화대백과≫, 한국학중앙연구원(http://encykorea.aks.ac.kr/).

에 모두 완성한다. 차천로가 속작(速作)에 능하여 단시간에 시를 모두 마칠 수 있었다. 그것을 주지번에게 보이니 시의 호장함을 아름답게 여기며 필법의 신묘함까지 사랑했다고 한다.

주지번은 조선에 사신으로 왔을 때 조선 사람들이 초피(貂皮)나 인삼을 들고 찾아와 글을 구할 정도로 서화(書畵)로 이름난 인물이다. 일체의 뇌물이나 증여를 거절하여[37] 사신으로서 청렴함도 갖추었는데, 그러한 인물에게 인정받았다는 사실 자체가 조선 문화의 지위를 격상시키는 일이라 하겠다. 차천로의 일화를 서술하며 선조조차 그의 재능을 아꼈던 사건을 전면에 배치하고, 이후 문재로 이름을 날렸던 명나라 사신의 요구에 부응하는 글을 써서 실추된 민족 자긍심을 드높인 일화를 배치하였다. 이와 더불어 한호의 글씨도 거론함으로써 문화에 대한 자부심을 일깨웠다.

> 뎡북창염은 슌붕의 장지니(…중략…) 유도셕슴교를 무불통관ᄒᆞ고 천문지리와 의약복셔와 율여한어를 불학이능ᄒᆞ야(…중략…) 얼굴이 구름의 학과 바람의 미암이 갓더라. 십ᄉᆞ세의 부친을 ᄯᅡ라 상국의 드러갓더니 봉천젼의 도ᄉᆞ를 만나 도시왈 동국의도 ᄯᅩᄒᆞᆫ 도류잇ᄂᆞ냐. 염이 곳 속여왈 동국의 삼신이 이셔 빅일승쳔ᄒᆞ믈 심상이 보ᄂᆞ니라. 도시 더경ᄒᆞᆫ디 염이 곳 황졍경과 음부경을 외와 통연히 신션짓는 계제를 베푸니 그 ᄉᆞ룸이 툭척ᄒᆞ야 피ᄒᆞ더라.(…중략…) 유구국 ᄉᆞ룸이 망긔ᄒᆞ고 니르러 염을 보고 지비왈 복이 상회 명을 졈ᄒᆞ니 모월모일의 입듕국ᄒᆞ여 진인을 보리라ᄒᆞ더니 ᄌᆞ니가 참이냐. 인ᄒᆞ야 비호믈 쳥ᄒᆞ니 어시의 제국사룸이 닷토아 와본디 염이 능히 ᄉᆞ방 오랑키말을 ᄒᆞ야 디답ᄒᆞ니 막불경이ᄒᆞ야 호왈 텬인이라 ᄒᆞ더라.[38]

---

37) 임종욱, ≪중국역대인명사전≫, 이회문화사, 2010.
38) <쇼듕화역더셜> 제1책 권지이.

정렴(鄭磏)은 음률에 밝고 현금(玄琴)에 정통하였다. 또한 천문·의약에도 조예가 깊었고 유불선(儒佛仙)은 물론 점복·한어(卜筮·漢語)에도 정통하였으며 문장과 산수화에도 능했던 인물이다.[39] 이러한 재능에 비해 속세의 일에는 관심이 적어 관직의 임기를 다하기 전에 사직하고 돌아와 약초를 캐며 은일하였다.[40] <쇼듕화역디셜>의 정염 일화는 여러 방면의 재능이 중국의 인물과 비견해도 절대 뒤쳐지지 않음을 이야기하고 있다.

명나라에 부친을 따라갔다가 봉천전에서 한 도사를 만났는데 그가 조선의 도가자류(道家者流)에 대해 묻자 정염은 우리의 도류에 대해 과장하여 이야기하고 도가의 경전을 외며 도학에 통달한 면모를 보인다. 도사를 속였다는 면에서는 부정적 판단을 내릴 수도 있겠으나, 정염이 지닌 학문적 성취에 대한 긍지로써 이러한 행동을 하였다고 여기면 긍정적으로 받아들일 수도 있다. 도교 경전을 자유자재로 외울 정도로 도학에 심취하였고, 중국의 도사에게 열네 살의 어린 나이에도 학문적으로 앞선 것은 중국에 대한 민족적 자부심을 드러낸 것이라 하겠다.

마찬가지로 중국에서 유구국 사람에게 진인으로 인정받고 여러 나라의 사람들에게 각각의 말로 대답하여 천인으로까지 불린 일화는 정염이 조선의 도학자를 대표하는 존재로 형상화되었음을 알 수 있다. 여러 학문에 통달하고 다양한 나라의 언어를 익혀 국위를 선양한 사실을 정염의 일화를 통해 부각하고 있다. 이는 조선이 중국에 견주어도 문화적으로 차이가 없음은 물론, 오히려 중국의 경우보다도 뛰어난 인물이 많음을 자랑스럽게 기술한 것이라 할 수 있다. 이를 통해 조선에 대한 자부

---

39) ≪두산백과≫(http://www.doopedia.co.kr/).

40) 이러한 특성에 걸맞게 정염의 생애는 ≪국조인물고≫ 권33에서 <休逸>로 분류되어 있다.

심을 고취함으로써 우리 역사에 대해 자긍심을 가지고 민족적 우월감을 획득할 수 있도록 하였다. 이는 역사서사를 지향한 <쇼듕화역디셜>이 역사에 한정되지 않고 민중의식을 고양하는 문학담론으로 기능한 사정을 말하는 것이기도 하다.

4) 내용의 부연과 문예성의 강화

사실(史實)은 역사적 가치나 그것이 대중에게 미치는 영향력에 따라 사건의 경중이 결정될 수 있다. 직접 해당 사건을 겪은 이들에게는 사소한 일까지 중요할 수 있지만, 관찰자의 입장에서는 모든 역사적 사실이 중요하게 받아들여지는 것은 아니다. <쇼듕화역디셜>을 기술한 작자는 역사적 사실에 입각하여 다양한 사건을 충실히 이야기하는 한편, 대중적으로 읽힐 만한 특정 사건을 더 상세하게 다루려는 열의를 보이고 있다.

특히 대중의 관심을 끌 만한 사실을 권의 소제목으로 달기까지 하면서 해당 사건에 관심을 기울였다. <쇼듕화역디셜> 제1책 권지이를 보면, 첫 장에 <역디셜 권지이 장릉사젹>[41]으로 표기되어 있다. 여기에는 단종의 선위 당시부터 세조·예종·성종·연산군·중종·인종·명종·선조에 이르기까지의 내력과 당대의 역사를 수록하고 있다. 여러 왕의 사적을 기술하면서 권초에 이러한 부제를 단 것은 초반에 등장하는 단종 관련 내용에 중점을 두었기 때문이다. 端宗은 수양대군에게 실권을 넘기고 상왕으로 지내다 결국 서인으로 강봉되어 영월에서 어린 나이에 죽음을 맞은 비운의 인물이다. 단종과 관련하여 기술된 사건의 화소를 정리하면 다음과 같다.

---

41) 莊陵은 강원도 영월군 영월면 영흥4리에 있는 조선 제6대왕 단종의 능이다.(≪한국민족문화대백과≫, 한국학중앙연구원.)

① 수양대군이 김종서·황보인 등을 모반하였다는 이유로 죽인다.

② 단종이 수양대군에 선위하고 상왕이 되어 수강궁으로 물러난다.

③ 집현전 학사 성삼문·유응부 등이 상왕복위를 꾀하여 거사를 계획하였는데, 김질이 누설하여 일이 발각된다.

④ 이개·박팽년·성삼문·하위지·유성원·유응부가 차례로 국문을 당하였는데, 이들이 이른바 사육신이다.[42]

⑤-① 을해년 단종이 선위할 때 박팽년이 경회루 연못에 떨어지고자 하니 성삼문이 말리며 후일을 도모하자고 한다.

② 박팽년이 충청감사 때 세조에게 올리는 장계에 '臣'자를 쓰지 않았는데 조정이 깨닫지 못한다.

③ 국문할 당시에 세조가 박팽년의 재주를 사랑하여 살려준다고 하였으나 웃고 대답하지 않는다.

⑥ 단종이 관풍매죽루에 올라 지었다는 子規詩를 인용한다.[43]

⑦-① 성삼문은 을해 년에 선위할 때 예방승지로 국새를 안고 통곡하였는데 세조가 머리를 들어 그를 자세히 본다.

② 세조가 왜 자신에게 반기를 들었냐고 묻자 성삼문은 옛 임금을 세우는 것일 뿐 어찌 역모라고 할 수 있겠냐고 대답한다.

③ 달구어진 쇠로 고문해도 인내하였으며 오히려 신숙주에게 집현전 시절 세종의 뜻을 잊었느냐고 꾸짖는다.

④ 성삼문의 집을 수색하니 세조가 등극한 후 녹을 받지 않아 침방에 짚자리 하나뿐이다.

⑧ 이개는 목은의 증손으로, 모진 고문에도 안색이 불변한다.

---

42) <쇼듕화역뎍셜> 제1책 권지일.

43) 단둉뎌왕시라. 관풍미죽누의 글지어 갈오ᄉᆞ디 쵹빅이제 산월빅ᄒᆞ니 함수 두의루라 여셩비 아문고ᄒᆞ니 무여셩 무아슈라 ᄀᆈ세상 고로인ᄒᆞ니 신막동츈삼월 작유루ᄒᆞ라 쵹빅이 울고 뫼달이 희여시니 근심졍을 먹음고 홀노 누의 비계도다 너 소ᄅᆡ 슬푸민 니 듯기 괴로ᄋᆞ니 네 소ᄅᆡ 업시면 ᄂᆡ 근심 업시로다 세상의 말숨을 외로온 스롬의게 붓치나니 삼가ᄒᆞ여 츈삼월 죽유 우는 루의 오르지 마라.

⑨-① 하위지는 계유정난 이후 조복을 팔고 선산으로 돌아갔다가 세조의 명으로 예조참판에 오르는데, 녹 먹기를 부끄러워하여 한곳에 따로 쌓아둔다.

② 하위지가 국문을 당하며 이미 반역으로 죄를 얻었으니 묻지 말고 빨리 베라고 한다.

⑩ 유성원은 계유 교문을 짓고 집에 와 통곡하였으며, 병자 모의에 참여하였다가 일이 틀어지자 관복을 입은 채 칼로 자결한다.

⑪-① 유응부는 무신으로, 국문을 당하며 칼로써 옛 임금을 복위하고자 하다가 간신에게 발각되었으니 얼른 죽이라고 말한다.

② 유응부가 모진 고문에도 대답하지 않다가 성삼문 등을 돌아보며 글하는 선비와는 더불어 일할 수 없다며 물을 것이 있으면 서생들에게 물으라고 한다.

③ 유응부는 불에 달군 쇠로 고문당하여도 안색이 변하지 않고 오히려 쇠를 땅에 던지며 식었으니 다시 달구어 오라며 항복하지 않고 죽는다.

④ 처음에 거사할 때 권람과 한명회를 죽이면 자신은 죽어도 좋다고 한다.

⑫-① 세조가 김질을 시켜 옥에 있던 사육신에게 보낸 시조(하여가)를 인용한다.[44]

② 박팽년이 이에 답한 시조(금생여수라 한들)를 짓는다.[45]

③ 성삼문이 읊은 시조(포은가)를 인용한다.[46]

④ 이개가 읊은 시조(가마귀 눈비 마자)를 인용한다.[47]

---

44) 져러면 쏘흔 엇더흐며 이러면 쏘흔 엇더흐고 만슈산 드릉츌기 휘여지고 얼헛도다 우리는 쏘흔 이러쳐로 빅년을 지니리라.

45) 슈왈 금셩녀슈 나며 슈마다 금이 나랴 슈왈 옥츌곤강이나 산마다 옥이 나랴 슈왈 녀필종부나 스롬마다 가히 좃츠랴.

46) 이몸이 죽고 죽어 일빅번 다시 죽어 빅골이 진퇴흐야 혼빅이야 잇던지 업던지 임향흐는 일편단심이야 곳칠손가.

⑬ 세조가 듣고 당대의 난신이 충신이라고 말한다.

⑭ 단종이 노산군으로 강봉되어 영월로 유배되었는데, 금부도사 왕방
연이 단종을 모셔두고 돌아오며 시조를 짓는다.(천만리 머나먼 길
에)48)

⑮ 금성대군이 부사 이보흠과 더불어 단종의 복위를 꾀하다가 발각되
어 죽임을 당한다.

⑯-[1] 왕방연이 사약을 가지고 영월에 이르렀는데 어찌할 바를 모르
고 엎드려 있자 단종이 익선관과 곤룡포를 갖추고 자리한다.

[2] 공생이 활줄로 단종의 목을 매어 당기고 베띠까지 매어 죽이니,
이때 단종의 나이 17세이다.

[3] 공생은 九竅로 피를 흘리며 죽고 시녀와 동인이 고을 동강에
몸을 던져 주검이 강에 가득하다.

⑰ 이날 밤 세조의 꿈에 현덕왕후가 칼을 안고 나타나 꾸짖으며 세자
를 죽이겠다고 하고 동궁으로 가니 세자가 죽자, 세조가 대로하여
왕후의 종묘 신주를 걷어내고 소릉을 파서 관을 강에 던진다.49)

단종의 비극적 생애는 문학적 감동을 불러일으키기에 적합한 소재이
다. 객관적 사실만을 나열해도 독자는 상상력을 동원하여 그의 비애에
동감할 수 있다. 그러나 <쇼듕화역디셜>에서는 이러한 소재들을 평범
하게 나열하지만은 않았다. 문학적 장치를 동원하여 역사적 사실을 배치
했기 때문이다.

권지일 후반부에는 단종의 내력이 소개되고 수양대군이 권력을 쟁취

---

47) 가마귀 나라 우셜을 입어도 도로 거머지고 야광명월이 비록 밤인들 엇지 거머 어두
울쇼냐 임향ᄒᆞᆫ 일편단심이야 엇지 곳치미 잇실쇼냐.
48) 천만리 멀고 먼길에 고은임 여회압고 닉마음 둘지업서 닉가의 안진이 져물도 닉안갓
도다 우러 밤길예난도다.
49) <쇼듕화역디셜> 제1책 권지이.

하는 과정을 세세하게 다룬다. 이어서 단종을 복위시키기 위한 시도가 발각되어 사육신이 국문당하는 내용으로 권지일을 마감한다. 여기까지는 단종과 관련된 역사적 사실을 그대로 서술하였다. 단종에서 수양대군으로 정권이 이양되는 과정을 사실 그대로 서술한 것이다. 권지이가 시작되면서 박팽년·성삼문·이개·하위지·유성원·유응부의 순으로 사육신의 자세한 면모를 다루고 있다. 수양대군의 등극을 왕위찬탈로 규정하고 세종과 문종에 대한 충의를 지켜 단종을 다시 임금으로 세우겠다는 이들의 노력은 결국 실패로 돌아가지만, 목숨을 바쳐 충을 실현하려는 기상은 후대에 전승될 만한 것이었다.

박팽년과 성삼문의 일화 사이에 단종이 지은 시가 삽입되어 있다. 단종은 영월에서 유폐 생활을 하는 동안, 매일같이 관풍매죽루(觀風梅竹樓)에 올라 시를 지어 울적한 회포를 달랬다고 한다.[50] 이 시는 단종이 매죽루에서 소쩍새의 울음을 들으며 근심을 술회하고 있다. 1456년에 단종을 복위시키려 했던 병자사화(丙子士禍)가 있었고, 이에 1457년에 단종은 노산군(魯山君)으로 강봉되어 강원도 영월에 유배되었다.[51] 시간 순서대로 작품을 배열하려면 사실 ⑭의 뒤에 이 시가 위치해야 한다. 그러나 굳이 이 부분에 단종의 시를 삽입한 것은, 작자가 박팽년과 성삼문을 중요한 인물로 여기고, 이들 일화의 사이에 단종의 시를 위치시켜 신하된 자의 충절과 왕위를 빼앗긴 임금의 비통함을 대비적으로 부각되도록 하기 위해서이다.

이어 유성원이 자결하는 부분과 이개와 하위지·유응부가 국문에도 초탈한 모습으로 충절을 내세우며 비장한 죽음을 맞는 내용이 등장한다. 그 다음에 국문으로 이들이 죽기 전의 일화가 하나 더 소개되는데, 이것

---

50) 《한국민족문화대백과》, 한국학중앙연구원(http://encykorea.aks.ac.kr/).
51) 《한국민족문화대백과》, 한국학중앙연구원(http://encykorea.aks.ac.kr/).

이 바로 세조와 사육신이 시조를 주고받은 내용이다.[52] 이들 시조 또한 시간적 순서에 따르면 각 인물의 이야기를 기술하며 하나씩 소개하거나 혹은 본격적으로 일화를 다루기 전인 권지이 초반에 제시해야 한다. 그러나 <쇼듕화역디셜>에서는 사육신이 죽은 이후 서사에 시조를 배치하였다. 이는 사육신의 죽음에 따른 문학적 효과를 최대한으로 끌어올리기 위한 것이라 하겠다. 고통스러운 죽음을 목전에 두고도 절대 권력자에게 절개를 내보인 것 자체가 충절을 대변한 것이고, 이들의 의로운 죽음을 극대화하기 위해 그들의 시조를 차용한 것이라 할 수 있다. 여기에서 단순 사실의 전달 이면에 문예적 감동을 고취하고자 한 사정을 읽을 수 있다.

처음에 이방원이 읊었던 <하여가>를 세조가 사육신에게 전하자 박팽년과 성삼문·이개가 차례로 이에 화답하는 시조를 읊는다. 박팽년은 <금생여수라 한들>을 통해 자신의 변치 않는 절개를 말하였고, 성삼문은 <하여가>에 대응하는 <단심가>를[53] 통해 단종을 향한 일편단심을 노래하였으며, 이개는 <가마귀 눈비 마자>로 충성을 거둘 수 없음을 말하는 것으로 그려졌다. 그러나 사실 <가마귀 눈비 마자>는 수형(受刑)시 박팽년이 지은 시조이고[54] 이개는 죽음에 임하여 시조가 아닌 한시를 지은 것으로 알려져 있다.[55] 이개가 지었다고 전하는 시조는 <방안

---

52) 이와 관련하여 세조의 왕위 찬탈에 반대하고 단종의 복위를 꾀하다가 죽은 사육신들이 그들의 충성을 읊은 시조를 <死六臣忠義歌>라고 한다. ≪青丘永言≫과 ≪歌曲源流≫에 河緯地의 시조를 제외한 成三問·朴彭年·李塏·柳誠源·兪應孚 등 다섯 사람의 시조가 한 편씩 수록되어 있다.(≪두산백과≫)

53) 문면에는 <포은가>로 지칭하고 있다.

54) 박노준, 「사육신 시조의 절의」, 『세종학연구』 4, 세종대왕기념사업회, 1989, 12쪽.

55) 박노준, 위의 논문, 14쪽.(禹鼎重時生亦大 鴻毛輕處死猶榮 明發不寢出門去 顯陵松柏夢中青 세상이 올바를 젠 삶이 또한 크지만 깃털처럼 가벼운 곳 죽음조차 영광이라 밤새도록 잠못들다 문 나서 가면 현릉의 솔잣나무 꿈에도 푸르리라.)

에 혓는 촉불>이며56) 성삼문은 형장에서 <이몸이 주거가셔>를 지었다.57) 비록 사실과는 어긋날지라도 사육신의 충의를 효과적으로 표현하기 위해 시조를 끌어들인 것이다. 시조를 활용하여 그들의 충성심을 그리고 있는데, 이와 같은 방법이 문예담론의 문예미를 고양하는 인자라 할 수 있다. 역사적 사실에 바탕을 두되, 문예성을 가미하여 읽는 이로 하여금 감정변화를 유발한 것이다. 독자는 이러한 서사를 통해 <쇼듕화역디셜>을 흥미성이 강한 독서물로 인식하게 된다.

여기에서 그치지 않고 단종의 영월 유배 화소를 덧보탰다. 특히 왕방연이 단종을 영월까지 호송한 후에 지은 <천만리 머나먼 길에>를 서사 후반부에 배치함으로써 단종 이야기의 애상감을 돋보이게 했다. 어린 나이에 공생에 의해 목이 졸려 최후를 맞은 단종의 이야기는 원통함과 함께 애처로움을 수반하게 된다.

<쇼듕화역디셜>에서는 단종의 생애를 설화하며 그의 내력부터 시작하여 수양대군에게 왕위를 찬탈당한 이야기, 사육신 사건, 영월로 유배되어 사사된 일에 이르기까지의 내용이 기술되어 있다. 이를 읽을거리로 표현하기 위하여 병자사화를 전면에 배치하여 사육신의 충절을 부각시키고, 그들의 시조를 삽입하여 문예적 감동 또한 획득하고 있다.

5. 역사와 문학의 접점과 그 의미

<쇼듕화역디셜>은 역사적 사건을 중시한 자료이다. 그래서 소설의

---

56) 박노준, 위의 논문, 7쪽.(房 안에 혓는 燭불 눌과 離別ᄒ엿관디 것츠로 눈물 디고 속 타는 줄 모로는고 뎌 燭불 날과 갓트여 속타는 줄 모로도다.)

57) 박노준, 위의 논문, 15쪽.(이 몸이 주거가셔 무어시 될꾜 ᄒ니 蓬萊山 第一峰에 落落 長松 되야이셔 白雪이 滿乾坤홀 제 獨也靑靑 ᄒ리라.)

요건에서는 다소 벗어났을지라도 그에 상응할 만한 독서물로 기능한 것만은 틀림없다. 이 책은 역사서사로서 실제 있었던 사건을 다루면서도 문학적 흥취에도 상당한 관심을 기울였다. 그래서 역사서를 베낀 듯한 기술에 머물지 않고 대중적인 호응을 얻기 위해 문예적 요소를 틈입시키기도 했다. 사실 전달에 치중하여 문예미가 소극적으로 반영되기는 했지만, 실제 벌어진 사건을 극적으로 서사한 것만은 틀림없다. 역사와 문학이 적절하게 조화되면서 조선왕조의 내력과 주변인물의 이야기를 훌륭한 읽을거리로 풀어낸 것이다. 이것이 이 책이 갖는 매력 중의 핵심이라 할 수 있다. 이제 이 책이 갖는 의미를 크게 둘로 나누어 그 의미를 짚어보도록 하겠다.

첫째, 이 책을 통해 문학과 역사의 교호 양상을 파악할 수 있다. 문학과 역사는 마치 한 몸처럼 상호 작용을 통해 각 장르의 정체성을 더욱 공고히 하였다. 역사를 감동적으로 기술하기 위해 문학적인 표현과 수사를 동원할 필요가 있었고, 문학의 소재를 다채롭게 하기 위해 역사적 사건을 중시할 수밖에 없었기 때문이다. 그래서 훌륭한 역사서에 전범적인 문학이 내재될 수 있었고, 훌륭한 문학 속에 역사적 사실이 자리할 수 있었던 것이다. 더욱이 이야기문학의 경우 건국서사나 인물전설 등에서 역사적 사건을 비중 있게 다루었거니와 그러한 전통은 고전소설에 와서도 여전히 중시되었다. 특히 고전소설에 와서는 인물 중심의 역사적 사건을 문학적으로 형상화하거나 전란의 참상을 소설로 입체화해서 감성에 호소하는 사례가 빈발하였다. 이는 모두 문학과 역사가 불리(不離)의 관계를 가지며 한 작품으로 형상화되어 가능할 수 있었다. 잘 아는 것처럼 임병양란 후의 영웅군담소설에서 그러한 실태를 짐작할 수 있다. 이들에서는 문학과 역사의 긴밀한 관계를 바탕으로 작품을 형상화하되 그 핵심을 문학적 형상화에 주안점을 두었을 따름이다.

그런데 <쇼듕화역뎌셜>은 역사와 문학의 상호 교호를 보이는 실증적인 자료라는 점에서 주목할 만하다. 이 책은 왕조와 인물을 중심으로 역사를 이해하는 것이 주된 목표이다. 그래서 전체적으로는 역사서와 같은 모습을 갖는 것이 사실이다. 하지만 이 책이 단지 역사적인 사실만 전달하는 사서(史書)로 기능했다면 민중의 독서물로 유통되는 데는 분명한 한계가 있었을 것이다. 그러한 한계를 극복하는 좋은 방법이 구성이나 표현 등에서 변화를 주는 것이다. 이는 역사를 다루되 문학적인 흥미를 가미하여 대중적인 호응도를 높이는 것이라 하겠다. 역사를 감동적·충격적으로 이해시킬 목적에서 문학적인 요소를 적절히 활용한 것이다. 그래서 이 전적은 당대 문학유통의 일면을 짐작하는 한편, 문학과 역사의 조응 관계를 살피는 데 유용한 자료라 할 만하다.

둘째, 이 책을 통해 역사소설의 자양을 확인할 수 있다. 오랫동안 민중은 역사를 문학처럼 향유해온 것이 사실이다. 고대나 중세의 건국신화는 물론이거니와 어느 시대를 막론하고 대표적인 인물전설에서 그러한 흔적을 확인할 수 있다. 이처럼 역사를 문학처럼 인식하는 가운데 역사를 사실적으로 기술한 실기문학이 나타날 수 있었고, 나아가 역사를 가장한 창작문학이 민중의 호응을 받기도 하였다. 고전소설의 경우 전(傳)을 표방하면서 역사적 인물을 문학적으로 형상화했거니와 역사적인 사실을 수렴하여 소설로 형상화한 사례도 다수이다. 이는 소설이나 역사를 향유한 민중의식이 반영된 결과이기도 하다. 즉 문학과 역사를 공유하면서 문학에 역사적 요소를, 역사에 문학적 특성을 개입시켰던 전통이 반영된 것이다.

그런데 <쇼듕화역뎌셜>이 역사문학의 소재적 원천을 충실히 다루었다는 점에서 주목할 만하다. 이 책에서는 왕조를 중심으로 주요사건이나 인물을 배치하여 역사를 이해시키려 했다. 문제는 이곳에서 다룬 역사적 사건이나 주요 인물의 행적이 사실 전달에 한정되지만은 않았다는 점이다. 다시 말해 역사적 사실을 다루는 이면에 수용의 효율성을 강화하는 차원에서 문학적인 흥미소를 개입시킨 것이다. 그래서 이러한 흥미소, 특히 역사상 충격적인 사건, 인물의 기이담이나 태몽담 등은 소설적인 소재로 활용되기에 적절하다. 그런 점에서 <쇼듕화역뎌셜>과 같은 역사서사는 역사소설의 중요한 원천이 되었으리라 본다. 더욱이 역사담론이나 문학담론을 향유하는 계층에서는 양방의 장처를 살려 감발적인 이해의 수단으로 삼았기 때문에 역사적인 소재가 소설적인 재료로 활용되는 것은 아주 자연스러운 일이라 하겠다.

다만 문제가 되는 것은 <쇼듕화역뎌셜>의 필사시기가 그리 상회하지 못한다는 점이다. 그래서 역사적인 사건이 고전소설의 자양으로 기능하는 데 일정한 한계가 있는 것처럼 생각할 수도 있다. 하지만 이러한 책이 비록 20세기에 필사되었을지라도 역사와 문학을 함께 수용한 문화적 전통은 18-19세기에도 동일했던 것으로 볼 수 있다. 그래서 20세기 자료를 통해 역으로 그 이전 시기 문학의 창작과 유통의 일단을 짐작할 수 있다. 다시 말해 <쇼듕화역뎌셜>을 바탕으로 역사적인 사건이나 인물이 소설로 형상화된 사정을 짐작할 수 있다. 이러한 책이 대중적으로 유통되면서 문학적인 변용을 통해 소설로 형상화되는 것이 보편적이기 때문이다. 그런 점에서 소설의 주요 소재인 역사적 사건을 충실히 다룬 이와 같은 책이 소설의 자양으로 기능한 것으로 볼 수 있다. 이는 문학의 유통사를 통해 볼 때 <쇼듕화역뎌셜>의 문학적 위상이 남다름을 의미하는 것이기도 하다.

6. 결론

　지금까지 <쇼듕화역디셜>을 통해 역사서사의 측면과 문예적 형상화에 대해 알아보았다. 이 자료는 6권 4책으로 구성된 국문 전용 필사본으로 창작 연대와 작자는 미상이다. 다만 책의 권말에서 표기된 간지를 통해 필사시기를 1915년과 1916년 사이로 추정할 수 있거니와 필사자도 특정할 수는 없지만 성 부인이라는 여성인물임을 짐작할 수 있다.

　<쇼듕화역디셜>은 사실(史實)의 이해를 돕기 위한 목적으로 기술된 것으로 보인다. 그러한 목적을 달성하기 위해 특정 사건을 역대 왕의 순서에 따라 일정하게 배열하여 독서물로 기능하도록 하였다. 즉 조선왕조의 내력을 기술하거나 이름난 신하와 학자의 일화를 내세우거나 정치적 위협이었던 사건을 설화하거나 전쟁의 발발과 경과를 명확하게 전달하는 등 역사적 사실을 객관적으로 기술하고자 하였다. 그런 점에서 이 자료는 일차적으로 역사담론의 성격이 강함을 알 수 있다.

　<쇼듕화역디셜>은 단순 사실의 기술을 넘어 문예미의 발현으로 독자의 관심을 촉발한 부분도 다수이다. 역사서를 의도하면서도 독자의 접근이 용이하도록 문예물의 특성을 가미한 것이다. 인물의 일화를 소개하며 태몽에 집중하거나 현실성이 희석된 기이한 이야기를 끌어들이거나 중국에 대한 민족적 자부심을 드러내거나 특정 인물의 일화를 확대하면서 문학작품을 활용하는 것 등은 문예담론의 특성이 농후하다. 이것은 문학적 형상화를 통해 역사적인 사실을 효과적·감동적으로 이해시킬 목적 때문이라 하겠다. 그러는 과정에서 이 책은 자연스럽게 문예담론의 특성이 강화될 수 있었다.

　<쇼듕화역디셜>을 통해 문학과 역사의 접점을 확인할 수 있다. 역사를 효과적으로 이해시키기 위해서는 문학적 수사가 필요하고, 문학의 재

료를 풍성하게 하기 위해서는 역사적 사건이 필요하다. 그런데 이 책은 역사적인 사건을 왕조 중심으로 기술하여 역사담론의 특성을 갖춘 한편, 역사담론의 실상을 강조해서 보이기 위해 문학적인 흥미소를 활용할 수밖에 없었다. 그래서 이 책은 역사와 문학이 적절히 조응하면서 민중의 읽을거리로 기능하게 되었다. 이를 통해 민중이 역사와 문학을 불리의 관계로 인식하고 향유했던 문화적 전통을 확인할 수 있거니와 역사적 사건이나 인물이 역사소설의 핵심적인 요소로 기능했던 사정도 짐작할 수 있다. 그런 점에서 이 자료가 문학과 역사의 호응관계나 문학의 원천을 확인하는 데 도움이 되리라 본다.

〈청암녹〉의 형상화 양상과 그 의미

1. 서론

고전소설은 근대소설과 달리 대다수의 작품이 작자미상이다. 작자가 알려진 작품일지라도 수십 수백의 이본을 가지고 유통되었는데, 이는 고전소설이 수용자 중심의 문학이라는 점에서 불가피한 일이라 할 수 있다. 다수의 독자들이 저마다 이본에 새로운 옷을 입혀 자기 색을 가진 작품이 양산되었다. 이런 관점에서 필사본 고전소설은 작자가 분명치 않은 작품일지라도 적어도 필사자를 그 이본의 작자 내지는 편집자라고 보아도 좋겠다. 이는 필사본 고전소설을 연구하는 토대이면서 고전소설의 민중적 다변화를 이해하는 길이기도 하다.

본고는 위와 같은 시각에서 충남대학교 중앙도서관 경산문고에 소장되어 있는 〈청암녹〉을 살펴보고자 한다.[1] 이 작품은 '청암' 유 박사의

---

[1] 〈청암녹〉, 충남대학교 중앙도서관 경산문고, 경산集제3191호.

아들 유연과 최 소저가 결연하여 혼인하고 격리되었다가 재결합하여 행복한 결말에 이르는 내용이다. <청암녹>은 이렇듯 애정소설로 절대악을 등장시켜 혼사장애를 야기하고, 부처가 두 주인공의 기봉에 조력자로서 결정적으로 기능하도록 했으며, 기봉의 과정에서 주인공이 여장개착하는 속이기가 드러나는 등 여러 흥미소가 응집되어 있다.

<청암녹>은 지금까지 논의가 없었던 희귀본이자 유일본으로 추정되는 작품이다. 때문에 본고에서는 연구의 발판을 마련하기 위하여 작품의 서지 사항과 내용을 살피되 작품의 형상화에 주목하고자 한다. 이를 위하여 먼저 <청암녹>의 서지와 경개를 살펴보고, 다음으로 형상화 양상에서는 서사적 특징을 몇 가지 들어 검토하도록 한다. 이를 바탕으로 <청암녹>의 문학사적 의미를 짚어보도록 하겠다.

2. 서지 사항과 경개

1) 서지사항

<청암녹>은 1권 1책의 5정침 제본으로 되어 있고, 한 면의 크기는 가로 19cm, 세로 29cm 정도로 지질과 묵색이 고태를 띠고 있다. 국문전용으로 필사되어 있고, 전 72매 158면으로 1면은 평균 8행, 각 행은 평균 20여 자이다. 이 작품은 경산 사재동 교수가 고서상에서 수집하여 소장해 오다가 현재는 충남대학교 중앙도서관 경산문고에 이관되었고, 작품의 소장번호는 경산·集, 제3191호이다.

겉표지에는 붉은 글씨로 <청암록(淸岩錄)>이라 표기되어 있고, 속표지에는 한자로 '갑인년십일월초사일시상 청암록 권지일(甲寅年十一月初四日始

上 淸嵓錄 卷之一)'이라고 쓰고, 한자 옆에 국문으로 '갑인연십일월쵸사라 청암녹 권지일이라'라고 병기되어 있다. 작품의 말미에는 '갑인납월의쎤노라이건표적이라'고 밝히고 있다. 그리고 '이칙쥬닌은이소졔오니이칙을 보시고부듸든이칙쥬인을차져주슈시ᇰ소셔이칙은오ᄌ낙셔만ᄒᆞ오니눌너보시ᇰ소셔'라고 책의 주인과 습득시의 당부사항 등이 간략하게 적혀있다.

이를 통해 몇 가지를 짐작해볼 수 있는데, 우선 겉표지와 속표지에 한자로 적힌 제명이 상이하다. 물론 '암(嵓)'자와 '암(嵓)'자가 모두 바위라는 의미를 가지고 있기는 하다. 그러나 작품의 필사 과정에서 겉표지와 속표지의 제명을 통일시키지 않았다는 점에서 몇 가지 추론이 가능하다. 먼저 한자를 잘 알지 못해서 선본을 그대로 베낀 것이라고 볼 수 있다. 그저 선본에 적힌 그대로 보고 필사하였기에 겉표지와 속표지의 제명 중 한 글자가 다르게 표기된 것으로 볼 수 있다. 실제로 남자 주인공의 아버지인 유 박사의 별호가 '청암'이기에 한자를 적는 과정에서 표기상의 오류가 생겼을 수 있다.[2]

그러나 '암(嵓)'자는 바위라는 뜻보다 '산이나 바위, 인심 등이 험하다'는 뜻으로 더 많이 사용된다는 점에서 작품 내용을 함축한 제명이 속표지의 <청암록(淸嵓錄)>에 드러난 것이라 볼 수도 있다. 더욱이 작품에서 여자 주인공이 절대악에 의해 납치되어 깊은 곳으로 끌려가고, 후에 남자 주인공이 그녀를 찾아 몇 년을 헤매다 어렵게 당도한 곳이 백두산으

---

2) 필자는 이전에 <정진사전>에 관한 논의를 펼친 바가 있다. <정진사전>은 정진사의 아들 창린의 출장입상과 결연담, 쟁총담을 다룬 작품으로 주인공의 이름을 제명으로 삼지 않고, 아버지의 관직명을 제명으로 삼은 것에 주목하여 그 서사적 기능과 의미를 탐색하였다. 그것은 정진사 자녀들의 이야기, 즉 주인공 창린뿐만 아니라 쌍둥이 누이 귀봉 역시 작품에서 높은 비중을 차지하기 때문에 두 사람의 공통분모인 아버지 정진사를 제명으로 정한 것이라고 밝힌 바 있다. 이 작품 역시 주인공이 유연이지만 그의 부친 청암을 대표로 내세워 작명하였다.(송주희, 「<정진사전>에 나타난 결연담의 서사적 기능과 의미」, 『어문연구』 70, 어문연구학회, 2011, 195-217쪽)

로 매우 험난한 곳으로 그려진다. 때문에 두 주인공의 격리와 기봉 과정의 어려움을 '청암(淸嵒)'이라고 은유적으로 표현한 것일 수도 있다. 이렇게 보면 필사자가 한자에 식견이 있어서 일부러 원래의 제명과 크게 뜻이 달라지지 않으면서도 보다 함축으로 작품의 내용을 담아낼 수 있기에 속표지에 <청암록(淸嵒錄)>이라고 기록한 것이라고 볼 수도 있다.

다음으로는 필사시기에 관한 문제이다. 속표지에서 '갑인연십일월쵸사라', 작품 말미에서 '갑인납월의션노라'라고 각각 기록되어 있다. 이를 통해 이 작품은 갑인년 11월 4일에 필사를 시작하여, 그해 12월까지 약 1~2개월에 거쳐 필사가 이루어졌음이 드러난다. 그렇지만 주지하다시피 60갑자 주기의 연식표기는 당시의 연호나 역사적 사건, 정황 등을 알 수 있는 뚜렷한 징표가 드러나지 않는 한 그 정확한 연도를 알기가 쉽지 않다. 다만 지질과 묵색의 고태 등을 고려했을 때 아무리 늦어도 조선 후기 또는 구한말 정도로 보는 것이 타당할 듯하다. 필사본 고전소설의 유통이 대중화되었던 시기를 미루어 짐작컨대 이 작품이 필사된 갑인년은 1914년을 마지노선으로 하여 1854년, 1794년 등으로 소급될 수 있겠다.

그리고 이 작품의 필사자에 대해서도 짐작할 수 있다. '이칙쥬닌은이소졔오니'라고 하여 이 책의 소장자가 이씨 성을 가진 여성임을 알 수 있다. 그러나 소장자 이 소저가 곧 필사자인지, 혹은 다른 이에게 부탁을 하거나 전문 필사자를 통하여 필사했는지의 여부는 정확하게 알 수 없다. 다만 오자와 낙서가 많다고 자신의 필체를 겸손하게 표현한 '이칙은오ᄌ낙셔만ᄒ오니눌너보시ᅌ소셔'라는 부분을 통해서 책의 주인인 이 소저가 직접 이 작품을 필사하지 않았을까 짐작할 뿐이다. 여기서 한 가지 특이한 점은 거의 대부분 같은 필체이나 10면 내외로 전혀 다른 필체로 필사된 부분이 있다는 점이다. 이를 감안하면 책의 주인인 이 소저 본인 혹은 다른 일반 필사자 1인이 주필사자이고, 또 다른 한 사람이 중간 중간 필사를 도왔을 가능성이 있다.

<청암녹>의 필사자가 곧 이 소저는 아니라고 해도 그녀가 고전소설의 유통과 관련된 여성이라는 점을 알 수 있다. 이는 '이칙을보시고부듸든이칙쥬인을차져주슈시옵소셔'라는 대목에서 드러나는데, 이는 영리를 추구했던 그렇지 않던 간에 세책을 통해 여러 사람이 돌려가며 이 작품을 읽은 것만은 분명하다. 이와 같은 후언은 유통을 전제로 한 다른 필사본을 통해서도 쉽게 확인할 수 있다. 실제로 자신이 소유하기 위해 필사하기도 하지만 다른 사람이 읽는 것을 전제로 한 필사가 일반적이다.[3] 그리고 이 책은 적어도 '이 소저'라고 하면 그녀가 누구인지 알 수 있는 사람들 내에서 유통되었을 것으로 짐작된다.

2) 경개

<청암녹>은 애정소설로, 혼인의 첫날밤 해적무리에 의해 여자 주인공이 납치되어 두 주인공이 격리되는 혼사장애, 오랜 시간 숱한 어려움이 따르다가 부처 혹은 승려 등의 조력자의 힘을 빌려 기봉에 이르러 화목한 가정이 완성되는 서사의 틀을 갖추고 있다. 앞서 밝힌 것처럼 이전에 <청암녹>에 대해 논의된 바가 없기 때문에 이 절에서는 다소 자세하게 작품의 경개를 밝히고자 한다.

① 전라도 전주 복촌[4]에 청암 유 박사[5]와 부인 윤 씨가 살았는데, 후

---

3) 김진영, 「고전소설의 유통과 생업」, 『고전소설의 효용과 쓰임』, 박문사, 2012, 280-281쪽.

4) 뒷부분에서 '본향(전주)의 동촌'이라는 표현으로 미루어보아 '복촌'은 '북촌'의 오기인 것으로 보인다.

5) 1900년대 초반 현대의 학위 개념으로, 서양의 고등교육을 통한 '박사'가 배출되기도 하였기에 이 작품의 창작시기, 필사시기를 짐작하기 위하여 '박사'가 오늘날의 개념

사가 없던 중, 기이한 꿈을 꾼 후 아들 연을 얻었다.

② 유생은 15세에 향시에 등과하고, 서울로 와서 과거를 본 후 한림학사를 제수 받고 금의환향하였다.

③ 유생이 유 박사와 재종간인 최 한림에게 문안하러 갔다가 늦은 밤 후원에서 우연히 사창 틈으로 그의 딸 최 소저를 보고 한 눈에 반하였다.

④ 유생은 상사병이 드는데 윤 부인이 최 소저에 관한 이야기를 듣고 남편에게 알려 양 공은 자녀들이 삼종지간으로 우려가 있으나 혼인을 허락한다.

⑤ 혼롓날 밤 신방에 홀연히 전장 군졸이 몰려와 신부를 데리고 사라지고, 노복들이 뒤따르지만 그 행방을 찾지 못하였다.

⑥ 유 박사 부부는 최 소저와 애초 인연이 없음이니 염려할 일을 만들지 말고 몸조심할 것을 당부하지만 유생은 그리움과 걱정으로 병을 얻는다.

⑦ 한편 최 소저는 장군 무리에 이끌려 어딘가로 향하게 되는데, 장군은 그녀를 극진히 보살피지만 선상에서 투신하려고 하고, 장군의 적모인 어떤 부인이 그녀를 걱정하고 위로하여 목숨 보전을 당부하고, 최 소저도 심적으로 의지하게 된다.

⑧ 수개월 후 한 곳에 이르러 최 소저는 모든 호의를 마다하고 총명한 시비 계선만을 곁에 두고 한벽한 소당에서 지내며 거처하는 곳을 알고자 하는데, 계선은 어디인지는 모르나 오월에도 산상에 눈이 남아 있어 백두산이라고 부른다고 말해 준다.

⑨ 이때 유생은 부모에게 글을 남긴 채 유랑하다 강원도 금강산에 이

이 아닌가 생각해 보았다. 그러나 조선시대 교서관, 홍문관, 성균관, 승문원 등에 '박사'라는 정7품의 관직이 있었고, 작품 내에서 유 박사가 홍문관상으로 이름을 떨치고 이조참판 대제학 등으로 부름을 받기도 한 점으로 미루어 보아 여기서의 '박사'는 조선시대 관직명으로 보는 것이 옳을 듯하다.

르게 되고, 그곳에서 삭발 후 승복을 입고 최 소저를 찾게 해주시면 절을 짓고 사례하겠다는 기도를 올리는데, 꿈에 부처가 나타나 지성에 감복하여 최 소저는 무사하나 찾기 수고로울 것이라 이르고 사라진다.

⑩ 유생은 두 해가 넘도록 최 소저를 찾지 못하자 하늘을 원망하다 정신을 잃었는데, 몽중에 금강부처가 나타나 금년이 가기 전에 부부가 만날 것이나 거처가 깊고 찾기 쉽지 않을 것이라는 말을 남기고 사라진다.

⑪ 한편 장군의 적모는 최 소저가 장군에게 마음이 없음을 알고 다른 여인을 찾을 것을 권하나 장군은 뜻을 굽히지 않고, 최 소저도 그 진심을 알지만 이성을 섬길 수는 없다 한다.

⑫ 유생은 서해에서 배에 올라 방랑하다 하루는 별세의 요지경을 보고, 자신을 금강산 암자의 여승이라 속여 사람들에게 보시를 받고, 인적이 드문 집의 문 앞에 앉아 있다가 우연히 담 너머 상심한 최 소저를 보게 된다.

⑬ 이날 최 소저는 몽중에 금강부처라 이르는 여승이 만나는데, 그 절개에 감동하여 도움을 주노니 오늘 유생과 기봉할 것이라 말하고 사라진다.

⑭ 계선이 절세의 여승이 양식을 빌러 왔으니 불러볼 것을 청하고, 최 소저는 심상치 않은 몽사를 염두하여 여승을 들이는데, 삿갓 쓴 여승이 유생임을 알아보고 반갑고 기뻐하지만 두려운 마음에 모르는 체를 한다.

⑮ 적모가 잠에서 깨어 여승을 보고 비범하여 보시를 하는데, 바랑에 쌀을 받다가 실수인 척 엎어 쌀을 주어 담는 사이 장군이 들어와 그를 불러 존재를 의심하고, 유생은 급히 자리를 떠나 몸을 숨겨 최 소저를 탈출시킬 방법을 찾지만 길이 없어 부처에 도움을 청한다.

⑯ 최 소저는 탈신을 하고자 하나 장군이 더욱 철통같이 지키고 있어 어려움을 겪고, 부인은 식음을 전폐한 최 소저를 찾아와 택일하여 혼사일이 가까웠음을 알린다.

⑰ 최 소저는 자결하고자 하나 꿈에 금강부처가 나타나 장원 밖에 기다리는 이가 있으니 기회를 잃지 않을 것을 당부하여 계선이 잠든 사이 담 밖의 유생을 만나 다음날 같은 시각 만날 기약을 한다.

⑱ 다음 날 밤 최 소저는 계선에게 바깥 경치를 구경하자고 하여 유람을 하다가 꾀를 내어 물에 빠져도 시신도 찾을 수 없다는 깊은 물가를 거닐다 몸을 던지고자 한다는 말로 계선을 불안하게 한다.

⑲ 최 소저는 처소로 돌아와 계선이 잠든 후 열쇠를 훔치고 나와 물가에 신발과 옷가지를 남기고 유생과 함께 도망쳐 산사의 암혈에 숨는다.

⑳ 한편 계선은 최 소저가 사라진 것을 알고 물가에서 신발과 옷가지를 찾고 유서를 발견하는데, 부인은 자결한 것으로 믿고 아들을 불러 남의 여인을 탐하여 열녀를 죽게 한 죄를 묻고 장군은 참담해 한다.

㉑ 두 사람은 암혈에 숨어 두어 달 지낸 후 도망치고자 해변에 이르는데 한 중이 나타나 작은 배에 그들을 태우고 가다 큰 배에 옮겨 태운 후, 자신은 금강부처의 명으로 돕는 것이라며 앞으로는 어려움이 없을 것이라는 말을 남기고 사라진다.

㉒ 보름 만에 뭍에 이르러서 수 십일을 걸어 전라도에 도착하는데, 두 사람은 부모 뵐 면목이 없어 삭발을 하고 괴로워하다 마침 최 소저의 생일날 전주에 이르러 최 한림의 집 앞에서 비복을 만났으나 그는 변복한 최 소저를 알아보지 못한다.

㉓ 최 한림이 비로소 최 소저를 알아보고 부모 형제가 모두 만나 서로 기뻐하는데, 가족들은 다만 유생의 생사를 모른다고 하자 최 소저는 유생을 만나 천신만고 끝에 돌아온 이야기를 하고, 부모는 앵

혈을 확인하여 딸이 절개를 지켰음을 크게 기뻐한다.

㉔ 한편 유생은 윤 부인을 만나 모자가 상봉하고, 윤 부인이 유 박사에게 아들의 생환을 알리는데, 유 박사는 기뻐하는 한편 늙은 부모를 두고 떠났던 것을 책망을 하며 만나지 않겠다고 한다.

㉕ 이에 최 한림은 유생을 위로하고, 유 박사를 만나 그 깊은 뜻을 전하여 오해를 풀어주는데 그제야 아들을 불러 만나고, 최 한림이 돌아간 후 유생은 두문불출한다.

㉖ 유 박사가 최 소저를 만나러 가자 최 한림은 잔치를 열어 맞이하며 친척들을 불러 유생 부부의 상봉과 최 소저가 정절을 지킨 것을 알리는데, 유 박사 부부가 이를 기특히 여겨 자부를 다시 맞을 준비를 한다.

㉗ 이후 부부는 부모를 효로 섬기고, 양 공은 흉계가 두려워 집을 옮겨 살도록 한다.

㉘ 유생은 복직하여 강원도 안찰사로 부임한 후 금강사를 축수하고 불기를 장만하며, 최 부인은 부처 불전에 나아가 기도하는데 꿈에 부처가 나타나 그 달로 잉태하여 아들을 낳고 고향으로 가 부모를 섬긴다.

㉙ 한편 본향의 동촌의 박 씨 집에 어느 날 해적 대장이 들어와 모녀 탈취 후 남은 사람을 죽이는데, 유생이 조정에 의논하여 도적을 잡으려 하지만 있는 곳을 알지 못한다.

㉚ 최 소저는 집에 화를 입을까 두려워 피했다가 뒤늦게 고향으로 돌아온 후 가정의 복록이 완전해졌다.

이와 같이 <청암녹>은 애정성취를 위해 다양한 화소가 첨가되었다. 비록 주인공이 영웅적 인물은 아니지만 영웅인물의 탄생에 흔히 보이는 몽사를 통한 출생 화소도 드러나고, 해적무리에 의한 혼사장애 화소, 금강부처와 승려 등 초월적 존재에 의한 조력 화소, 문제 해결을 위해 신에게 희구하는 치성 화소, 주인공 구출을 위해 유생이 여승으로 변복하는 속이기 화소, 고난을 극복하고 두 주인공이 합일에 이르는 기봉 화소 등이 그것으로 이들이 어우러져 이 작품이 형상화되고 있다. 이들은 고전소설에서 일반적으로 활용되는 장치이기도 한데, 이는 <청암녹>에서 흥미를 유발하고 구조를 공고히 만드는 역할을 맡고 있다.

3. 〈청암녹〉의 형상화 양상

작품의 형상화는 다른 말로 그 작품의 구조화라고 할 수 있다. 잘 아는 바와 같이 구조는 우리에게 긴장감을 유발하고 정서적 쾌감을 줄 수 있도록 짜여야 한다. 구조의 중요한 요소는 갈등과 절정인데, 모든 작품은 한 인물 내의 두 욕망 사이의 내적 갈등이나 혹은 인물들 사이, 혹은 한 인물과 그의 주변 환경 사이의 외적 갈등을 포함하고 있다. 따라서 작품의 구조화 즉, 작품의 형상화 양상을 살피는 일은 이런 모든 요소들에 대해 관심을 기울이고 작품을 읽어내는 작업이라 하겠다.6)

이 작품은 애정소설이기에 혼사장애 화소가 중심축을 이루고, 다른 화소들은 이와 호응하며 작품의 형상화에 기여하고 있다. 혼사장애는 주인공의 혼사가 어떤 장애요인으로 말미암아 일단 보류되거나 일시적인 파국을 맞아, 갖은 시련과 고난을 겪은 후 이를 극복함으로써 궁극적인 행복에 도달하는 것을 말하는데,7) 애정서사를 다룬 고전소설에서 자주 등장하는 화소이다. 본고에서 다루는 <청암녹> 역시 혼사장애가 작품 형

---

6) 이문규, 『고전소설의 서술 원리』, 새문사, 2010, 155쪽.
7) 이상택, 『한국고전소설의 탐구』, 중앙출판, 1981, 298-328쪽.

상화의 주된 내용으로, 두 주인공의 결연에 갑작스러운 폭력이 행해지고, 이를 극복하는 과정에서 조력자가 등장하며, 두 주인공은 절대악의 세계에 휘둘리다가 어렵게 결연하여 애정을 성취한다. 여기에서는 작품의 형상화 양상을 세 가지로 나누어 살펴보고자 한다.

1) 절대악을 통한 강고한 세계 구축

흔히 혼사장애는 남녀주인공의 신분 차이 때문에 집안에서 반대하는 것으로 구현되는데, 이 작품에서 유생과 최 소저는 삼종지간임에도 불구하고 순탄하게 결혼에 이른다. 오늘날에는 동성동본일지라도 8촌 이상이면 결혼이 가능하다. 조선시대에도 외척 8촌 이상이면 왕가에서도 결혼이 가능하였다. 하지만 조선 후기로 갈수록 유교윤리를 중시하여 삼종 간의 혼인이 일반적이지는 않았다. <청암녹>에서도 우려하는 바가 없진 않았으나 그럼에도 불구하고 양가의 부모들은 특별한 사위, 특별한 며느리를 얻게 되었다며 그들의 결합을 누구보다 기쁘게 여긴다. 그러나 집안의 반대에 비견할 바가 아닌 강력한 장애가 곧 두 주인공 앞에 펼쳐진다. 혼인한 첫날밤 갑작스레 전장군졸이 등장하여 최 소저를 납치하여 홀연히 사라진 것이다. 어디에서 와서 어디로 갔는지 그 행적조차 알 수 없는 이들에 의해 주인공들은 큰 시련을 겪는다.

이 작품에서 그 폭력의 대상은 아주 광범위하다.[8] 물론 직접적 희생 대상은 납치된 여주인공 최 소저이다. 한편으로는 첫날밤 신부를 눈앞에서 잃은 유생일 수도 있다. 그러나 귀한 딸을 잃은 최 학사 부부는 물론,

---

8) 본고에서는 실제로 해적무리의 장군과 수많은 군졸이 나타나 집을 에워싸고 강압으로 납치한 것도 '폭력'이지만, 전쟁의 발발이나 원한관계 등이 아님에도 그들에 의해 강제적으로 남녀 주인공이 분리된 상황 자체를 '폭력'이라고 보았다.

며느리 때문에 병을 얻어 아들이 집을 떠난 유 박사 부부도 그 폭력의 희생 대상이라 할 수 있다. 그렇기 때문에 이 작품에서 최 소저를 앗아간 해적 장군을 완고한 절대악으로 설정할 수 있다. 그로 인해 주인공들이 분리의 상태에서 심신의 고난을 겪음은 물론 등장인물 모두가 갈등 속으로 빠져들기 때문이다.

불가능을 가능으로 만들어야 하는 '극난한 상황'은 아주 모순되면서도 강한 긴장감을 유발한다. 이런 상황에서의 문제 해결은 아주 비상한 방법을 동원하지 않으면 안 된다. 이를테면 <심청전>에서 아버지의 간절한 염원을 실현시키기 위해 심청이 스스로 자신의 몸을 죽음과 맞바꾸거나 <춘향전>에서 춘향이 변사또의 수청을 거부하면서 죽을 운명에 놓인 것이 그것이다. 많은 고전소설은 이러한 극난한 상황 설정을 통해 고뇌하고 갈등하는 인간의 모습을 그리고 있다.9)

이 작품에서의 극난한 상황은 곧 해적 장군에 의한 주인공들의 폭력적인 분리라 하겠다. 곧 자아와 세계의 대립에서, 자아가 절대악으로 인하여 강고한 세계를 이겨내지 못하고 지속적인 어려움을 겪게 된다. 예상과 달리 장군은 최 소저를 억지로 취하거나 강압하지 않고, 오히려 10년을 기다려서라도 마음이 돌아서기를 바라는 순애보적인 모습을 보인다. 그는 예의를 지키고 호의를 베풀면서도 차마 가까이 하지 못할 정도로 최 소저를 아낀다. 장군의 적모 역시 최 소저를 가까이서 지켜보며, 두 지아비를 섬기느니 차라리 죽음을 택하겠다는 최 소저를 만류한다. 그러면서 자신의 어려웠던 이야기를 들려주는 등 진심으로 최 소저를 아끼면서 안타까워한다. 그럼에도 불구하고 이들의 모든 행동은 납치 및 유폐되어 있는 최 소저에게는 폭력적 행위일 뿐, 그 무엇도 아니다. 실

9) 이문규, 앞의 책, 266-272쪽.

제로 장군은 시비를 가까이 배치하여 최 소저가 도망하지 못하도록 철벽같이 지키면서 일거수일투족을 감시한다. 장군의 적모인 부인은 더 기다리겠다는 장군을 회유하여 때가 되었으니 최 소저와의 결연을 서두르라고 종용하기도 한다.

유생은 3년여를 최 소저를 찾아 정처 없이 떠돌다 백두산에 다다라 거짓말처럼 우연히 그리던 부인을 만난다. 그는 여승으로 변장하여 마을에 들어가 최 소저에게 접근하고, 두 사람은 서로를 알아본 후 기뻐하지만 혹시 정체가 탄로 날까 두려워한다. 장군이 낯선 여승을 의심하자 그는 쫓겨나듯 자리를 떠나고, 최 소저를 탈출시키기는커녕 다시 만날 방법조차 찾아내지를 못한다. 죽을 결심으로 집을 떠나 온갖 고생 끝에 만났음에도 불구하고 장군에게 정면으로 맞설 엄두조차 내지 못할 정도로 그는 나약한 존재일 따름이다. 이는 역으로 보면 장군이 대결하기 어려운 공고한 세계임을 드러내는 것이다.

탈출한 후에도 두 사람은 근처 절의 어느 굴에 숨어들어 두어 달을 옴짝달싹하지 못하고 혹여 그들에게 적발될까 두려워할 따름이다. 뿐만 아니라 백두산을 벗어나 뭍에 이른 뒤에도 붙들릴 것을 염려하여 낮에는 깊은 산으로 숨고 밤이 되어서야 길을 찾아다니며 어렵사리 고향 땅을 밟는다. 또 가족과 상봉한 후 두 사람의 부친은 흉계가 두려워 이들의 거처를 옮겨주고, 결연을 하여 아들을 낳고 평안하게 살면서도 최 소저는 늘 화를 당할까 두려워한다.

이렇듯 주인공들은 문제를 해결하고 일상으로 귀환했음에도 불구하고 해적무리로 대변되는 절대악에서 완전히 자유롭지 못하다. 그러한 상황이 계속 벌어지는 것은 그들이 끝내 척결되지 않을 절대악이기 때문이다. 최 소저가 회귀한 이후 해적 장군은 그녀가 죽었다고 믿고, 대체할 다른 여성을 찾아 똑같은 폭력을 자행한다. 같은 고향 박 씨의 집을 군졸이 포위하고 그 집 모녀를 탈취한 후 남은 이들을 모두 살해한 후 사라진다. 이때는 유생이 출장입상한 뒤이기 때문에 그가 조정에 알려 그들의 축출하고자 한다. 하지만 이 계획은 그들이 있는 곳조차 알아내지 못한 채 실패로 돌아가고 만다. 이미 작품에서 해적으로 존재가 드러난 바, 그들은 끊임없이 대상을 옮겨가며 폭력을 행사하기 때문에 해결하지 못할 강고한 절대악으로 표상된 것이라 할 수 있다.

2) 조력자를 통한 판타지적 문제해결

고통 받는 여성 인물이 초월적 존재, 신과의 접속을 통해 의미 있는 의사결정을 내리고 소통하는 과정을 보여주는 소설은 여성의 불안과 억압에 대해 환상적 출구를 마련한다. 이러한 초월적 존재, 신과의 만남은 여성 인물만의 독점적 영역이 아니라 남성 인물도 경험하게 되고, 작품은 이를 인정하는 과정을 형상화한다.[10) <청암녹>에서도 두 주인공이 직면한 고난과 현실에의 불안 등을 타파하는 과정에서 이러한 초월적 존재가 나타나 문제해결을 가능하게 한다. 이 작품에 등장하는 그러한 초월적 조력자는 금강부처와 금강부처가 현신한 승려이다.

비록 이 작품은 적강 모티프를 구비하지는 않았지만, 많은 고난에도 불구하고 정해진 이와 결합하는 과정에서 초월적·절대적 존재의 도움이 작용하는 점은 유사하게 그려지고 있다. 천상에서 죄를 범하여 적강으로 고난을 겪고 속죄되어 환원되는 적강소설의 주인공들 역시 역경을 극복하는 과정에서 초월적 존재의 원조로 힘을 키워 문제를 타파하거나 그들의 신비로운 힘을 빌어 문제가 해소되는 모습을 볼 수 있다.

---

10) 최기숙, 「17세기 고소설에 나타난 여성 인물의 유랑과 축출, 그리고 귀환의 서사」, 『고전문학연구』 제38집, 한국고전문학회, 2010, 59-60쪽.

인간의 능력을 초탈해서 주인공의 행위를 도와주는 특성을 갖는 초월적 조력자는, 현실계를 초탈하여 주인공의 행위를 돕기 때문에 환상성·신비성·전기성을 띠게 된다. 초월적 조력자가 신비한 능력으로 인간으로서는 불가항력적인 상황에서 주인공이 처한 상황에 맞게 극적으로 응현하여 주인공의 행위를 보조하거나 역경을 슬기롭게 극복하도록 돕기도 하고, 행복한 결말이 가능하도록 돕기도 한다. 그런 점에서 초월적 조력자는 '인간의 능력을 벗어나 신적인 경지에서 특정 인물의 행위나 운명에 결정적인 영향을 끼치는 존재'라고 정의할 수 있겠다.[11]

<청암록> 속의 조력자는 금강부처 혹은 금강부처가 현신하거나 그의 부름으로 주인공 앞에 나타난 승려들이다. 그들은 주인공의 고난 극복에 결정적인 도움을 주는데, 위기의 순간마다 혹은 고난 앞에서 좌절하거나 극단의 선택을 취하려는 순간마다 나타나 상황에 적합한 방식으로 도움을 주고는 홀연히 사라진다. 이 작품에서 조력자의 원조는 예지몽을 통한 간접적 조력과 행위를 통한 직접적 조력으로 나누어 볼 수 있다.

우선 간접적 조력이 나타나는 부분들을 살펴보겠다. 두 주인공이 앞서 살펴본 절대악의 폭력에 의해 유리된 이후, 유생이 최 소저의 행방을 찾아 유랑하다 금강산에 이르러 삭발한 후 불전에서 부처에게 기도를 올리는 대목에서부터 초월적 조력자의 원조가 시작된다. 최 소저를 찾는 데 도움을 주면 사찰을 중수하고 부처께 사례하겠노라는 기도 후 잠이 든 유생의 몽중에 부처가 나타나, 그의 지성에 감복하였다며 최 소저의 안위를 알려주고 찾을 수 있으나 그 과정이 순탄치 않을 것임을 예지하고 사라진다. 이에 유생은 믿음을 가지고 두 해가 넘는 긴 시간 동안 백방으로 최 소저를 찾아 나서게 된다. 그래도 찾지 못하자 부처를 원망하

11) 윤보윤, 「재생서사에 나타난 초월적 조력자의 비교 연구-불교서사와 고전소설을 중심으로」, 충남대 대학원 석사학위논문, 2007, 11-12쪽.

며 정신을 잃게 되는데 이 때 다시 한 번 몽중에 부처가 나타나 해를 넘기지 않고 부부가 기봉할 것이나 최 소저의 거처가 깊은 곳에 있기 때문에 찾기가 쉽지 않으리라는 말을 남기고 사라진다. 실제로 이 예지몽을 꾼 이후 유생은 백두산까지 다다르게 되고 그곳에서 최 소저와 극적으로 상봉하게 된다. 직접적으로 그 행방을 일러주지는 않았지만 과정의 어려움에도 불구하고 반드시 만날 것이라는 예언은 최 소저를 반드시 찾을 수 있다는 확고한 신념을 심어주었다. 그로 인하여 유생은 끝까지 포기하지 않고 극적인 만남을 갖는 결과에 이르게 된 것이다.

몽중에 발현하여 예지하는 간접적인 조력은 유생뿐만 아니라 최 소저에게도 일어난다. 유생과 최 소저가 백두산에서 조우하기 전 우연히 꿈에 금강부처라는 여승이 나타나 그녀의 절개에 감동하여 도움을 주노라며, 그날 유생과 기봉할 것이라는 말을 남기고 사라진다. 이 꿈을 예사로 넘기지 않았기에 3년여를 외출 한번 하지 않던 최 소저가 양식을 빌러왔다는 여승을 만나러 문밖으로 나서게 되고, 꿈에 그리던 유생과 상봉하게 된다. 뿐만 아니라 장군과의 혼사를 택일하여 그 날이 가깝다는 청천벽력 같은 소식을 전해 듣고 자결하고자 결심하던 때 역시 예지몽을 꾼다. 꿈에 금강부처가 나타나서 담장 밖에 기다리는 이가 있으니 기회를 잃지 말라고 당부하고는 사라지는 것이다. 그래서 최 소저는 탈출을 꾀하여 유생과 결연하게 된다. 납치되어 백두산의 모처에 기거하고 3년의 세월 동안 폭력에 굽히지 않고 절개를 지키며 치성을 드린 그 정성에 감복한 부처가 꿈에 나타나 기봉할 사실을 예지하여 유생과의 상봉이 가능했던 것이다.

다음으로 직접적인 조력은 두 사람이 어렵사리 기봉한 후 백두산을 벗어나는 장면에서 나타난다. 최 소저가 사람이 빠지면 그 시신도 찾을 수 없을 정도로 깊다는 물가에 자신의 옷가지와 신발을 놓고 자결한 것으로 위장하여 도망친 후, 두 사람은 암혈에 숨어 두어 달을 숨죽여 지낸다. 이윽고 더 이상 장군 무리가 쫓지 않음을 확인하고는 백두산을 벗어나기 위해 한밤중에 도망치고자 해변에 이르는데, 이때 홀연히 한 중이 작은 배를 타고 나타나 두 사람을 태우고 도주를 돕는다. 그렇게 반나절을 가다 다시 큰 배에 두 사람을 옮겨 태우고는 자신은 금강부처의 명을 받아 두 사람을 돕는 것이라며, 앞으로는 어려움이 없을 것이라는 예언도 남긴다. 이에 두 사람은 승려에게 보답하고자 하지만 거절하고 역시 홀연히 자취를 감춘다. 부처가 응현한 것으로 사료되는 이 부분에서의 조력은, 주인공 두 사람에게는 절대적인 폭력 공간이라고 할 수 있는 백두산에서 벗어나 물을 건너 고향인 뭍으로 회귀하는 의미 있는 바이다.

이렇듯 이 작품에서 직접적 혹은 간접적으로 드러나는 초월적 존재에 의한 조력은 이 작품의 형상화에 결정적 역할을 맡고 있다. 고난에 처한 주인공의 힘으로는 결코 해결할 수 없는 절대악에서 벗어나는 단초를 제공할 뿐만 아니라, 그들이 포기하고자 하는 순간마다 예지몽을 통해 앞날의 길라잡이가 되어주어 고난 극복이 가능함을 일깨워주고, 궁극에는 예지에만 머무르지 않고 직접적이고 현실적인 행위를 통하여 종래의 상태로 주인공을 돌려놓는다. 특히 이 작품에서 나약한 자아를 일깨우고 앞으로 일어날 일을 알려주어 고난을 해결하도록 하는 초월적 조력자는 곧 부처이다. 이러한 부분은 불교서사나 불교소설의 형상화 방식과 매우 닮은 것으로, <청암녹>의 불교소설적인 면모를 드러내는 바라 하겠다. 그리고 다분히 판타지적 요소라고 할 수 있는 초월적 조력자를 통한 고난의 극복과정은 주인공들의 앞날을 긍정적으로 이끌어가기 위한 것이라 할 수 있다. 작품 말미에 강원도 안찰사로 부임한 유생이 약속한 대로 만금을 들여 금강사를 중수하고 불기를 새로 장만하여 그 도움에 감사를 표하고, 최 부인 역시 불전에 나아가 기도를 한다. 그러자 최 소저의 꿈에 부처가 나타나고 곧 태기가 있어 아들을 낳으며 두 주인공의 복록은 더욱 공고하게 실현된다. 현실이었다면 불가능했을 고난 극복을 가능하게 하는 환상적이고 신비한 절대적 존재의 조력은 주인공을 이미 정해진 운명으로 이끌어 행복한 결말을 예견케 한다.

3) 유약(柔弱)한 자아의 긍휼적 애정 성취

고전소설에 나타나는 남녀결연담은 다양한 양상을 가진다. 하나는 남녀결연서사가 작품 전체를 관류하는 경우, 다른 하나는 한 작품에 여러 가지의 남녀결연담이 설정된 경우이다. 전자의 경우는 남녀 간 일대 일 관계를 그리는 애정소설이고, 후자의 경우는 영웅소설이나 이상소설에서 빈번히 나타난다. 한 남성이 여러 여성들과 결연을 맺는 작품에서의 남녀결연은 애정이라는 감정보다는 다른 요인이 개입된 경우라 할 수 있으나, 일대 일의 남녀결연관계는 그 자체의 애절하고 지고한 사랑이 주요 사건이라 하겠다.12)

<청암녹>은 앞서 설명한 주인공 두 남녀의 일대 일 관계를 그려내는 애정소설이다. 극한의 고난이 설정되고 그 시련을 겪으며 조력자의 원조를 통하여 해소되는 일련의 과정은 곧 두 사람의 사랑을 완성하는 과정이라 해도 무방하다. 그러나 애정이 성취되는 과정에서 두 주인공이 보여주는 행위는 사랑을 희구하는 마음과는 달리 소극적이고 유약하게 형상화되고 있다.

<청암녹>의 두 주인공은 삼종지간으로 두 집안의 반대에 부딪히지는 않았으나, 부모 역시 남들의 이목을 우려하며 혼인에 이르렀다. 유생이

---

12) 김종군, 『남녀 애정 결연 서사 연구』, 박이정, 2005, 73쪽.

최 박사의 집에 인사를 드리러 갔다 우연히 최 소저를 보고 첫 눈에 반하고, 자신들이 삼종지간이기에 이루어질 수 없을 것이라는 생각으로 깊은 병이 들었으나 부모들이 적극 나서며 혼인에 이르게 된다. 이 과정에서 유생은 최 소저와 혼인하지 못하면 죽을 것 같다 여길 정도로 깊은 애정을 드러내지만, 적극적으로 현실적 문제를 해결하지는 못한다. 오히려 상사병이 들었음을 눈치 챈 어머니의 회유로 마지못해 그 내막을 알리고, 주인공의 부친들이 나서며 혼인을 성사시킨다.

혼인날 최 소저가 납치됨으로써 유리된 두 주인공은 극복하기 어려운 난관에 봉착하게 된다. 최 소저가 절대악으로 표상되는 해적무리에 의하여 납치되었기 때문이다. 최 소저는 행방과 이유도 알지 못한 채 전라도 전주에서 백두산에 이르는 먼 길을 이동하게 된다.[13] 두 사람이 재회하기까지 3년여의 시간 동안 최 소저가 한 일은 부모형제와 만나기를 희구하는 치성을 드리는 것과 목숨을 버려 현실에서 회피하려는 의지를 보인 것이 전부이다. 진심으로 자신을 아끼는 해적 장군이나 그 모친을 이용하여 적극적으로 현실을 타파하거나 협상하는 태도조차 보이지 않는다. 최 소저가 처한 상황이 군졸과 시비들이 늘 감시하고, 자신이 있는 곳이 어딘지조차 가늠할 수 없는 상황에서는 그러한 행동이 당연할 수도 있다. 하지만 부부의 도리를 다하기 위하여 일부종사의 뜻을 굽히지 않거나, 유생과 재회한 후 탈신하기 위하여 일을 도모하는 모습은 나름대로 절대적인 악의 세력에 맞서 취한 행동이라 할 만하다. 그럼에도 불구하고 최 소저가 악에 맞서는 방법은 유약할 따름이다. 그녀는 심청

---

13) 조선시대 여성은 역사적·문화적 제약으로 인해 생활공간이 제한되었음에도 불구하고 고전소설에서 여성인물은 비록 비자발적이기는 하나 공간 이동의 폭이 넓은 편이다. 이들이 집밖으로 나온 계기가 강제적이거나 타율적이어서 그 자체로 위험과 고난의 표지가 된다.(최기숙, 앞의 논문, 39–41쪽)

이나 성춘향처럼 죽음을 불사하면서까지 처절한 대응을 하지 않았을 뿐만 아니라 자신이 탈출하여 문제를 해결하려는 의지조차 없었다. 그런 점에서 조선후기 여성영웅소설이나 애정소설의 주인공처럼 남다른 행위와 능력을 보이지 않아 의지가 박약한 것처럼 보이기도 한다. 지극히 현실적인 범주 안에서만 자신의 애정을 그것도 수동적으로 취할 따름이기 때문이다.

유생 역시 매우 유약한 인물로 형상화되고 있다. 영웅소설이나 다른 애정소설에 등장하는 재자가인의 모습과는 성격을 달리하기 때문이다. 최 소저에게 첫눈에 반하여 그녀와의 결합이 아니면 죽음을 택하겠다는 강렬한 사랑이 있었지만, 그 사랑을 성취하는 과정에서 보이는 유생의 행동은 그에 미치지 못한다. 두 사람의 혼사과정에서도 나타난 바와 같이 결연을 향한 열정과는 상반되게 현실적으로 결연하기 위한 유생의 노력은 전혀 드러나지 않는다. 그리고 혼인의 예를 올리고 그 첫날밤, 유생은 저항 한번 제대로 하지 못하고 눈앞에서 신부를 갈취 당한다. 물론 유생은 최 소저를 찾겠다는 결연한 뜻을 끝까지 잃지 않고 3년여를 유랑하여 마침내 그녀를 찾게 된다. 이때 유생은 여승으로 변복하고 자신의 신분을 은닉하여 자연스럽게 최 소저의 거처로 접근한다.[14] 그러나 이러한 일련의 과정은 모두 앞서 살핀 바와 같이 조력자가 없으면 불가능한 일이다. 이 작품에서 흥미로운 점은 그렇게 어렵게 최 소저를 찾고 도망쳐 집으로 돌아온 후의 유생 모습이다. 무사히 최 소저를 그 부모와

---

14) 고전소설에서 속이기는 그 목적에 따라 크게 모해담적, 풍자담적, 은닉담적 속이기로 대별할 수 있다. 대체로 모해담적 속이기는 쟁종형 소설에서, 풍자담적 속이기는 세태소설에서, 은닉담적 속이기는 애정소설이나 영웅소설에서 구사된다. <청암녹> 역시 애정소설로, 유생이 자신의 신분을 숨겨 의심을 사지 않고 최 소저에게 접근하기 위하여 여승으로 변복한다.(송주희, 「고전소설에 나타난 속이기의 서사기법적 연구」, 충남대 대학원 석사학위논문, 2008, 25-34쪽)

상봉하게 하고, 본인도 집으로 돌아왔음에도 최 소저와의 결연에 아무런 노력을 기울이지 않는다는 점이다. 부모의 만류에도 불구하고 이제 부모님의 아들로서는 하직하고 최 소저를 찾아 나서겠다는 글을 남기고 집을 떠날 때와는 상반되게, 부친인 유 박사가 늙은 부모를 버리고 떠났던 아들을 다시는 보지 않겠다고 선언하자 어떤 행동도 취하지 않고 두문불출할 따름이다. 이때에도 최 소저의 부친 최 학사가 나서서 부자간의 관계를 회복시키고, 작품 앞부분에서 두 사람이 결연할 때와 마찬가지로 다시 결연할 때에도 양가 부친이 적극 나서서 둘의 재결합을 성사시킨다.

　애정을 갈구하는 마음과는 달리, 정작 주인공들의 애정성취의 일등공신은 초월적 힘을 가진 조력자와 주변 인물들인 셈이다. 그래서 이 작품의 가장 큰 서사축인 애정에 대한 주인공의 태도가 상당히 현실적임을 알 수 있다. 최 소저에게 마음을 빼앗겨 상사병에 걸렸음에도 부모에게 말하지 못한 것은 그들이 8촌지간의 멀지 않은 친척이었기 때문이요, 최 소저가 납치되었음에도 제대로 저항 한번 하지 못한 것은 그 상대가 해적무리로 개인이 상대하기에는 그 힘이 너무나 큰 절대악이기 때문이다. 그리고 고난이 극복되고 집으로 돌아온 후에도 재결합을 위해 아무 것도 할 수 없었던 것은 부모의 심려 때문이다. 이렇게 보면 <청암녹>에서 주인공이 혼사장애를 극복하는 과정에서 보인 피상적이고 소극적인 행실은 재자가인의 주인공이 등장하여 도사에게 수학하고 무술을 익혀 악의 세력을 척결하고 고난을 극복해내는 다른 고전소설에 비하여 훨씬 현실적으로 형상화되고 있다. 인간이 가진 한계를 인정하고, 큰 시련 앞에 섰을 때의 인간은 그저 하나의 유약한 존재일 따름이라는 사실을 부각한 것이다. 실제로 이 작품의 남녀주인공은 고난의 현실에서 스스로 활로를 찾지 못하는 유약한 존재이다. 그래서 조력자를 비롯한 주변인물들이 그들을 긍휼이 여겨 애정을 성취하도록 돕는 것이다. 이처럼 문제를 스스로 해결하지 못하는 유약한 존재를 불쌍하게 여겨 그들이 목적한 바를 성취할 수 있도록 돕는 것은 고전소설의 일반적인 형상화식에서 벗어난 것이라 할만하다.

4. 〈청암녹〉의 형상화와 문학사적 의미

앞 장에서 〈청암녹〉의 형상화 양상을 절대악을 통한 강고한 세계 구축, 조력자를 통한 판타지적 문제해결, 유약한 자아의 긍휼적 애정 성취 등으로 나누어 살펴보았다. 서사의 중심축을 이루는 주요 인물의 성격과 그 행위에 초점을 두고 형상화 양상을 읽어보았는데, 이를 통해 이 작품이 지향하는 바를 확인할 수 있었다. 그것을 고난과 시련 속에서도 지켜낸 '사랑'이라 할 수 있겠다. 미약한 한 개인의 힘으로는 극복하지 못할 절대악을 상정하고, 주인공들의 자구적 노력과 초월적 조력자의 힘이 보태져 끝내 애정을 성취하는 것이다. 〈청암녹〉에서는 혼사장애 화소, 기봉 화소, 변복을 통한 속이기 화소, 조력 화소 등이 비중 있게 다루어지는데, 이러한 화소는 애정소설은 물론이고 영웅군담소설에서도 빈번히 등장하며 작품의 형상화에 기여한다. 이는 고전소설의 여러 화소가 이 작품에 응집되었음을 의미하는 것이기도 하다. 다시 말해 기왕의 작품에 나타난 흥미소를 바탕으로 이 작품이 형상화된 것이라 하겠다.

작품의 형상화 양상을 통하여 〈청암녹〉의 문학사적 의미를 찾아볼 수 있겠다. 다양한 화소를 적절히 활용하여 혼사장애를 극복하면서 애정을 성취하되, 애정을 성취하는 인물들의 나약함을 있는 그대로 노출하여 더 현실적으로 그려내고 있다. 〈청암녹〉은 어떠한 악조건에서도 남녀간의 사랑이 보호되어야 함을 서사하고 있다. 그러한 사실을 적절히 보

이기 위하여 먼저 절대악을 제시하고, 그것을 판타지적으로 극복하도록
한 것이다. 결국 평범한 인물이라도 그들의 사랑이 옹호되어야 할 필요
성이 있음을 역설한 것이라 할 수 있다. 이는 당시 애정에 대한 관점이
그만큼 보편화되어 있음을 드러낸 것으로, 소시민 혹은 민중의 애정관을
깊이 있게 인식한 결과라고 할 수 있다. 따라서 이러한 애정관은 중세보
다는 근대적인 관점에서 살필 만한 것이기에 작품의 형상화 및 주제를
통하여 <청암녹>의 문학사적인 의의를 짐작할 수 있다.

더욱이 이 작품에서 흥미로운 점은 작품의 말미에 조력자를 통하여
두 인물이 결연하고 애정을 성취하지만, 끝내 절대악은 척결되지 않고
오히려 또 다른 폭력이 자행되도록 했다는 점이다. 대개 소설의 결말에
서는 주인공의 고난을 소거하여 이른바 권선징악이 제시되는데, 이 작품
은 그러한 문학적인 관습에서 벗어났음을 알 수 있다. 이는 소설기법이
나 형상화의 다변화를 의미하는 것으로 이 또한 근대적인 요소로 이해
할 수 있다. 그리고 작품 전체를 관류하는 근대지향적 색채를 통해 볼
때, 앞서 서지사항에서 제시한 이 작품의 필사시기─이 작품이 필사된
갑인년의 하한선을 1914년으로 두고 1854년, 1794년 등으로 소급─중
에서 1914년을 의미 있게 부각할 수 있겠다. 이때는 이미 고전소설이 활
발하게 유통되는 한편으로 근대소설이 향유되어 형상화 기법의 다변화
도 얼마든지 가능했기 때문이다.

그러나 이렇게 작품의 형상화 방식이 근대를 향했음에도 불구하고 이
들의 애정 성취가 가능했던 것은 최 소저가 정절을 지켜냈기 때문이다.
이러한 점은 봉건적인 사고를 추구하는 것으로 이 작품의 형상화에 있
어서 한계점이라 할 수 있다. 최 소저가 무사히 집으로 돌아온 반가움도
잠시, 최 학사 부부는 딸의 앵혈을[15] 확인하기 급급하다. 최 학사 부부
는 앵혈을 확인하고 난 후에야 비로소 딸이 절개를 지켰음에 크게 기뻐

한다. 최 소저의 정절이 확인되자 귀환 이후 지지부진했던 두 주인공의 관계회복이 급물살을 타게 된다. 최 학사는 유 박사를 찾아가 그가 아들을 용서하는 데 일조하고, 최 소저를 만나러 자신의 집을 찾은 유 박사를 연회를 베풀어 크게 환영한다. 나아가 일가친척을 한자리에 모아놓고 여식이 정절을 지켜낸 바를 자랑하듯 널리 알린다. 이에 유 박사 역시 그 절개를 기특하게 여겨 자부를 다시 집으로 맞을 준비를 한다. 이처럼 3년여의 시간 동안 고난을 겪고 무사 귀환한 두 주인공의 완전한 결연은 그들이 지켜낸 사랑 그 자체보다 꺾이지 않은 정절이 중심축을 이루고 있다. 이는 근대를 지향했던 애정의식이 반감되는 요소라 할 수 있다. 이는 중세를 수렴하면서 한편으로는 근대를 지향했던 시대의식이 이 작품에 반영된 것으로 이해해야 하겠다.

5. 결론

지금까지 <청암녹>의 서지사항과 경개, 작품의 형상화 양상을 살펴보았다. 우선 이 작품은 경산 사재동 교수가 고서상에서 구입하여 소장해오다가 현재는 충남대학교 중앙도서관의 경산문고에 이관되었다. 국문 전용으로 다소 졸필인 여성의 필체이며, 전장 72매이다. 작품 후언을 통해 '이 소저'가 이 책의 필사자이거나 이 작품의 유통자임을 확인할 수 있다. 갑인년 11월 4일에 필사를 시작하여 12월에 마쳤는데, 지질과 묵색이 고태임을 염두에 두고, 주제 의식이 근대 지향적이라는 점을 감안할 때 이 작품의 필사시기의 하한은 1914년이고, 이를 기점으로 1854년

---

15) 여자의 팔에 꾀꼬리 피로 문신한 자국이다. 처녀가 성교하면 이것이 없어진다 하여 처녀의 상징으로 여겼다고 한다.

이나 1794년 등으로 소급하여 추론할 수 있겠다. 하지만 1914년으로 추정할 때 작품의 내용이나 형상화 방식이 부합되는 것으로 보인다.

다음으로 이 작품의 형상화 양상은 사건의 주요 인물과 그들의 행적 및 성격에 따라 절대악을 통한 강고한 세계 구축, 조력자를 통한 판타지적 문제해결, 유약한 자아의 궁휼적 애정 성취 등으로 나누어 살펴보았다. <청암녹>은 혼사장애와 이것의 극복이 작품 형상화의 주된 내용으로, 두 주인공의 결연에 갑작스러운 폭력이 가해지고, 이를 극복하는 과정에서 조력자가 등장하며, 두 주인공은 나약하게 절대적 세계에 휘둘리다가 주변인들의 도움으로 어렵게 애정을 성취한다. 이것이 이 작품의 핵심적인 화소이자 사건의 중추라 할 수 있다. 따라서 이들을 통하여 이 작품의 가치나 문학사적인 의의 등을 유추할 수 있으리라 본다.

이어서 <청암녹>의 문학사적 의미와 한계점을 파악해 보았다. 이 작품은 혼사 장애, 기봉, 변복, 조력 등 다양한 화소를 적절히 활용하여 애정을 성취하되, 애정을 성취하는 인물들의 나약함을 있는 그대로 노출하여 보다 현실적으로 작품을 형상화하고 있다. 이러한 기법은 고전소설에서 일반적이지 않은 것으로 근대적인 소시민의 애정을 사실적으로 그린 듯한 인상이 짙다. 더욱이 절대악이 척결되지 않고 오히려 악행을 반복하는 심각한 양상을 보여주는데, 이는 고전소설의 도식화된 권선징악을 탈피했다는 점에서도 주목할 만하다. 이러한 것은 모두 이 작품이 근대지향적인 특성을 드러내는 것으로 이해할 수 있다. 그렇지만 고난을 겪고 일상에 복귀한 두 주인공의 완전한 결연이 주인공의 사랑보다 정절을 지켜 가능하다는 인식은 근대지향의 애정관보다는 중세적인 의식이 반영된 결과라 할 수 있다. 이것은 이 작품이 근대를 지향하는 한편으로 중세를 수렴하면서 나타난 특징이라 하겠다. 즉 문명의 교차기에 신구문명을 한 자리에서 다루어 빚어진 현상이라 하겠다.

참고문헌

❏ 고전소설 연구의 방향과 방법론

경일남, 『고전소설과 삽입문예양식』, 역락, 2002.

顧　俊, 『聊齋誌異的藝術』, 木鐸出版社, 1983.

권순긍 외, 『한국문학과 사회상』, 소명출판사, 2009.

김광순, 『필사본 한국고소설의 현황과 자료적 가치』(논문집, 필사본 총목록), 택민국학연구원, 2013.

김광순, 『필사본한국고소설전집』, 경인문화사, 1993.

김동욱, 『나손본필사본 고소설자료총서』, 보경문화사, 1991.

김동욱, 「<춘향전>의 비교적 연구」, 『동방학지』 20집, 연세대 국학연구원, 1978.

김영수, 『필사본 심청전 연구』, 민속원, 2001.

김진영, 「고소설의 낭송과 유통에 대하여」, 『고소설연구』 I, 1995.

김진영, 「고전소설에 나타난 예술적 요소의 연구」, 『고전소설과 예술』, 박이정, 1999.

김진영, 「고전소설의 연행양상」, 『한국서사문학의 연행양상』, 이회, 1999.

김진영, 『불교담론과 고전서사』, 보고사, 2012.

김태준, 『조선소설사』, 동아일보, 동아일보사, 1930.

김현룡 외, 『한국문학과 윤리의식』, 소설문학, 박이정, 2000.

譚令仰, 『古代經典微型小說-神話·志鬼篇』, 中國人民大學出版社, 1995.

馬振方, 『小說藝術論』, 北京大學出版社, 1999.

박대복, 『고전소설과 민간신앙』, 계명문화사, 1995.

박순호, 『한글필사본 고소설자료총서』, 월촌문헌연구소, 1986.

사재동, 「고소설의 유통배경」, 『한국소설론』, 아세아문화사, 1991.

사재동, 「실크로드 상의 불교미술과 불교문학」, 『실크로드를 통한 신라와 세계의 만남』, 한국문명교류연구소, 2012.

사재동, 「한국문학유통사의 기술방향과 방법」, 『한국문학유통사의 연구』Ⅰ, 중앙인문사, 2006.

설성경, 『춘향전의 형성과 계통』, 정음사, 1986.

오출세, 『한국서사문학과 통과의례』, 집문당, 1995.

유탁일, 「사본의 가치」, 『한국문헌학 연구』, 아세아문화사, 1960.

유탁일, 『완판 방각본소설의 문헌학적 연구』, 학문사, 1981.

이수건 외, 『16세기 고문서』, 아카넷, 2004.

임철호, 『임진록 이본 연구』, 전주대학교 출판부, 1996.

정규복, 『구운몽 원전의 연구』, 일지사, 1977.

조동일, 『소설의 사회사 비교론』, 지식산업사, 2001.

조동일, 『지방문학사』, 서울대학교 출판부, 2004.

조동일, 『한국고소설목록』, 한국정신문화연구원, 1983.

조현설 외, 『한국서사문학과 불교적 시각』, 역락, 2005.

조희웅, 『고전소설 줄거리 집성(2권)』, 집문당, 2002.

한국한글서예연구회, 『조선시대문인들과 한글서예』, 다운샘, 2006.

홍일식, 「일상생활·의식주」, 『한국민속대관』, 고려대 민족문화연구소, 1982.

❑ 필사본 고전소설의 현황과 가치

김광순, 『고소설사』, 새문사, 2006.

____, 『필사본 한국 고소설전집』, 경인문화사, 1993.

김동욱, 『나손본 필사본 고소설자료총서』, 보경문화사, 1991.

____, 『춘향전의 비교연구』, 삼영사, 1979.

박대복, 『고소설과 민간신앙』, 계명문화사, 1995.

박성의, 『한국문학배경연구』, 선명문화사, 1973.

박순호, 『한글필사본 고소설자료총서』, 월촌문헌연구소, 1986.

사재동, 『한국문학유통사의 연구Ⅰ』, 중앙인문사, 2006.

설성경,『<춘향전>의 형성과 계통』, 정음사, 1986.

오출세,『한국서사문학과 통과의례』, 집문당.

유탁일,『완판방각소설의 문헌학적 연구』, 학문사, 1981.

이금희,『사씨남정기연구』, 반도출판사, 1991.

인권환,『흥부전 연구』, 집문당, 1991.

임철호,『임진록이본연구』, 전주대학교출판부, 1996.

정규복,『구운몽 원전의 연구』, 일지사, 1977.

조희웅,『고전소설이본목록』, 집문당, 1999.

조희웅,『고전소설줄거리전집』, 집문당, 2002.

한국고전소설학회,『한국고소설론』, 아세아문화사, 1991.

한국한글서예연구회,『조선시대문인들과 한글서예』, 다운샘, 2006.

❏ **<심청가>의 문학적 특성과 장르문제**

경일남, 「고려조강창문학연구」, 충남대학교대학원 박사논문, 1989.

김기동,『한국고전소설연구』, 교학연구사, 1983.

김기동,『한국고전소설연구』, 교학연구사, 1983.

김동욱,『춘향전 연구』, 연세대학교 출판부, 1965.

김동욱,『한국가요의 연구』, 을유문화사, 1961.

김상일, 「<심청전>의 기원」,『월간문학』3권 56호, 1971.

김태준,『조선소설사』, 학예사, 1939.

동국문학연구소,『한국고소설연구』, 태학사, 1983.

사재동, 「<심청전> 연구 서설」,『어문연구』7집, 어문연구학회, 1971.

소재영,『고전소설통론』, 이우출판사, 1983.

신기형,『한국소설 발달사』, 창문사, 1960.

신동일, 「<심청전>의 설화적 고찰」,『논문집』제7집, 육군사관학교, 1969.

유종국, 「몽유록소설 연구」, 아세아문화사, 1987.

이문규,『한국고전산문연구』, 동화문화사, 1981.

이운허,『불교사전』, 홍법원, 1931.

장덕순,『국문학통론』, 신구문화사, 1960.

정병욱,『한국의 판소리』, 집문당, 1984.

조동일, 「<심청전>에 나타난 비장과 골계」,『계명논총』7집, 계명대학교, 1971.

조동일, 「<심청전>에 나타난 비장과 골계」, 『계명논총』 제7집, 계명대학교, 1971.

차상원, 『중국문학사』, 동국문화사, 1957.

채훈, <심청전>, ≪한국의 명저≫, 현암사, 1969.

최강현, 『가사문학연구』, 정음사, 1979.

최운식, 「<심청전> 연구」, 집문당, 1982.

❏ <위봉월전>의 문학적 성격과 가치

김기동, 『조선시대소설론』, 정연사, 1974.

김윤식·김현, 『한국문학사』, 민음사, 1973

김태준, 『조선소설사(증보판)』, 1990.

박성의, 『한국고대소설론과 사』, 일신사, 1973.

사재동, 「불교계 국문소설의 형성과정 연구」, 아세아문화사, 1977.

서대석, 「구운몽과 군담소설·옥루몽의 상관관계」, 『어문학』 25, 한국어문학회, 1971.

서대석, 「군담소설 출현동인과 반성」, 『고전문학연구』 1, 고전문학연구회, 1971.

성현경, 「<유충렬전> 검토」, 『고전문학연구』 2, 고전문학연구회, 1974.

전용문, 「여성계 영웅소설의 연구」, 『어문연구』 제10집, 어문연구회, 1979.

정규복, 『한국고소설사의 연구』, 보고사, 2010.

정주동, 『고대소설론』, 형설출판사, 1970.

조동일, 「갈등으로 본 춘향전의 주제」, 『한국고전문학 연구논문선』 1, 계명문학, 1974.

조동일, 『신소설의 문학사적 성격』, 한국문화연구소, 1973.

조동일, 『한국소설의 이론』, 삼성인쇄주식회사, 1977.

❏ <왕조열전>의 문학적 성격

<왕조열전>(필사본), 충남대 중앙도서관 경산문고.

『선원보략』(활자본), 1917.

경일남, 『고전소설과 삽입문예양식』, 역락, 2002.

국립민속박물관, 『생활문화와 옛문서』, 국립민속박물관, 1991.

권혁래, 『조선후기 역사소설의 성격』, 박이정, 2000.

김열규, 『한국민속과 문학연구』, 일조각, 1971.

김장동, 『조선조 역사소설 연구』, 반도출판사, 1986.

남광우, 『보정 고어사전』, 일조각, 1971.

손정인, 『고려시대 역사문학 연구』, 역락, 2009.

유창돈, 『이조어사전』, 연세대학교 출판부, 1964.

윤보윤, 「쇼듕화역뎌셜」에 나타난 역사와 문학의 접점 연구」, 『어문연구』 77, 어문연구학회, 2013.

조동일, 「영웅의 일생, 그 문학사적인 전개」, 『동아문화연구』 10, 서울대학교, 1971.

陳美林 外, 『章回小說史』, 浙江古籍出版社, 1998.

차하순, 『역사의 문학성』, 서강대학교 출판부, 1981.

충남대학교 도서관, 『경산 사재동박사 기증도서목록』, 2013.

현상윤, 『조선유학사』, 민중서관, 1960.

❏ <창선감의록>의 이본적 성격과 형상화 양상

강전섭, 「화진전에 대하여」, 『한국언어문학』 13집, 한국언어문학회, 1975.

김기동, 『이조시대 소설연구』, 교학사, 1983.

김병권, 「17세기 후반 창작소설의 작가사회학적 연구」, 부산대 박사학위논문, 1990.

김병권, 「창선감의록의 이중표기와 독자기대」, 『한국문학논총』 13집, 한국문학회, 1992.

김종철, 「옥수기 연구」, 서울대 석사학위논문, 1985

문선규, 「창선감의록고」, 『어문학』 9집, 한국어문학회, 1963.

서대석, 「구운몽·군담소설·옥루몽의 상관관계」, 『어문학』 25집, 한국어문학회, 1971.

서대석, 「유충렬전의 종합적 고찰」, 이상택 편, 『한국고전소설연구』, 새문사, 1983.

신동익, 「일락정기 작가 소고」, 『국어국문학』 99호, 1988

이내종, 「창선감의록 이본고」, 『숭실어문』 제10집, 숭실대 숭실어문연구회, 1993.

이원수, 「가정소설 작품세계의 시대적 변모」, 경북대 박사학위논문, 1991.

이원주, 「고소설 독자와 성향」, 『한국학논집』 제3집, 계명대 한국학연구소, 1975.

이원주, 「창선감의록 소고」, 『동산 신태식 박사 고희기념논총』, 1979.

이채연, 「오륜전전 서발을 통해 본 소설의 典敎的 기능」, 『한국문학논총』 12집, 한국문학회, 1992.

임형택, 「17세기 규방소설의 성립과 창선감의록」, 『동방학지』 57집, 연세대 동방학연구소, 1988.

조동일, 『한국소설의 이론』, 지식산업사, 1981(3판).

진경환, 「창선감의록의 작품구조와 소설사적 위상」, 고려대 박사학위논문, 1992.

차용주, 「창선감의록 해제」, 『창선감의록』, 형설출판사 어문총서 012, 1978.

차용주, 『창선감의록』, 형설출판사 어문총서 012, 1978.

최운식, 「조선시대 소설관」, 『한국어문교육』 3집, 한국교원대, 1993.

❑ 〈김용주전〉의 형상화 방식과 그 의미

〈김용주전〉, 충남대학교 중앙도서관 경산문고, 경산集제2958호.

김정문, 「1910년대 활자본 고소설의 개변 연구」, 경상대학교 대학원 박사학위논문, 1999.

김진영, 「〈報心錄〉의 構造的 特性과 文學的 價値」, 『한국언어문학』 제65집, 한국언어문학회, 2008.

김진영, 「古典小說의 流通과 口演 事例 考察-영동군 학산면 민옥순을 중심으로」, 『한국언어문학』 제63집 한국언어문학회, 2007.

김진영, 『한국서사문학의 연행양상』, 이회문화사, 1999.

김진영, 『고전소설의 효용과 쓰임』, 박문사, 2012.

김태은, 「한국문학에 나타난 해학미의 양상 연구-사설시조와 고전소설을 중심으로」, 중앙대학교 대학원 석사학위논문, 2005.

김풍기, 「潭樵 南永魯의 생애와 〈玉樓夢〉에 반영된 사유」, 『한국인물사연구』 제8호, 한국인물사연구소, 2007.

김홍실, 「古典女性英雄小說과 인터넷女性英雄小說의 比較 研究」, 충남대학교 대학원 석사학위논문, 2008.

송주희, 「古典小說에 나타난 속이기의 敍事技法的 研究」, 충남대학교 대학원 석사학위논문, 2008.

윤보윤, 「영웅소설의 층위적 과업 연구」, 『어문연구』 68집, 어문연구학회, 2011.

이지영, 「한글 필사본에 나타난 한글 필사(筆寫)의 문화적 맥락」, 『한국고전여성문학연구』 17권, 한국고전여성문학회, 2008.

이지하, 「18-9세기 여성중심적 소설과 여성인식의 다층적 면모-국문장편소설과 여성영웅소설의 여주인공 형상화 비교」, 『고소설연구』 31권, 한국고소설학회,

2011.

정선희, 「<조씨삼대록>의 보조인물의 양상과 서사적 효과」, 『국어국문학』 158, 국
어국문학회, 2011.

조정희, 「古小說의 神聖 空間 研究」, 고려대학교 대학원 석사학위논문, 1994.

최진형, 「고소설 향유 관습의 한 양상―<장끼전> 작품군을 중심으로」, 『고소설연
구』 제18집, 한국고소설학회, 2004.

한영숙, 「한국 전통극의 등장인물 연구―가면극과 민속인형극을 중심으로」, 조선대
학교 대학원 박사학위논문, 2011.

황수연, 「조선후기 첩과 아내―은폐된 갈등과 전략적 화해」, 『한국고전여성문학연
구』 제12집, 한국고전여성문학회, 2006.

❑ <소강절실긔>의 설화적 특성과 유통

사재동 소장본, <소강절실긔>, 충남대학교 중앙도서관 경산문고.

우쾌제 편저, 『구활자본고소설전집』 26, 인천대 민족문화연구소, 1984.

박종익, 『한국구전설화집』 13, 민속원, 2005.

손지봉, 『한국설화의 중국인물 연구』, 박이정, 1999.

이상택 외, 『한국 고전소설의 세계』, 돌베개, 2005.

조희웅, 『고전소설 이본목록』, 집문당, 1999.

한영우, 『실학의 선구자 이수광』, 경세원, 2007.

문화콘텐츠닷컴(http://www.culturecontent.com)

강경화, 「고소설에 나타난 도술행사 연구」, 『겨레어문학』 19집, 겨레어문학회,
1995.

강경화, 「고소설의 도술소재와 그 의미」, 건국대학교대학원 박사학위논문, 1996.

김창룡, 「주사장인전에 나타난 소강절 배격의 의의」, 『한성대학교 논문집』 8집, 한
성대학교, 1984.

박희병, 「이인설화와 신선전(Ⅰ)」, 『한국학보』 14권 4호, 일지사, 1988.

박희병, 「이인설화와 신선전(Ⅱ)」, 『한국학보』 15권 2호, 일지사, 1988.

손지봉, 「한중민간문학에 나타난 '소강절'」, 『중국연구』 20집, 한국외국어대학교 외
국학종합연구센터 중국연구소, 1997.

신동흔, 「역사인물담의 현실대응방식 연구」, 서울대학교대학원 박사학위논문, 1993.

안도균, 「고전인물로 다시 읽기」, 서울신문, 2011년 11월 21일자.

이창우, 「소강절의 역수 역학에 대한 연구」, 성균관대학교 유학대학원 석사학위논문, 2012.

정경민, 「여성 이인설화 연구」, 이화여자대학교대대학원 석사학위논문, 2000.

최삼룡, 「이인설화 출현의 사상적 배경에 대하여」, 『어문논집』 18권 1호, 안암어문학회, 1977.

최운식, 「토정 이지함 설화 연구」, 『한국민속학』 33호, 한국민속학회, 2001.

최창록, 「도술소설과 갈등의 의미」, 『어문학』 44~45집, 한국어문학회, 1984.

황선명, 「역과 현대사회」, 『신종교연구』 5집, 한국신종교학회, 2001.

❏ 〈쇼듕화역딕셜〉과 역사와 문학의 접점

필사본 〈쇼듕화역딕셜〉 6권 4책.

姜斅錫, ≪大東奇聞≫(影印本), 民俗苑, 1995.

釋尾春芿 編, 『海東名臣錄』, 朝鮮古書刊行會, 1914.

〈살려준 여덟 자라〉, 동아일보, 1938년 5월 5일자.

〈王八의 報復〉, 동아일보, 1937년 10월 3일자.

『국역 국조인물고』, 세종대왕기념사업회, 1999.12.30.

『두산백과』(http://www.doopedia.co.kr/).

민족문화추진회 편, 『국역 율곡집』 2, 솔출판사, 1997.

임종욱, 『중국역대인명사전』, 이회문화사, 2010.

≪조선왕조실록≫, 국사편찬위원회(http://sillok.history.go.kr/).

『한국민족문화대백과』, 한국학중앙연구원(http://encykorea.aks.ac.kr/).

권혁래, 『조선 후기 역사소설의 성격』, 도서출판 박이정, 2000.

김장동, 『조선조 역사소설연구』, 인우출판사, 1986.

박노준, 「사육신 시조의 절의」, 『세종학연구』 4, 세종대왕기념사업회, 1989.

백낙청, 「역사소설과 역사의식」, 『창작과 비평』, 1967, 봄호.

❏ 〈청암녹〉의 형상화 양상과 그 의미

〈청암녹〉, 충남대학교 중앙도서관 경산문고, 경산集제3191호.

김종군, 『남녀 애정 결연 서사 연구』, 박이정, 2005.

김진영, 「고전소설의 유통과 생업」, 『고전소설의 효용과 쓰임』, 박문사, 2012.

송주희, 「고전소설에 나타난 속이기의 서사기법적 연구」, 충남대 대학원 석사학위 논문, 2008.

송주희, 「<정진사전>에 나타난 결연담의 서사적 기능과 의미」, 『어문연구』 70, 어문연구학회, 2011.

윤보윤, 「재생서사에 나타난 초월적 조력자의 비교 연구−불교서사와 고전소설을 중심으로」, 충남대 대학원 석사학위논문, 2007.

이문규, 『고전소설의 서술 원리』, 새문사, 2010.

이상택, 『한국고전소설의 탐구』, 중앙출판, 1981.

최기숙, 「17세기 고소설에 나타난 여성 인물의 유랑과 축출, 그리고 귀환의 서사」, 『고전문학연구』 제38집, 한국고전문학회, 2010.

경산문고 고전소설 필사본 목록

No.	등록 번호	서 명	필사자 및 원소장자	필사연대	청구기호	비고
1	1257459	갑진녹		정미정월염육일	고서경산 集 小說類 3230	
2	1257101	강남홍전		경오이월십오일	고서경산 集 小說類 3307	
3	1257102	강능츄월옥쇼전		癸亥花月念三日	고서경산 集 小說類 2935	
4	1257103	강태공전. 상		丁未十月旬七日上澣	고서경산 集 小說類 2936	
5	1257106	강태공전. 상	윤쇼져등서		고서경산 集 小說類 2937	
6	1257105	강태공전. 하			고서경산 集 小說類 2937	
7	1257104	강태공전. 하		己酉元月 日	고서경산 集 小說類 2936	
8	1257107	개과천선록		무신지월재망일	고서경산 集 小說類 2938	

No.	등록 번호	서 명	필사자 및 원소장자	필사연대	청구기호	비고
9	1257234	곡도처자전		병진십이월일	고서경산 集 小說類 3040	
10	1257110	괴똥전			고서경산 集 小說類 2942	
11	1257476	九雲夢			고서경산 集 小說類 3245	
12	1257119	九雲夢			고서경산 集 小說類 2950	한문본
13	1257118	九雲夢			고서경산 集 小說類 2949	
14	1257475	九雲夢(楊尙書傳)		乙巳年	고서경산 集 小說類 3244	
15	1257121	九雲夢. 地		丁巳八月望日	고서경산 集 小說類 2951	한문본
16	1257120	九雲夢. 天			고서경산 集 小說類 2951	한문본
17	1257111	구래공정츙직절긔			고서경산 集 小說類 2941	
18	1257115	구운몽			고서경산 集 小說類 2946	
19	1257122	구운몽			고서경산 集 小說類 2952	
20	1257117	구운몽		光武十年丙午三月日	고서경산 集 小說類 2948	
21	1257113	구운몽		계츅원월팔일	고서경산 集 小說類 2944	
22	1257114	구운몽	권쇼졔필서	병인정월이십육일	고서경산 集 小說類 2945	
23	1257112	구운몽	京城府峯萊 町 成周泰		고서경산 集 小說類 2943	

No.	등록 번호	서 명	필사자 및 원소장자	필사연대	청구기호	비고
24	1257116	구운몽. 상	백암월곡 니승관 등서	님인사월십구일	고서경산 集 小說類 2947	
25	1257366	권용션젼			고서경산 集 小說類 3154	
26	1257124	金山寺夢遊錄			고서경산 史.記錄類 2284	한문본
27	1257129	金龍珠傳		庚戌年十一月十三日	고서경산 集 小說類 2958	
28	1257127	금송아지젼			고서경산 集 小說類 2956	
29	1257125	금송아치젼			고서경산 集 小說類 2954	
30	1257126	금향뎡긔			고서경산 集 小說類 2955	
31	1257123	금향젼		庚戌正月 日	고서경산 集 小說類 2953	
32	1257128	금행록			고서경산 集 小說類 2957	
33	1257226	김씨부인행실록			고서경산 集 小說類 3032	
34	1257130	김진옥전		戊申三月二十九日	고서경산 集 小說類 2959	
35	1257131	김희경젼. 상			고서경산 集 小說類 2960	
36	1257132	김희경젼. 하		계사구월이십일	고서경산 集 小說類 2960	
37	1257134	남강긔우			고서경산 集 小說類 2962	

No.	등록 번호	서 명	필사자 및 원소장자	필사연대	청구기호	비고
38	1257162	녀와낭낭셩회연		병인시월초구일	고서경산 集 小說類 2972	
39	1257473	념불왕생전			고서경산 集 小說類 3240	
40	1257483	뉴시삼대록		丁未元月日	고서경산 集 小說類 3251	
41	1257154	뉴씨삼대녹			고서경산 集 小說類 2969	
42	1257155	뉴씨삼대녹 (산중화)			고서경산 集 小說類 2970	
43	1257145	뉴씨삼대록. 권1			고서경산 集 小說類 2968	
44	1257150	뉴씨삼대록. 권2			고서경산 集 小說類 2968	
45	1257143	뉴씨삼대록. 권3			고서경산 集 小說類 2968	
46	1257144	뉴씨삼대록. 권4			고서경산 集 小說類 2968	
47	1257142	뉴씨삼대록. 권5		정사지월일	고서경산 集 小說類 2968	
48	1257153	뉴씨삼대록. 권7			고서경산 集 小說類 2968	
49	1257148	뉴씨삼대록. 권9			고서경산 集 小說類 2968	
50	1257146	뉴씨삼대록. 권11			고서경산 集 小說類 2968	
51	1257151	뉴씨삼대록. 권13			고서경산 集 小說類 2968	
52	1257152	뉴씨삼대록. 권16			고서경산 集 小說類 2968	

No.	등록 번호	서 명	필사자 및 원소장자	필사연대	청구기호	비고
53	1257149	뉴씨삼대록. 권17			고서경산 集 小說類 2968	
54	1257159	뉴씨삼대록. 권2	礪山精舍	丁巳臘月 日	고서경산 集 小說類 2971	
55	1257156	뉴씨삼대록. 권3		丁巳二月六日	고서경산 集 小說類 2971	
56	1257161	뉴씨삼대록. 권4		丁巳陰七月 日	고서경산 集 小說類 2971	
57	1257158	뉴씨삼대록. 권5	花美精舍	丁巳陰七月 日	고서경산 集 小說類 2971	
58	1257157	뉴씨삼대록. 권7	礪山精舍	丁巳臘月 日	고서경산 集 小說類 2971	
59	1257160	뉴씨삼대록. 권17	花美精舍	丁巳二月六日	고서경산 集 小說類 2971	
60	1257298	뉴효공션행녹. 일		병진납월이십사일	고서경산 集 小說類 3091	
61	1257296	뉴효공션행녹. 이		丁巳陽月 日	고서경산 集 小說類 3091	
62	1257294	뉴효공션행녹. 삼		정사십월염사일	고서경산 集 小說類 3091	
63	1257295	뉴효공션행녹. 사	花美精舍 치산정사	정사지월이십삼일	고서경산 集 小說類 3091	
64	1257297	뉴효공션행녹. 오			고서경산 集 小說類 3091	
65	1257133	뉴효공션횡녹			고서경산 集 小說類 2961	
66	1257302	니대봉젼	冊主鄭正淑	대정칠연무오젼월 십칠일	고서경산 集 小說類 3095	
67	1257301	니대봉젼			고서경산 集 小說類 3094	

No.	등록번호	서 명	필사자 및 원소장자	필사연대	청구기호	비고
68	1257310	니형경전			고서경산 集 小說類 3102	
69	1257311	니형경전			고서경산 集 小說類 3103	
70	1257308	니형경전. 상		긔츅칠월쵸이일	고서경산 集 小說類 3101	
71	1257309	니형경전. 하			고서경산 集 小說類 3101	
72	1257312	니형츈효행녹		甲戌正月望日	고서경산 集 小說類 3104	
73	1257173	님장군전			고서경산 集 小說類 2983	
74	1257321	당학사전		경자이월염사일	고서경산 集 小說類 3113	
75	1257335	덩을션전		계사십일월~십이월삼십일	고서경산 集 小說類 3127	
76	1257337	덩후비젼	鶴下 姜鎬錫	을묘삼월 일	고서경산 集 小說類 3129	
77	1257163	도앵행			고서경산 集 小說類 2973	
78	1257346	됴웅젼			고서경산 集 小說類 3135	
79	1257356	됴웅젼		긔해이월십칠일	고서경산 集 小說類 3144	
80	1257345	됴웅젼		무슐시월십오일	고서경산 集 小說類 3134	
81	1257350	됴웅젼			고서경산 集 小說類 3139	
82	1257347	됴웅젼			고서경산 集 小說類 3136	

No.	등록번호	서 명	필사자 및 원소장자	필사연대	청구기호	비고
83	1257348	됴웅젼		壬子年十二月 日	고서경산 集 小說類 3137	
84	1257349	됴웅젼			고서경산 集 小說類 3138	
85	1257164	둑겁전		丙申十二月下澣	고서경산 集 小說類 2974	
86	1257179	류백노전			고서경산 集 小說類 2989	
87	1257299	리대봉전		대정칠년팔월이십일. 무오구월십오일	고서경산 集 小說類 3092	
88	1257364	리운구전		丙寅臘月旣望	고서경산 集 小說類 3152	
89	1257419	만고열여춘향전 이라		긔츅양월길일	고서경산 集 小說類 3199	
90	1257166	무량공주본전취 시삼연록		大正五年二月二十 七日	고서경산 集 小說類 2976	
91	1257167	무일문창양진군 황릉묘요일탕평 리		光武十一年丁未六 月日	고서경산 集 小說類 2977	
92	1257165	목시룡젼		庚子年正月日	고서경산 集 小說類 2975	
93	1257170	朴氏傳			고서경산 集 小說類 2980	
94	1257168	박부인전		甲子九月十九日	고서경산 集 小說類 2978	
95	1257172	박씨전		己丑正月初五日	고서경산 集 小說類 2982	
96	1257174	박씨전	洪碩士 入納	壬寅八月二十	고서경산 集 小說類 2984	
97	1257171	박씨전	성복츈책	경오이월십사일	고서경산 集 小說類 2981	

No.	등록 번호	서 명	필사자 및 원소장자	필사연대	청구기호	비고
98	1257169	박씨젼			고서경산 集 小說類 2979	
99	1257479	박씨젼	回岩延豊宅 報恩郡山外 面月大里 李並基 忠北淸州郡 加德面首谷 里 九十七： 尹昌求	丁巳正月二十五日	고서경산 集 小說類 3248	
100	1257173	박씨젼이라			고서경산 集 小說類 2983	
101	1257176	朴泰輔傳		甲戌十一月念八日	고서경산 集 小說類 2986	한문본
102	1257175	박태보젼	남곡산인 필셔	을묘이월쵸팔일	고서경산 集 小說類 2985	
103	1257177	본국츙신박태부 젼이라			고서경산 集 小說類 2987	
104	1257181	백인창례록	老樵少石	癸丑夢春七日	고서경산 集 小說類 2991	
105	1257178	백학션젼			고서경산 集 小說類 2988	
106	1257180	백학션젼			고서경산 集 小說類 2990	
107	1257182	벽허당지연녹		갑자사월 일	고서경산 集 小說類 2992	
108	1257184	鳳凰臺		癸丑秋七月旬日	고서경산 集 小說類 2994	
109	1257318	사명전 단			고서경산 集 小說類 3110	

No.	등록 번호	서 명	필사자 및 원소장자	필사연대	청구기호	비고
110	1257194	謝氏南亭記		계사이월이십륙일	고서경산 集 小說類 3003	
111	1257465	사씨남뎡기 건	柏峰精舍	己丑二年十三日	고서경산 集 小說類 3236	
112	1257466	사씨남뎡기 곤		己丑二年十三日	고서경산 集 小說類 3236	
113	1257195	사씨남정긔	책주최씨	명치사십사년 신해	고서경산 集 小說類 3004	
114	1257193	사씨남정긔			고서경산 集 小說類 3002	
115	1257196	사씨남정기	책주는신용 신생원명	계츅이월초칠일	고서경산 集 小說類 3005	
116	1257191	사씨남정기라. 상			고서경산 集 小說類 3001	
117	1257192	사씨남정기라. 하			고서경산 集 小說類 3001	
118	1257137	남뎡긔. 일			고서경산 集 小說類 2963	
119	1257136	남뎡긔. 이			고서경산 集 小說類 2963	
120	1257135	남뎡긔. 삼	隨廳 高鎭國	己卯三月 日	고서경산 集 小說類 2963	
121	1257190	남정긔			고서경산 集 小說類 3000	
122	1257140	南征記		戊戌正月 日	고서경산 集 小說類 2966	
123	1257138	南征記		긔츅육월염삼일	고서경산 集 小說類 2964	
124	1257141	남정긔		己丑五月二十一日	고서경산 集 小說類 2967	

No.	등록 번호	서 명	필사자 및 원소장자	필사연대	청구기호	비고
125	1257139	남정긔			고서경산 集 小說類 2965	
126	1257188	삼국지			고서경산 集 小說類 2998	
127	1257187	삼국지			고서경산 集 小說類 2997	
128	1257197	서유기			고서경산 集 小說類 3006	
129	1257198	셔부인전		긔사맹츈	고서경산 集 小說類 3007	
130	1257200	셜홍전		癸亥三月十二日	고서경산 集 小說類 3009	
131	1257201	소강절실긔		임오납월망일	고서경산 集 小說類 3010	
132	1257206	소무츙절록	십이세 소애필셔	임인년오월 일	고서경산 集 小說類 3015	
133	1257203	蘇大成傳		乙卯年八月 日	고서경산 集 小說類 3012	
134	1257244	쇼듕화역대셜 일			고서경산 集 小說類 3047	
135	1257243	쇼듕화역대셜 이			고서경산 集 小說類 3047	
136	1257241	쇼듕화역대셜 삼		을묘오월쵸일 일	고서경산 集 小說類 3047	
137	1257242	쇼듕화역대셜 사			고서경산 集 小說類 3047	
138	1257204	쇼대셩젼		大正三年十一月 日	고서경산 集 小說類 3013	
139	1257205	쇼대셩젼		甲寅元月 日	고서경산 集 小說類 3014	

No.	등록 번호	서 명	필사자 및 원소장자	필사연대	청구기호	비고
140	1257202	쇼대성젼이라		丙辰十二月初四日	고서경산 集 小說類 3011	
141	1257207	쇼양정			고서경산 集 小說類 3016	
142	1257208	쇼현속녹	주인은부인 이라	긔묘유월이십칠일	고서경산 集 小說類 3017	
143	1257212	수경낭자전	報恩郡		고서경산 集 小說類 3021	
144	1257209	수경낭자전		무신三月二十六日	고서경산 集 小說類 3018	
145	1257211	수경낭자전		대정칠년육월 일	고서경산 集 小說類 3020	
146	1257210	수경낭자전		병오O월 일	고서경산 集 小說類 3019	
147	1257214	숙영낭자전			고서경산 集 小說類 3023	
148	1257213	슈매쳥심녹	대전 김현중책주	庚戌年	고서경산 集 小說類 3022	
149	1257180	신가낭전			고서경산 集 小說類 2990	
150	1257215	신계후젼			고서경산 集 小說類 3024	
151	1257216	신조기우록		님자년칠월	고서경산 集 小說類 3025	
152	1257217	신조기우록		신해오월십일	고서경산 集 小說類 3026	
153	1257234	심참판젼		병진십이월 일	고서경산 集 小說類 3040	
154	1257228	심청가	鳳岩私塾 金東隱書	火龍土豕上弦	고서경산 集 小說類 3034	

No.	등록 번호	서 명	필사자 및 원소장자	필사연대	청구기호	비고
155	1257468	심청가			고서경산 集 小說類 3238	
156	1257218	심청전			고서경산 集 小說類 3027	
157	1257226	심청전			고서경산 集 小說類 3032	
158	1257229	심청전			고서경산 集 小說類 3035	
159	1257221	심청전			고서경산 集 小說類 3028	
160	1257225	심청전			고서경산 集 小說類 3031	
161	1257233	심청전		乙卯至月二十八日	고서경산 集 小說類 3039	
162	1257230	심청전			고서경산 集 小說類 3036	
163	1257224	심청전	이참봉난사	긔유쇼춘신쇼	고서경산 集 小說類 3030	
164	1257227	심청전		庚戌仲春	고서경산 集 小說類 3033	
165	1257223	심청전	沃川郡		고서경산 集 小說類 3028	
166	1257219	심청전	忠北報恩懷 北 李相益 필서		고서경산 集 小說類 3028	
167	1257231	심청전			고서경산 集 小說類 3037	
168	1257220	심청전		목판	고서경산 集 小說類 3028	
169	1257232	심청전권지단이 라		大正拾壹年壬戌四 月念七日	고서경산 集 小說類 3038	

No.	등록번호	서 명	필사자 및 원소장자	필사연대	청구기호	비고
170	1257222	심천가라		壬子陰四月 日	고서경산 集 小說類 3029	
171	1257235	양시소열녹이라			고서경산 集 小說類 3041	
172	1257236	양풍운전			고서경산 集 小說類 3042	
173	1257237	어룡전		甲寅陰十一月十日	고서경산 集 小說類 3043	
174	1257231	魚龍傳單			고서경산 集 小說類 3037	
175	1257240	어용전		大正九年庚申正月 初三日 光武十年(표지)	고서경산 集 小說類 3046	
176	1257238	어용전		甲寅十一月 日	고서경산 集 小說類 3044	
177	1257239	어용전		계축사월니십구일	고서경산 集 小說類 3045	
178	1257502	여행록이라		경자월월이십일일	고서경산 集 小說類 3269	
179	1257481	영평공쥬본전 1		정미육월 일	고서경산 集 小說類 3249	
180	1257481	영평공쥬본전 2	염쇼져책		고서경산 集 小說類 3249	
181	1257246	옥낭자전			고서경산 集 小說類 3049	
182	1257246	옥단춘전			고서경산 集 小說類 3049	
183	1257260	玉麟夢			고서경산 集 小說類 3062	
184	1257250	옥연몽			고서경산 集 小說類 3051	

No.	등록 번호	서 명	필사자 및 원소장자	필사연대	청구기호	비고
185	1257249	옥연몽			고서경산 集 小說類 3051	
186	1257247	옥연몽 권지십이			고서경산 集 小說類 3050	
187	1257251	옥연몽 권지십일		壬申秋七月旣望	고서경산 集 小說類 3053	
188	1257248	옥연몽 권지일	報恩郡 懷南面새별 文在成	乙卯十二月二十四日	고서경산 集 小說類 3052	
189	1257262	玉麟夢		丙辰正月念五日	고서경산 集 小說類 3062	
190	1257263	玉麟夢		丙辰正月念五日	고서경산 集 小說類 3063	
191	1257264	玉麟夢		丙辰正月念五日	고서경산 集 小說類 3063	
192	1257261	玉麟夢			고서경산 集 小說類 3062	
193	1257252	옥환긔봉		신튝모츈일	고서경산 集 小說類 3054	
194	1257253	옹고집전		대한융히이년일월 십육일	고서경산 集 小說類 3055	
195	1257474	王郞返魂傳		大正拾四年八月拾 壹日	고서경산 集 小說類 3243	
196	1257245	왕조열전	대전자양 김석교		고서경산 集 小說類 3048	
197	1257255	월봉긔		甲午湯月念五日	고서경산 集 小說類 3057	
198	1257256	월봉긔	冊主增岩 伊院宅	主鼠仲冬上澣	고서경산 集 小說類 3058	
199	1257254	월봉긔전	홍노초소 홍대쳔책	융희이년무신사월 일	고서경산 集 小說類 3056	

No.	등록 번호	서 명	필사자 및 원소장자	필사연대	청구기호	비고
200	1257458	월선전		丙辰正月初三日	고서경산 集 小說類 3231	
201	1257257	월하선전		융희삼년긔유즁츈 니십일일	고서경산 集 小說類 3059	
202	1257258	위봉월전		대정삼년갑인츈이 월 일	고서경산 集 小說類 3060	
203	1257259	위현전		계사뎡월	고서경산 集 小說類 3061	
204	1257266	유백노전		별슐원월	고서경산 集 小說類 3065	
205	1257265	유봉선전			고서경산 集 小說類 3064	
206	1257268	유씨젼		임자이월 일	고서경산 集 小說類 3067	
207	1257246	유씨젼			고서경산 集 小說類 3049	
208	1257267	유씨젼니라		을사년슷달십팔일	고서경산 集 小說類 3066	
209	1257169	유씨젼권지단이라			고서경산 集 小說類 2979	
210	1257514	유씨젼이라			고서경산 集 小說類 3023	
211	1257277	兪忠烈傳			고서경산 集 小說類 3076	
212	1257275	柳忠烈傳		丙辰年正月 日	고서경산 集 小說類 3074	
213	1257288	유충렬전		신해오월망간	고서경산 集 小說類 3085	
214	1257276	유충열전	韓昌壽冊	壬子十一月十七日	고서경산 集 小說類 3075	

No.	등록 번호	서 명	필사자 및 원소장자	필사연대	청구기호	비고
215	1257286	유충열전	冊主首谷尹 昌求	己未臘月初二日	고서경산 集 小說類 3083	
216	1257283	유충열전	충남 논산 노성 윤석용		고서경산 集 小說類 3080	
217	1257287	유충열전			고서경산 集 小說類 3084	定價金 四十五 錢
218	1257486	유충열전			고서경산 集 小說類 3254	
219	1257282	유충열전	冊主呂壽英	갑오유월쵸삼일	고서경산 集 小說類 3079	
220	1257285	유충열전		乙卯二月九日	고서경산 集 小說類 3082	
221	1257362	유충열전			고서경산 集 小說類 3150	
222	1257284	유충열전이라		壬子十二月二十五 日 癸丑元月二十五日	고서경산 集 小說類 3081	
223	1257271	유츙열젼		壬子十月十九日 十一月八日	고서경산 集 小說類 3070	
224	1257273	유츙열젼		己未正月 日	고서경산 集 小說類 3072	
225	1257274	유츙열젼	忠清南道牙 山郡二東面 新鶴洞居 李生書	大韓光武二年戊戌 十一月二十三日	고서경산 集 小說類 3073	
226	1257278	유츙열젼		을사사월초삼일	고서경산 集 小說類 3077	
227	1257270	유츙열젼		丁酉十二月十八日	고서경산 集 小說類 3069	

No.	등록 번호	서 명	필사자 및 원소장자	필사연대	청구기호	비고
228	1257467	유츙열젼			고서경산 集 小說類 3237	
229	1257280	유츙열젼. 천		광무십년맹하상한	고서경산 集 小說類 3078	
230	1257281	유츙열젼. 지		광무십년맹하상한	고서경산 集 小說類 3078	
231	1257279	유츙열젼. 인		병오윤사월이십팔일	고서경산 集 小說類 3078	
232	1257272	뉴츙열젼		壬子三月二十七日	고서경산 集 小說類 3071	
233	1257269	뉴츙열젼			고서경산 集 小說類 3068	
234	1257293	유한당사씨언행록	충남 당진 초락도 김씨	정유모춘	고서경산 集 小說類 3090	
235	1257292	유한당사씨언행록			고서경산 集 小說類 3089	
236	1257291	유한당사씨언행록			고서경산 集 小說類 3088	
237	1257290	유한당사씨언행록			고서경산 集 小說類 3087	
238	1257303	이수문견		경슐정월이십팔일	고서경산 集 小說類 3096	
239	1257304	이운션젼		병오칠월십일	고서경산 集 小說類 3097	
240	1257306	이진사젼		병오정월 일	고서경산 集 小說類 3099	
241	1257307	이진사젼		정미정월 일	고서경산 集 小說類 3100	
242	1257305	이진사젼	下鳳村 金主事宅	임인맹하사월십오일	고서경산 集 小說類 3098	

No.	등록 번호	서 명	필사자 및 원소장자	필사연대	청구기호	비고
243	1257482	이춘매젼		신묘삼월십오일	고서경산 集 小說類 3250	
244	1257365	인향전			고서경산 集 小說類 3153	
245	1257313	인현성후민씨덕 행녹		을묘츄팔월	고서경산 集 小說類 3105	
246	1257315	임경업전이라	충남 연기 동면 사기동	임인납월염일	고서경산 集 小說類 3107	
247	1257316	님장군전이라		乙卯十一月日	고서경산 集 小說類 3108	
248	1257314	林慶業傳		黃龍暮春下澣	고서경산 集 小說類 3106	한문본
249	1257317	林將軍傳			고서경산 集 小說類 3109	한문본
250	1257318	임진녹	책주 吳澤鎭 燕岐郡南面 芳築里		고서경산 集 小說類 3110	
251	1257319	임진녹니다	대전 중구 선화 강관현		고서경산 集 小說類 3111	
252	1257300	장끼젼	송학성필, 책주	경신십일월이십사일	고서경산 集 小說類 3093	
253	1257320	장늬성전		壬戌年二月十九日	고서경산 集 小說類 3112	
254	1257695	蔣〇傳			고서경산 集 小說類 3338	한문본
255	1257326	적벽대전	충남 연기 금남 안운선	丁未元月 日	고서경산 集 小說類 3118	
256	1257322	적벽대젼단이라	冊主公州邑內 班竹李聖天	光武元年戊戌四月 二十五日	고서경산 集 小說類 3114	

No.	등록 번호	서 명	필사자 및 원소장자	필사연대	청구기호	비고
257	1257324	적성의젼			고서경산 集 小說類 3116	
258	1257325	적성의젼			고서경산 集 小說類 3117	
259	1257323	적성희젼		갑인십일월 일	고서경산 集 小說類 3115	
260	1257329	전운치전		乙巳年二月二十九日	고서경산 集 小說類 3121	
261	1257338	정을션전			고서경산 集 小說類 3130	
262	1257330	제마무젼			고서경산 集 小說類 3122	
263	1257330	정비젼			고서경산 集 小說類 3122	
264	1257333	정슈경전		庚申正月三日	고서경산 集 小說類 3125	
265	1257332	정슈경젼		뎡미이월이십일	고서경산 集 小說類 3124	
266	1257331	정슈경전		긔축이월쵸구일	고서경산 集 小說類 3123	
267	1257336	정향전	大興邑 上王家書	甲辰七月初九日	고서경산 集 小說類 3128	
268	1257353	조웅전			고서경산 集 小說類 3141	
269	1257354	조웅젼. 상			고서경산 集 小說類 3142	
270	1257355	조웅젼. 하		임자삼월십삼일	고서경산 集 小說類 3142	
271	1257344	조웅젼			고서경산 集 小說類 3133	

No.	등록 번호	서 명	필사자 및 원소장자	필사연대	청구기호	비고
272	1257357	조웅전			고서경산 集 小說類 3145	
273	1257352	조웅전	忠淸道禮山 郡德山面卜 唐, 朴昌圭		고서경산 集 小說類 3140	
274	1257358	조웅전	책주는오근슈		고서경산 集 小說類 3146	
275	1257341	조웅전. 상		을미이월십일일	고서경산 集 小說類 3131	
276	1257339	조웅전. 상		갑진십이월이십삼일	고서경산 集 小說類 3132	
277	1257340	조웅전. 중			고서경산 集 小說類 3131	
278	1257342	조웅전. 하			고서경산 集 小說類 3131	
279	1257343	조웅전. 하			고서경산 集 小說類 3132	
280	1257359	종경긔젼		을사이월염일	고서경산 集 小說類 3147	
281	1257472	鍾玉傳		갑진이월	고서경산 集 小說類 3242	
282	1257361	죠생원젼		병인년이월이십일	고서경산 集 小說類 3149	
283	1257351	죠웅젼		병오삼월 일	고서경산 集 小說類 3143	
284	1257360	죵경긔젼		을사이월염일	고서경산 集 小說類 3148	
285	1257369	주봉젼			고서경산 集 小說類 3157	
286	1257370	周封傳		大正六年己巳初十日	고서경산 集 小說類 3158	

No.	등록 번호	서 명	필사자 및 원소장자	필사연대	청구기호	비고
287	1257426	중산퇴선생젼		戊戌元月	고서경산 集 小說類 3206	
288	1257367	증슈경젼	충청북도문 의군읍내면 하동	임자십니월팔일	고서경산 集 小說類 3155	
289	1257368	쥬봉젼	책쥬는젼라 북도진산면 묵산리 이광보	긔유년졍월이십육일	고서경산 集 小說類 3156	
290	1257371	쥬봉젼		졍묘년츄구월	고서경산 集 小說類 3159	
291	1257334	증을선젼			고서경산 集 小說類 3126	
292	1257374	진대방젼		大正元年元月　日	고서경산 集 小說類 3162	
293	1257372	진대방젼		갑오이월괴음츌	고서경산 集 小說類 3160	
294	1257373	진대방젼		辛亥四月十三日	고서경산 集 小說類 3161	
295	1257375	창난호연녹			고서경산 集 小說類 3163	
296	1257376	창난호연록		님신납월쵸삼일	고서경산 集 小說類 3164	
297	1257377	창난호연녹			고서경산 集 小說類 3165	
298	1257381	창선감의록			고서경산 集 小說類 3169	
299	1257386	창선감의록			고서경산 集 小說類 3172	
300	1257392	창선감의록			고서경산 集 小說類 3178	

No.	등록 번호	서 명	필사자 및 원소장자	필사연대	청구기호	비고
301	1257390	창선감의록			고서경산 集 小說類 3176	
302	1257389	창선감의록			고서경산 集 小說類 3175	
303	1257403	창선감의록			고서경산 集 小說類 3187	
304	1257394	창선감의록		隆熙元年丁未臘月 ``日	고서경산 集 小說類 3180	
305	1257387	창선감의록		갑인오월염육일	고서경산 集 小說類 3173	
306	1257405	창선감의록		병자십이월쵸뉵일	고서경산 集 小說類 3189	
307	1257398	창선감의록	화미정사	을묘십이월 일	고서경산 集 小說類 3183	
308	1257395	창선감의록		무신오월십구일	고서경산 集 小說類 3181	
309	1257388	창선감의록		계츅칠월이십오일	고서경산 集 小說類 3174	
310	1257400	창선감의록			고서경산 集 小說類 3186	
311	1257379	창선감의록			고서경산 集 小說類 3167	
312	1257432	창선감의록			고서경산 集 小說類 3212	
313	1257378	창선감의록. 하		을사오월 일	고서경산 集 小說類 3166	
314	1257397	창선감의록. 하			고서경산 集 小說類 3166	
315	1257399	창선감의록		정묘오월이십오일	고서경산 集 小說類 3185	

No.	등록 번호	서 명	필사자 및 원소장자	필사연대	청구기호	비고
316	1257402	창션감의록. 상		乙卯陰十二月 日	고서경산 集 小說類 3184	
317	1257401	창션감의록. 하			고서경산 集 小說類 3184	
318	1257380	창슨감의록		己酉正月 日	고서경산 集 小說類 3168	
319	1257404	창슨감의록		긔미졍월십구일	고서경산 集 小說類 3188	
320	1257396	昌善感義錄		계츅삼월망간	고서경산 集 小說類 3182	
321	1257382	昌善感義錄.건			고서경산 集 小說類 3170	
322	1257383	昌善感義錄.곤			고서경산 集 小說類 3170	
323	1257385	昌善感義錄.상			고서경산 集 小說類 3171	
324	1257384	昌善感義錄.하		丙辰十二月 日	고서경산 集 小說類 3171	
325	1257393	챵션감의록			고서경산 集 小說類 3179	
326	1257391	챵션감의록		뎡튝원월십칠일	고서경산 集 小說類 3177	
327	1257406	청구야사			고서경산 集 小說類 3190	
328	1257407	청암녹		갑인년십일월쵸사일	고서경산 集 小說類 3191	
329	1257409	聽月堂. 일		졍츅원월이십삼일	고서경산 集 小說類 3192	
330	1257408	聽月堂. 이		졍츅졍월십사일	고서경산 集 小說類 3192	

No.	등록 번호	서 명	필사자 및 원소장자	필사연대	청구기호	비고
331	1257411	聽月堂. 삼		정축원월십구일	고서경산 集 小說類 3192	
332	1257410	聽月堂. 사			고서경산 集 小說類 3192	
333	1257412	聽月堂. 오			고서경산 集 小說類 3192	
334	1257469	천생석		긔해오월쵸하루	고서경산 集 小說類 3239	
335	1257413	초한젼			고서경산 集 小說類 3193	
336	1257414	최현젼			고서경산 集 小說類 3194	
337	1257415	최호츙신일기라			고서경산 集 小說類 3195	
338	1257417	별춘향젼		대정원년임자납월 초삼일	고서경산 集 小說類 3197	
339	1257424	춘행가			고서경산 集 小說類 3204	
340	1257423	춘향젼	충남 연기 금남 장영기		고서경산 集 小說類 3203	
341	1257422	춘향젼		명치사십사년 신해십이월 일	고서경산 集 小說類 3202	
342	1257418	춘향젼	충남 연기 금남 김영남		고서경산 集 小說類 3198	
343	1257424	춘향젼		기유납월이십이일	고서경산 集 小說類 3204	
344	1257416	춘향젼		己酉宗月	고서경산 集 小說類 3196	

No.	등록 번호	서 명	필사자 및 원소장자	필사연대	청구기호	비고
345	1257420	츈향젼			고서경산 集 小說類 3200	
346	1257484	충열효행록			고서경산 集 小說類 3252	
347	1257425	토끼젼		丁巳至月小晦	고서경산 集 小說類 3205	
348	1257183	별쥬부젼	만경셧편 박셔방네책	甲寅正月 日	고서경산 集 小說類 2993	
349	1257473	팔상록 단			고서경산 集 小說類 3240	추가 등록
350	1257473	팔상록. 일			고서경산 集 小說類 3240	추가 등록
351	1257473	팔상록. 이			고서경산 集 小說類 3240	추가 등록
352	1257473	팔상록. 삼			고서경산 集 小說類 3240	추가 등록
353	1257473	팔상록. 사			고서경산 集 小說類 3240	추가 등록
354	1257473	팔상명행록. 일			고서경산 集 小說類 3240	추가 등록
355	1257473	팔상명행록. 이			고서경산 集 小說類 3240	추가 등록
356	1257473	팔상명행록. 삼			고서경산 集 小說類 3240	추가 등록
357	1257473	팔상명행록. 사			고서경산 集 小說類 3240	추가 등록
358	1257473	팔상명행록. 오			고서경산 集 小說類 3240	추가 등록
359	1257473	팔상명행록. 육			고서경산 集 小說類 3240	추가 등록

No.	등록 번호	서 명	필사자 및 원소장자	필사연대	청구기호	비고
360	1257473	팔상명행록. 칠	옥동서종	임자십일월십오일	고서경산 集 小說類 3240	추가 등록
361	1257434	현봉쌍의록		긔유윤삼월	고서경산 集 小說類 3214	
362	1257435	현슈문젼			고서경산 集 小說類 3215	
363	1257436	현씨양웅쌍인기 1		신튝윤삼월 일	고서경산 集 小說類 3216	
364	1257441	현씨양웅쌍인기 2		병오년정월 일	고서경산 集 小說類 3216	
365	1257440	현씨양웅쌍인기 3		병오년정월하한	고서경산 集 小說類 3216	
366	1257437	현씨양웅쌍인기 4		병자년원월상한	고서경산 集 小說類 3216	
367	1257439	현씨양웅쌍인기 5		신해동십이월쵸삼일	고서경산 集 小說類 3216	
368	1257438	현씨양웅쌍인기 6		신해동지달염육일	고서경산 集 小說類 3216	
369	1257442	현씨양웅쌍인기 7			고서경산 集 小說類 3216	
370	1257109	홍桂月傳		을사팔월쵸일일	고서경산 集 小說類 2940	
371	1257108	홍桂月傳		丙午正月二十三日	고서경산 集 小說類 2939	
372	1257443	홍계월젼			고서경산 集 小說類 3217	
373	1257444	洪吉東傳			고서경산 集 小說類 3218	
374	1257445	홍길동젼이라	이소져필서	무오졍월십구일	고서경산 集 小說類 3219	

No.	등록 번호	서 명	필사자 및 원소장자	필사연대	청구기호	비고
375	1257446	홍랑전			고서경산 集 小說類 3220	
376	1257448	홍평국전	책주최난이	계묘정월이십삼일	고서경산 集 小說類 3222	
377	1257447	홍영선전		무슐이월이십칠일	고서경산 集 小說類 3221	
378	1257452	화룡도		丁未孟春	고서경산 集 小說類 3226	
379	1257451	화룡도			고서경산 集 小說類 3225	
380	1257449	화룡도전			고서경산 集 小說類 3223	
381	1257450	화룡도전이라		己酉潤二月中春	고서경산 集 小說類 3224	
382	1257430	화씨창션감의록		을사정월이십육일	고서경산 集 小說類 3210	
383	1257431	화씨츙효록			고서경산 集 小說類 3211	
384	1257431	화씨츙효록		을사납월초일일	고서경산 集 小說類 3212	
385	1257428	화씨츙효록		을해정월염일	고서경산 集 小說類 3208	
386	1257427	화씨츙효록		癸亥三月十二日	고서경산 集 小說類 3207	
387	1257433	화씨튱효록		경인월을염사일	고서경산 集 小說類 3213	
388	1257429	화진전			고서경산 集 小說類 3209	
389	1257457	황운설연전		大正六年丁巳正月 十一日	고서경산 集 小說類 3229	

No.	등록 번호	서 명	필사자 및 원소장자	필사연대	청구기호	비고
390	1257455	황운젼. 일		긔유이월삼십일	고서경산 集 小說類 3228	
391	1257454	황운젼. 이		긔유사월쵸구일	고서경산 集 小說類 3227	
392	1257456	황운젼. 일			고서경산 集 小說類 3228	
393	1257453	황운젼. 이		壬辰十二月初四日	고서경산 集 小說類 3227	
394	1257460	황월션젼		융회사년정월이십일	고서경산 集 小說類 3232	
395	1257459	황월션젼			고서경산 集 小說類 3230	
396	1257459	황월션젼		정미정월염육일	고서경산 集 小說類 3230	
397	1257461	황화룡젼		긔축지월염칠일	고서경산 集 小說類 3233	
398	1257463	홍보젼			고서경산 集 小說類 3234	
399	1257464	홍부젼			고서경산 集 小說類 3235	
400	1256186	삼국지(三國誌)			고서경산 集 小說類 3235	목판본
401	1256189	삼국지(三國誌)			고서경산 集 小說類 3235	목판본
402	1257363	유충렬젼			고서경산 集 小說類 3235	목판본
403	1257289	유충렬젼			고서경산 集 小說類 3235	목판본

찾아보기

필자소개 및 집필내역(가나다순)

• **김진영** 충남대학교 교수, 문학박사

  주요논저 : 『고전서사와 불교담론』(보고사), 『고전소설의 계통과 변이』(태학사), 『고전소설
  과 예술』(박이정) 외 저서와 논문 다수

  집필내역 : <김용주전>의 형상화 양상과 그 의미

• **박병동** 충남 강경고등학교 교감, 문학박사

  주요논저 : 『불경전래설화의 소설적 변용 양상』(역락), 「'처용랑망해사조'의 극본적 고찰」, 「<심
  청전>의 재의적(齋儀的) 성격」 외 저서와 논문 다수

  집필내역 : <창선감의록>의 이본적 성격과 형상화 양상

• **사재동** 충남대학교 명예교수, 문학박사

  주요논저 : 『한국문학의 방법론과 장르론』(중앙인문사), 『한국공연예술의 희곡적 전개』(중
  앙인문사), 『월인석보의 불교문화학적 연구』(중앙인문사) 외 저서와 논문 다수

  집필내역 : 고전소설 연구의 방향과 방법론, 필사본 고전소설의 현황과 가치

• **사진실** 중앙대학교 교수, 문학박사

  주요논저 : 『한국연극사 연구』(태학사), 『공연문화의 전통』(태학사), 『서울공연예술사』(서울
  특별시) 외 저서와 논문 다수

  집필내역 : <왕조열전>의 문학적 성격(공동집필)

• **손찬식** 충남대학교 교수, 문학박사

  주요논저 : 『조선조 도가의 시문학 연구』(국학자료원), 「<산유화가> 연구−문헌 기록으로
  본 <산유화가>의 계열과 그 성격」, 「한문단편에 나타난 몰락 양반의 형상」
  외 저서와 논문 다수

  집필내역 : <왕조열전>의 문학적 성격(공동집필)

- **송주희** 충남대학교 강사, 박사과정 수료

  주요논저 : 「<정진사전>에 나타난 결연담의 서사적 기능과 그 의미」, 「고전소설에 나타
  　　　　　난 속이기의 서사기법적 연구」, 「<청암녹>의 형상화 양상과 그 의미」 외 논
  　　　　　문 다수

  집필내역 : <청암녹>의 형상화 양상과 그 의미

- **심동복** 전북대학교 전 교수, 문학박사

  주요논저 : 『<구운몽>의 불교문학적 연구』(신태양사), 「<이태경전>의 연구-박순호 소
  　　　　　장본을 중심으로」, 「<심청전>의 사상적 고찰-경판본과 활판본의 대비를 중
  　　　　　심으로」

  집필내역 : <심청가>의 문학적 특성과 장르문제

- **윤보윤** 충남대학교 초빙조교수, 문학박사

  주요논저 : 「<권익중전>의 구조를 통해 본 작가의식 고찰」, 「영웅소설의 층위적 과업 연
  　　　　　구」, 「《천예록》과 고전소설의 대비적 고찰-<어사건곡등연상>·<제독라정
  　　　　　출궤중>과 <배비장전>을 중심으로」 외 논문 다수

  집필내역 : <쇼듕화역디셜>과 역사와 문학의 접점

- **전용문** 목원대학교 전 교수, 문학박사

  주요논저 : 『한국여성영웅소설의 연구』(목원대학교 출판부), 「여성영웅상에 대한 <김희경
  　　　　　전>의 위상-<장국진전>·<이대봉전>·<황장군전>의 여성영웅상과 비교
  　　　　　를 중심으로」, 「<홍계월전>의 소설사적 위상」 외 저서와 논문 다수

  집필내역 : <위봉월전>의 문학적 성격과 가치

- **조도현** 한밭대학교 강의전담교수, 문학박사

  주요논저 : 『고전소설과 콘텐츠 미학』(종려나무), 「<田禹治> 서사의 현대적 변이와 유통
  　　　　　방식-영화 <전우치>를 중심으로」, 「대중문화 코드로 본 <춘향전>의 현대적
  　　　　　변이-드라마 <쾌걸 춘향>을 중심으로」 외 저서와 논문 다수

  집필내역 : <소강절실긔>의 설화적 특성과 유통

필사본 고전소설의 연구

초판 1쇄 인쇄 2014년 12월 22일
초판 1쇄 발행 2014년 12월 29일

지은이 김진영 박병동 사재동 사진실 손찬식
　　　　송주희 심동복 윤보윤 전용문 조도현
펴낸이 이대현
편　집 박선주
디자인 이홍주

펴낸곳 도서출판 역락
등　록 1999년 4월 19일 제303-2002-000014호

주　　소 서울시 서초구 동광로 46길 6-6(문창빌딩 2F)
전　　화 02-3409-2058(영업부), 2060(편집부)
팩시밀리 02-3409-2059
e-mail youkrack@hanmail.net

역락 블로그 http://blog.naver.com/youkrack3888

정가 26,000원
ISBN 979-11-5686-133-1　93810

*파본은 구입처에서 바꿔 드립니다.

이 도서의 국립중앙도서관 출판예정도서목록(CIP)은 서지정보유통지원시스템 홈페이지(http://seoji.
nl.go.kr)와 국가자료공동목록시스템(http://www.nl.go.kr/kolisnet)에서 이용하실 수 있습니다.(CIP제
어번호 : CIP2014036108)